汲古阁集笺校

毛晋 著

朱新华 彭尚炯
周志强 张卫 笺校

中国出版集团
东方出版中心

图书在版编目(CIP)数据

汲古阁集笺校 /(清)毛晋著;朱新华等笺校. —上海:东方出版中心,2019.9
ISBN 978-7-5473-1515-6

Ⅰ. ①汲… Ⅱ. ①毛… ②朱… Ⅲ. ①古典诗歌—诗集—中国—清代 Ⅳ. ①I222.749

中国版本图书馆 CIP 数据核字(2019)第 162189 号

汲古阁集笺校

出版发行:东方出版中心
地　　址:上海市仙霞路 345 号
电　　话:(021)62417400
邮政编码:200336
印　　刷:常熟市新骅印刷有限公司
开　　本:890mm×1240mm　1/32
字　　数:270 千字
印　　张:11
版　　次:2019 年 9 月第 1 版第 1 次印刷
ISBN 978-7-5473-1515-6
定　　价:59.00 元

“《读书台》文丛”总序

李　烨

说起来，我们的导读刊物《读书台》在2014年创刊时是临阵磨枪，当时为参加中国图书馆学会的一个评奖活动而编了两期。收效似乎不错。江苏省社科院文学研究所的老所长陈辽先生一直以为《读书台》是由一个团队在运作。陈辽是著名的文学评论家，他对常熟图书馆的《读书台》给予了很大帮助。然而，突击只能应急，《读书台》要长期办下去，而且要办好，必须依靠团队的力量。这是我们后来的认识。从2016年开始，我确立了要把《读书台》从平面办刊发展为立体办刊的方针。所谓立体办刊，一是定时开展“《读书台》读者沙龙”活动，邀请文学艺术各门类、各领域的知名人物来常讲课，通过讲评、赏析，使读者开阔视野、提高阅读和鉴赏能力（我们已请到了陈子善、韦力、刘心武、李立新等名家来常讲学，效果也很好，很受读者欢迎）；二是适时推出“《读书台》文丛”，形成《读书台》的品牌，成规模，成系列，提高影响力。“《读书台》文丛”的着手编辑和出版，是有亮点的。如果一年一年积累起来，形成规模，则极其有价值。“《读书台》文丛”的定位：地方的、研究的、文献的；以文史哲为主要内容，兼顾其他类别的著述，分辑编纂，整体呈现常熟历史文化的发展脉络。具体来说，要做到系统性、整体性、学术性、经典性相统一，达到抢救文献、保存精华、服务社会的目的。力求使“《读书台》文丛”成为一部广泛收集有关常熟的原创性研究著述及文献史料的综合性乡邦文献丛书。

“《读书台》文丛”的定位中，“地方的”就不用再解释了。也就是说，“《读书台》文丛”由两个系列构成：一是“研究的”，二是“文献的”。在此，我重点谈一谈和常熟文献相关的话题。

一、常熟文献的基本情况

常熟作为吴文化的重镇和江南文化的代表，历史悠久，从古至今积累了大量的文献。据《重修常昭合志·艺文志》记载，从商代至民国，已知的常熟著作者就有 2 000 余人，著述 5 000 余种。另据调查，常熟现存珍贵的历史文献在 1 000 种以上，所以常熟也堪称文献之邦。这些文献的特点鲜明：1. 具有鲜明的地方性，这种特性包含了丰富的地方经验，它的珍贵和独一无二是它的价值所在；2. 资料性，客观公正全面地记载一地之自然和社会发展变化的情况（史实）；3. 综合性，记载常熟一地之自然和社会发展变化的基本面貌，内容广泛，涉及百科各业，举凡天文、地理、政治、经济、军事、文化、社会、人物、风俗，各种门类应有尽有。不但记大事要事，也记有意义的小事，乃至奇闻逸事（譬如钱希言的《狯园》、郑光祖的《一斑录》）；4. 连续性，所记各类事物，探本求源，发展变化的轨迹十分清楚、明了。

常熟历代文献现主要保存在常熟图书馆和常熟博物馆。因此，我也就有足够的底气来开展这项工作。当然，我们还应把眼光投向全社会，因为还有不少文献是藏于民间的，就我们调研所知，譬如民国时曾任常熟县代县长的曹弘的《画月录》（笔记）、《午生诗稿》就在曹氏家族后人的手中，还有如著名学者王古鲁的文献资料也由他的外孙收集了不少。为了确保“《读书台》文丛”成为传世精品，我单位将组织专家学者对现存常熟地方文献的种类、数量、保存现状以及收藏地点等进行深入细致的调研。在编纂过程中，坚持尊重历史、尊重科学、尊重规律的原则，以常熟图书馆、常熟博物馆馆藏为重点整理对象，并注意对分散在全国各地的图书馆、档案馆、博物馆（如国家图书馆、上海图书馆、南京图书馆等）的文献，以及流散在民间和国外的各类文献精挑细选，以使长期被束之高阁的常熟文献借“《读书台》文丛”这个平台获得新生。

我甚至设想，“《读书台》文丛”中的“文献”系列可以是这样的规模——

第一辑：史迹汇辑，收录反映地方史料的专著和笔记。

第二辑：方志丛编，收录常熟历代地方志（自南宋庆元二年至1949年的750多年间，常熟编修的地方志书，共40余种）。

第三辑：年谱家乘，收录地方名人年谱和望族的家谱。

第四辑：人物传记，收录常熟名人传记、墓志资料。

第五辑：先贤文存，收录历史上常熟人的诗文和专著的精华。

第六辑：总集汇编，收录常熟历代文献总集。

第七辑：闺秀别集，收录常熟历代女诗人诗文集。

第八辑：虞社菁华，民国期间虞社期刊汇编。

……

二、整理常熟文献的意义

利用前人留给我们的丰富文献，可以对社会发展的过程、走向、结果作有意义的考察。文献除了具有历史属性，更有现实的价值。今日社会之生命根系，均存在于历史的土壤中，与历史有割不断的血脉；当下事物运动之规律，从文献中也可寻求到借鉴与经验，因此对未来也有启示作用。乡邦文献之珍要，堪称卷帙浩繁，蔚为大观。这些文献不仅对常熟一地具有重要价值，它也是江南文化乃至中国古代文化的重要组成部分，是人们了解历史、传承文明、建设现代社会的重要参考，可发挥所谓“资治、存史、教化”之积极作用，为促进地方经济发展和文化传承再立新功。

文献整理是对地方文化研究和保护的最基础性工作。先人讲“文献无徵，后生之责”，所以我们当代人有责任和义务把文献整理工作做好，为此要加强对地方文献整理的文化意识。

以往的整理（或搜集）的成绩和问题并存，似乎也是明显的。我们看到：1. 零星的常熟文献被编入其他丛书（不是常熟编纂的），不成体系，整理上也较粗疏，譬如，《海虞风俗记》已列入“中国风土志丛刊”，由广陵书社出版；《海虞诗苑》《海虞诗苑续编》已列入“苏州文献丛书第二辑”，由上海古籍出版社出版，等等；2. 由于常熟历代文献大都是孤本、抄本，借阅会使得这些文献的保存愈来愈艰难，借阅会造成纸张污染、发脆、损坏，加上文献的自然老化，这些资料毁于一旦的情形最终将不可避免。

要解决这些问题，我们推出“《读书台》文丛”也就有其必要性了。由我们具体负责地方历代文献的整理，充分体现了图书馆工作在现阶段的主导地位和历史责任感。整理、出版常熟历代文献，是利用现代印刷技术，推进标校工作，从而更有效地保护和利用文献。当然，由于这是有史以来对常熟历史文献的首次系统整理、编纂，拟收入的文献有许多是孤本、精抄本，有不少是“镇馆之宝”，因此整理工作要有部署、有规划、有保障。作为一个系统的文献工程，方法上可参考“文丛”的编纂法，遵循学术规范，精益求精，选择其中的精华、选择有代表性的，可以先遴选几十种，逐步整理，统一步骤，积累规模，最终完成常熟历代文献的整理出版工作。

在中国历史上，《四库全书》是一部规模最大的丛书，包括了经、史、子、集四部 3 400 余种 79 000 余卷的图书，总字数达 10 亿，为后代学者研究中国古代文化提供了较完善的文献资料。常熟文化源远流长，存世文献数量庞大，因此进行较大规模的整理虽在体制上不能与《四库全书》相媲美，但在以纵览千古的魄力和毅力致力于文化传统的继承与弘扬方面，其意义却是可以直追《四库全书》的！希望能把“《读书台》文丛”编纂成“常熟的《四库全书》”。

国运昌隆，盛世修典。我们精心打造的这套“《读书台》文丛”将以崭新的学术角度和现代学科框架对地方文化进行全面梳理和弘扬，站在时代的高度，充分展示常熟深厚的历史底蕴，彰显先贤哲人的智慧，解读常熟文化的独特个性，提升人文精神，古为今用，开启未来，造福子孙，功垂千秋。对此，我很有信心。常熟是国家历史文化名城，常熟市领导也明确指示要“依托文化底蕴深厚、文化遗存丰富的独特优势，大力实施文化强市工程，用大视野看文化、用大格局做文化，放大历史文化名城效应，不断丰富‘精致’内涵，将凝聚起建设新常熟的强大动力”。精致城市，美丽常熟，文化工作，大有可为。

在此我诚意邀请朋友们加入我们的作者、整理者队伍，为我们共同的目标——把“《读书台》文丛”打造成一部在历史上站得住、文化史上留得下、学术界传得开的传世经典集成——添砖加瓦。积跬步而能致千里！是为序。

2016 年 9 月

序

朱新华

相比于藏书家、出版家的身份，毛晋作为诗人，名声显然要小得多。这一方面是因为诗歌创作确实不是他的“主业”；另一方面，他藏书和出版的成就实在突出，诗名难免为那两方面的盛名所掩。

毛晋有漫长的学诗、作诗经历。崇祯十六年癸未(1643)，他有一段自述：“余自丁巳岁，治诗叔子魏师之门，得尚友诸君子，辄以诗篇见赠，或遥寄邮筒，或分题即席，不揣矢和，迄今癸未，纸墨遂多……”(《和友人诗》卷首)顾梦麟《〈和友人诗卷〉序》也引毛晋语：“且吾所与游，由丁巳迄癸未。”万历四十五年丁巳(1617)，十九岁的毛晋入魏冲门下，这是他学诗的起点。不过，崇祯十六年癸未并非毛晋诗歌创作的终点。癸未只是毛晋为《和友人诗》作题识的年份，此后毛晋并没有停下他的创作步伐。毛晋卒于顺治十六年己亥(1659)七月二十七日。就在这个月，毛晋还作了《秋月次韵酬牧云上人》。因此，可以说，他诗歌创作的时间跨度达四十余年之久。

而且，毛晋的诗也确实有相当水准。陈瑚说：“子晋之诗，体备众妙，美非一伦。”(《〈和今人诗卷〉序》)金俊明说：“今读斯编，何其幽异古隽，苍翠欲滴，奇芬扑人也。别抉隐翳，似稗官史流；考验时物，似老农月令；康乐之奥博，多形于山水；靖节之高古，偏放于田园。其信然欤?”(《野外诗卷》序)在长期的创作实践中，毛晋形成了自己的诗歌风格，朱彝尊《静志居诗话》(人民文学出版社 1990 年版)卷二十二“毛晋”条说:“隐君问业于愚山(按，应为“虞山”，指钱谦益。《诗话》最早为嘉庆扶荔山房刻本，疑因乾隆列钱氏为“贰臣”，禁毁其著作，涉违碍而改)及魏孝廉叔子，性好储藏秘册。中年自群经十七史以及诗词曲本、唐宋金元别集、稗官小说，靡不发雕，公诸海内，其有功于艺苑甚巨。韵语有《和古人诗》《和今人诗》，大约和平之音，无镂肝鉥肾之苦。《过徐元叹落木庵》云:‘十年离旧榻，贺九又重登。山翠连村合，花香绕屋凝。寻僧过略彴，呼酒洗瘿藤。重觅题诗处，苔封厚几层。’《移竹编篱》云:‘活竹移来带野泥，安排疏影与檐齐。归鸦顿失常栖处，稚子难寻旧钓堤。晓露润生根畔草，晚风吹断隔邻鸡。老僧相伴逢迎少，话到斜扉落日低。’”方外挚友释通门也说“放怀读君诗，烂熳抒天机”(《隐湖倡和诗》卷下《琴川回棹潜在特来追访余之所至翁亦至焉入破山抵云半居直达郡之西华皆先后不数日而余又过石湖滨西资精舍松陵之折芦庵所谓池上也翁谓余踪迹杳不可即叠韵相寄余读之喟然有答》)。真率自然的“和平之音”，是毛晋诗风的典型特征。陈瑚在《〈和今人诗卷〉序》中概括了明代诗风的衍变历程:“其初风气深厚，作者大都含醇而酌雅;其继则文明开，英华褷，浸淫至七子之季，而浮靡极矣!一变而巧凿，再变而瘠微。风雅之道日杂，而一代之气运遂相与为终始。”毛晋的诗一改明诗的积弊，呈现出一种清新的气象。他的四十多首《田园杂兴》最能代表其风格。

朱彝尊说毛晋诗“大约和平之音”在总体上是对的。不过，如果因此认为毛晋的诗只有“和平之音”那就错了。正如鲁迅论陶渊明所言，陶诗并非“浑身静穆”，也有“‘金刚怒目’式”的作品。昆承湖(隐湖)边的汲古阁一带,常被毛晋的朋友们描绘成一个桃花源般的世界,但生当明清之交那样一个乱世,毛晋不能无视人间悲苦和国家兴亡,他笔下的许多诗作抒发的是忧愤抑塞之气。

《和古人诗》中的《鸣雁行》是乐府旧题,最早的鲍照诗,收录于郭茂倩《乐府诗集》卷六十八《杂曲歌辞》,后李白也有拟作。清王琦《李太白集注》引胡震亨语曰:"鲍照本辞,叹雁之辛苦霜雪,太白更叹其遭弹射,似为己之逢难寓感,观湘、吴一语可见。"毛晋此诗,在叹雁遭弹射之余,结尾忽然翻出新意,叹流民之苦难:"流民如鸟知多少,犹恐流民不如鸟!"《和今人诗》中的《卖儿行次王敬夫韵》让人联想到杜甫的"三吏三别",诗的最后发出了愤怒的呼号:"君不见豪门金高状日骄,豢养僮仆多腾骁。鲜衣索钱嗔怪生,谁识他人母子情!岂知仁暴各弄态,贫富何曾有定形。呜呼!安得重逢粒米狼戾之阳春,不见泣涕涟涟卖子人!"与此相似的还有如《和友人诗》中的《再叠前韵代述农家苦》:"村村芒种雨萧萧,不尽催科不尽徭。野哭哀边谈政虎,心寒笑里伏人猫。乌犍卖去驱儿种,青草锄来带土烧。莫道忍饥偏习懒,及辰布谷已成苗。"这种对"不尽催科"、如虎苛政给农民带来的痛苦如此强烈、直接的控诉,在当时的诗中是难得见到的。毛晋屡试不第,他的一生也有种种不如意,但他并不顾影自怜,其诗集中的悲苦之音,几乎都为他人的苦难而发,表现出强烈的悲悯情怀。

明清易代,对毛晋而言,是天崩地裂的大事。《野外诗·题崇祯历(泪书十七年三月十九日下)》真实地记录了事发两个多月后,毛晋获知皇帝于崇祯十七年三月十九日自缢的噩耗时所受到的震动。给毛晋带来更多痛苦的是次年南明政权的崩溃和江南的沦陷。他的《和友人诗·途遇一僧见示江上纪事三绝句次韵口号》热情讴歌江阴人民“一寸心坚抵万师，孤城三月未曾移”的英雄壮举；《和友人诗·和下枫溪元韵》表达了对“完发见收，絷狱不食死”的节士的敬仰；《野外诗·旧时》其五咏满人颁“易服令”后汉人改易服饰之事，满纸沧桑之感、故国之思。毛晋的诗歌流露出强烈的遗民情怀。徐鼒《小腆纪传》把毛晋的小传安排在卷五十八列传第五十一“逸民”中，是有眼光的。《野外诗·仲木来居池上寄之》其一：“向日登临稀俗客，今朝谈笑有遗民。”他的交游圈中有大量的明遗民，他向许多明遗民伸出过援手。他的立场清晰而又一贯。无疑，毛晋是一个爱国者，尽管以他的个性，不会成为陈子龙式的烈士，但他有自己的方式——不遗余力地搜访、收藏、刻印古籍，传承、保护民族优秀文化遗产，帮助那些不事新朝、生活困顿的人，等等。这是我们读其诗的时候应该了解的。

毛晋一生刻书无数，但他自己的著作大多没有刊行。刘声木《苌楚斋三笔》卷二“毛晋撰述未刊”条说：“常熟毛潜在晋，席屡世余业，藏书甚富，校书甚精，刊书又最宏。前人遗业，赖其搜罗校刊，永传于世，不可胜计。不朽之业，即在于是，故汲古阁之名，照耀海内，垂数百年，实为目录学中一大家。声木谨案：《小石山房丛书》中有《汲古阁校刊书目》一卷、《补遗》一卷、《刻板存亡考》一卷。其中汲古阁主人自撰而自刊者，仅有《香国》二卷、《隐湖题跋》二卷。尚有《明四秀集》□卷、《明诗纪事》□卷、《明方舆胜览录》□卷、《明词苑英华》□卷、《海虞古文苑》□卷、《海虞今文苑》□卷、《虞乡杂记》□卷、《昔友诗存》□卷、《救荒四说》□卷、《隐湖小识》□卷、《隐湖唱和诗》□卷、《永思录》□卷、《宗谱》□卷、《先贤隐湖遗稿》□卷，共十四种，未刊。以汲古阁刊书之精且富，自撰之书，何难刊刻，其未刊者，仍有如此之多，犹见笃实之遗。以视后世卤莽灭裂，以撰述刊行，自矜学问者，其用心之相去，有不可以道里计者矣。”(《苌楚斋随笔·续笔·三笔·四笔·五笔》，中华书局1998年版)刘氏说毛晋著作仅有《香国》和《题跋》曾经自刊，并不准确，毛晋生前即已刊刻的至少尚有《毛诗草木鸟兽虫鱼疏广要》与“明四秀集”中的《明僧弘秀集》。另外，刘氏开列的未刊书目中的“《宗谱》□卷、《先贤隐湖遗稿》□卷”断句有误。这份书目来自《小石山房丛书》本《汲古阁校刊书目补遗》后的附录，原书并无某卷字样。《宗谱先贤》为一书，而《隐湖遗稿》就是我们笺校的《汲古阁集》(以下如非必要，概称“汲古阁集”)。

世传《汲古阁家塾藏板目》(常熟图书馆藏瞿氏铁琴铜剑楼旧藏抄本)也有一份“未刻书目”，内容与《汲古阁校刊书目补遗》所列略同，《隐湖遗稿》后有小字注：“已刻，即毛子晋诗集。”其下列“和古”“和今”“和友”“野外”，显然就是本书四个部分的简称。未刻书后注“已刻”，让《汲古阁集》究竟有没有刻过这一事，变得扑朔迷离。

一般认为，毛晋生前没有刻过自己的诗集。清代常熟文献学家王振声受铁琴铜剑楼主人瞿秉渊和瞿秉清兄弟之邀校订《汲古阁集》时，作了一篇跋，说：“《汲古阁家塾藏板目》载《隐湖遗稿》四种，曰《和古》《和今》《和友》《野外》，注云‘已刻’，而印本顾未之见。”他的表述比较严谨，并没有断言未刻，只是说没有见到过传世刻本。后来的学者比王振声大胆得多。叶树声《试论汲古阁对祖国图书馆事业的贡献》说：“毛晋这些诗，在其生前只有稿本，尚未刊刻。”柯愈春《清人诗文集总目提要》说“至咸丰六年始为付刻”，意思显然是过去从未刊刻。

但《汲古阁家塾藏板目》并非一部可以被无视的无关紧要的目录。沈津《毛晋稿本〈汲古阁集〉》提及毛晋的《汲古阁家塾藏板目》时，把它的著作权归给毛晋。如果真是毛晋所编，那还有谁比他更清楚哪些书刻过，哪些书没有刻过呢？当然，沈津先生的说法是有问题的。《汲古阁家塾藏板目》经部有"许氏说文十五卷"，许慎在《说文解字》中提及，毛晋欲刻未果，最终由幼子毛扆刻成，已在毛晋卒后五十来年（见潘天祯《汲古阁本〈说文解字〉的刊印源流》，《北京图书馆馆刊》1997 年第 2 期）。因此，《汲古阁家塾藏板目》应该不是（至少不全是）出自毛晋本人之手。以前也有学者据子部《山居小玩十种》的第十种《香国》条后注"先大父潜在公"、集部《隐湖题跋》条后注"先大父潜在公著"，认定编者为毛晋的某个孙子，这也不可靠。《汲古阁家塾藏板目》附录"未刻书目"各书，肯定是编写者确实认为未刻才会列入。因此，在书名后注"已刻"的应该不是编写者，起码不是编写者在编目时就加注的。"未刻书目"所列各书中，除《隐湖遗稿》外，书名后注"已刻"二字的另有《隐湖倡和诗》。《隐湖倡和诗》是毛晋身后他的儿子毛褒等在康熙二年左右所刻。由此我推测，《汲古阁家塾藏板目》编写于《隐湖倡和诗》付梓之前。当时，书尚未刊刻，故列入未刻书目。后来书已刻成，才有人在书名后加注了"已刻"二字。因而，《汲古阁家塾藏板目》的编者很可能为毛褒等。《香国》《隐湖题跋》后的注既称毛晋为"先大父"，无疑出自毛晋孙辈。《隐湖倡和诗》《隐湖遗稿》书名后的注也可能为同一人所加。

那么，《隐湖遗稿》会不会像《隐湖倡和诗》那样，也是毛晋卒后由诸子刻成呢？这种可能是存在的，只是尚未见到明确的文献依据。而毛晋生前很可能刻过自己的诗，却有一条重要线索。陆世仪《桴亭先生诗集》卷四《过毛子晋湖庄流连浃日复赠予和古人诗一册中有过李氏园和杜少陵游何将军山林五首即用其韵以咏湖庄诸胜》，总题下分《载德堂》《汲古阁》《宝晋斋》《此静坐》《宝月堂》五题，均为五律。此题往前推两首为《今岁庚寅值予四十吴敬修以诗见赠依韵奉答》，后一首为《温如先生七十诸同人咸往觞祝欢声浃日先生赋七言一章依韵奉和》。温如先生是陈瑚父陈朝典，陈朝典七十岁生日在顺治七年庚寅（1650）秋，陆氏获赠诗集必定在这一年。当然，陆世仪没有明言诗集是不是刻本，但可以肯定，毛晋决不会把《和古人诗》的稿本赠人。那么，剩下的可能就是抄本和刻本了。顾梦麟《〈和友人诗卷〉序》写到毛晋等人的诗社活动："朝拈一题，夕而累幅；夕脱一稿，朝而授梓。"陈瑚《〈隐湖倡和诗选〉序》也说："仿古人月泉吟社、玉山草堂之遗风，酒酣耳热，分韵赋诗。家有剞劂良匠，朝落纸而夕上版矣。"以汲古阁的刻书能力，很难想象，毛晋会请人抄成若干册《和古人诗》分赠朋友。我认为，毛晋赠给陆世仪的，就是刻本。由陆诗还可以推测，当时刻成的只有《和古人诗》，如果四种都已付梓，毛晋仅以一种相赠是不近情理的。不过，我们现在所见的《和古人诗》中有部分诗作于顺治七年之后，如《和白香山我年五十七》，这可能是后来整理《隐湖遗稿》准备全部付刻时增入的。

王应奎的《海虞诗苑》是清代前期常熟诗歌一部重要而且权威的选本。卷二收录毛晋诗两题七首，即《游绮山》和《樵人十咏杂和皮陆韵（十首之六）》。跟《汲古阁集》比对，每一首都有异文。其中，《游绮山》有七个字不同，《樵人十咏杂和皮陆韵》连诗题都不一样，《汲古阁集》作"追和皮陆樵人十咏题退山采樵图"，六首中文字差异最大的《樵斧》，全诗四十字中，竟有二十二个字不同。这表明王应奎所见不是今天传世的《汲古阁集》。他见到的是不是刻本呢？尽管目前还没有直接的证据，但这个事实背后到底意味着什么，是不能不引人深思的。

瞿氏铁琴铜剑楼咸丰刻本到底是否存在，同样扑朔迷离。

丁祖荫1916年刻印《虞山丛刻》本毛氏诗四种，他在最后一种《野外诗》卷末作了一篇跋，说："是帙向藏吾乡罟里瞿氏，文村居士更定为《汲古阁集》，厘成四卷，怂恿镜之、濬之兄弟梓行之，适以庚申之乱未果。"显然，他是主张此本没有梓行的。但更多的人意见相反。

在《徐兆玮日记》出版之前，我所见的资料中最早明确提出有咸丰刻本的是叶树声《试论汲古阁对祖国图书馆事业的贡献》："毛晋这些诗，在其生前只有稿本，尚未刊刻，此稿本于清道光间为常熟瞿氏铁琴铜剑楼所藏。瞿氏念及凤苞一生刊布遗书，校雠精核，厥功甚伟，而其著作流传不多，其诗更不为人知晓，为使其流传后世，于咸丰十年(1860)雕付刻印，取名为《汲古阁集》，仅刷样本数部，不慎于火，板片尽毁。之后常熟丁祖荫又重刊印，收入《虞山丛刻》。"(《江苏图书馆工作》1985年第3期)后来，沈津《毛晋稿本〈汲古阁集〉》也说："此稿本清道光间为常熟瞿氏铁琴铜剑楼所藏，由于瞿氏念及毛晋一生校雠，刊布遗书，厥功甚伟，而其著作流传不多，诗更不为人所知晓，为了不使毛晋自著湮没无闻，故延请乡贤王振声(文村)为之勘校，将卷端原题《和古人诗卷》改题为《汲古阁集》，并于咸丰十年(1860)据毛氏稿本刻板印行。板成，即刷印数部样本，然不慎于火，板片全毁。后来常熟丁祖荫设法借得此稿重新为之刊印，收入《虞山丛刻》。今藏常熟市图书馆，为瞿凤起先生所捐赠。"(《书城挹翠录》第339页，上海社会科学出版社1996

年版)他们都说刻于咸丰十年。黄国光《铁琴铜剑楼简谱》(《四川图书馆学报》1999年第1期)说刻于咸丰九年秋。曹培根《瞿氏铁琴铜剑楼研究》第五章第三节《瞿秉渊、秉清整理藏书》(苏州大学出版社2008年版,第104页,又见第292页)。与黄说相同。刊印时间还有第三种说法。柯愈春《清人诗文集总目提要》"毛子晋诗文集"条:"此集五册,至咸丰六年始为付刻,首都图书馆藏。该馆又藏《虞山丛刻》,其后铅印,辑入所著《野外诗》一卷及《和古人诗》《和今人诗》。又有《汲古阁集》四卷,稿本,王振声校并跋,常熟市图书馆藏。"(北京古籍出版社2001年版,上册第28页)

叶、沈、黄、曹诸人的主要依据似乎都是王振声跋:"《汲古阁家塾藏板目》载《隐湖遗稿》四种,曰《和古》《和今》《和友》《野外》,注云'已刻',而印本顾未之见。恬裕斋旧藏钞本,盖犹出于毛氏。今秋镜之、濬之昆仲检阅乡先生著述,慨念毛氏刊布遗书,厥功甚伟,而所自著乃将烟没。因属校而锓诸梓,改题曰'汲古阁集'者,以其名之著焉耳。咸丰己未中秋望后,文村王振声校毕,识于铁琴铜剑楼。"只是有人把作跋时间视为刻印时间,有人可能考虑到作跋与刻成时间应有一定距离,定在次年。但细读王跋,我们实在无法找到确曾刻成的证据来,它只能证明瞿氏兄弟确有刻印打算。光凭王跋,既不能证明其有,也不能证明其无。

柯愈春先生的咸丰六年说不知何据(疑是笔误)。他的那条提要曾让我兴奋不已,以为首都图书馆确实收藏了一个我前所未知的毛诗版本。从"此集五册"来看,很可能就是铁琴铜剑楼刻本,因为铁琴铜剑楼旧藏的《汲古阁集》正是分订五册的。但我又疑惑,《汲古阁集》只收诗,不收文,此本却称为"毛子晋诗文集",这"文"又是什么内容?2016年国庆长假期间,我和北京大学图书馆栾伟平博士在微信中交流时说到这个疑问。栾博士主动提出，长假后去一次首都图书馆。她言而有信，长假一结束，就专程赶去查阅。结果证明，所谓“毛子晋诗文集”是首都图书馆著录不当所致，它实际上就是《清人诗文集总目提要》接下来说到的《虞山丛刻》本。所谓五册，是《和古》《和今》合一册，《和友》一册，《野外》一册，《题跋》一册，《以介编》一册。

《徐兆玮日记》记录了有关《隐湖遗稿》的零星史料。1937 年，苏州筹办“苏州文献展览会”，征集展品，铁琴铜剑楼准备送一批珍藏参展。当时筹办方要求送展者要先提供展品的提要。这年 1 月 25 日徐氏收到瞿凤起 22 日来信，请徐氏修改参展各件的提要。26 日，徐氏复信，说：“尊藏提要惟《隐湖遗稿》稍有未妥，已签注矣。”从后面通信可知，徐氏所谓“未妥”指提要中用“先君”二字。2 月 2 日，徐氏收到瞿凤起 1 月 30 日来信：“文献会提要，《隐湖遗稿》一则系家严语气，此书曩年先祖曾以付梓，故云，与毛斧季无涉，未知外人读之，能醒目否？兹再抄附，还请斟酌示下。”“家严语气”指提要中的“先君”是用瞿良士称瞿秉清的口吻。可能上下文中涉及毛扆，徐氏担心，外人读起来，会误以为“先君”是毛扆称毛晋，所以前面的复信认为用得不妥。2 月 4 日徐氏复信：“《隐湖遗稿》提要加‘逊清咸丰间’五字，甚醒目，可不致误会。”由此可见，提要的修改稿虽然保留了“先君”二字，但一定程度上吸收了徐氏意见，通过增加“逊清咸丰间”五字限定年代，来避免误解。2 月 5 日徐氏又收到瞿凤起 4 日来信，申述为什么保留“先君”：“《隐湖遗稿》‘先君’二字尊意以为不妥，按，此系家君语气，因曩年先祖曾以付梓，版成毁于难，故云。兹拟略增数字，请裁定。”不过提要的定稿最终还是改掉了二字。2 月 9 日收到瞿凤起 7 日来信：“《隐湖遗稿》提要中‘先君’二字旋思根本系代馆方撰述，终觉欠妥，故仍删去，易以‘瞿氏’二字。”(《徐兆玮日记》第4029—4034页，黄山书社2013年)尽管今日我们无从见到提要的定稿，但这些零星材料足以表明，瞿氏后人认为瞿秉渊、瞿秉清兄弟是刻过《汲古阁集》的。那么，他们也是根据王振声跋推断的呢，还是确有旁的可靠证据呢？这就不得而知了。丁祖荫《虞山丛刻》本的底本就是向瞿氏借来的清稿本。按常情，丁氏不大可能没有就这些问题与瞿氏交流过想法，他为什么在跋中认定瞿氏兄弟的计划“以庚申之乱未果”呢？

总括起来说，毛晋的诗，在他生前，至少有刊行打算(从各集诸家序可见)，可能有部分刊行。咸丰间，瞿秉渊、瞿秉清兄弟请王振声校订，毛晋诗是否真正刻成，尚待考证。现存最早的版本，是经王振声校订的铁琴铜剑楼藏汲古阁清稿本，今藏常熟图书馆。现存最早的刻本是1916年的丁祖荫《虞山丛刻》本(所据底本即清稿本)，此本是毛晋诗的通行本。

我们这次笺校的底本就是清稿本。赵万里撰《和古人诗》提要是这样描述清稿本的：“原本蜡纸精缮，款式仿元刊《中州集》，与子晋所刊钱牧斋《列朝诗集》相同。版心下方有‘汲古阁’三字，前后无毛氏图记，盖写样付梓人而未果者也。”赵氏为毛晋诗撰有三篇提要，缺《和友人诗》。不知何故，《和古人诗》提要用的是汲古阁清稿本，其他两种用的是《虞山丛刻》本。赵先生说“前后无毛氏图记”是不对的。沈津《毛晋稿本〈汲古阁集〉》描述更为细致：“稿本前有周荣起题词、徐遵汤序。计有《和古人诗》《和今人诗》《和友人诗》《野外诗》四卷。每卷前分别又有陈瑚、金俊明等人序。……此本用黑格纸，十行十九字，版心下印有‘汲古阁’三字，当为毛晋家中抄书用纸。卷一第一页作者下钤有‘毛晋之印’‘毛氏子晋’朱文小方印。全书行式井然，字体工整秀丽，缮写精良，凡遇有错字皆用白粉涂去重写，可证确为毛晋待刻的誊清稿本。”沈先生把徐遵汤序看成全书序可能不够准确。《汲古阁集》除了《和友人诗》有毛晋自序外，一共有五位友人的序(题词)。陈瑚《和今人诗》序、顾梦麟《和友人诗》序、金俊明《野外诗》序是没有疑问的，问题在《和古人诗》前的周荣起《题词》和徐遵汤《叙》。结合后三种一卷一友人序的体例和《题词》《叙》的内容，我认为，周氏《题词》是《汲古阁集》的总序。徐氏《叙》是《和古人诗》的序。更重要的是，沈先生把清稿本视为毛晋稿本的说法，恐怕不可靠。

在《汲古阁集》收录的全部毛晋诗歌中，写作时间与毛晋去世时间最接近的是上文已提到过的《秋月次韵酬牧云上人》。这首诗，三浦理一郎《毛晋交游研究》认为隶于顺治十年秋，《隐湖倡和诗》认为隶于顺治六年，都是错误的。诗的第一联后毛晋自注云：“师至湖上，余适往娄江会葬麟士。”顾麟士(顾梦麟)是什么时候安葬的呢？黄宗羲《南雷文定后集》卷二《顾麟士先生墓志铭》讲得非常清楚：“生于万历乙酉三月十三日，卒于顺治癸巳十一月二十日，年六十九。又七年，葬于吴塘之原。”顾梦麟卒年顺治癸巳是顺治十年，按照中国古代习惯算法，“又七年”为顺治十六年，这是顾梦麟的安葬时间(三浦理一郎大概先查到顾梦麟的卒年，再根据毛晋诗题中的“秋月”和诗注，就贸然把毛诗的创作时间定为顺治十年秋，如果他见到墓志铭，知道顾氏卒于顺治十年冬，当断不致犯如此明显的错误)。我们知道，毛晋卒于顺治十六年七月二十七日，诗题中既有“秋月”，则此诗必定作于七月。在毛晋抱病(六月曾大病一场）去太仓会葬时，牧云上人到汲古阁拜访毛晋，不值，留诗书怀。毛晋回到汲古阁后，看到牧云诗，次韵酬之。不久，即病发去世。这首诗的创作与毛晋去世在同一月。作诗之后到去世这段时间非常短暂，其间毛晋亲手整理自己毕生创作，或者“倩人录副”，可能性都不大。清代避御讳是从康熙开始的（参见陈垣《史讳举例》第八十二“清讳例”。当然，康熙时期远没有后来严格），清稿本中“玄”字、“烨”字都还没有避讳，所以我推测《隐湖遗稿》是毛晋去世之后，他的儿子们在居丧期间整理父亲遗著以备刊行时（毛褒等整理毛晋遗著事见《隐湖倡和诗》毛褒跋。另，《汲古阁家塾藏板目》中《隐湖遗稿》后注的“已刻”是否与刊行遗著有关，待考）留下的本子，因此他们才会拟定这样一个总题，毛晋本人从来没有取过总题，他也不会称自己的诗集为“遗稿”。我的假设要是成立，《和古人诗》如果确实像陆世仪诗题显示的那样已在顺治七年庚寅秋之前刊印，那么现在看到的本子中多出《和白香山我年五十七》之类庚寅年后的诗，就不难理解了。

由此，我们也能理解为什么清稿本中存在着假如毛晋亲自整理不应出现的问题。

比如，按照体例，《和古人诗》中的“古人”，都是明代以前的人物。《和今人诗》中的“今人”，是生活在毛晋之前的与其没有交往的明代人物。《和友人诗》中的“友人”则是与毛晋有交往的人物。《和友人诗》中收录黄淳耀的《九日登虞山遇雨宿兴福禅院》与毛晋和诗，这是没有问题的。但《和今人诗》中收录《夜落金钱花次黄陶庵韵》《秋葵次黄陶庵韵》就不应该了。无论按照什么标准，黄淳耀都应入“友人”之列。这么编排，是自乱体例，无法解释。

又如,《和今人诗》收录的《过友人郊园次李梦卢韵》。李梦卢,是“李梦虞”之讹。汲古阁刻钱谦益《列朝诗集》丁集卷二“李太仆舜臣”条:“舜臣字懋钦,一字梦虞,乐安人。”李开先《李中麓闲居集》卷八《大中大夫太仆寺卿愚谷李公合葬墓志铭》:“愚谷,名舜臣,字懋钦,一字梦虞,号愚谷。”《(民国)续修广饶县志》卷十九同。《列朝诗集》丁集卷二就收录了毛晋所和的李氏《过友人郊园》,不可能如此巧合明代还有一个叫李梦卢的写过同题同韵诗。显然,“虞”与“卢”的繁体“盧”字形相近致误。这是抄写者不慎留下的错误。《和友人诗·襄阳岘山登顶取道甘泉寺作》原唱作者写成“景陵谭元春”。稍有一点文学史常识的人都知道,谭元春是有名的文学流派竟陵派的代表人物。竟陵是今湖北天门的古称。《(乾隆)天门县志》卷一《沿革》:“天门,古竟陵地。”“景陵”,应为“竟陵”之讹。

《和友人诗·丙申人日雪中访毛子晋》以冯班诗为原唱,毛晋诗为和诗。这组诗亦见《隐湖倡和诗》卷下,但毛晋诗为原唱,题作《人日雪中定远见访志喜》,冯班《次韵奉酬》为和诗。冯班《钝吟集》卷下收录《丙申人日过隐湖和确庵韵》,作于同日;其后是《又和子晋韵奉酬》,可证毛晋诗确为原唱。《汲古阁集》次序误倒。类似的还有如《和友人诗·寒食放生次石林韵》和诗在前,原唱在后;《载德堂暴画同观累日尤爱巨然萧翼赚兰亭图赋赠》仅录杨补诗不录毛晋诗(依《和友人诗》体例,应或他人原唱、毛晋和诗并录,或仅录毛晋和诗),凡此种种,都是不合体例的。再加上四种集子每一种内其他编次无序(例如既不以诗体为序,也不以写作先后为序)的现象,我疑心这个本子甚至不是定本。

当然,也有一些问题看上去更像是毛晋笔下的错误。

《和古人诗·忍笑次韩致光韵》题中的致光，是唐代著名诗人韩偓的字。但韩偓字又写成“致尧”。《全唐诗》卷六百八十：“韩偓，字致光（一作尧），京兆万年人。”《忍笑》，见韩偓《香奁集》（汲古阁有刻本）卷三。韩偓之字在《忍笑次韩致光韵》中作“致光”，但同样收录在《和古人诗》中的《五君咏次颜特进韵》，毛晋自序时却作“致尧”。这不是毛晋的笔误。陆心源《皕宋楼藏书志》卷七十一集部“韩内翰别集”条引毛晋手跋：“据列传云，偓，字致光，京兆万年人。计有功云：字致尧，今曰致光，误矣。胡仔云致元。未知孰是。”可见，毛晋本人知道两种写法（如果加上胡仔的说法，就有三种）中只有一个是对的，但不能确定是哪个。按，刘向《列仙传》卷上：“偓佺者，槐山采药父也。好食松实。形体生毛，长数寸，两目更方。能飞行逐走。以松子遗尧，尧不暇服。”古人名与字义多相关，偓佺以松子遗尧，此为韩偓名字出处，则以“尧”为是。

《和今人诗·老马次康涵武韵》，这个康涵武是谁呢？遍查各种资料，没有见到明代诗人中有姓康字（或号）涵武的。《列朝诗集》丙集卷十一“康修撰海”条：“海字德涵，武功人。”显然，这是毛晋漏读了“德”字导致的错误。

《野外诗·五贶诗·重荣茉莉》：“同来异国悉邪茗。”毛晋自注：“悉邪茗，西域香草，与茉莉同时移植海南，香色俱不变。”悉邪茗，当为“邪悉茗”之讹。晋嵇含《南方草木状》卷上：“耶悉茗花、末利花，皆胡人自西国移植于南海。”“耶”与“邪”古通。方以智《通雅》卷四十二：“《南方草木状》之邪悉茗，今广州之素馨花也。”邪悉茗，是拉丁文名 Jasminum grandiflorum 的音译。这一个错误，不会是抄写者造成的。因为“邪”是平声字，符合格律要求；如果毛晋手稿作“邪悉茗”，“悉”是入声字，属仄声，那就不合诗律了。

以上这类问题，王振声没有校出，丁祖荫的《虞山丛刻》本也一仍其旧。今天整理毛晋的诗歌，似乎不应满足于根据底本一字不差地录入文字再加个断句，或者仅仅吸收一点前人（王、丁）的校勘成果。基于这样的认识，我把解决这些问题作为笺校的功能之一。有的直接修改（如"景陵"改为"竟陵"），在笺或校记中说明依据，有的保留原文（如康涵武）而指出问题所在。

笺的部分更重要的功能是对诗（尤其是诗题）中涉及的人物、地点、事件以及能确定的写作时间作说明。由于《汲古阁集》的前三种实际都是唱和诗，《和友人诗》大多原唱、和诗一起收录，但《和古人诗》与《和今人诗》只有毛晋和诗。凡是只有毛晋和诗的，我尽可能找到原唱，指出是某书某首。这是一件非常耗时的事。毛晋题目里原唱的诗题常常经过概括，与原唱的完整诗题有文字出入。有时一个诗人的诗集中有多首同题诗，需要一一分辨。所幸绝大多数原唱的出处找到了。考虑到篇幅，原唱一般不录。读者如要深究，按图索骥，并非难事。遗憾的是，有少量原唱（如《老马次康涵武韵》中的《老马》）没有找到出处。读者可能注意到，《和古人诗》的乐府诗部分，笺中较多引用了《乐府诗集》，而《和今人诗》更是大量引用了钱谦益《列朝诗集》中的内容。这是因为，在笺校过程中我悟出，毛晋那些诗歌的创作或许跟汲古阁校刊《乐府诗集》《列朝诗集》相关。或者可以这样说，极有可能，他在校刊两部总集的时候（也可能在刊成之后），相关的诗触发了他的创作灵感和冲动，让他写下了那些诗歌。假如我的推测不错，两书的相关内容当然是创作背景的有机组成部分。

日本学者三浦理一郎的《毛晋交游研究》以《隐湖倡和诗》为基础，研究毛晋的交游，具有创辟之功。但他的书里也不可避免地存在着这样那样的错误。例如《和友人诗·九日登虞山遇雨宿兴福禅院》中关于黄淳耀原唱写作时间,《毛晋交游研究》推究其隶于崇祯十二年(1639)。据陈树悳原辑、宋道南重订《陶庵先生年谱》,崇祯十二年,钱谦益因程嘉燧荐,拟聘黄淳耀为塾师,但当年黄氏并未到常熟。黄氏"馆虞山"在崇祯十三年。因此,本组倡和诗的写作时间我以为当隶于崇祯十三年庚辰(1640)的重阳。

《野外诗·久滞白门不果鹤林之游》,亦见《隐湖倡和诗》卷下,释通门原唱题作《中秋后迟潜在过鹤林》,毛晋和诗题作《久滞白门不果鹤林之游次韵奉酬》。《毛晋交游研究》第四章:"顺治十四年(1657)八月十五日以后不久,毛晋访鹤林寺,通门作诗以赠,毛晋和之。"此说不妥。通门诗题中的"迟"是等待之义。毛晋诗题明言"不果",表明他没有践约赴鹤林,而是在南京收到通门寄示的原唱,然后作和诗寄赠。《隐湖倡和诗》此诗后为范又蠡《丁酉秋客白门晤子晋赋赠》及毛晋和诗,也是毛晋仍在南京的旁证。

《野外诗·梦父师持坐石图索题时南来法师在坐说诗偶及天界灵山二老梦中倡和得深林坐石生秋隐之句同用成篇为合梦诗遂书卷上放笔大笑曰梦父亦同梦否余不揣口上续尾以博一粲》。《隐湖倡和诗》卷中目录附注:"大惺,字以明,号梦父,湘东释。"《毛晋交游研究》第四章:"释大惺,字以明,号梦父(亦作梦无)。生卒年、事迹均不详。湘东寺僧。"其说不确。《隐湖倡和诗》卷中《丙戌元宵尚齿会集和陶诗》序:"九峰释梦无大惺,时年五十五。"丙戌为顺治三年(1646),则大惺生于万历二十年(1592),生年可考。冯廷宾稿本《虞牧公诗集》有《诗僧梦父来从湘上老于虞山辞世殆五伏腊矣放斋见简笥得其旧日之笔为十绝以吊之效颦如左》八首,其一又有"湘南飘笠溯江来"句,则"湘"确指今湖南,"湘东"不是寺名。

另，冯氏诗集为编年诗集，其诗作于康熙二年癸卯(1663)，时大悝辞世五年，卒年大约为顺治十六年己亥(1659)。

《野外诗》中有一首《丙戌春分病起见庭前落梅为之怃然适井研雷元方兄弟至呼酒对酌》。四川井研的雷起剑、雷珽、雷琯都是毛晋友人。《毛晋交游研究》“雷起剑”条：“雷起剑，字雨津……琯之兄弟。”同书“雷琯”条：“雷琯，似一名珽，字元方……起剑之兄弟。”其说大误。《(光绪)井研县志》卷三十三：“雷起龙，字雨田……子琯，顺治五年举人。”同卷：“雷珽，字笏山，起剑长子。”可知雷琯为雷起龙子，雷珽为雷起剑子，二人为堂兄弟。雷珽非雷琯别名，跟雷起剑则是两代人。对雷氏的关系，不仅三浦理一郎梳理错了，就连毛晋的儿子们也不是十分清楚。《隐湖倡和诗》目录附注：“雷琯，字元方。”同样张冠李戴。《以介编》收录雷珽为毛晋六十生日作的贺诗，作者标“仙井雷元方，名珽”。雷珽曾任吴江县令，《(乾隆)吴江县志》卷二十三：“雷珽，字元方，四川井研举人，顺治十三年知吴江。”《(道光)苏州府志》卷五十七、七十四，《(同治)苏州府志》卷七十二并同。吴江徐釚《本事诗》卷九：“雷珽，元方，笏山，井研人。”笏山或为另字，或为别号。古人名与字意义每有相关。《礼记·玉藻》：“天子搢珽，方正于天下也。”此即雷珽字元方之所由来。

此类问题，在笺中也随文予以解决。

《汲古阁集笺校》是集体合作的成果。我们的分工大致是这样的。文字录入主要由周志强(《和古人诗》《和今人诗》)、张卫(《和友人诗》)、彭尚炯(《野外诗》)分别承担。录入完成后以清稿本自校，并以《隐湖倡和诗》的重合部分参校，写出校记，然后三人交换互校。校稿汇总成完整稿后，由我据清稿本、《虞山丛刻》本各校一遍，毛晋友人诗只要找得到其人别集或其他总集中收录的部分用以参校，补充校记，然后撰写笺(题注)的部分。完成后打印一份，由以上三人再校读一遍。

对各本间的异文，能确定清稿本错误的，通常改动正文，并在校记中说明情况或依据。如周荣起《题词》中的“击盉成句”，清稿本作“盂”，王振声校改为“盉”，《虞山丛刻》没有采纳王校，仍作“盂”。盉，古同“钵”。《南史》卷五十九《王僧孺传》：“竟陵王子良尝夜集学士，刻烛为诗，四韵者则刻一寸，以此为率。文琰曰：‘顿烧一寸烛，而成四韵诗，何难之有？’乃与令楷、江洪等共打铜钵立韵，响灭则诗成，皆可观览。”后来，“击钵(盉)”成为文思敏捷或文人雅集赋诗的常用典故，周氏《题词》正用此义。“击盂”就莫名其妙了。再如，《和古人诗·五君咏次颜特进韵·陆龟蒙》“莯刺锄频举”，“刺”清稿本作“刺”，王振声、《虞山丛刻》本均未校改。《新唐书》卷一百九十七《陆龟蒙传》：“身畚锸，茠刺无休时。”茠，同“薅”。《韵府群玉》卷二十引此语并释云：“茠刺，除草也。”径改。《和友人诗·载德堂暴画同观累日尤爱巨然萧翼赚兰亭图赋赠》，“尤”，清稿本作“犹”，显为音同致误，据王振声校与《虞山丛刻》本改。

凡不能确认正误的则不轻改，但出校记给予说明。如《和友人诗·偶和曰补长句中庵叠韵见赠再用韵报之》“肥瘦互商初拓字，干千相析互抄书”，清稿本“析”，王振声无校改，《虞山丛刻》作“柝”。“析”有判、分之义，亦可通。

作为著名的文献学者，王振声作的校改有相当高的价值，我们充分地吸收了他的成果。但稿本中有大量的清代避讳字，比如清代帝王的御讳和孔子的名“丘”字(改“邱”)，这些没有出校记的必要。

丁祖荫的《虞山丛刻》是一个经过精心校勘的本子，不过在吸收王校成果、纠正清稿本部分错误的同时，也造成了一些新的错误。如《和友人诗·冉冉半月迢迢百里追访鹤林和尚如绛云舒卷过而不留缄诗寄讯又得赐和好音酬酢密于促膝五叠前韵寄之》的“吾愿卒难违”，“违”字在《虞山丛刻》中误作“还”。又如《野外诗·泉游八咏·破龙涧》“处处林中摘蕈鲜”的“林中摘蕈”，《隐湖倡和诗》作“篱边采菌”，这两者应该是初稿(《隐湖倡和诗》)与改稿的区别，有优劣而无正误之分。《虞山丛刻》“蕈”作“簟”，显然是形近而误。又如《野外诗·秦淮花烛诗赠江右萧孟昉》其七“春浮向有婵娟径，从此香云满地生”，“向”字在清稿本、《隐湖倡和诗》中同，在《虞山丛刻》中作“尚”。“向”在句中是过去、以前的意思，跟后句的“从此”呼应，“尚”应该也是形近致误。这些问题，我在校记中也作了说明。

毛晋毕生创作的诗歌总量一定远不止《汲古阁集》中收录的部分。我们从《隐湖倡和诗》及陆心源《穰梨馆过眼录》、陈瑚的《顽潭诗话补遗》中辑得 36 题 55 首毛晋诗作作为《补遗》。我又从《隐湖倡和诗》、陈玉齐《情味集》、陈瑚的《从游集》及《顽潭诗话补遗》中辑得毛晋四个儿子毛褒、毛衮、毛表、毛扆的诗，另外把王振声的清稿本跋、丁祖荫的《虞山丛刻》本跋、赵万里的提要三则汇集在一起，作为附录，供读者参考。

前面说过，毛晋本人没有给自己的诗集拟定过总名，《和古人诗》《和今人诗》《和友人诗》与《野外诗》本来是各自独立的。其后人把它们总称为《隐湖遗稿》，王振声则考虑到“以其名之著”，改题为《汲古阁集》。王振声的意见颇有道理。假如书名就叫《隐湖遗稿笺校》，肯定有大量读者不知其为何物，因此我们采用了现在这个书名。

跟五年前合作编写《虞山文化读本》一样，我们主要是利用业余时间完成本书的编校工作。由于各种主客观因素的限制，书中(包括这篇序)难免存在种种错误与不足，作品系年也可能有不够准确的地方，希望读者不吝指正。

2017年7月7日

目录

卷二·和今人诗卷

卷三·和友人诗卷

卷四 · 野外诗卷

补遗

附录

题词

上下数千年，纵横几万里，自了汉浇语欺人，会心时渊怀平忖。不古亦不今，觞咏伴斯闲日；能今复能古，编摩导我幽盟。粤自材称落落，一家之技未成；洎乎学奓嘐嘐，五字之城莫破。印趋多蹶，抗响谁工？吾友子晋慨焉伤之。杰起艺林，广搜吟和；名贤未息，先代犹攀。骚雅之传，上追汉魏；琬琰之什，下逮元明。忆曩昔定交于子晋也，霜泾划艇，露刺①升堂，拜母论心，誓敦古处。阅数年而雄者不飞，雌者就伏，始各以声诗，写其不平之感。时则方舟指水，时则促膝衔愁。青枫片片，冷入吴江；绿草浵浵，望连南浦。于是踢蹐连踪，互陈篇什。质千载于一堂，纫九兰于寸草。凭今吊古，蔚乎茂哉！亦何恨古人之不我见，而今人之不我即也。尔乃榛楛塞道，烟火飞空。无人野渡，剡溪之事杳然；有鹤皋鸣，苏门之啸寂矣。子晋独不作怪字咄咄，拥等身之书，穿当膝之版。良朋接席，素侣投怀。伐木矢其和平，尚友兼之诵读。隐湖一曲，宛如蓬岛仙居；宝晋千椽，不让娜嬛邃宇。香浮篆鼎，日午风轻；花飏湘纹，春宵影动。一声清啭，千珠落玛瑙之盘；百韵闲搜，万蝶舞氍毹

① 刺：清稿本作“剌”，据王振声校改。

之锦。虽使远如陶杜，亦当揖拜羹墙；况乃近若高杨，岂不踵随趋步？用此揉之瀹之绎之涵之，古而古焉，今而今焉，纤情弱格，总不犯其笔端；颓响靡音，概欲驱之毫末。旧人生面重开，何止轹颜陵谢？昭代威仪共振，几于张楚收吴。刻烛传声，八叉之捷悟云尔；击盋[①]成句，千言之坌涌何如。视彼袖穿帽落，真矮人之登场；即复肩耸髭捻，终寒乞之生活。刀剑光中，寻出翻天筋斗；襟衿队里，妆成盛世衣冠。信乎汲古绠长，遂啸歌之或遇；匪独居今眼阔，卒招隐之未皇。予也懒不逢人，傲犹立俗，生今之世，与古为仪。忝缟纻之交欢，匪朝伊夕；窃蘅兰之叶味，形外诚中。方春欲半，梅花烦陇信之传；擘茧未全，薇露代香蕤之浣。矩折规周，何神似形似之有间？上抗下坠，觉肖心肖吻之俱非。以此讴吟，存之方册，殊非地老天荒，那得墨枯石燥[②]。虽曰思参代邈，几乎丽则风归。当由玄度在怀，写曲室之清风朗月；庶见王维词客，谬宿世之辋水蓝田。自此人我齐观，畴不联镳而竞爽；行且古今协律，毋徒借口而同吹。

壬午二月花朝江阴社弟周荣起撰。

---

① 盋：清稿本、《丛刻》本并作“盂”，据王振声校改。盋，同“钵”。
② 燥：同“燥”。

卷一·和古人诗卷

叙

自来藏书与著书，蔚为两家，至吾社子晋而合。说者谓积书如积金，均为造物所忌，故自秦火后，曹仓杜库，亦同乌倮蚨飞。愚谓不然。凡积书之家，多积金之家，则是金为书祟，于书何尤？子晋素心侠骨，口不言阿堵。湖田所入，即买异书，藏之几阁。并镌异书，布之通都，如流泉长转，自无盈涸。宜乎万卷百城超劫，屹若灵光也。其行世著述，亦几等身。比来栖迟野外，犹左携箱笥，右挈盘匜。于诗书尚友间见古人，于屋梁落月间见故人，又于巢居石户间见吾辈嵚崎历落之人，更觉异世同时，分形合志。自汉魏迄近代，自先辈暨同盟，莫不联为缁好，叶作嘤鸣。当拈题选韵时，片言星落，四座飙驰，竟不知谁古谁今，谁倡谁和。诸藏书家有是乎？伐山运材，归尺栌于般斧；渔海罗错，属寸脔于庖刀。具所同，才所独也。或谓才亦造物所忌。愚又谓不然。造物忌才，忌雄飞，不忌雌伏。先是藏书兼著书者，有杨用修氏，世践奎章，榜标奇服，遂同太白夜郎之厄。以子晋之才，不蚤在承明著作之庭，身偕渔隐，名托龙潜，以九仞之高翔，寓百谷之善下。绝无鹦鹉[①]之篇、燕泥之句，刺[②]人心目。即题遍古今世，亦以古今大业拱[③]手奉之而已。予家无藏书，亡羊之箧亦与敝帚俱投劫灰。此复何故？盖余如窭儿侨富，子晋如良贾若虚，根器自殊，何堪相拟。固知此诗卷与汲古阁诸编自长留天地间也。

梧塍社弟徐遵汤题。

---

① 鹦鹉：清稿本作“鹦武”，据王振声校改。

② 刺：清稿本作“剌”，据王振声校改。

③ 拱：清稿本作“共”，据王振声校改。

月节折杨柳歌[①]

正月歌

春姿著柳条，半带怯寒色。东风吹几朝（折杨柳），淡霭笼关河，鸟哢欢可数。

二月歌

人心入醉乡，梦逐杏花村。双燕语朝阳（折杨柳），风色深深染，淡扫那能久。

三月歌

红雨点碧池，碧云泛红霞。群鸟历乱啼（折杨柳），靧面咒桃花，花雪平分取。

---

① 月节折杨柳歌：《月节折杨柳歌》十三首收录于郭茂倩《乐府诗集》卷四十九《清商曲辞·西曲歌下》。据《乐府诗集》卷四十七《西曲歌上》引《古今乐录》，《月节折杨柳歌》为西曲歌三十四曲之一。郭茂倩按语云："西曲歌出于荆、郢、樊、邓之间，而其声节送和，与吴歌亦异，故□其方俗而谓之西曲云。"按，《月节折杨柳歌》十三首，由十二月歌加闰月歌组成，描写女子相思之情。晋代之后，文人亦有拟作，然多仅拟数首，鲜有十三首全拟如毛晋者。又按，《和古人诗卷》中，古人诗出《乐府诗集》者，或与汲古阁校刊《乐府诗集》有关。据《汲古阁书跋·乐府诗集》："惜乎至元间童万元家本，凡目录小序，率意节略，岁月既久，黯灭不能句读。因丐大宗伯钱师荣木楼所藏宋刻，手自雠正，九阅月而告成。"钱谦益藏本后移入绛云楼，已毁于火。另据张金吾《爱日精庐藏书续志》卷四"乐府诗集一百卷，元刊校宋本，汲古阁藏书"条："自卷一至卷六《朝日乐章》，毛氏子晋手校，卷末俱有子晋手识校勘时日。其《夕月乐章》以下，则长洲王与公所校也。"此本今藏国家图书馆，有毛晋、王咸校勘题识三十五条，最早为卷一末毛晋崇祯十二年己卯（1639）二月望日跋，最晚为卷一百末王咸同年腊月二十四日跋，凡十月（刻本跋"九阅月"恐为误记）。故此类诗或作于崇祯十二三年间。

四月歌

衫子染红莲，轻縠飘蝉翼。试著晚风前(折杨柳)，黄鸟疾于梭，纤手不能取。

五月歌

艾香强三尺，缚成一猛虎。悬髻可怜惜(折杨柳)，五色长命丝，巧结柔荑手。

六月歌

如焚怕萤火，门辞褦襶客。拟就重阴坐(折杨柳)，霜簟凝冰檠，无汗亦频溴。

七月歌

双星挂月边，梧桐影零乱。一宵同一年(折杨柳)，穿针上画楼，丝丝不我负。

八月歌

荷败苦集裳，风凄怯袗絺，犹未凛繁霜(折杨柳)，明月照征车，肠断闺中妇。

九月歌

篱下灿黄花，樽中泛红友。不乐复如何(折杨柳)? 处处蚤授衣，洁身不嫌取。

十月歌

入檐风索索，被池渐云薄。玉箸垂垂落(折杨柳)，岭上放南花，岁岁未曾负。

十一月歌

黄河冻不流，秃树皓且洁。悲风撼百忧（折杨柳），阳回水仙枝，幽香著人否？

十二月歌

卒岁当日暮，顾影难为怀。暗香窗外度（折杨柳），孤鹤守孤灯，银箭沉沉久。

闰月歌

花暖月光寒，辔周无滞候。筹算有余闲（折杨柳），试问羲和氏，玉琯谁为主？

莫愁乐[①]

一叶使两桨，娇语镜中游。美人忽不见，湖心花并头。

---

① 莫愁乐：郭茂倩《乐府诗集》卷四十八《清商曲辞·西曲歌中》收录了《莫愁乐》五言诗二首，据郭氏引《古今乐录》，亦属清商曲辞之西曲歌三十四曲之一，序云"《唐书·乐志》曰：'《莫愁乐》者，出于《石城乐》。石城有女子名莫愁，善歌谣。《石城乐》和中复有忘愁声，因有此歌。'《古今乐录》曰：'《莫愁乐》，亦云《蛮乐》，旧舞十六人，梁八人。'《乐府解题》曰：'古歌亦有《莫愁》《洛阳女》，与此不同。'"参见杜佑《通典》卷一百四十五。

鸣雁行[①]

谁知客鸟中心苦，漫说随阳向南土。南土年年愆雨晴，东阡西陌断人行。徘徊上下栖复惊，粘天风浪白鼍鸣。呼群遥集阿丘侧，白草黄茅同一色。寥寥滞穗啄饥乌，寡妇捉襟常叹息。况兼矰缴役鬼神，何处平原可避人。流民如鸟知多少，犹恐流民不如鸟。

晨风行[②]

后汉杨终徙于北地望松县，而母于蜀物故。终自伤被罪充边，乃作《晨风》之诗。

北堂萱草空薰人，行行北渡望松津。白云层叠尽幻尘，魄归蜀土涕满巾。安能化鸟向南飞，桐丝久绝蛛网徽。仰天招魂魂不归，

---

① 鸣雁行：鲍照《鸣雁行》七言一首收录于郭茂倩《乐府诗集》卷六十八《杂曲歌辞》，序云"卫《匏有苦叶》诗曰：'雝雝鸣雁，旭日始旦。'郑康成云：'雁者随阳而处，似妇人从夫，故昏礼用焉。雝雝，声和也。'《鸣雁行》盖出于此"。后李白亦有同题拟作，王琦《李太白诗集注》卷四引胡震亨《唐音癸签》评曰："鲍照本辞，叹雁之辛苦霜雪，太白更叹其遭弹射，似为己之逢难寓感，观湘、吴一语可见。"毛晋此诗，又在叹雁之遭弹射之外，更叹流民之苦难，赋予新意。

② 晨风行：郭茂倩《乐府诗集》卷六十八《杂曲歌辞》收录王循《晨风行》，序云"《晨风》本秦诗也。《晨风》诗曰：'鴥彼晨风，郁彼北林。'传曰：'鴥，疾飞貌。晨风，鹯也。言穆公招贤人，贤人往之，疾如晨风之入北林也。'又曰：'"如何如何，忘我实多"，盖刺康公忘穆公之业，而弃其贤臣焉。'《益部耆旧传》曰：'后汉杨终，徙于北地望松县，而母于蜀物故。终自伤被罪充边，乃作《晨风》之诗以舒其愤也。'若王循'雾开九曲渎'，沈氏'理楫令舟人'，但歌晨朝之风尔"。杨终传见《后汉书》卷四十八，其《晨风》诗，常璩《华阳国志》卷十上作《孤愤》，今已不传。

陟彼屺兮瞻阿谁？荷戈遐荒路萧索，月昏雾苦沙漠漠。吹笳四起步转却，中心如焚金可铄。

三阁词[①]

复道交金镂，云端露柱头。珠帘笼宝帐，两处有人愁。

三洲歌[②]

花笑为谁发，著意傍芜洲。惊散鸳鸯鸟，还来旧处留。

---

① 三阁词：刘禹锡《刘梦得文集》卷八有《三阁词》，题后注“四首，吴声”。郭茂倩《乐府诗集》卷四十七《清商曲辞四·吴声歌曲四》亦收录刘诗，序云：“《三阁词》，刘禹锡所作吴声曲也。《南史》曰：‘陈后主至德二年，于光昭殿前起临春、结绮、望仙三阁，高数十丈，并数十间。窗牖壁带悬楣栏槛之类，皆以沉檀香为之。又饰以珠玉，间以珠翠，外施珠帘，内有宝床宝帐，服玩瑰丽，近古未有。每微风暂至，香闻数里，朝日初照，光映后庭。其下积石为山，引水为池，植以奇树，杂以花药。后主自居临春阁，张贵妃居结绮阁，龚、孔二贵嫔居望仙阁，并复道交相往来。’”宋魏庆之《诗人玉屑》卷十五引黄庭坚诗话云：“《三阁词》四章，可以配《黍离》之诗，有国存亡之鉴也。”

② 三洲歌：《三洲歌》五言三首收录于郭茂倩《乐府诗集》卷四十八《清商曲辞·西曲歌》中，写男女之情，序云“《唐书·乐志》曰：‘《三洲》，商人歌也。’《古今乐录》曰：‘《三洲歌》者，商客数游巴陵三江口往还，因共作此歌。其旧辞云：“啼将别共来。”梁天监十一年，武帝于乐寿殿道义竟，留十大德法师设乐，敕人人有问，引经奉答。次问法云：“闻法师善解音律，此歌何如？”法云奉答：“天乐绝妙，非肤浅所闻。愚谓古辞过质，未审可改以不？”敕云：“如法师语音。”法云曰：“应欢会而有别离，‘啼将别’可改为‘欢将乐’。”故歌。歌和云：“三洲断江口，水从窈窕河傍流。欢将乐，共来长相思。”旧舞十六人，梁八人。’”

明君词[1]

日夕娇啼破粉斜，不教一点染胡沙。衫身承得思君泪，匹马缄题入汉家。

---

① 明君词：郭茂倩《乐府诗集》卷二十九《相和歌辞》收录《王明君》，序云“一曰《王昭君》。《唐书·乐志》曰：‘《明君》，汉曲也。元帝时，匈奴单于入朝，诏以王嫱配之，即昭君也。及将去，入辞，光彩射人，悚动左右，天子悔焉。汉人怜其远嫁，为作此歌。晋石崇妓绿珠善舞，以此曲教之，而自制新歌。’按，此本中朝旧曲，唐为吴声，盖吴人传授讹变使然也。《西京杂记》曰：‘元帝后宫既多，不得常见，乃使画工图其形，案图召幸。宫人皆赂画工，多者十万，少者亦不减五万。昭君自恃容貌，独不肯与。工人乃丑图之，遂不得见。后匈奴入朝，求美人为阏氏，帝按图以昭君行。及去，召见，貌为后宫第一，善应对，举止闲雅。帝悔之，而名籍已定，方重信于外国，故不复更人。乃穷按其事，画工有杜陵毛延寿，为人形，丑好老少，必得其真。安陵陈敞，新丰刘白、龚宽，并工为牛马飞鸟众艺，人形好丑，不逮延寿。下杜阳望、樊青，尤善布色。同日弃市。籍其家资，皆巨万。京师画工，于是差稀。’《古今乐录》曰：‘《明君》歌舞者，晋太康中季伦所作也。王明君本名昭君，以触文帝讳，故晋人谓之明君。匈奴盛，请婚于汉，元帝以后宫良家子明君配焉。初，武帝以江都王建女细君为公主，嫁乌孙王昆莫，令琵琶马上作乐，以慰其道路之思，送明君亦然也。其造新之曲，多哀怨之声。晋、宋以来，《明君》止以弦隶少许为上舞而已。梁天监中，斯宣达为乐府令，与诸乐工以清商两相间弦为《明君》上舞，传之至今。’王僧虔《技录》云：‘《明君》有间弦及契注声，又有送声。’谢希逸《琴论》曰：‘平调《明君》三十六拍，胡笳《明君》三十六拍，清调《明君》十三拍，间弦《明君》九拍，蜀调《明君》十二拍，吴调《明君》十四拍，杜琼《明君》二十一拍，凡有七曲。’《琴集》曰：‘胡笳《明君》四弄，有上舞、下舞、上间弦、下间弦。《明君》三百余弄，其善者四焉。又胡笳《明君别》五弄，辞汉、跨鞍、望乡、奔云、入林是也。’按，琴曲有《昭君怨》，亦与此同”。按，题又作“明君词”“昭君叹”，句或五言，或七言。

杨白花[1]

杨白花，流出深宫水。云雨含情绕玉床，梦逐杨花去千里。红妆连手踏歌声，惊燕梁尘一齐起。

于阗采花[2]

长城限中外，不限天地春。明妃未辞汉，亦将花比人。

---

① 杨白花：郭茂倩《乐府诗集》卷七十三《杂曲歌辞》收录《杨白花》，序云"《梁书》曰：'杨华，武都仇池人也。少有勇力，容貌雄伟。魏胡太后逼通之，华惧及祸，乃率其部曲来降。胡太后追思之不能已，为作《杨白华》歌辞，使宫人昼夜连臂蹋足歌之，声甚凄惋。'故《南史》曰：'杨华，本名白花，奔梁后名华，魏名将杨大眼之子也。'"杨华传见李延寿《南史》卷六十三。

② 于阗采花：《乐府诗集》卷七十三《杂曲歌辞》收录《于阗采花》歌辞二首，一首五言四句，为无名氏所作，另一首杂言，为唐李白所作。王琦《李太白诗集注》卷四《于阗采花》题注："胡震亨曰：《于阗采花》，陈、隋时曲名。本辞云：'山川虽异所，草木尚同春。亦如溱洧地，自有采花人。'太白则借明妃陷虏，伤君子不逢明时，为谗妒所蔽，贤不肖易置无可辨，盖亦以自寓意焉。《汉书·西域传》：于阗国王治西城，去长安九千六百七十里。《周书》：于阗国在葱岭之北二百余里，东去长安七千七百里。"以形式论，毛晋所和为无名氏之作；以内容论，实融无名氏与李白诗诗意。于阗，古西域国名，在今新疆和田一带。

秦王卷衣[①]

秦宫百和芳，初试薄罗裳。相邀排夜阁，回袖染炉香。未开隐绣匣，敢近黄金床。回头三月火，何处是咸阳？

孟春集隐湖草庐用陶靖节癸卯岁始春怀古田舍韵二首[②]

虞乡学躬稼，半生愧未践。春及无一事，荷蓧勤岂免。尚论癸

① 秦王卷衣：郭茂倩《乐府诗集》卷七十三《杂曲歌辞》收录吴均《秦王卷衣》，序云"《乐府解题》曰：'《秦王卷衣》，言咸阳春景及宫阙之美。秦王卷衣，以赠所欢也。'唐李白有《秦女卷衣》。"明胡震亨《唐音癸签》卷二十一："太白《秦女卷衣》，即梁吴均《秦王卷衣》题也。其事莫详。吾谓此非嬴秦，或苻秦耳。晋载记：秦苻坚灭燕，得慕容冲，有龙阳姿，爱幸之，与其姊清河公主并宠，宫人莫进。长安引'一雌复一雄，双飞入紫宫'歌之。均本辞：'秦帝卷衣裳，持此赠龙阳。'白所拟亦云：'顾无紫宫宠，敢拂黄金床。'似皆谓此。若嬴秦安得有男宠事？白亦不应作'天子居未央'语矣。记之俟通识者（后罗隐《秦望山》诗有'霸主卷衣才二世'，晚末人传误，不足凭）。"据和诗，毛晋似以秦为嬴秦。

② 《孟春集隐湖草庐用陶靖节癸卯岁始春怀古田舍韵二首》：隐湖，昆承湖别名，因在尚湖之东，亦名东湖。"隐湖"卷中《和陶韵》序："丙戌元宵，集缁素一十有三人，礼三教师像，结尚齿会。南沙顾涵宇慈明时年八十，吴兴施万籁于民时年七十五，河南陆孟凫铣时年六十六，临海戈庄乐汕时年六十五，弘农杨子常彝时年六十四，武陵顾麟士梦麟时年六十二，智林释石林道源时年六十一，武陵顾用晦德基时年六十，高阳何白石适时年五十八，九峰释梦无大惺时年五十五，扶风马人伯弘道时年五十三，西河毛子晋晋时年四十九，天水严仲木陵秋时年四十三，计年合得七百九十一岁。茗香作供，间以斗酒，玄对晨夕，各无杂言。偶读五柳先生怀古田舍诗，怅然有感，遂书素幅传示，同人或叠韵、或用韵、或一章、或二章，各率其真云尔。"《隐湖》收录毛晋诗为本题之"中田有敝庐"及《又和二首》之"江山 （转下页）

卯岁，孤怀蚤云缅。听水师丈人，陶公诱我善。湖光浮屋角，开樽山翠远。从今素心侣，扁舟日往返。忘言且忘归，携手兴不浅。

中田有敝庐，俯仰不知贫。牛角书一束，耕辍读方勤。揽镜侵五十，无闻犹傲人。吁嗟天方怒，四境创痍新。对酒涕沾臆，百事无一欣。翘迹企栗里，岂愿蹑平津。东风入阡陌，烟草接比邻。良耜吾良友，何惭呼老民。

又和二首

江山日蹙圮，勒骑恣蹂践。游目靡所骋，闲者亦不免。何必溯黄虞，十年怀已缅。达人悲维谷，处士矜独善。行行出北门，林泉自清远[①]。日高形影重[②]，依夕牛羊返。地力今渐薄，耕锄戒勿浅。

举俗养声利，无端各患贫。非关巧与拙，瓮算日夕勤。一朝飞羽书，深巷无居人。惟闻征科急，旧谷不继新。倏忽春入枝，枝头尽欣欣。衣食洵有原，岁取南东津。野外多乐地，孳孳谋老邻。思欲耦十千，共饱区中民。

(接上页)日蹙圮”，知此二题均为尚齿会首集所作，时在顺治三年丙戌(1646)元宵。隐湖草庐，据顾梦麟《织帘居诗》卷一《元夕宝晋斋初举尚齿社和陶癸卯岁始春怀古田舍韵二首》，在毛氏宝晋斋。陈瑚《确庵文稿》卷七下《山楼集·示隐湖诸子》其一自注：“宝晋斋三、六、九日举文会。”可知宝晋斋常用作文会之所。《癸卯岁始春怀古田舍》见《陶渊明集》卷三。清张玉谷《古诗赏析》卷十三晋诗：“古田舍，旧田舍也。”陶澍《靖节先生年谱考异》曰：“怀古田舍，古人文简语倒，当是于田舍中怀古也。”所解与张氏不同。诗凡二首，作于晋安帝元兴二年癸卯，时渊明丁母忧居丧在家。第一首怀荷蓧丈人，第二首怀长沮、桀溺，所怀皆古之躬耕隐士，可知旨趣。清何焯《义门读书记》卷五十：“二篇发端，皆自言躬耕非始志。下半篇则申时不可为，不事伯朝之本趣。”诗中可窥见毛晋遗民情怀。

① 林泉自清远：《隐湖》作“禹甸实匪远”。

② 形影重：《隐湖》作“影相友”。

高道泉用杜少陵太平寺泉眼韵[1]

邑中泉凡数处，惟高道泉为最。相传高道人隐居此处，浚井得泉，特表其名，以续张又新《水品》。

乌目涧西路，窈窕翳宿莽[2]。招提隐幽壑，拙朴近中古。传闻在昔年，花灿神仙府。卓彼[3]高道人，深居莫敢侮[4]。胸含日月精，垂帘无阒睹。炼火调武文，润借碧空雨。阴气穴重泉，疏凿去凡土。石液涌源源，颜色带花乳。汲月耀松枝，翠影纷缕缕。品如介洁士，千秋领深趣。记取担[5]前罂，香瀹阳羡圃。但恐惊双鸽，骞[6]翻湖外羽。

---

① 高道泉用杜少陵太平寺泉眼韵：高道泉，在虞山南麓吾谷西。《(光绪)常昭合志稿》卷二："(吾谷)又西则前直程家桥，有程司空墓道。旧多古榆，为避暑佳地，今亦已无余荫。又西旧有赵文毅园林，池平台阤，莫寻故迹。复半里许，越大道，由小径曲折入山坳，两峰环合，长冈前横，窈然深秀。先有高道者居之，故名高道山居。宋周忠惠虎就其地筑露台，故又名露台山居。至明代有燕僧月沧改为佛宇，遂更名高道禅院。垒石栽花，极称幽胜，未久即就荒废。今其地仍名山居弯。其右有泉，即名高道泉，深四五尺，味颇清冽。"《太平寺泉眼》见仇兆鳌《杜诗详注》卷七，题注引朱鹤龄："太平寺在秦州。诗云'北风起寒文'，当是乾元二年秋冬之交作。"按，此题《隐湖》卷中作"高道泉"，其诗序稍异："邑中泉凡数处：曰睢阳泉，曰瀫茶泉，曰荐菊泉，曰舜过井，曰墨井，曰龟井，曰白鳝洞，曰水帘。惟高道泉隐于乌目山南麓，境极幽奥，罕有知者。相传高道人隐居山间，浚井得泉，泉甘冽，出诸泉上。特表其名，以续张又新《水品》。"诗约作于顺治四年丁亥(1647)。

② 宿莽：《隐湖》后有自注"叶愈"。

③ 卓彼：《隐湖》作"绿须"。

④ 深居莫敢侮：此句清稿本缺，据《隐湖》补。

⑤ 担：《隐湖》作"檐"，似可从。

⑥ 骞：清稿本作"骞"，据王振声校改。

生春追和元微之存十四首[①]

何处生春蚤[②]，春生山色中。松消千涧雪，兰泛一坡风。济胜筇枝健，寻芳屐齿融。推窗频眺望，处处绿成丛。

何处生春蚤，春生水色中。荻针思拆甲，荇带欲牵风[③]。歧渚新流涣，中皋绿秀融。上冰鱼泼刺，翡翠睨枯丛。

何处生春蚤，春生晴色中。桃夭人映面，柳弱马嘶风。酒市欢无价，毬场气渐融。长安多士女，裙幄锦为丛。

何处生春蚤，春生野色中。白鱼跳细浪，紫燕语疏风[④]。灌药分苗长[⑤]，耕犁[⑥]宿土融。村村落花片，犹有未开丛。

何处生春蚤，春生草色中。纤纤侵古岸，冉冉试柔风。芽茁轻冰碎，茵铺香雪融。王孙楼外望，魂断蝶边丛。

何处生春蚤，春生晓色中。梅梢初落月，莺羽乍梳风。游骑雕鞍动，香台玉粉融。花光照街市，带露摘芳丛。

何处生春蚤，春生樵径中。草侵还见路，叶长不禁风[⑦]。碛里和云束[⑧]，垆头带雪融。烧痕看渐绿，言刈隔年丛。

---

① 生春追和元微之存十四首：元稹《元氏长庆集》卷十五《生春》，题后自注“丁酉岁，凡二十章”。首句均为“何处生春早”。丁酉为唐元和十二年，时元稹三十九岁，任通州司马。按，《隐湖》卷中有《和元微之生春诗》五首，录其二、其四、其七、其十二凡四首。另有“春生树色中”一诗，本卷未录。诗作于顺治六年己丑（1649）。又按，凡诗题作“存……首”者，均系选录。

② 蚤：《隐湖》所录该组诗中均作“早”。

③ 荻针思拆甲，荇带欲牵风：《隐湖》作“荻针将卸甲，荇带未牵风”。

④ 白鱼跳细浪，紫燕语疏风：《隐湖》作“韩卢奔剩雪，海燕语疏风”。

⑤ 灌药分苗长：《隐湖》作“药灌分科长”。

⑥ 耕犁：《隐湖》作“犁耕”。

⑦ 草侵还见路，叶长不禁风：《隐湖》作“草侵时见路，叶长欲凌风”。

⑧ 碛里和云束：《隐湖》作“月下和云束”。碛，清稿本作“嵽”，据王振声校改。

何处生春蚤，春生渔艇中。鳜肥花片雨，鹭立钓丝风。瓮酿波光滟，帆收夕照融。醉来高晒网，笑指铁围丛。

何处生春蚤，春生花坞中。垂丝悬织雨，锦带笑迎风（垂丝海棠名锦带，一名迎春花）。红雾侵眸蔼，香魂入梦融。凌晨消病渴，吸露一丛丛。

何处生春蚤，春生广陌中。笛声吹落日，筝响奏高风。原绿人耕破，泥香骑践融。儿童无限乐，斗草聚深丛。

何处生春蚤，春生旅泊中。岁华悲远道，行色候晴风。酒薄愁难解，书缄墨未融。楼中红粉梦，终日恨花丛。

何处生春蚤，春生破寺中。檐颓粘燕垒，壁败漏香风。枯树藤枝活，冰台鼠迹融。无僧来扫径，灌木绕阶丛。

何处生春蚤，春生古驿中。杯倾残腊酒，樯落隔江风。柝语人初静，蹄涔水渐融。问程愁正剧，闲剔烛花丛。

何处生春蚤，春生歌苑中。入年新拜月，当夕唱回风。扇转纱嫌薄，灯移苡旋融。缠头三百万，羯鼓出人丛。

虎丘十咏追和虚堂禅师韵[①]

剑池

三尺神龙埋绝壑，时乘夜气耿星辉。山僧共饮[②]池中水，水挟

① 虎丘十咏追和虚堂禅师韵：虚堂为宋代名僧。据释明河《补续高僧传》卷十一，智愚，字虚堂，四明人。历住十刹，化道风行。高丽国王闻其名，请师于彼国说法，八载还山，问法弟子，随侍千指。至明嘉靖间，高丽尚遣法嗣来中国扫塔。其《重修虎丘十咏》，《全宋诗》据顾湄《重修虎丘山志》辑得九首，分别为《剑池》《憨憨泉》《千人座》《点头石》《试剑石》《生公讲台》《花雨亭》《小吴轩》《吴王阖闾墓》。另有《白莲池》，见顾湄《重修虎丘山志》卷二《泉石》，《全宋诗》漏收。按，《隐湖》卷中《追和虚堂禅师虎丘十韵》，选录《剑池》《小吴轩》二首。据《隐湖》及释道源《寄巢诗》卷下，诗作于顺治四年丁亥(1647)。

② 共饮：《隐湖》作“惯饮”。

涎腥识者稀。

生公台

一自苏台沦宿莽，经台小小月争新。偶然留座千人上，不碍游踪不竞春。

雨花台

四花拂拂堕云端，点破泓渟剑影寒。纵使当场打口鼓，何如一默不相瞒。

千人坐

劫石何年拂得平，鸟啼花笑总谈经。重教聚石多饶舌，何异声从指上听。

点头石

杖锡南来到此间，吴山片石不终顽。苍苔遍体皴痕古，月照空堂夜不关。

憨憨泉(宝华泉亦因憨憨和尚与此同名)

一郡泉名两寺同，宝华色味暗相通。憨憨老子今安在，蚊饮咸知卓锡功。

试剑石

划然界破翠微中，闪闪横拖秋水锋。博得沼吴无限恨，属镂哮吼起悲风。

吴王墓

响屧声沉沼水深，吴儿从未作悲吟。当年若葬西施骨，应共真娘月下寻。

白莲池

鹤梦池边旧讲台，泉寒不复见花开。只因曾说莲花偈，香气常从句里来。

小吴轩

木末危栏倚侧峰[1]，野烟收尽万林空。孤飞白鸟来吴外，仿佛杨花入镜中。

追和皮陆樵人十咏题退山采樵图[2]

樵溪

结庐在深山，幽壑蟠古木。流泉带落花，降饮多麋鹿。标野董佐民，斯风何朴楸。缘溪负柯去，惊林散云族。

---

① 侧峰：《隐湖》作“仄峰”。

② 追和皮陆樵人十咏题退山采樵图：陆龟蒙《松陵集》卷四《樵人十咏》（又见《甫里集》卷之五），自序“环中先生谓天随子曰：‘子与鹿门子应和为《渔具》诗，信尽其道而美矣。世言樵、渔者，必联其命称。且常为隐君子事。《诗》之言错薪，《礼》之言负薪，《传》之言积薪，《史》之言束薪，非樵者之实乎？可不足以寄兴咏，独阙其词耶？’退作《十樵》，以补其阙漏，寄鹿门子”。诗后有皮日休《奉和樵人十咏》（《全唐诗》卷六百十一作《奉和鲁望樵人十咏》）。按，汲古阁有《松陵集》刻本，《汲古阁书跋·松陵集》录毛晋跋云：“考皮袭美《文薮》及陆鲁望《笠泽丛书》，俱不载唱和诗，盖因袭美从事郡牧，与鲁望酬赠，积成十通，别为一册，名曰《松陵》，为吴中一时佳话尔。千百年后，仅弘治间重梓，又漫灭不可得，使海内慕皮陆之风而愿见兹集者，谓吾吴好事何。予特购宋刻而副诸枣，不特《松陵》为吾吴之望也。道义志气，穷通是非，如两公者，可以相感矣。”退山为马弘道号。弘道，字人伯，其先本常熟人，徙居长洲。弘道为毛晋密友，长期寓居汲古阁教读毛晋诸子，为尚齿社成员，其生平参见陈瑚《确庵文稿》卷十六《马退山家传》。

樵家

山空若无人，老屋亦自喜。坩栖云影外，相杵泉声里。月落不知眠，三竿犹未起。问君几岁年，秦时已来此。

樵叟

松鬣冠繁霜，俨然头上发。不知历日徂，经见枯枝活[①]。春酒酿乌头，晨餐饱地骨。陟岭如飞猱，寿藤何用伐？

樵子

生涯在深林，携幼白云上。驰驱[②]野鹿群，戏作[③]山猿状。丁丁或努力，许许亦能唱。斜日[④]炊烟起，踞石遥相望。

樵径

窈窕复崎岖，一线深林里。日高露未晞，空翠湿屐齿。时逢采药人，眠鸟忽惊起。长啸两三声，落叶纷纷坠。

樵斧

稚子候将夕，时鸟鸣欲曙[⑤]。劈开烟合枝，劚断云生处。静中落一声，再惊猿鹤去[⑥]。不识烂柯者，局外当何虑[⑦]。

---

① 经见枯枝活：《海虞诗苑》作“惯看松枝活”。
② 驱驰：《海虞诗苑》作“惊看”。
③ 作：《海虞诗苑》作“学”。
④ 斜日：《海虞诗苑》作“日斜”。
⑤ 稚子……欲曙：《海虞诗苑》作“执柯敢惮劳，入山候天曙”。
⑥ 再惊猿鹤去：《海虞诗苑》作“狡兔为逸去”。
⑦ 不识……何虑：《海虞诗苑》作“笑彼秉钺人，边陲劳远虑”。

樵担

深入幽偏境[1]，恣讨[2]无拘束。负重识路遥，山腰几回曲。一肩换斗酒，双眼迷万[3]绿。芳兰杂榛棘，纫佩将谁属[4]。

樵风

忽从蘋末起，复向松巅返。万木争怒号，飞鸟天际远。破浪违乘舟，局步羡策蹇。息肩候徒侣，莫讶归来晚。

樵火

深夜度重岭，不辨纪与堂。石火沿野烧，木末烛红光。百草同一烬，微炙松桧香。乘此慎归路，迷阳满道傍。

樵歌

山中无俗声，野讴杂松奏。或发日斜时，或当月出候。遥和隔溪渔，忽震[5]深林兽。劳劳行负樵，夷歌不辞陋[6]。

题李氏园用杜少陵游何将军山林韵[7]

入林人不禁，三径日常[8]开。绿净千竿竹，香浮一院梅。淡云

---

① 幽偏境：《海虞诗苑》作“榛棘丛”。
② 讨：《海虞诗苑》作“取”。
③ 万：《海虞诗苑》作“红”。
④ 芳兰……谁属：《海虞诗苑》作“斜挂王者香，赏音向谁属”。
⑤ 震：《海虞诗苑》作“振”。
⑥ 劳劳……辞陋：《海虞诗苑》作“门前车马行，掩耳笑鄙陋”。
⑦ 题李氏园用杜少陵游何将军山林韵：李氏园不详。游何将军山林，杜甫诗题原作《陪郑广文游何将军山林十首》，毛晋所和为其五、其七。
⑧ 常：清稿本作“尝”，明人避讳字，据王振声校改。

当户出，霁月上杯来。野客过从惯，悠然坐绿苔。

入座春风暖，微闻隐麝香。鱼恬吹浪细，鹤梦绕池凉。快阁云端出，群峰竹里藏。惭非图画史，一幅点青苍。

剑门登高用杜少陵九日韵[①]

扁舟共泛蒹葭水，短策还登望海台。彭泽好花头上插，尚湖明镜日边开。望穷白鸟随云去，酒渴[②]黄冠送茗来。最爱枫林当返照，归途迤逦[③]莫相催。

风雪中见里社追和陶靖节蜡日韵[④]

岁晚霰将集，梅蕊露微和。忽然长风厉，高崖冠雪花。抚景知节促，感叹良独多。会当举八蜡，聊吟报赛歌[⑤]。

---

① 剑门登高用杜少陵九日韵：剑门为虞山名胜。《（嘉靖）常熟县志》卷一云，“剑门石，在拂水岩之东，两崖中豁如剑劈，旧称为剑门石”。杜甫诗以“九日”为题者多，毛晋所和为《九日五首》之第一首，见仇兆鳌《杜诗详注》卷二十。按，《隐湖》卷上题作《重九日登剑门即事》，诗凡二首（此处所录为其二，其一见《补遗》），作于崇祯十年(1637)，此游与王咸等同行。

② 酒渴：《隐湖》作“消渴”。

③ 迤逦：《隐湖》作“迢递”。

④ 风雪中见里社追和陶靖节蜡日韵：李公焕《笺注陶渊明集》卷四题注云，“蜡，腊祭名，伊耆氏始为蜡。蜡也者，索也。岁十二月，合聚万物而索飨之也”。此诗亦见《隐湖》卷中，总题“腊月十八日小集海云楼”，诗题作“和陶蜡日”。按，顺治三年丙戌(1646)十二月十八日（《支溪小志》作除夕，恐误），续举尚齿会于顾德基之海云楼，因有此作。

⑤ 感叹良独多。会当举八蜡，聊吟报赛歌：《隐湖》作“俯仰感偏多。相看当语谁，行吟报赛歌”。

佛日集小祇园[①]

深溪一叶舟，偏称晚晴游。旧燕窥新竹，斜流出小丘。酒随豪士放，花向病僧幽。佛日并高会，灵津各自求。

春深追和白香山存十八首[②]

何处春深好，春深湖上家。雨肥汀畔草，风漱浪痕花[③]。桥外

① 佛日集小祇园：小祇园，不详。疑即太仓弇山园。《百城烟水》卷八："弇山园，初称小祇园，在隆福寺西，王司寇世贞家园也。广七十余亩，中为山者三，曰西弇、东弇、中弇；岭者一；佛阁者二；楼者五；堂者三；书室者四；轩者一；亭者十；修廊者一。有石桥二，木桥六，石梁五，为洞为滩若濑者各四，流杯者二。诸岩磴涧壑、竹木卉药之类不可指。弇州以为'居第足以适吾体，而不能适吾耳目，计必先园'，而弇园最先成。取弇州弇山者，因《庄子》《山海经》及《穆天子传》有弇州弇山，皆仙境也。弇州伯仲为三园，余复有八园，郭外二之，废者二之，其可游者四园而已。弇州自为记者八。"钱大昕《弇州山人年谱》："（嘉靖）四十五年丙寅，四十一岁。……是岁，始营别业于隆福寺西，建阁贮藏经，名之曰小祇林，亦称小祇园。"祇，清稿本作"祗"，依义改。按，此题所和古人诗不详。

② 春深追和白香山存十八首：白居易《白氏长庆集》卷二十六有《和春深二十首》，每首首句均为"何处春深好"。宋王铚《四六话》卷上："白乐天《与元微之书》曰：'《何处春深好》诗，以"斜""车"二字为韵，往来几百篇。'"按，据刘禹锡《刘梦得文集·外集》卷二《同乐天和微之深春好二十首（同用家、花、车、斜四韵）》，原唱为元稹，今《元氏长庆集》未录。毛晋和诗，《汲古阁集》《隐湖》（卷上，题作"和白香山春深诗"）合计二十首。本组诗其一、其三、其四、其五、其七、其八、其九、其十、其十三、其十四、其十六、其十七、其十八亦见《隐湖》。《隐湖》录十五首。《汲古阁集》"侠少""樵客""快士""病客""渡口"五首，《隐湖》缺；《隐湖》"怨女""刺绣"两首，《汲古阁集》缺。诗作于崇祯十一年戊寅（1638）。

③ 雨肥汀畔草，风漱浪痕花：《隐湖》作"雨肥滋蔓草，风软弄飞花"。

行沽酒，矶头坐钓车。比邻鸥路近，一棹水光斜。

何处春深好，春深侠少家。臂鹰惊燕子，走马乱杨花。宝剑澄秋水，佳人逐栈车。千金买良夜，履舄任交斜。

何处春深好，春深居士家。留宾无肉味，供佛有山花。鹤上林翁舫，鹿驱庞氏车[①]。闲来拈古颂，点笔数行斜。

何处春深好，春深隐士家。榻侵窗外草，瓶养涧边花。稚子凭题凤，山妻自挽车。逃名常闭户，偏喜路迂斜[②]。

何处春深好，春深渔父家。瓦盆盛绿酒，蓬鬓插红花。柳下闲开网，溪边慢放车。芦林风淡淡，倒卧短篷斜。

何处春深好，春深樵客家。知交麋鹿友，世禄蕨藤花。洞里闲棋局，河干置栈车。归来常薄暮，烟月一肩斜。

何处春深好，春深老圃家。分畦浇菜甲，抽棘护篱花。叶底留虫篆，门前过犊车。新书裁氾胜，点笔数行斜[③]。

何处春深好，春深老衲家。晓风吹忍草，夜雨扫[④]空花。山色真如义，铃音替戾车。门前看刹影，日午一幡斜。

何处春深好，春深羽客家。金炉一宿火，琪树几枝花。石室[⑤]安丹灶，壶中转日车。天边有归鹤，横抹[⑥]片云斜。

何处春深好，春深野外家。芦帘飞柳絮，茅屋覆桃花。听鸟看耕犊，呼童[⑦]灌水车。南村来往数，白道入林斜。

何处春深好，春深快士家。莺交高阁柳，蜂闹曲栏花。名酒空千石，奇书拥五车。豪吟明月夜，每见斗初斜。

何处春深好，春深病客家。宿醒燕市酒，消渴茂陵花。倦起扶

---

① 鹤上林翁舫，鹿驱庞氏车：《隐湖》作“偃坐还趺草，游行岂偨车”。
② 逃名常闭户，偏喜路迂斜：《隐湖》作“非关无远志，难狥路迂斜”。
③ 新书裁氾胜，点笔数行斜：《隐湖》作“自怜瓜五色，引蔓入塍斜”。
④ 扫：《隐湖》作“落”。
⑤ 石室：《隐湖》作“云里”。
⑥ 横抹：《隐湖》作“望里”。
⑦ 童：《隐湖》作“儿”。

藜杖,方传卖药车。惜余曾有赋,吟耸瘦肩斜。

何处春深好,春深旅客家。晚风酤市酒,晓月下檐花[①]。长短闺中梦,东西道上车。一声归去好,乡泪几行斜。

何处春深好,春深谷口家。开轩山对客,绕屋水流花。独寤幽人轴,相招隐士车。嘤嘤有黄鸟,蚤[②]见出林斜。

何处春深好,春深渡口家。一时折杨柳,千尺见桃花。帆指前村树,门停隔岸车。行人遮莫待,江上暮烟斜。

何处春深好,春深采药家。云香千杵月,风暖万蜂[③]花。证类翻图谱,疏方待酒车。不愁山雪盛,镵柄倚身斜。

何处春深好,春深卖酒家。射洪酾琥珀,刘白酿梨花。玉珮三洲客,金貂七贵车。尽容谋一醉,天半锦幖斜[④]。

何处春深好,春深种树家。去年方接本,今岁已开花。攘剔留佳种,游观驻过车[⑤]。还乘土膏厚,更压几枝斜。

---

① 晚风酤市酒,晓月下檐花:《隐湖》作"晚风酤野酒,孤月醒残花"。

② 蚤:《隐湖》作"早"。

③ 蜂:《隐湖》作"峰"。

④ 尽容谋一醉,天半锦幖斜:《隐湖》作"尽来拼一醉,迟日未云斜"。

⑤ 游观驻过车:《隐湖》作"离披碍短车"。

岁暮小集用陶靖节拟古韵[1]

寒荒[2]无可悦，古岸扬高柳。未必陶家植，经霜亦已久。深处听流莺，攀来别良友。放眼引新诗，当风倾旧酒。钩月[3]与斜阳，相依不相负。倒影覆渔舟，托彼[4]重阴厚。潇然对远山，可以傲众有。

---

① 岁暮小集用陶靖节拟古韵：《陶渊明集》卷四有《拟古九首》，毛晋所和为第一首。李公焕《笺注陶渊明集》卷三《述酒》诗后注："赵泉山曰：此晋恭帝元熙二年也。六月十一日，宋王裕迫帝禅位，既而废帝为零陵王。明年九月，潜行弑逆，故靖节诗中引用汉献事。今推（韩）子苍意，考其退休后所作诗，类多悼国伤时感讽之语，然不欲显斥，故命篇云'杂诗'，或托以《述酒》《饮酒》《拟古》。惟《述酒》间寓以他语，使漫奥不可指摘。今于各篇姑见其一二句警要者，余章自可意逆也。如'豫章抗高门，重华固灵坟'，此岂《述酒》语耶？'三季多此事''慷慨争此场''忽值山河改'，其微旨端有在矣。类之风雅，无愧诔称靖节'道必怀邦'。刘良注：'怀邦者，不忘于国。'故无为子曰：'诗家视渊明，犹孔门视伯夷也。'"按，《隐湖》卷上亦收录，总题"腊月十八日小集海云楼"，小题"和陶拟古"，则本题与《风雪中见里社追和陶靖节蜡日韵》同作于顺治三年丙戌（1646）。

② 寒荒：《隐湖》作"荒寒"。

③ 钩月：《隐湖》作"新月"。

④ 托彼：《隐湖》作"曾赖"。

仲秋确庵移居陶家旧庐
用陶移居韵二首[①]

自古陶家庐，展也栖贤宅。朝发蔚洲滨，停桡正依夕。欣慕固有时，今遂执鞭役。良友共欢迎，灯花灿几席。提壶从此始，酬酢拟畴昔。托思消摇篇，新义劳辨析。

入门无俗事，共和移居诗。开编理旧韵，秋雨又催之。相对余真味，怡然慰所思。百里聚斗室，千秋定一时。古处洵匪易，斯文良在兹。乐与数晨夕，陶公岂我欺！

---

① 仲秋确庵移居陶家旧庐用陶移居韵二首：确庵，陈瑚号。《（康熙）常熟县志》卷二十二："陈瑚，字言夏，家世常熟，割隶太仓。父朝典，字温如，经明行修。瑚幼即擩染于厥考之彝训，如成人长德。中崇祯壬午科，癸未一计偕，罢而归，终身不出也。隐居蔚洲村，父子授经以糊其口。间共赋诗倡和为乐，古文辞师法熙甫，而跌宕淋漓，波澜横轶，不加琢炼而自然赡丽。自㬙上徙常熟，在毛氏居汲古阁，在严氏则居二十四桐楼。所至从游者日进。……卒，学者私谥安道先生，祀州乡贤祠。"毛晋与陈瑚定交在顺治六年己丑（1649）七月，八月陈瑚移居常熟东湖（昆承湖）南湖头村之陶家旧庐，隔岸即汲古阁。《确庵文稿》卷四上《和陶挽歌辞哭毛子晋》序谓，缔交后，"子晋遂招予移家湖上，时予贫病，见子晋逸气云生，精神满腹，窃自念托生死全妻孥，谁复有如子晋者，故不远百里而相依"。陈瑚至，毛晋赋此二首以赠，陈瑚次原韵和之，见《确庵文稿》卷二《隐湖集·己丑仲秋移居湖头村之陶家旧庐毛潜在和陶移居诗见赠次元韵奉酬》。陈瑚为毛晋密友，其《确庵文稿》即由汲古阁梓行。《移居二首》见《陶渊明集》卷二。

雨余用仇山村韵[①]

雨余风好卷疏帘，树树阴浓欲断烟。浊酒半壶怀靖节，枯棋一局傲坡仙。渔翁举网来溪口，燕子梳翎出水田。乘兴绕檐看晚色，初篁斜倚石床眠。

小重阳日过凫溪访无门法师用陶九日闲居韵[②]

山空秋更好，相寻乐自生。况复逢佳日，陶公爱其名。芳卉被

① 雨余用仇山村韵：《（万历）杭州府志》卷之七十五云，“仇远，字仁近，钱塘人。元初为溧阳州儒学教授，工诗文，一时游其门者若张雨、张翥、莫维贤，皆有名当时。所著有《山村集》《批注唐百家诗选》”。胡俨《山村遗稿》跋：“此卷仇山村诗凡三十八首。观其所作，当宋元之际，不能无哀思之音，故体物缘情，多感慨兴亡之意，读之不觉怃然。”按，《雨余》见仇远《山村遗稿》卷一。

② 小重阳日过凫溪访无门法师用陶九日闲居韵：小重阳日，九月十日。凫溪，又名鸭脚浜。顾禄《桐桥倚棹录》卷七：“鸭脚浜，为生公放生处，在胜安桥内。任《志》云：‘即凫溪也，旧有白椎庵。’明文震孟题‘晋生公放生处’六字。此处有泉，俗呼‘鸭脚泉’，昔人以鸭脚泉煮虎丘茗为佳品。”无门法师，《隐湖》目录：“自扃，字无门，号道开，凫溪释。”《（同治）苏州府志》卷一百三十四：“自扃，字道开，号闾庵，吴门周氏子。出家虎丘，师事苍雪彻、汰如河，通贤首、慈恩二宗旨归，讲《圆觉》于虎丘，讲《涅槃》于华亭，讲《楞伽》于武塘，妙义云委，如瓶泻水。兼通诗画。顺治壬辰六月，自檇李归虎丘东小庵，邀苍公坐榻前，手书诀别曰：‘一事无成，五十二载。一场懡㦬，双手拓开。’敛容掷笔而逝。”生平详见钱谦益《牧斋有学集》卷三十六《道开法师塔铭》。《九日闲居》见《陶渊明集》卷二，自序云：“余闲居，爱重九之名，秋菊盈园，而持醪靡由（一作‘时醪靡至’）。空服九华，寄怀于言。”按，毛晋此行在顺治六年，另作有七律《小重阳日过凫溪访道开法师》（《隐湖》卷中），参见本书卷三《和友人诗·凫溪即事》。

古畦，淡日川上明。高人卜居处，钟梵闻清声。无事长枯坐，一日当一龄。汲泉洗秋茗，瓦瓯聊自倾。香风出林樾，孤月皎南荣。我神为之移，八遐纵遥情。耿耿共长夜，叠纸新谣成。

戏和宋元人卷中绝句九首[①]

偶然一枕华胥句，小阁挥毫耀日明。何事后来无梦者，醒时争说梦时情。

怀春无计留春住，又见秋江峰影尖。朝泪未收夕泪涌，不随潮汐两时添。

判花蛱蝶梦频惊，自惜英英白雪翎。愿学朝云偕老去，药炉声畔一函经。

当歌扇薄露铅红，会叹生辰命不同。一自姓名刊籍后，碧空孤鹤舞长风。

自呼小字怨红尘，泪湿飞花送几春。今日矜严标格换，羞将鬆鬓问旁人。

西泠斗茗雪衣女，闭影焚香书画船。不遇眉山苏学士，谁教千载识婵娟。

稽首风流太守翁，惊才丽句笑香风。帘栊树色摇虚阁，女伴分题别影中。

奎章阁下役吟魂（伯生续倡），环庆堂前仔细论（敬仲尽和）。莫话杭人当日事，柳烟犹作旧眉痕。

---

① 戏和宋元人卷中绝句九首：宋元人卷，指苏轼《天际乌云帖》及卷后虞集、张雨等题跋。参见虞集《道园学古录》卷之四《题蔡端明苏东坡墨迹后》自序、赵琦美《赵氏铁网珊瑚》卷三《东坡书蔡诗帖》、汪砢玉《珊瑚网》卷四《苏文忠公天际乌云卷》。

玉台诗格赋梅华，媚语娟娟亦自夸（张雨倚和，自忏媚语之罪）。何似华阳真逸好，胎禽留铭瘗江沙。

四怨三愁五情诗和曹邺舍人[①]

其一怨

古梅如瘦僧，深谷岁寒守。年少看花人，从旁说老丑。

其二怨

折断一枝影，好花惊改色。色改不受怜，辜负东风力。

其三怨

雪消天目露，扫翠明双蛾。入夏翳灌木，淡妆不似他。

其四怨

种田多种秫，劳劳破绿耕。颓然覆三蕉，愧杀酒人名。

其一愁

春宵不计刻，春梦亦怀新。掩面门中立，花红故映人。

---

① 四怨三愁五情诗和曹邺舍人：元辛文房《唐才子传》卷七曰"（曹）邺，字邺之，桂林人。累举不第，为《四怨三愁五情诗》，雅道甚古，时为舍人韦慤所知，力荐于礼部侍郎裴休。大中四年，张温琪榜中第。……志特勤苦，仕至洋州刺史。有集一卷，今传"。《四怨三愁五情诗十二首》见唐曹邺《曹祠部集》卷一，自序云"郁于内者，怨也；阻于外者，愁也；犯于性者，情也。三者有一贼于前，必为颠、为沴、为蚤死人。邺专仁谊久矣，有举不得用，心恐中斯物，殒天命。幸未死，间作《四怨三愁五情》以望时人救"。

其二愁

同是天边月，偏从帐底明。啼蛩更无赖，语语作双声。

其三愁

年光枝上花，心绪镜中发。胥口水汤汤，从古不来越。

其一情

轧轧少妇机，急急征夫道。谁使鬓边丝，多于道傍草。

其二情

不敢轻一笑，恐倾君王国。奈何入宫后，今古重殊色。

其三情

绣出双双燕，心惊社后春。空缄两行泪，寄与未归人。

其四情

孤灯午夜耿，月影转花阴。蹙笑惊眠鸟，羁雌不出林。

其五情

纤眉描月魄，薄鬓学蝉飞。假寐还寻梦，惟愁梦醒时。

黄香墓石效禅月体次其韵①

黄香墓在梅李镇。乾道初，梅李有苏忠翊直卜葬，得古冢，乃黄香墓。碑刻皆隶字，首两句八字，中二字不可识。其碑阴乃会稽东郡都尉张纮诔，又有薛综修祠日月题刻，其可辨者八字。苏氏挈归于家，夜有光怪，舁弃昆承湖中。次用禅月韵。

天下无双，一抔谁设？海田荒茫，瑶草罥结；潮汐来宗，不敢沉没。幽夜烛光，皎日见物。石鳞鳞似紫骨，露瀼瀼似凝血。彼何人斯，肆彼锸之。剪伐榛戟，暴铭夷域。龙生其怒，鱼辍其食。精灵变幻，年复一年，烁电迷烟。白头渔父，摇手无言。

道开法师应武塘相国衍门禅伯之请敷讲嘉善之大胜寺余于腊月廿五放舟葑江送之和陶与殷晋安别韵兼柬衍门②

除岁仅五日，扬舲不辞勤。剪烛一宵话，临岐更情亲。盈盈衣

① 黄香墓石效禅月体次其韵：黄香墓石事，参见《重修琴川志》卷十。唐诗僧贯休有《禅月集》二十六卷。据毛晋和作诗韵，所和当为卷二之《经古战场》。

② 道开法师应武塘相国衍门禅伯之请敷讲嘉善之大胜寺余于腊月廿五放舟葑江送之和陶与殷晋安别韵兼柬衍门：道开法师，即释自扃，见《小重阳日过凫溪访无门法师用陶九日闲居韵》题注。武塘相国，指钱士升。钱士升《赐余堂集》卷首李陈玉序："武塘相国钱公为海内士林之望者数十年，盖衣服之有冠冕也。"《（光绪）重修嘉善县志》卷十九："钱士升，字抑之，号塞庵。万历四十四年殿试第一，授修撰。天启初以养母乞归。久之，进左中允，不赴。高邑赵南星、同里魏大中受珰祸，及江西同年生万燝杖死追赃，皆力为营护，破产助之，以是为东林所 （转下页）

带水，百里结比邻。一彼复一此，犹嫌阻宵晨。矧伊吴地尽，翠扫越山分。延目武塘上，鸟语入初春。绣幢笼宝座，光照晓堂云。雨花隔远道，欲见何缘因。道高不隐世，湖乡闻见贫。寄意摩诃叟，共来存故人。

(接上页)推。崇祯元年起少詹事，掌南京翰林院。明年以詹事召，会座主钱龙锡被逮，送之河干，即谢病归。四年起南京礼部右侍郎，署尚书事，祭告凤阳陵寝，疏陈户口流亡之状甚悉。六年九月，召拜礼部尚书兼东阁大学士，参预机务。明年春入朝。请停事例，罢鼓铸，严赃吏之诛，止遣官督催新旧饷，第责成于抚按，帝悉从之。帝操切，温体仁以刻薄佐之，上下嚣然。士升因撰《四箴》以献，大指谓宽以御众，简以临下，虚以宅心，平以出政，其言深中时病。帝虽优旨报闻，意殊不怿也。无何，武生李琎请括江南富户，报名输官，行首实籍没之法。士升恶之，拟旨下刑部提问。帝不许。同官温体仁遂改轻拟，士升曰：'此乱本也。当以去就争之。'乃疏言：'《周礼》荒政十二，保富居一，今以荒政归罪于富家朘削，议括其财而籍没之，此秦皇不行于巴清、汉武不行于卜式者，而欲行于圣明之世乎？'疏入，而琎已下法司提问。帝报曰：'即欲沽名，前疏已足致之，毋庸汲汲。'前疏，谓《四箴》也。士升引罪乞休，帝即许之。归里后，构放下庵，佚老其中，不复问当世事。年七十八卒。著有《周易揆》《表忠记》《庄子诠》《赐余堂文集》。"详见常熟门人许重熙所撰年谱。衍门禅伯，似即释正志。谈迁《枣林杂俎·和集》"诞日疏"条："戊子正月嘉善钱相国诞日，释衍门正志修斋疏曰……"按，《(康熙)常熟县志》卷二十二："正志，号檗庵，俗姓熊氏，讳开元，号鱼山。湖广嘉鱼县人，中前乙丑科进士，历任吴江、崇明知县，有政迹。为吏科给事中，论劾时相周延儒，廷杖一百，谪戍杭州卫。鼎革后，披薙于南岳，付法于灵岩继起和尚，委住三峰三年。道场专精，海涌云集，宰官脱白佛来化身，缁素赞叹希有。退院后住吴郡花山五年，所至如三峰殿宇、花山堂庑，葺理维新。应徽州太守黄山说法之请，爱其云山，预筑寿塔。已，归虞山，坐化真际寺。其法子在黄山者迎龛往入塔，门人钱陆灿撰铭碑，出处特详。所著诸方《语录》《檗庵别录》《鱼山剩稿》。"正志与毛晋往还密切，参见《隐湖》卷上《宝月堂即事》毛晋序、同卷《冬月试灯》戈汕序、同卷《送萧太常还西昌》毛晋序。《(光绪)重修嘉善县志》卷六："大胜讲寺，在县治东二里。唐天宝二年昭禅师舍宅建寺，咸通间赐额。宋熙宁、绍圣、崇宁间相继恢饬藏殿、钟楼、僧寮、静室。崇宁二年改大胜院。淳熙十四年僧清梵建浮图七级，名泗洲塔。明洪武二十四年定为教寺。正德间有头陀僧断臂募修泗洲塔。嘉靖四十三年僧方轸重葺。嘉靖间倭变，寺毁。万历四年僧法本创禅堂。崇祯六年钱士晋捐金建藏经阁五楹，请南藏全部贮其中，后奉士晋主于阁之西偏。"《与殷晋安别》见《陶渊明集》卷二，自序云："殷先作晋安南府长史掾，因居浔阳，后作太尉参军，移家东下，作此以赠。"何焯《义门读书记》卷五十："万熊曰：殷已为太尉参军，而仍称之曰晋安，盖先作长史掾者，晋所命也。题即有意。"

铁网珊瑚歌（有序）[1]

朱性甫先生据所见闻法书名画、诗文卷轴，手自抄写，汇成若干卷，名曰“铁网珊瑚”，不减米襄阳《宝章待访录》，吴中推为墨宝。二百余年来，收藏赏鉴，不入寻常家，既而荻溪王氏流借诸士大夫，竟成虞渊之簿。凡妮古之士，梦想惓惓，不复得一寓目。余昨岁偶从云间书肆中购得不全本，中心惜之。今冬史髯翁至支硎山中，复得数册，慨然贻余。镜圆剑合，狂喜移时。时褒、衮两儿侍侧，展卷共读秦约《虞相古剑歌》，即次其韵以纪之。

残编落落如晨星，延平再合来支硎。呼儿正襟同下拜，书图过眼呈神形。未开卷帙心先动，一翻三叹神更竦。阅历星霜二百年，吴都声价连城重。朱公云梦罗其胸，探奇索隐指掌同。明月当头

---

① 铁网珊瑚歌：《（乾隆）长洲县志》卷二十四云，“朱存理，字性甫。世居采葑溪，幼从学里师，知其业卑浅，乃从杜琼游。自少至老，未尝废学。生平无他嗜好，闻人有奇书必借，借期必得，既得必手自缮写。自群经诸史，下逮山经地志、稗官小说，无不观览。岁久积数千余卷，所纂集有《经子钩玄》《吴郡献征录》《铁网珊瑚》《名物寓言》《野航漫录》《鹤岑随笔》等书，诗有《野航集》。存理一老布衣，而当时徐武功有贞、祝参政颢、刘参政昌、刘佥宪珏皆折节与交。既诸老凋落，而吴宗伯宽、沈隐君周与之游好无间。同时有朱尧民凯，亦不乐荣利，亦能识前人理言遗事，亦性喜购书，时称两朱先生。正德七年存理死后，一年，凯亦死。文待诏徵明志存理墓，牵连及凯，谓两先生没，吴中故实往往无所于考，若以前朝文献属之两人，有以叹名位不足荣，而枕经籍书者为可久也。德言孔彰，不显而光，君子何从焉”。毛晋所和秦约《虞相古剑歌》，见《铁网珊瑚·书品》卷三。《隐湖》卷中收录本题，未录毛晋原唱，仅录其序，文字多有出入，序云：“朱性甫先生据所见法书、名画、诗文、卷轴、题咏、序跋，手自抄写，汇成若干卷，名曰‘铁网珊瑚’。书迹润美，吴中推为墨宝。二百年来，收藏赏鉴不入寻常家。既而获溪王氏流借诸士大夫，如星分壤析，天各一方。凡妮古之士，梦想惓惓，不复得一寓目。余昨岁偶从云间书肆中购得几册，识者以为四美之一，心中未慊。今冬，吴门史辰伯向支硎山中复购得几册贻余，镜圆剑合，狂喜移时，展卷读秦约《虞相古剑歌》，即次其韵以纪之，并索诸同人同和。隐湖毛晋识。”本诗写作时间，《隐湖》隶于顺治六年己丑（1649）。

岁岁见，一杯在手笑雄风(性甫有“万事不如杯在手，百年几见月当头”之句，同时荻溪王公集合郡名流赏之)。紫髯飞舄越飞骑，布囊重裹欢无比。入门交手疑梦中，海底一枝真不愧。乌丝雪茧古色鲜，神物不随田海迁。归来什袭湖边阁，窗外梅花香满天。

苦雨和陶停云[①]

自春徂夏，雨无虚日，舟车艰阻，亲朋间隔，乃学坡公，和陶以寄。

云昏八遐，千峰一雨。挂席湖滨，咫尺修阻。独引村醪，杯空还抚。凝对檐花，逝不我伫。

春郊花雾，一望迷濛。长风永日，夏畦如江。绿蓑渔父，击楫临窗。我求我友，褰裳相从。

荣木初引，日及朝荣。春雷夏电，触绪撄情。鹏忧北徙，鸿阻南征。美人善怀，百感丛生。

幽禽避雨，潜影修柯。蜀桐高张，缓弦失和。异地同啸，纸墨谁多。晚晴分赋，不乐云何？

---

① 苦雨和陶停云：《停云》见《陶渊明集》卷一，自序云，“停云，思亲友也。樽湛新醪，园列初荣，愿言不从，叹息弥襟”。宋汤汉注“八表同昏，平陆成江”句云：“二句盖寓飙回雾塞、陵迁谷变之意。”注“东园之树，枝条载荣。竞用新好，以招余情”句云：“谓相招以事新朝。”李公焕笺注同。

元旦喜晴和陆放翁[①]

十年风雨兼冰雪，今喜朝阳荡积阴。郁垒争先擎烛换，屠苏落后对花斟。卜瓢父老占言[②]早，报竹儿童聚纸深。独步空庭无一事，轻开窗隙[③]看兰心。

五君咏次颜特进韵[④]

负疴三月，无所聊赖，偶驱敝簏蠹鱼，诠次中晚唐诗数十种。有慕乎表圣、雄飞、致尧、昭谏、鲁望之为人，遂用颜特进韵，仍题曰《五君咏》。

---

① 元旦喜晴和陆放翁：据毛晋诗韵，所和当是陆游《己酉元日》，诗见陆游《剑南诗稿》卷二十，惟陆诗为五言，毛晋易为七言。此诗亦见《隐湖》卷下，总题《及辰唱和》，作于顺治七年庚寅(1650)。

② 占言：《隐湖》作“欢歌”。

③ 窗隙：《隐湖》作“窗纸”。

④ 五君咏次颜特进韵：沈约《宋书》卷七十三《颜延之列传》云，“颜延之，字延年，琅邪临沂人也。……延之好酒疏诞，不能斟酌当世，见刘湛、殷景仁专当要任，意有不平，常云：‘天下之务，当与天下共之，岂一人之智所能独了？’辞甚激扬，每犯权要。谓湛曰：‘吾名器不升，当由作卿家吏。’湛深恨焉，言于彭城王义康，出为永嘉太守。延之甚怨愤，乃作《五君咏》以述竹林七贤，山涛、王戎以贵显被黜，咏嵇康曰：‘鸾翮有时铩，龙性谁能驯。’咏阮籍曰：‘物故可不论，涂穷能无恸。’咏阮咸曰：‘屡荐不入官，一麾乃出守。’咏刘伶曰：‘韬精日沉饮，谁知非荒宴。’此四句，盖自序也。……孝建三年卒，时年七十三，追赠散骑常侍、特进，金紫光禄大夫如故”。《五君咏》见萧统《文选》卷二十一。按，陈瑚《确庵文稿》卷二《隐湖集》有《和毛潜在五君咏次颜特进元韵》，作于顺治十年癸巳(1653)，毛晋诗当作于同时。

司空图

寝迹休休亭，中条最深洞。抱镜幻极览，题石寄微讽。堕笏挂朝衣，挥觞洽社众。惊闻天步倾，绝粒惟长恸。

方干

皎皎山中兔，三拜笑旁人。道蹑仙翁武，诗惊刺①史神。私谥方贞曜，遗言乐隐沦。遥望云生处，鸬鹚谁与驯。

韩偓

少小称雏凤，鲠骨老愈见。阉竖日昌披，阊阖如瞑眩。洒泪教嘶②马，捣心缅锡宴③。圣泽深于杯，漪涟不忍见。

罗隐

白气横长空，吸尽罨江秀。姓氏屡见遗，尺牍频来奏。四得洵非偶，三罗岂易覯。书法不眩俗，聊得御府守。

陆龟蒙

江湖一散人，被服便布素。品茶续旧经，战秋琢新句。朱黄研不干，莯刺④锄频举。寄意在春秋，三复求志赋。

---

① 刺：清稿本作“剌”，据义径改。
② 嘶：清稿本作“斯”，据王振声校改。
③ 宴：清稿本作“晏”，据王振声校改。
④ 刺：清稿本作“剌”。《新唐书·陆龟蒙传》：“身畚锸，莯刺无休时。”径改。

和白香山我年五十七[1]

我年五十七，望古敢自许？憩情非不遥，耳目竟亡主。缅焉长庆初，寤叹生今苦。努力学秋耕，研石如童土。

我年五十七，赓酬讶侧迟。拾字欲成句，缠缚如枪累。三子词

① 和白香山我年五十七：《和我年三首》见白居易《白氏长庆集》卷二十二。陈瑚《确庵文稿》卷十二《同庚和白诗序》："酒肉歌舞之地，车马驰骤之场。庸夫浊子，溺情丧志，迷途而不返、穷老而不悔者，盖有之矣。达人视之，则以为猥琐龌龊，如蛾之自焚，蚕之自缚，漠然无所动于其中。是故捐欣戚，齐得丧，一生死，竺乾之教，儒者老而学焉，往往而然也。昔唐之白乐天，庶几乎知道者也。观其出处之际，忠诚鲠亮，敢于劘上而切于论事，其时可大用者屡矣。然而回翔容与，难进易退，不屑以杨、李之援骤跻于太和、开成之间，终于乞身归里，优游林壑，以全其年。史称其顺适所遇，托浮屠生死说，若忘形骸，其信然哉。后千余年而虞山蒋南陔、毛子晋、孙子长、严孚文四君者，今之学为乐天者也。读其集有《我年五十七》之作，四君之齿，适与之齐，乃相与后先属和，谓之'同庚和白诗'。四君之为人，外以儒行修其身，内以释教治其心，旁以山水风月、诗歌琴酒乐其志，未知其于乐天何如。而吾于此窃有感也。乐天当宪宗之朝，生全盛之世，擢高科，被荣禄，知无不言，言无不尽。其于镇阳之拒命，则指中人为制将而战士悦心；于武相之被伤，则责京兆以讨贼而奸臣屏息；杭州救旱，则因农隙而积湖水；龙门通险，则出家财而凿八滩。甚至邮墙邸壁，无不记其篇章，牛童马走，亦能言其姓氏，可谓得行其志矣。今四君不幸丁阳九之厄运，或困于鸡肋，或老于蜗角，或浮沉于丘园陇亩，蓄才而不试，引分而自守，不得已而尚羊于笔床茶灶、清泉白石之间，借诗歌禅悦以荡涤其情志，而磨耗其岁月。其行诚高，而其所遇则已穷矣。此可为叹息者也。虽然，乐天之当五十七也，念谋身之未遂，伤归去之已迟，岌岌焉有溷迹众人、终老尘土之惧。而今读四君之词，或云诸有一空，或云家累已了，或谢征车之招，或幸门庭之寂，盖皆超然逆旅之中，蝉蜕污泥之表，骰之乐天当日之所得，不已多乎？百世而下，其有过琴水昆湖之滨，凭吊往迹而问香山故事者，必且以是诗为美谈，曰：犹望四君也。"文中与毛晋同庚三君蒋南陔即蒋棻，孙子长即孙永祚，严孚文即严炳，均为常熟人，生于万历二十六年戊戌(1598)。毛晋实生于万历二十七年己亥(1599)正月五日，因在立春前，故日者推为戊戌(参见卷四《余与与治顾子皆生于万历己亥顾余生春前日者推为戊戌与治生腊月在立春之后日者推为庚子其实同庚也来年六十敬赋长句奉祝》)。按，诗约作于顺治十二年乙未(1655)，其三亦见《隐湖》卷下《和白香山我年五十七》。

鸿畅，终夜强自维。去夏折骨后，百事无所为。一朝弄柔翰，修途策疲羸。常恐半九十，百里车空脂。扪腹[①]忽失笑，人饱我则饥。少时岂了了，曾识无与之。何故艾既迈，吐音反期期。笺素不获展，寝迹东湖湄。

我年五十七，停辛洵非少。养志志未伸，遣累累未了。幽独时自讼，惭深德凉小。高跼而厚蹐，纤鳞限盆沼[②]。同学旧少年[③]，整翮云端矫。丹陛诏煌煌，赤幢香渺渺。惟余困[④]衡茅，长夜不知晓。芝菌任荣枯，彭殇任寿夭。华岳挺乔松，池塘被荒筱。齐点山水色，识者付命表。

冬日薄游城东（次东坡《题定惠院壁》韵，时同介平、月在）[⑤]

霜晴叶灿千章木，倚杖摩挲慰孤独。快逢二老导余前，城东遨步堪医俗。率彼胭脂沟水桥，经丘度壑疑山谷。老翁抱瓮碍行人，犊饮寒溪鸟穿屋。东西指点天王堂，当年急管丝兼肉。昼锦筵开花满阑，高烧银烛眠难足。朅来闲逐逍遥游，澄和天气偏幽淑。三

---

① 腹：清稿本缺，据王振声校补。

② 纤鳞限盆沼：《隐湖》作“纤鳞潜瓦沼”。

③ 同学旧少年：《隐湖》作“同庚几兄弟”。

④ 困：《隐湖》作“卧”。

⑤ 冬日薄游城东（次东坡《题定惠院壁》韵，时同介平、月在）：城东，此指镇江城东。据毛晋诗自注“山有古竹院，唐人‘因过竹院逢僧话’，盖此处也”，则所游“古招提”当为鹤林寺。《（至顺）镇江志》卷九：“鹤林寺，在黄鹄山下，旧名竹林寺，宋永初中改今名，唐开元间始为禅寺，僧元素尝主焉，时又名古竹院（唐李涉诗云：因过竹院逢僧话）。”东坡《题定惠院壁》韵，指《寓居定惠院之东杂花满山有海棠一株土人不知贵也》，见《施注苏诗》卷十八。介平，殷时衡字，号寒明，长洲人，与马弘道同为毛氏西宾。月在，孙房字，号草座，昆山人，亦毛晋密友，曾为《隐湖题跋》作序。

人仰首笑相夸，不知谁足当龙腹。碧流环抱古招提，中有空堂旧名竹。壁间老桧半模[1]糊，达磨古颂惊人目。何如定惠海棠诗，至今吟讽传西蜀。逢僧一话夕阳边，恍如芒屩登黄鹄（山有古竹院，唐人“因过竹院逢僧话”，盖此处也）。再参万寿剧巍峨，塔影双双悬水曲。明朝拓得苏公碑，洒泪西风不敢触。

忍笑（次韩致光韵）[2]

欲笑还休两叶眉，媚霞红烛最相宜。春寒无奈鸳衾薄，风打梅花月晕时。

惊燕和陶靖节戊申岁六月中遇火[3]

余偃卧小轩，避暑无计。忽见两燕，各衔一雏，投檐下空巢中，

---

① 模：清稿本作“糢”，据王振声校改。

② 忍笑（次韩致光韵）：《全唐诗》卷六百八十云，“韩偓，字致光（一作尧），京兆万年人。龙纪元年擢进士第。佐河中幕府，召拜左拾遗，累迁谏议大夫，历翰林学士、中书舍人、兵部侍郎，以不附朱全忠，贬濮州司马，再贬荣懿尉，徙邓州司马。天祐二年复原官，偓不赴召，南依王审知而卒。《翰林集》一卷，《香奁集》三卷，今合编四卷”。《忍笑》，见韩偓《香奁集》（汲古阁有刻本）卷三。按，韩偓之字此作“致光”，本卷《五君咏次颜特进韵》毛晋自序作“致尧”。陆心源《皕宋楼藏书志》卷七十一集部“韩内翰别集”条引毛晋手跋：“据列传云，偓字致光，京兆万年人。计有功云：字致尧，今曰致光，误矣。胡仔云致元。未知孰是。”刘向《列仙传》卷上：“偓佺者，槐山采药父也。好食松实，形体生毛，长数寸，两目更方，能飞行逐走马。以松子遗尧，尧不暇服也。”古人名与字义多相关，偓佺以松子遗尧，此韩偓名字出处，则以“尧”为是。

③ 惊燕和陶靖节戊申岁六月中遇火：《戊申岁六月中遇火》见《陶渊明集》卷三。

铩羽惊顾，终夜啽呓不休，颇心异之。明日，相传三里外湖西田家失火，有巢燕衔雏而去。余知即此燕也。潜窥之，已安栖矣。感而赋此。

乌衣佳子弟，出入惯绮轩。托迹衡茅下，野火临湖燔。湖烟黯如漆，湖水空盈前。将雏离围焰，睛迷日影圆。任彼长风力，高骞不知还。去去凉生羽，飞飞下九天。东家檐际虚，故巢结何年。各自顾乃雏，栖止神闲闲。中宵嘈嘈语，止宿计始坚。流幻八遐内，昏旦异海田。不离险语处，能图高枕眠。寄语羁栖者，随遇有林园。

贞燕（次梧溪韵，记附）[①]

双双营一垒，六载羁雌燕。软语向谁商，渡海冰未泮。花柳黯残春，目送孤征雁。三复梧溪诗，肠断空闺怨。

嘉木有女贞，未闻称海燕。春风六度吹，心冰不可泮。望断潏水鹊，哀同集泽雁。瞥见举火人，绵眇中宵怨。

元贞二年，双燕巢于燕人柳汤佐之宅。一夕，家人以灯照蝎，其雄惊坠，猫食之。雌彷徨悲鸣不已，朝夕守巢，哺诸雏成翼而去。明年，雌独来，复巢其处。人视巢生二卵，疑其更偶。徐伺之，则抱独之壳尔。自是，春去秋来凡六稔，观者哗然，目贞燕云。长沙冯子振记。

---

① 贞燕（次梧溪韵），记附：梧溪韵，指元王逢《梧溪集》卷四上《读贞燕记有怀鲁道原提学》。《隐湖》卷下有《和贞燕诗》，收钱嘏、毛衮诗各一首，毛晋序云："长沙冯子振云：元贞二年，双燕巢于燕人柳汤佐之宅。一夕，家人以灯照蝎，其雄惊坠，猫食之。雌彷徨悲鸣不已，朝夕守巢，哺诸雏成翼而去。明年，雌独来，复巢其处。人视巢生二卵，疑其更偶，徐伺之，则抱独之壳尔。自是，春去秋来凡六稔，观者哗然，目为贞燕。王梧溪赋诗纪异。余感其事，特表出邀诸同人和之。隐湖毛晋识。"

病鹤(次项斯韵)[①]

频惊短梦望熹微,徙倚空栏莫可依。千岁未期城郭是,一庭还笑鸭鹅肥。喜闻松奏徐徐发,怕见云轮冉冉飞。何日晴空展双翅,月明林下不思归。

含光过访留宿用东坡韵[②]

雪半村,月半湖,柴门深闭尘事无。高林旭日明窗纸,晴鸠声急屋头呼。孙雏颠狂媚老孥,手擎春鞭觅欢娱。老夫拥被据养和,炉香得火烟徐纡。惊传幢影贲吾庐,下阶三笑影不孤。钟鱼乍辍灯枝列,后园[③]剪蔌供伊蒲。稽首调御真丈夫,杂华指点忘夕晡。东坡墨宝传半卷,中峰拈示大悲图。知师腹笥富有余,莫惜琼琚偿菅蘧。燃藜琢句如追逋,沃以香茗亲授摹。

---

① 病鹤(次项斯韵):《全唐诗》卷五百五十四小传云"项斯,字子迁,江东人。会昌四年擢第,终丹徒尉,诗一卷"。同卷录项氏《病鹤》。

② 含光过访留宿用东坡韵:《隐湖》卷中目录注云,"照渠,字含光,华山释"。照渠为明河(汰如)弟子,继明河、苍雪在苏州华山举华严法会,顺治十三年至钱谦益芙蓉庄论华严玄谈。同年毛晋与杨补、冯武访徐波所居落木庵,并游苏州华山,访含光法师,宿于释汰如影堂。又曾为王沩等辑毛晋六十诞辰祝寿诗文集《以介编》作序。东坡韵,据毛晋诗韵,当为《腊日游孤山访惠勤惠思二僧》,见《施注苏诗》卷四。施氏题注:"孤山在西湖上。惠勤,余杭人。东坡通守钱塘,见欧阳文忠公于汝阴而南。公曰:'西湖僧惠勤,甚文而长于诗。子求人于湖山间而不可得,则往从勤乎。'东坡到官三日,访勤于孤山之下,遂赋此诗。"毛晋诗以惠勤拟含光。

③ 后园:清稿本作"后围",据王振声校改。

卷二·和今人诗卷

《和今人诗卷》序

隐湖子晋社兄梓其所为诗四卷，而以其一属序于予，曰："子，今人也，其为我序《和今人诗》。"予读之而窃有感也。本朝以文章制科，诗赋小道屏而弗御，儒者或头白不谙声律歌咏之事。其间才人学士悱然耻之，往往于披诵之余，兼览旁治，而精神所至，亦自造于微妙。盖其初风气深厚，作者大都含醇而酌雅；其继则文明开，英华禩，浸淫至七子之季，而浮靡极矣！一变而巧凿，再变而瘠微。风雅之道日杂，而一代之气运遂相与为终始。呜呼！是可叹也。然其变也，必有一二能者厌其积习，而特出新异以易之；亦必有一二能者矫然自持，而敦其夙好。故有能变者，即有能不变者焉。今观子晋之诗，体备众妙，美非一伦，可以网罗囊括乎前人，其诸能变而又能不变者欤？如季迪之《梅花九咏》，专美千古，而子晋能追而与之匹敌，则其他可知也已。以子晋之才之学，俾其生全盛之世，上下驰骋于诸先生之林，相与作为雅颂，赞宣太平之盛德，奏之清庙而用之朝廷，不亦休乎！乃不幸而丁晚季，仅从鸡鸣风雨之时，登山涉水之际，神交而酬对之，此犹以为未足尽吾子晋之志也。嗟乎！子晋所和者，今之人也。十年以内，时异世殊，风流歇绝，论者已跻之古人之列矣！顾子晋不忍古之，而仍目曰"和今人诗"者，何心也？通家眷社教弟陈瑚拜撰。

看梅九首次高季迪韵[1]（并序）

吴郡[2]邓尉诸山，横亘六十余里。土人莳梅护茶[3]，无一隙地。春时花发，车马寻玩者相继。丙寅，予从叔子、仲举两舅氏游[4]，因值雨雪，未尽其胜，距今甲戌已九年矣！二月八日，招[5]璧甫、月在从胥江挂帆入山。白日西沉，烟云蔽野，船窗淅沥有声[6]，悒悒不能寐。朝来晴美，从光福倩竹舆抵[7]铜坑，连度三四岭，至青芝山房，午饭奉慈寺[8]，晚登虎山桥看落照，命酒对酌，月午[9]卧舟中。拂旦，复从虎山桥傍湖而行，轻云冠岭，微风扇和。稍折，过仕墟，

① 看梅九首次高季迪韵：《列朝诗集》甲集卷四上“高太史启”云，“启，字季迪，长洲人。至正丁酉，张氏开藩平江，承制以淮南行省参政饶介为谘议参军事。季迪年二十余，介览其诗惊异，以为上客。季迪谢去，隐吴淞江之青丘，自号青丘子。洪武初，召入纂修《元史》，寻入内府教功臣子弟，授翰林院国史编修官。三年七月廿八日，与史官谢徽俱对。上御阙楼，时已薄暮，擢户部侍郎，徽吏部郎中。自陈年少不习国计，且孤远，不敢骤膺重任。徽亦固辞。并赐内帑白金放还，退居青丘。先是，季迪以史事为祭酒魏观属官，雅相知契。观奉命守苏，为季迪徙居城中夏侯里，接见甚密。观改修府治，季迪作《上梁文》，连坐腰斩，洪武七年也，年三十有九。季迪身长七尺，有文武才，无书不读，而尤邃于群史。其诗有《凤台》《吹台》《江馆》《青丘》《南楼》《槎轩》《姑苏杂咏》诸集，文曰《凫藻》，词曰《扣舷》”。《梅花九首》见高启《高太史大全集》卷十五，《列朝诗集》甲集卷四中录其六首。毛晋喜看梅，此行在崇祯七年甲戌(1634)二月。诗《隐湖》卷上亦收录，题作“看梅杂咏九首和高季迪韵”。

② 吴郡：《隐湖》作“郡西”。

③ 土人莳梅护茶：《隐湖》作“凡山腰以下，土人遍莳梅树护茶”。

④ 丙寅……游：《隐湖》作“丙寅岁，予从叔子、仲举两舅氏游，有‘看到绝无描画处，声声惟有叫如何’之句”。

⑤ 招：《隐湖》作“招同”。

⑥ 船窗淅沥有声：《隐湖》作“船舷滴沥有声”。

⑦ 抵：《隐湖》作“往”。

⑧ 至青芝山房，午饭奉慈寺：《隐湖》作“至青芝山房，午饭，散步奉慈寺”。

⑨ 月午：《隐湖》后多“始”字。

径颇坦，树多杨梅，花丛时有断续。巳刻，抵潭山，青松层立，郁然深秀，中无杂树。至一谷口，古庙寿藤，种种奇绝。舍舆策杖，直登七十二峰阁。湖光山色，耳目顿换①。下坂西折，上盘螭，路甚倾曲，舆骑不能通。有石壁一窝，广袤各数丈许。俯临震泽，竹木交加，幽花满砌。茅茨②三四楹，山中人呼为石壁。迩因霜俭，湖寇纵横，僧徒皆避去，相对太息③。再北折，过山田一区，至茶山。其形如覆卮，居众山之中。不数武即踞其巅，有巨石，可坐七八人。登石四望，备极远近浓淡俯仰隐现之致。西面太湖，波光淼淼，青峰如黛，真看梅第一异境也！盘礴不忍去，晚从茗香庵饭讫，再登铁山、鹊井。吴伯明招饮山庄，至二鼓，携灯过堰岭。次蚤微雨，舆人告归，遂放舟中流，风雷忽厉，几至覆没。须臾开霁，即停桡登岸，探玄墓、海云庵诸胜。归途昏黑，但闻香气逆鼻，不复辨云林烟舍矣。明日出山，风雨怒号，不胜花落多少之感，聊步高青丘韵以志岁月云④。

馆娃宫北有荒台，谁把瑶枝到处栽？冻卫昔年桥外去，巾车今日雨中来⑤。忽看暝色归溪柳，未许寒香落砌苔。烧烛停杯当卜昼，花神应逐岭云开。

林壑夷犹俨若仙，判花共快有奇缘。低枝尚滴残宵雨，竦干先开破晓烟。刚讶白云浮岭上，旋惊皓月晒⑥峰前。一樽未了登临兴，小寺欹斜树里天。

---

① 耳目顿换：《隐湖》后有“不复作梅花想焉”句。

② 茅茨：《隐湖》前有“结”字。

③ 僧徒皆避去，相对太息：《隐湖》作“僧徒避去，相对为之太息”。

④ 聊步高青丘韵以志岁月云：《隐湖》作“各赋诗十余首，予追和高青丘韵，聊以志胜游也”。

⑤ 冻卫昔年桥外去，巾车今日雨中来：《隐湖》作“昔日呼朋雪外去，今朝载酒雨中来”。

⑥ 晒：《隐湖》作“到”。

波光返照数峰头，拄杖摩挲一览[①]收。远近烟光迷[②]古寺，淡浓香气入孤舟。漫[③]山覆野翻如梦，古驿溪桥各自愁。堪笑穿花多醉侣，几[④]人能共月中游？

个个篮舆绕水痕，朝来薄雾酿春温。花贪奇种频逾岭，路厌重来别问村。苍藓鳞皴龙已去，青松夭矫鹤频翻[⑤]。何年快阁岿然在[⑥]，波涌群峰不闭门。

烟雾为龛石作宫，扳萝扪葛幸才通[⑦]。一丘花发知春到，万顷涛生识境空。不分身游香国里，旋看影落太湖中[⑧]。年来事事增惆怅，寂寞禅栖委棘丛。

一入香林便隔尘，峰头升眺更撩人。波光岚翠无余地，冷韵孤标别有春。日暖不禁开渐渐，风微那许落频频[⑨]。华光今日知谁继，聊借题诗当写真（华光长老写梅，山谷曰："如嫩寒春晓，行孤山水边篱落间，但欠香耳。"）。

几回欲别又依依，满路生香玉有辉[⑩]。放鹤山人淹客坐，骑驴童子逐花飞。僧寮日映前林好，渔艇风寒别渚稀[⑪]。倚醉更教重秉烛，枝枝素影殢人归。

---

① 一览：《隐湖》作"恣意"。

② 烟光迷：《隐湖》作"岚容凝"。

③ 漫：清稿本作"缦"，据王振声校改。

④ 几：《隐湖》作"何"。

⑤ 苍藓鳞皴龙已去，青松夭矫鹤频翻：《隐湖》作"苍藓鳞皴多古韵，青松隐映更销魂"。

⑥ 何年快阁岿然在：《隐湖》作"况逢快阁岿然出"。

⑦ 幸：《隐湖》作"径"。

⑧ 不分身游香国里，旋看影落太湖中：《隐湖》作"恍似身游香国里，还惊影落太湖中"。

⑨ 日暖不禁开渐渐，风微那许落频频：《隐湖》作"日暖若教开渐渐，风微那忍落频频"。

⑩ 满路生香玉有辉：《隐湖》作"满路斜阳照玉辉"。

⑪ 僧寮日映前林好，渔艇风寒别渚稀：《隐湖》作"老僧指点前林好，少女踟蹰挈伴稀"。

两日山阴复水阳，今朝再入海云乡。饕风虐雨[1]魂如醉，酣鼻迷眸影亦香。碑断[2]少师双树废，草埋高士一抔荒[3]（海云庵，姚少师置；玄墓，郁太玄葬处。今俱废）。法华示现钟声里，把臂初闻已十霜（昙旭铸法华钟，丙寅年余始随喜[4]）。

冥搜幽讨几人知，看遍南枝更北枝。每到别来唯痛饮，欲忘言处正相思。连朝藜杖临风际，此日篷窗听雨时。试谱梅花无尽藏，谁拈寒瘦入新诗。

自饮和郭定襄韵[5]

饮酒笑公荣，强自分好丑。人有如不如，身死骨已朽。百忧不入眉，一笑常开口。身外多俗物，怡情只旨酒。闭门称下士，孤影相亲久。意懒覆三蕉，兴酣倾一斗。佐酒两汉书，可可亦否否。醉乡实广大，何有何无有。

---

① 饕风虐雨：《隐湖》作“风饕雨虐”。

② 碑断：《隐湖》作“谁念”。

③ 草埋高士一抔荒：《隐湖》作“更怜高士一抔荒”。句后自注《隐湖》作“海云庵乃姚少师香火，玄墓是郁太玄葬处，今俱废”。

④ 昙旭……随喜：《隐湖》作“昙旭僧铸法华钟，予丙寅年始随喜。今在法堂东偏”。

⑤ 自饮和郭定襄韵：钱谦益《列朝诗集》乙集卷四“郭定襄登”条云，“登字元登，武定侯英诸孙也。年七岁，能诗文。永乐末，充勋卫。正统七年，从王骥征木麓川。九年，从沐斌征腾冲。功皆最。土木之难，以都督佥事守大同。虏拥上皇至城下，登陴，谢却之。景泰元年，虏大入，力战破之，追奔至栲栳山。进封定襄伯。上皇复辟，谪戍甘肃。成化初，复爵。卒赠侯，谥忠武。李西涯曰：‘国朝武臣能诗者，莫过郭定襄。’有《联珠集》行于世。《联珠集》者，公自录其诗，而先之以其父铥暨其兄武之作，凡二十二卷”。同卷录其《自饮》。按，凡毛晋和《列朝诗集》收录之诗，疑与汲古阁刊行《列朝诗集》有关。顺治六年（1649）春，钱谦益被释归里，《列朝诗集》编成，付毛晋镂板。明年绛云楼火，此书因先付毛晋而幸免。顺治九年开雕，顺治十一年刻成。毛晋诸和诗或即作于顺治六年至顺治十一年间。

题绿杨双燕图次王纪善韵①

绕屋绿依依，朝朝乳燕飞。谁将一素幅，画出两乌衣。能写临风怯，如闻学语微。柔条相识惯，展障亦来归。

支硎道中次顾山甫韵②

寒山低岸直，高挂一帆斜。麦浪翻风叶，松涛散雨花。笙歌喧野渡，红粉醉山家。郭外清明后，游人竞物华。

---

① 题绿杨双燕图次王纪善韵：《列朝诗集》乙集卷三“王纪善褒”条云，“褒字中美，闽县人。尝为长沙学官，知永丰县。召入，预修《大典》，擢某王府纪善。永乐丙申卒于官，见高棅挽诗序。《闽中十才子》称翰林修撰，殊不详也。中美与孟扬、安中齐名，其诗殊乏才情，不堪鼎足，或其佳者不传耳”。同卷录其《题绿柳紫燕图》。

② 支硎道中次顾山甫韵：《（嘉靖）吴邑志》卷十一云，“支硎山，《吴地记》云：‘在县西十五里。晋支遁道林尝隐此山，后得道，乘白马升云而去。山中有寺号曰报恩，梁武帝置。’《续图经》云：‘报恩山，一名支硎山，在县西二十五里。晋有报恩寺，故以名云。’所谓南峰、中峰，皆其山之别峰也。今名楞伽山，天峰、中峰二院建其傍。《苏州志》云：平石为硎。山有平石，故因支遁以支硎为号焉。《玉篇》：吴有临硎山，即此是也。其石室、寒泉，乃道林盘桓之处，自昔著称。《姑苏志》云：支硎山，其南有石门，尤奇特。今按，此山去城不远，且清僻可赏，至于茶梅烟雪，景物擅奇，名胜共游之山也”。《列朝诗集》丁集卷八“顾闻”条：“闻字行之，吴邑之周山人也。嘉靖中，有声公车间，不第以死。岳岱曰：‘才华玮丽，铺叙丰长，究其所归，靡不有自。至于染翰，人称并美。’子孟林，字山甫，少即弃诸生，隐居食力，耿介绝俗，独与里人陆舒枝为诗友。王伯穀序其诗云：‘山当具区之浸，环堵之室，朝云夕霞，前荣垂萝，后户挂瀑。儿荷锄，妻缁纻，羹藜饭糗，晏如也。’行之号九嵏山人，山甫自称兀然先生。父子各有集。”《列朝诗集》收顾孟林诗二首，毛晋所和原诗未录。

乘兴登山寺，凌晨到日斜。晓烟迷酒气，返照落飞花。弱柳罗裙队，香泥燕子家。不劳愁物力，衰俗亦繁华。

读袁海叟赋八新次其韵[①]

新烟

晻暧含山淡，飘摇离水迟。望中无限意，柳眼欲迷时。

新水

渺渺天上坐，两岸失陂痕。生怕催诗雨，忧农更断魂。

新燕

旧巢花坞曲，出入锦重重。今岁初相见，花明软语中。

---

① 读袁海叟赋八新次其韵：《列朝诗集》甲集卷二“袁御史凯”条云，“凯字景文，华亭人，自号海叟。父可潜，以诗鸣淞中。凯幼孤，力学，少以《白燕》诗得名，人呼为‘袁白燕’。洪武间为御史，上虑囚毕，命凯送东宫覆审。东宫递减之，凯还报，上问：‘朕与东宫孰是?’凯顿首曰：‘陛下法之正，东宫心之慈。’上不怿而罢，以为持两端，心衔之。凯惶惧，托癫疾辞归。上使人诇之，佯狂得免。生平负权谲，有才辨，雅善戏谑，卒以自免于难。归田后，每背戴方巾，倒骑乌犍，往来峰泖间，好事者图以入画。杨铁崖《改过斋记》曰：‘至正九年，予游淞。刑台张叔温携数客来见，中一人昂然长，癯然清，言议英发可畏。问为谁，则曰袁景文氏也。’王叔明《秋山读书图》题云：‘景文袁先生以布衣拜御史，数月谢政归，读书淞水之阳九峰山中，翛然有出尘之趣。黄鹤山人王蒙为写其逸态云。’《海叟集》四卷，叟手自编定。弘治中，陆深子渊购得京师写本，力为表扬，盛行于世。李献吉曰：‘海叟师法子美。集中诗，《白燕》最下最传，诸高者顾不传。’何仲默曰：‘我朝诸名家集多不称鄙意，独海叟较长。叟歌行法杜，古作不尽是。要其取法，必自汉魏以来。’程孟阳曰：‘海叟诗气骨高妙，天然去雕饰，天容道貌，即之冷然。《古意》二十首，高古激越，雄视一代。七言古诗，笔力豪宕，鲜不如意。七言律诗，自宋元来，学杜未有如叟之自然者，野逸玄淡，疏荡傲兀，往往得老杜兴会。空同诸公全不悟此。七言绝句，似乎率易似古乐府，亦是老杜法脉。’”《八新》指《因何彦明赋八新效其体》，见《列朝诗集》甲集卷三、袁凯《海叟集》卷四。

新草

纤叶柔无比，偏从古岸穿。莫云春尚浅，一望碧如烟。

新莺

应节辞幽谷，偏将晓梦惊。双柑频载酒，倚树听新声。

新柳

陌上烟初敛，柔条拂小池。楚宫争学舞，恰似晓风时。

新蝶

粉翅方能展，徘徊近翠帏。风狂兼日烈，莫逐野塘飞。

新月

一痕林际露，忽向柳梢移。悄立黄昏后，愁来半上眉。

春梦次杨眉庵韵①

春梦复春梦，梦里醉初醒。花艳惊娇女，莺啼杨柳青。

---

① 春梦次杨眉庵韵：《列朝诗集》甲集卷六“杨按察基”条云，“基字孟载，先世蜀之嘉州人。大父仕江左。生于吴中，家天平山南赤城之下。幼颖敏绝人，九岁背诵六经。著书十万余言，名曰‘论鉴’。试仪曹，不利，会天下乱，归隐赤山。淮张辟丞相府记室，未几谢去。又客饶介所。王师下姑苏，籍录诸陪臣，以饶氏客安置临濠，旋徙河南。洪武二年放归。寻起知荥阳县，谪居钟离，闲居秣陵。久之，用荐为江西行省幕官，坐省臣得罪，落职。四年，居句曲山中。六年，又起奉使湖南广右。召还，授兵部员外郎，出为山西按察副使，进按察使。后被谗，夺职供役，卒于工所。孟载少负诗名，会稽杨廉夫来吴下，于坐上属赋《铁笛歌》，即效铁体。廉夫惊喜，与俱东，谓从游者曰：‘吾在吴又得一铁，优于老铁矣。’与高启、张羽、徐贲为诗友，人称国初‘吴中四杰’。所著诗名‘眉庵集’，殁后多放失。吴人张习企翱访求编次，得十二卷”。甲集卷七录《春梦二首》。

春梦复春梦，花片别残春。喜得双双燕，还寻旧主人。

田园杂咏四首和樊古崖韵[①]

湖南水一曲，聚族偶成墅。在昔戒惰民，耕织课男女。不避小人名，学稼兼为圃。伏腊祀如何，薄言盛稷黍。阡陌接南村，扁舟通北渚。侵晨呼抱瓮，依夕闻相杵。苟非吾所有，一介亦不取。

稚弱聚家塾，之无苦未识。先人购诗书，塞户灿古色。始愿醒聋瞽，更思丰羽翼。既见篱头翔，渐望六月息。书声溢坐外，藻匠不离侧。侧闻长者言，耕读当努力。又闻王者师，所重先民食。

桑麻齐短墙，杨柳藏古屋。水禽上下鸣，山鸟后先宿。风土似邠人，深巷走樵牧。栏鸭自呼名，童谣击平陆。春来湖水涨，张罾斫园木。相戒蚤输官，无劳田畯督。

褊性宜闲僻，裹足中田老。微尚矜古处，论交皆有道。泽畔肆行吟，山光悦怀抱。春花载酒便，秋月摊书好。晚来教儿读，古训岂草草。丈夫志四海，修名立须蚤。

---

① 田园杂咏四首和樊古崖韵：《列朝诗集》乙集卷五"樊广文阜"条云，"阜字时登，号古崖，缙云县人。天顺间举人，延平训导，吴匏庵极推之"。同卷收录樊氏《田间杂咏六首》。毛晋所和为其一至其四。

荻溪道中次史明古韵[①]

溪流凡几折,短棹怯长征。鸥鸟惊人影,芦花隐古城。千林翻绀色,百草出商声。重觅乌衣迹,秋蝉处处鸣(王氏寓圃已废)。

甘露寺次屠文升韵[②]

落日逢僧处,王湾夜泊过。白云穿树散,古堞打潮多。帆湿前

---

① 荻溪道中次史明古韵:荻溪在今苏州相城区太平镇南,东出阳澄湖,西入盛泽湖(荡)。《列朝诗集》丙集卷八"史隐士鉴"条云,"鉴字明古,吴江人。吴文定公宽表其墓曰:'吴江穆溪之上有隐士,曰史明古。其志正而直,其言确而厉,其学于书无所不读,而尤熟于史。论千载事历历如见,有刘道原之精。时事人言,得于闻见,往往笔之成编,有洪容斋之博。为文,纪事有法。诗不屑为近体,冥搜苦索,欲追魏晋而及之。家居水竹幽茂,亭馆相通。客至,陈三代、秦、汉器物及唐宋以来书画名品,相与鉴赏。好着古衣冠,曳履挥麈,望之者以为列仙之儒也。'明古少受知于徐武功,与文定及沈启南为友。弘、正之间,吴中高士首推启南,次则明古。文定表其墓,以为'取之为友,四十年于此,安得更有博洽好学执古信礼如斯人者'。而沛国刘凤序《吴中先贤》,谓其善市名,或以为文定累。凤之耳食,持论不经,皆此类也。明古居西村,人称西村先生,有《西村集》行世。余从其后人辰伯得其全集而并录之"。同卷收录史氏《荻溪道中》。

② 甘露寺次屠文升韵:《(乾隆)镇江府志》卷之二十云,"甘露寺,在北固山。三国时吴王皓所建,时改元甘露,因以为名。张氏《行役记》谓甘露寺在金陵山上,盖唐人指京口为金陵。寺旧在山下,唐李德裕观察浙西时,施州宅后地增拓基宇(或云此时甘露降,因以名寺,非也)。乾符中毁,镇海节度使裴璩重建。宋祥符间,僧祖宣移山上。建炎毁于兵。嘉定壬戌,僧祖灯复建。元至元己丑毁,大德己亥僧智本重建。明宣德癸丑,僧玹理重修创。景泰间,僧惠琏、行诠,成化、弘治间僧益渊、妙福、体瑢相继修建,而规模焕然矣"。《列朝诗集》丁集卷三(转下页)

溪雨，松搴隔院萝。凭栏延望久，昏黑起鸣鼍。

秋陌和王仲山韵①

秋入叶声里，行野看秋叶。中途遇田父，四顾多喜色。秫苗渐离离，倚杖听鸣鸩。残日下西庐，归锄已带月。

（接上页）“屠谕德应埈”条：“应埈字文升，平湖人。嘉靖丙戌进士，太保康僖公勋之子也。选庶吉士，出为□部主事。乙亥，诏选宫僚，以礼部祠祭郎中改修撰，进侍读，升太子谕德，以病乞归，卒年四十三。王元美曰：‘宫谕辉焰奕奕，奄忽永终。德谢冉牛，因起斯人之叹；才同卢照，遂偕赴水之征。’嘉靖丙戌，吴士与馆选者四人，姑苏陆浚明、袁永之，锡山华子潜，槜李则文升也，已而并除他官。浚明、永之以谴谪久废，子潜、文升复由郎署改授馆职。未几，文升病免，而子潜亦被言乞休。此四君进退之大略也。浚明之撰述，希风经济。子潜之岩居，寄托冲雅。永之、文升，并以词藻角胜。永之矜局雕绘，响附李、何。文升之才长于永之，长歌纵横，翩翩自喜，顾其音节激昂，往往揣摩北地，而未必发源于古人也。一时风尚渐摩，人人之深如此，为之叹息。”同卷收录《甘露寺次韵》。

① 秋陌和王仲山韵：徐沁《明画录》卷六云，“王问字子裕，号仲山，无锡人”。钱谦益《列朝诗集》丁集卷三“王佥事问”条：“问字子裕，无锡人。嘉靖壬辰进士，擢第后归里，读书六年，然后廷试。释褐除户部主事，改南职方，以便将父。历车驾郎中，擢广东按察佥事，行至桐江，徘徊不欲去，筮得‘甘节’之卦，赋诗十二章，投劾而归。父殁，遂不起。筑室于湖滨宝界山，焚香读《易》。兴至则为诗文，或行草书数纸，或点染竹石花鸟，不矜研削，用自娱说。年八十乃终。子鉴，亦举进士，以武定州守迁稽勋郎。子裕趣令之官，鉴月日为治装计，故为事失期，而要诸父老故人前谢子裕，子裕乃听之。亦用清望，官至太仆卿。子裕自言：‘愿屏居三十年，读尽天下有字之书，撰述以毕志。’强仕归田，四十年杜门扫轨，卒行其志。同时华子潜为五言诗，步趋韦、杜，而萧闲疏放，冲然自得，则子裕之诗有余味焉。惟其有之，是以似之，岂不然哉！”同卷收录《秋陌》。

晚过治平次陆少卿韵[1]

路入郊台窈，缘堤竹似城。廊虚残叶走，湖阔暮云平。龙藏残编在，苔龛古像明。坐来疑昨梦，隔岭度钟声（寺中有宋藏，今存其半）。

庭前香橼花遇雨次彭龙池韵[2]

镇日香风透小檐，偏宜当午北窗眠。醒来半湿阶前绿，点点残

---

① 晚过治平次陆少卿韵：治平，指治平寺。《（崇祯）吴县志》卷之二十五云，"治平教寺在上方山下，梁天监二年僧法镜建，旧名楞迦寺，宋治平元年改今名，本朝洪武间为丛林寺，嘉靖初僧智晓作石湖草堂于寺内"。《列朝诗集》丁集卷八"陆少卿师道"条："师道字子传，长洲人。嘉靖戊戌进士，授工部主事，改礼部仪制。以母病告归侍养，年尚未三十也。杜门却扫二十五年。嘉靖末用荐起南祠部，迁膳部郎，改尚宝司少卿。穆庙初，病不任拜起，予告归。贫益甚，至鬻衣以给馆粥。又六年而卒。子传自仪部归，已负重名，文待诏方里居，北面称弟子。手抄典籍积数千卷，丹铅俨然。善诗，工小楷古隶，傍晓绘事。人谓待诏四绝，不减赵吴兴，子传约略似待诏，而风尚标置亦相亚云。吴门前辈，自子传、道复以迄于王伯榖、居士贞之流，皆及文待诏之门，上下其论议，师承其风范，风流儒雅，彬彬可观，遗风余绪，至今犹在人间，未可谓五世而斩也。何元朗云：'衡山先生在翰林，大为姚明山、杨方城所窘。时昌言于众曰："我衙门不是画院，乃容画匠处此！"惟黄泰泉、马西玄、陈石亭与相得，酬唱甚欢。二人只会中状元，更无余物。衡山数公，长在天地间，今世岂更有道着姚涞、杨维聪者耶？'快哉斯言！百岁而后，犹可以兴起也。"同卷收录《晚过治平》。

② 庭前香橼花遇雨次彭龙池韵：龙池即隆池，彭年别号。《列朝诗集》丁集卷八"彭布衣年"条："年字孔嘉，长洲人。长身玉立，少磊落，嗜读书，书法宗颜、欧，其名亚于文待诏。家徒壁立，所交多贤豪长者，不肯一言于乞。人有所馈，虽升斗粟，非文字交，峻辞若浼。卒以贫死。有《隆池山樵集》。"同卷收录《庭前香橼花日遇雨口占二首》，毛晋所和为其二。

英白雪鲜。

秋郭小寺次张文邦韵[①]

系艇孤城外，相依无事禅。晚蜂吟菊色，霜雁掠郊烟。正喜重阳近，兼逢初月前。莫嫌曲径小，竹影自婵娟。

过友人郊园次李梦卢韵[②]

不到林园久，雕阑罥绿萝。方愁离绪乱，况听雨声多。插架防

---

① 秋郭小寺次张文邦韵：《列朝诗集》丁集卷二“张宫保治”条云，“治字文邦，茶陵人。正德庚辰会元，改庶吉士，授编修。以赞善使交南，以吏部侍郎掌院，以南京吏部尚书入为文渊阁大学士，加太子太保。世庙在西内，召辅臣入直，撰科书，忽忽不乐，遂发病卒。上衔之，赐下谥曰‘文隐’。隆庆初，改谥‘文毅’。归有光其所取士也，改谥时，有光以中书舍人管内制，故其词甚美。有《龙湖诗集》行世”。同卷收录《秋郭小寺》。

② 过友人郊园次李梦卢韵：友人所指不详。李梦卢，应为“李梦虞”。《列朝诗集》丁集卷二“李太仆舜臣”条：“舜臣字懋钦，一字梦虞，乐安人。嘉靖癸未会元，除户部主事，改吏部稽勋，历考功员外郎，养病得请，补户部。出为江西提学佥事，召拜南国子司业，转尚宝司。在外在南凡八年，始召为太仆卿。因庙灾自陈，未履任而报罢。闲居二十年，屡荐不起。懋钦与章丘李伯华才名相颉颃，并繇吏部左迁，并以京堂罢免，皆为嘉靖初权贵人所齮龁。伯华家居，纵酒度曲，颓然自放。懋钦壹意经术，《易》《诗》《书》《三礼》《左传》，分日读之，每六日一易。其指归在《尔雅》，质以篆隶、《广韵》及陆德明《音义》，各有注释，部分秩如也。伯华后懋钦两科，而致仕先于懋钦。会则夜数易烛，离则月不乏书，有作必走使相示，两人学业不同而志趣䜣合。今三齐之士屈指先辈有名人，必称二李。”李开先《李中麓闲居集》卷八《大中大夫太仆寺卿愚谷李公合葬墓志铭》：“愚谷，名舜臣，字懋钦，一字梦虞，号愚谷。”《（民国）续修广饶县志》卷十九同，未见有作“梦卢”者，当因“盧”“虞”二字形近而误。《列朝诗集》丁集卷二收录《过友人郊园》。

兰笋，疏池引芰荷。偏余成懒癖，蓬首且狂歌。

秋江晚望次蔡廷彝韵[①]

春江一望柳依依，策策秋风打竹扉。无数鸦翻红影下，几行鸿带素书归。挂帆滩上芙蓉老，洗盏潮头紫蟹肥。浪迹半生空短鬓，不闻砧杵亦沾衣。

卖儿行次王敬夫韵[②]

村媪负儿卖东邻，得谷儋石未及半。前问卖子将何为，媪语且

① 秋江晚望次蔡廷彝韵：《列朝诗集》丁集卷二“蔡左都经”条云，“经字廷彝，复姓张，侯官人。正德丁丑进士，以南兵部尚书总督浙直御倭军务，改左都御史。赵文华视师，言其畏巽失机，玩寇殃民，逮至京论死。追谥襄愍。国史于经之被逮，力言其功为文华、嵩所谮冤死，而东南之论殊不然。永陵史出江陵手，传闻异辞，不可以不核也”。同卷收录《秋江晚望》。

② 卖儿行次王敬夫韵：《列朝诗集》丙集卷十一“王寿州九思”条云，“九思字敬夫，鄠县人。弘治丙辰进士，选翰林院庶吉士，授检讨。九年满考，值刘瑾乱政，翰林悉调部属，历练政务，敬夫独得吏部。不数月，长文选。瑾败，降寿州同知。居一年，会天变，言官钩瑾余党，勒致仕。年八十四乃终。敬夫馆选试《端阳赐扇》诗，效李西涯体，遂得首选，有名史馆中。时人语曰：‘上有三老，下有三讨。’既而康、李辈出，唱导古学，相与訾謷馆阁之体，敬夫舍所学而从之，于是始自贰于长沙矣。敬夫之再谪以及永锢，皆长沙秉国时。盛年屏弃，无所发怒，作为歌谣及《杜甫春游》杂剧，力诋西涯。流传腾涌，关陇之士杂然和之。嘉靖初，纂修《实录》，议起敬夫，有言于朝者曰：‘《游春记》李林甫固指西涯，杨国忠得非石斋，贾婆婆得非南坞耶？’吏部闻之，缩舌而止。敬夫、德涵，同里同官，同以瑾党放逐浒东、鄠杜之间，相与过从谈宴，征歌度曲，以相娱乐。敬夫将填词，以厚赀募国工，杜门学按琵琶、三弦，习诸曲，尽其技而后出之。德涵尤妙于歌弹，酒酣以往，捣弹按歌，更起为寿，老乐工皆击节自谓弗如也。万历中，广陵顾小侯所建游长安，访求（转下页）

咽且长叹。老姑八十废两目，命悬呼吸真难卜。夫死逋粮作冤鬼，仅遗三亩一柱屋。姑媳同守此孤儿，一日再食常不足。去冬卖田今夏水，产尽粮存仍我促。时丁九月霜满天，衣不蔽体如猬缩。出门望望苦无告，不能樵采不能牧。度阡越陌一断肠，挈此茕茕贸新谷。且舂嘉粟输官租，糠核余来作姑粥。旋语旋拭腮边泪，道旁观者吞声哭。余心忉怛拟折券，出谷还儿慰茕独。媪复摇手向余言，一家离合筹之熟。与其三口尽饿莩，且宽仰事俯育鞠。余也仰天叹，走告东邻亦颦蹙。吁嗟鸟兽不异人，檐边乳燕溪边犊。仁哉栗里陶先生，是亦人子同骨肉。君不见豪门金高状日骄，豢养僮仆多腾骁。鲜衣索钱嗔怪生，谁识他人母子情！岂知仁暴各弄态，贫富何曾有定形。呜呼！安得重逢粒米狼戾之阳春，不见泣涕涟涟卖子人！

访友途中滞雨次骆两溪韵①

故人何事隔重津，小艇东来日渐曛。一叶声繁千点雨，半帆烟锁万层云。过桥酒旆依稀见，闭户高歌仿佛闻。渺渺蒹葭竟何许，离愁两地各纷纷。

(接上页)曲中七十老妓，令歌康王乐府，其流风余韵，关西人犹能道之。敬夫《渼陂集》粗有才情，沓拖浅率，《续集》尤为冗长。李中麓云：'敬夫词曲新奇，得元人心法。'王元美云：'敬夫词曲与德涵齐名，秀丽雄爽，康大不如也。'评者以为不在关汉卿、马东篱下。大率康、王皆工词曲，而秦人推其诗文，以为一代师匠，乡曲之言，君子存之而已"。同卷收录《卖儿行》。

① 访友途中滞雨次骆两溪韵：《列朝诗集》丁集卷二"骆编修文盛"条云，"文盛字质甫，武康人。嘉靖乙未进士，改庶吉士，授编修，官史局五六年。分宜当国，翛然自远，以使事还朝，分宜目而仇之，即日移疾归，遂不起。所居在余英溪之下，自号两溪，即乐府所谓前溪也。蔡子木叙其诗，以孟贞曜为比。贞曜亦武康人，故云"。同卷收录《访友途中滞雨》。

老马次康涵武韵[①]

铁甲沙场胆一身，功成草软玉关春。老来闲散荒堤畔，犹逞雄心喷路尘。

① 老马次康涵武韵：明代诗人未见有姓康字（或号）涵武者，疑因误读《列朝诗集》康海小传首句而讹。《列朝诗集》丙集卷十一“康修撰海”条：“海字德涵，武功人。弘治十五年状元，授翰林院修撰。正德初，逆瑾恨李献吉代韩尚书草疏，系诏狱，必杀之。献吉狱急，出片纸曰：‘对山救我。’秦人皆言：‘瑾恨不能致德涵，德涵往，献吉可生也。’德涵曰：‘吾何惜一官，不救李死？’乃往谒瑾，瑾大喜，盛称德涵真状元，为关中增光。德涵曰：‘海何足言？今关中自有三才，古今稀少。’瑾惊问曰：‘何也？’德涵曰：‘老先生之功业，张尚书之政事，李郎中之文章。’瑾曰：‘李郎中非李梦阳耶？应杀无赦。’德涵曰：‘应则应矣，杀之，关中少一才矣。’欢饮而罢。明日，瑾奏上，赦李。瑾遂欲超拜吏部侍郎，德涵力辞之，乃寝。母丧归。逾二年，瑾败，坐落职为民。德涵既罢免，以山水声妓自娱，间作乐府小令，使二青衣被之弦索，歌以侑觞。西登吴岳，北陟九嵏，南访经台、紫阁，东至太华、中条，停骖命酒，歌其所制感慨之词，飘飘然辄欲仙去。居恒征歌选妓，穷日落月。尝生日邀名妓百人，为百年会。酒阑，各书小令一阕，命送诸王邸，曰：‘此差胜锦缠头也。’杨侍郎廷仪过浒西，留饮甚欢，自起弹琵琶劝酒。杨言：‘家兄在内阁，殊相念，何不以尺书通问？’德涵发怒，掷琵琶撞之，杨走。追而骂曰：‘吾岂效王维，假作伶人，借琵琶讨官做耶？’归田三十余年，其没也，以山人巾服殓，遗囊萧然，大小鼓却有三百副，其风致可思也。德涵于诗文持论甚高，与李献吉兴起古学，排抑长沙，一时奉为标的。今所传《对山集》者，率直冗长，殊不足观。或言德涵工于乐府，歌诗非其所长。又或言德涵有经世之才，诗文皆出漫笔，非其所经意者。余固不足以定之也。”然卷中未收录《老马》。查《文渊阁四库全书》十卷本《对山集》、《四库全书存目丛书》十九卷本《对山集》、《续修四库全书》四十六卷本《康对山先生集》均无相关诗，待考。

客至次何仲默韵[①]

客至荒湖曲，水田鸥侣稠。三秋多落叶，一月未梳头。酒漉巾方湿，香消火尚留。坐看山月上，竹影入西楼。

---

① 客至次何仲默韵：《列朝诗集》丙集卷十二“何副使景明”条云，“景明字仲默，信阳人。八岁能属文，十五举于乡。形貌短小，且秃笄也。宗藩贵人争负视，所至人遮道，弗得过。又四年，弘治壬戌，举进士，授中书舍人。北地李献吉以诗文雄压海内，一旦与骏发齐名。忧愤时事，尚节义而鄙荣利，并有国士之风。正德初，刘瑾用事，谢病归。瑾诛，用李茶陵荐，复除中书，直内阁。制敕房钱宁方贵幸，持古画造门求题，仲默谢曰：‘好画！毋污吾题也。’天变，上封事，曰：‘义子不当畜，宦官不当宠。’闻者缩舌，幸留中得免。守中舍九年不迁，出为陕西提学副使。居四年，劳瘁呕血，投劾归。抵家六日而卒，年三十九。仲默初与献吉创复古学，名成之后，互相诋諆，两家坚垒，屹不相下。于时，低头下拜，王渼陂倒前徒之戈；俊逸粗浮，薛西原分北军之袒。则一时之轩轾已明，身后之玄黄少息矣。余独怪仲默之论曰：‘诗溺于陶，谢力振之，古诗之法亡于谢。文靡于隋，韩力振之，古文之法亡于韩。’呜呼！诗至于陶、谢，文至于韩，亦可以已矣。仲默不难以一言抹杀者，何也？渊明之诗，钟嵘以为‘古今隐逸之宗’，梁昭明以为‘跌宕昭彰，抑扬爽朗，横素波而傍流，干青云而直上’。评之曰‘溺’，于义何居？运世迁流，风雅代变，西京不得不变为建安，太康不得不变为元嘉。康乐之兴会标举，寓目即书，内无乏思，外无遗物，正所以畅汉、魏之飙流，革孙、许之风尚。今必欲希风枚、马，方驾曹、刘，割时代为鸿沟，画晋、宋为鬼国，徒抱刻舟之愚，自违舍筏之论。昌黎佐佑六经，振起八代，‘文亡于韩’，有何援据？吾不知仲默所谓文者何文，所谓法者何法也。昔贤论仲默之刺韩，以为大言无当，矫诬轻毁，箴彼膏肓，允为笃论矣。献吉两书驳何，矛盾互陷，独于斯言了无诤论。弘、正以后，讹谬之学流为种智，后生面目偭背不知向方，皆仲默谬论为之质的也。因录仲默之诗，略为辨正如此”。同卷收录《客至》。按，何景明《大复集》卷十五、卷十六均有五律《客至》，毛晋所和见卷十六。

夜落金钱花次黄陶庵韵[①]

素阶秋月到，花光更烨然。留买春宵去，可否当金钱？

秋葵次黄陶庵韵[②]

岂独畏炎威，偏从白露展。丹心依旧在，不逐秋蓬卷。

① 夜落金钱花次黄陶庵韵：《(康熙)嘉定县志》卷十六云，“黄淳耀，字蕴生，号陶庵。生而敏，夜篝火读书，父母忧其孱弱，止之。伺寝息，更从邻舍乞火，危坐默识尝达旦。年十七，为诸生。其制举业穿穴于经传子史而后出之，博大醇正，每试辄冠军，同里侯广成兄弟极推重之。自弱冠即以圣贤自负，著《自监录》《知遇录》，后更为《日历》，昼之所为，夜必书之。崇祯壬午举于乡，癸未中进士，出周太史凤翔之门。当释褐后，寄弟伟恭书曰：‘吾廷试传胪时，见鼎甲先上，人皆啧啧称羡。吾此时叹息无限。天地间自有为数千年一人、数百年一人者，今人必不肯为数千年之一人，而必欲为三年之一人。’观此可以知其自命矣。天性纯孝，穷居无私财。所得廪既束脩，尽以归之亲。丁内忧，毁瘠骨立。自弱冠至登第后，不苟取一钱。其友人有一亲戚以官事连染，属公白免之，其亲戚以五十金为寿，友人怀之以馈。及觌面，不敢出诸袖，置诸书笥中。经数日，忽检出，大骇，亟还之。介操类如此。乙酉兵至，讹传父死，遂同弟渊耀缢于西城僧舍中。临死，神气闲暇如平时，盖公之学问名节本于一诚。虞山钱宗伯序其文，以韩子为比，而及其从容殉难，成仁取义，则得于孔孟之学为多。嘉邑文章节义兼而有之者，必以公为称首。所著有诗文若干卷、诗札二卷、《史记杂论》四卷、《语录》二卷、《吾师录》一卷”。查黄氏《陶庵全集》，无原唱，待考。

② 秋葵次黄陶庵韵：《陶庵全集》无原唱，待考。

五斗粟次李西涯韵[1]

五斗粟，忙避人；五男儿，笑候门。问津武陵渔，蹑风葛天民。菊花是我秋，柳叶是我春。

---

① 五斗粟次李西涯韵：《列朝诗集》丙集卷一“李少师东阳”条云，“东阳字宾之，茶陵人，以戍籍居京师。四岁举神童，景皇帝抱置诸膝。六岁、八岁两召见，讲《尚书》大义，命入京学。天顺八年进士，选翰林庶吉士。成化元年，授编修。八年，以礼部左侍郎兼文渊阁大学士直内阁，累官少师，兼太子太师、吏部尚书、华盖殿大学士。正德七年，致仕。又四年卒，年七十，谥文正。公慧悟夙成，风神娟秀，历官馆阁，四十年不出国门，奖成后学，推挽才隽，风流弘长，衣被海内。学士大夫出其门墙者，文章学术，粲然有所成就，必曰‘此西涯先生之门人’也。罢相家居，购请诗文书篆者填塞户限，颇资以给朝夕。一日，夫人方展纸砥墨，公有倦色，夫人笑曰：‘今日方设客，可使案无鱼菜耶?’遂听然命笔，移时而罢。其风操如此。诗文有《怀麓堂集》及《续集》《南行》《东祀》诸集若干卷。国家休明之运，萃于成、弘，公以金钟玉衡之质，振朱弦清庙之音，含咀宫商，吐纳和雅，沨沨乎，洋洋乎，长离之和鸣，共命之交响也。北地李梦阳一旦崛起，侈谈复古，攻窜窃剽贼之学，诋諆先正以劫持一世，关陇之士坎壈失职者，群起附和，以击排长沙为能事。王、李代兴，祧少陵而祢北地，目论耳食，靡然从风。吾友程孟阳读怀麓之诗，为之擿发其指意，洗刷其眉宇，百五十年之后，西涯一派焕然复开生面，而空同之云雾渐次解驳，孟阳之力也。余尝与曲周刘敬仲论之曰：‘西涯之诗，原本少陵、随州、香山，以迨宋之眉山、元之道园，兼综而互出之。其诗有少陵，有随州、香山，有眉山、道园，而其为西涯者自在。试取空同之诗，汰去其吞剥寻扯吽牙龃齿者，求其所以为空同者而无有也。’敬仲深思久之，亦以余言为然。今年录西涯诗，思与孟阳、敬仲后先，扬扢之语，为之慨然。而又念西涯、北地升降之间，文章气运胥有系焉，不得不详切言之，非欲与世之君子争坛坫而絜短长也”。同卷录《五斗粟》。

闻邻家弦索声次张沧洲韵[①]

帐掩灯昏梦不成，邻家纤指若为情。不弹出塞明妃曲，故作乌啼独夜声。

江猿次薛君采韵[②]

轻舟行不住，时复见江猿。饮月涛方涌，攀条雾正昏。平沙儿

---

① 闻邻家弦索声次张沧洲韵：《列朝诗集》丙集卷二“张修撰泰”条云，“泰字亨父，太仓人。天顺八年进士，选庶吉士，授检讨，迁修撰。卒年四十有九。亨父为人坦率，绝去崖岸，恬淡自守，独喜为诗，虽不学书，亦翩翩可喜。李西涯序其《沧洲诗集》曰：‘先生于文无所不能，而必工于诗。纵手迅笔，众莫能及。及其凝神注思，穷深骛远，一字一句，宁阙然而不苟用。晚乃益为沉着高简之辞，而尽敛其峭拔奔汹之势，盖将极于古人，而不意其遽止也。’亨父之诗，其见推于西涯而惜之如此。唐元荐论本朝之诗曰：‘弘治间艺苑，则以李怀麓、张沧洲为赤帜，而和之者或流于率易。’在当时盖以李、张并称。今长沙为台阁之冠，而亨父之名知之者或鲜矣。人不可以无年，信哉”。同卷收录《二陆来酌闻邻家弦索声二首》，毛晋所和为其二。

② 江猿次薛君采韵：《列朝诗集》丙集卷十二“薛郎中蕙”条：“蕙字君采，亳州人。正德甲戌进士，授刑部主事。病免，起改吏部验封主事，历员外，升考功司郎中。嘉靖改元，大礼议起，援据经传，撰《为人后解》《为人后辨》，凡数万言，入奏，下诏狱。寻得贳，复职给事中。陈洗补外，中道上书议礼，得召见言事，尽击异议者。亳守颜木得罪，诬奏木、君采同年，守其乡疑有奸利，有诏勒停听理。已而事白，屡荐，坚卧不出。东宫立，将以坊臣召用，而已前卒矣，年五十三。君采生三月，见芒神，连呼芒郎，家人惊怪，沃冷水止之。年十二，以能诗闻。王廷相谪判亳州，激赏之曰：‘可继何、李。’后之论者亦曰：‘弘、嘉之际，三君鼎立，然君采为诗温雅丽密，有王、孟之风。’尝与杨用修论诗曰：‘近日作者，摹拟蹈袭，致有拆洗少陵、生吞子美之诮。求近性情，无若古调。’则君采之意，尚未肯肩随仲默，而况于献吉乎？貌癯气清，行己峻洁，屏居西原，陂鱼养花，著书乐道，自守泊如也。晚岁有得于二氏玄寂之旨，注《老子》以自见，唐应德极称之。”同卷收录《江中四咏送黄日思韵限本题同诸公作》，分别为《江霞》《江云》《江花》《江猿》。

抱浴，绝壁臂交援。处处啼声彻，中宵惊旅魂。

禽言次丘文庄公韵[①]

得过且过[②]

得过且过，高飞不受人间祸。春风旖旎羽毛丰，谁识寒号虫是我？得过且过。（华山有鸟名寒号虫，方春时鸣曰：凤凰不如我。至冬毛羽皆落，则又鸣曰：得过且过。）

行不得也哥哥

行不得也哥哥，水复山重险处多。鹧鸪啼断马蹄迹，夕阳西下影嵯峨[③]。行不得也哥哥。（金兵追宋隆祐后[④]，至章贡几及之。时人有词曰：天晚正愁予，春山啼鹧鸪[⑤]。盖言行不得也。）

不如归去

不如归去，饮马旋涡仍旧处。促柱繁弦叫白翎，子规声里迢迢路。不如归去。（元至正十六年，子规啼于居庸。）

---

① 禽言次丘文庄公韵：《列朝诗集》丙集卷三"丘少保濬"条："濬字仲深，琼山人。少孤，七八岁能诗，敏捷惊人。景泰五年进士，改庶吉士，历官掌詹尚书。弘治四年，年七十余，兼文渊阁大学士，直内阁。八年，卒于官，赠太傅，谥文庄。公博极群书，尤熟国家典故。平生作诗几万首，口占信笔，不经持择，亦多缘手散去，今所存《琼台集》尚千余首。"同卷收录禽言诗《得过且过》《行不得也哥哥》《不如归去》。

② 得过且过：清稿本作"得过且过次丘文庄韵"，据王振声校改。

③ 嵯峨：清稿本作"蹉跋"，据王振声校改。

④ 后：清稿本作"後"，误，此指宋隆祐皇太后。

⑤ 天晚正愁予，春山啼鹧鸪：此当为辛弃疾《菩萨蛮·书江西造口壁》中语，本作"江晚正愁余，山深闻鹧鸪"。

赤鹦鹉次邵文庄公韵[①]

赤鹦鹉，不远长江，金牌系足入建康。不知历改宣和字，鼓翅高呼万岁王。进膳不闻方响起，犹记宫人旧姓氏。听禽言，为罢箸。（高宗在建康，有大赤鹦鹉自江北来，集行在承尘上，口呼万岁。宦者以手承之，鼓翅而下，足有小金牌，有“宣和”二字。因以索架置之，稍不惊怪。比上膳，以行在草草，无乐，鹦鹉大呼“卜尚乐起方响”，久之曰“卜娘子不敬万岁”，盖道君时掌乐宫人以方响引乐者，故犹以旧格相呼。高宗为罢膳泣下。）

---

① 赤鹦鹉次邵文庄公韵：《列朝诗集》丙集卷五“邵尚书宝”条云，“宝字国贤，无锡人。成化二十年进士，知许州，入户部，历郎中，出为副使，以副都御史总漕江北。再起巡抚贵州，升户部侍郎，请养母归。升南礼部尚书，再请终养。母丧阕，请致仕，不允。卒，谥文庄。公举南畿，受知于西涯，及为户部郎，始受业西涯之门，西涯以衣钵门生期之。越三十年，以侍郎予告，西涯作《信难》一篇以贻之，以欧公之知子瞻及子瞻之服欧公者为比，盖西涯之绝笔也。西涯既没，李、何之焰大张，而公独守其师法，确然而不变，盖公之信西涯与其所自信者深矣。竟陵钟伯敬尝语予曰：‘空同出，天下无真诗。真诗，惟邵二泉耳。’余与孟阳亟赏其言”。毛晋所和原唱不详，待考。

书庭蕉次阳明先生韵[①]

北堂分植自成林，地僻尘无一点侵。夜雨惊秋孤枕梦，午风消暑半帘阴。蚁闻甘露缘阶上（岁生甘露，常聚群蚁），石负苍根破径深（老根坟起，苔石俱裂）。竞说绿天空岁暮，王维偏向雪中寻（家藏王摩诘《雪蕉图》）。

阳城湖即事次晏铎韵[②]

两日姑苏吊废台，今朝晴泛绝尘埃。湖流东下疑天尽，树色中分似掌开。鸥鸟呼群缘岸去，蜻蜓衔尾蹴波回。渔人网得鱼如雪，系缆酤来佐酒杯。

---

① 书庭蕉次阳明先生韵：《列朝诗集》丙集卷四“王新建守仁”条云，“守仁字伯安，余姚人。弘治丙辰进士，除刑部主事。起改兵部，疏劾刘瑾，谪龙场驿丞。屡迁南太仆鸿胪卿，以左佥都御史抚南赣。用禽宁濠功，拜南京兵部尚书，封新建伯。谥文成。事具国史。先生在郎署，与李空同诸人游，刻意为词章。居夷以后，讲道有得，遂不复措意工拙，然其俊爽之气，往往涌出于行墨之间。荆川之门人，专取其晚年诗以为极则，则可哂也。王元美《书王文成集后》云：‘伯安之为诗，少年有意求工，而为才所使，不能深造而衷于法。晚年尽举而归之道，而尚为少年意象所牵，率不能浑融而出于自然。其自负若两得，而吾以为几于两堕也。’以世眼观之，公甫何敢望伯安？以法眼观之，伯安瞠乎后矣”。同卷收录《书庭蕉》。

② 阳城湖即事次晏铎韵：阳城湖即今阳澄湖。《（乾隆）江南通志》卷六十一：“阳城湖在苏州府东北二十里，上接吴淞江，东流入昆山县界，常熟县南境之水亦流汇焉。吞吐群川，波流浩瀚，灌溉甚溥。东为包湖、傀儡诸湖，皆余流所浸溢也。东北为巴城湖。”《列朝诗集》乙集卷七“晏御史铎”条：“铎字振之，蜀人。为监察御史，与王淮、苏平兄弟号十才子。尝采国朝人制作为《鸣盛集》。”毛晋所和原唱不详，待考。

卷三·和友人诗卷

《和友人诗卷》序

吾友子晋近裒次其诗刻之，凡四卷，惟《野外》为率然自命之言，《和古》《和今》《和友》皆次韵作也。然《和古》《和今》仅列所以次其韵者，而止《和友》则附见其友之诗，如美人临镜，明月在水，彼此互照，妍好悉敌。甚者乃以影视形，殆欲过之。读之不觉为起舞盘旋也。盖子晋之言曰："吾和古今人诗，则彼之为诗者，既有专集流布海内，可检而观耳。独吾之友，而其人自达官高流至闲客野衲有显晦，其地自滇蜀关陇至闽楚吴越有远近，诗虽甚佳者，未必尽传。且吾所与游，由丁巳迄癸未，则此三十余年[①]之中，少者壮，壮者老，或篇轴尚存，委运观化者，亦已多矣。吾类而收之于一册。而凡昔之登山临水、联袂接席，与夫邮筒驿使、问讯往来者，每一披览，常在目前。虽一时之绝尘瞠后、切磋是正者，并记仿佛。若是乎，是卷之不可以已也。"乃予窃念，自古诗家唱和，莫著于元、白，莫多于皮、陆。若合一世之元白、皮陆而皆与为敌，以子晋处松陵、长庆之间，似得其难。且就所属和于友者，而各举其一，亦略示梗概，寓怀抱焉耳。子晋生平，佳日有社，尚齿有社，隐湖有社。此三十余年中者，星桥烟水，无日不来泛雪之船，无夜不连听雨之榻。朝拈一题，夕而累幅；夕脱一稿，朝而授梓。其托之烟煤、等于鱼雁者，固不知流传小本今几何也。《和友》不尽子晋之诗，而子晋和友之诗亦不尽此卷，不又举世之所共见哉！往时吾家玉山亦尝自裒其平日所与高人胜流分题布韵酬咏之诗，曰《草堂名胜集》，曰《草

① 三十余年：丁巳为万历四十五年(1617)，癸未为崇祯十六年(1643)，应为"二十余年"之讹。下"此三十余年中者"句同。

堂雅集》。汝阳袁华又编《玉山草堂饯别寄赠》及《玉山纪游》诸诗，别为二集。凡玉山与玉山之友之诗，皆至今在焉。其为概刻之也者，犹乎子晋佳日、尚齿、隐湖诸社也。其为选而刻之也者，犹乎子晋四卷之一，定为《和友》，与《和古》《和今》并称者也。诗或以友传，而友亦以诗传，宜先后一揆矣。若予亦子晋之友之一也，而诗最不工，不知于所属而和之者，将何取焉？太仓社弟顾梦麟麟士序。

和友人诗卷序

余自丁巳岁治诗叔子魏师之门，得尚友诸君子，辄以诗篇见赠，或遥寄邮筒，或分题即席，不揣矢和，迄今癸未，纸墨遂多。展卷再读，半属古人，不胜今昔之感也。倩笔录成副本，且摘佳篇，并附俚句于后。隐湖毛晋。

灯宴[1]

嘉定娄坚(子柔)

过雨山城[2]净洗泥，夕阳归鸟竞春啼。形忘[3]不觉清言剧，兴发还拈险韵题。四壁华灯连作障，中庭嘉树自成蹊。嵬峨怪石遥前指[4]，莫笑先生窦是圭。

和

冰坼前溪路有泥，夜深同听子规啼。银灯围绕繁花簇，宝带分张锦字题。满座飞觞迟皓月，垂帘听曲度青溪。林泉不及华堂燕，人道先生是稚圭。

---

① 灯宴：钱谦益《列朝诗集》丁集卷十三上“娄贡士坚”条云，“字子柔，嘉定人。经明行修，学者推为大师。五十贡于春官，不仕而归。其师友皆出震川之门，传道其流风遗书，以教授学者，师承议论，在元和、庆历之间，箴砭俗学，抉谪踳驳，从容更仆，具有条理。衣冠修然，容止整暇。书法妙天下。风日晴美，笔墨精良，方欣然染翰，不受促迫。与唐叔达、程孟阳为练川三老。暇日整巾，拂撰杖屦，连袂笑谈，风流弘长，与之游处者咸以为先民故老，不知其为今人也。晚而学佛，长斋持戒，间与余辈当歌命酒，亦留连不忍去。子复闻，生于暮年，教以古学，叮咛告戒，勿染指时流。子柔没，渐有闻矣。乱后死于兵，遂无嗣，伤哉”。娄坚是毛晋前辈，与钱谦益、程嘉燧等关系密切。其原唱亦见娄氏《吴歈小草》卷十，题作《默思先生灯宴同用圭字七言》。

② 山城：《吴歈小草》作“江城”。

③ 形忘：《吴歈小草》作“杯行”。

④ 前指：《吴歈小草》作“相揖”。

头上花开[①]

松江陈继儒(眉公)

素馨采采斗新妆,头上花开恰晚凉。穿插巧盘长命缕,芳菲娇昵合欢床。夜光不断珠难定,膏沐谁施玉有香。莫向镜台轻理发,恐惊余艳落钗傍。

和

卸头慵整内家妆,试剪芳丛趁夜凉。初绾不教风破蕊,斜簪恰好月窥床。乍疑雪片云边缀,渐觉冰魂梦里香。明日端相梳裹别,

---

① 头上花开:《列朝诗集》丁集卷十六“陈征士继儒”条云,“继儒字仲醇,华亭人。少为高才生,与董玄宰、王辰玉齐名。年未三十,取儒衣冠焚弃之,与徐生益孙结隐于小昆山。仲醇为人重然诺,饶智略,精心深衷,妙得《老子》《阴符》之学。娄东四王公雅重仲醇,两家子弟如云,争与仲醇为友,惟恐不得当也。玄宰久居词馆,书画妙天下,推仲醇不去口。海内以为董公所推也,咸归仲醇。而仲醇又能延招吴越间穷儒老宿隐约饥寒者,使之寻章摘句,族分部居,刺取其琐言僻事,荟蕞成书,流传远迩,款启寡闻者,争购为枕中之秘。于是眉公之名倾动寰宇,远而夷酋土司咸丐其词章,近而酒楼茶馆悉悬其画像,甚至穷乡小邑,鬻粔妆、市盐豉者,胥被以眉公之名,无得免焉。直指使者行部,荐举无虚牍,天子亦闻其名,屡奉诏征用。年八十余,卒于茶山之精舍。自为遗令,纤悉毕具。殁后降乩诗句,预刻时日,贮箧衍中,其井井如此。仲醇通明俊迈,短章小词皆有风致,智如炙輠,用之不穷。交游显贵,接引穷约,茹吐轩轾,具有条理。以仲醇之才器,早自摧息,时命折除,声华浮动,享高名,食清福,古称通隐,庶几近之。玄纁物色,章满公车,动以康斋、白沙为比,谓本朝正史当虚席以待笔削。耳食承讹,斯固可为一笑。而一二儒者,必欲以经史渊源之学引绳切墨,指摘其空疏而纠正其騞驳,亦岂通人之论哉? 余摘录其小诗,取其便娟轻俊,聊可装点山林,附庸风雅。世有评骘仲醇者,亦应作如是观,不徒论其诗也”。崇祯初方岳贡任松江知府,主修《松江府志》,驰书招毛晋与陈继儒等共事。毛晋又曾携钱谦益荣木楼所藏宋刻范成大《吴郡志》至陈继儒顽仙庐。陈氏击节叹赏,题数语于其后。毛晋刻《苏门六君子文粹》陈继儒作序,陈氏又尝为《隐湖题跋》作序。按,陈氏原唱《陈眉公集》十七卷本、《眉公诗钞》八卷本未收录。

不辞重摘画楼傍。

冬夜集汲古阁水仙花下话别[①]

福建曾异撰(弗人)

亭亭也合唤卿卿,似引兰心入酒倾。花草萧然[②]生道气,色香能不带闺情。夜初过午愁将去,烛已跋三别未成。知己忍言存海内,出门便隔水盈盈。

和

鬓带霜华揖长卿,寒英相对意先倾。三杯不断关山恨,只翼深知母子情。鲛客泪珠光乍合,洛神罗袜赋初成。明朝挂席阳城道,一曲长歌别思盈。

---

① 冬夜集汲古阁水仙花下话别:《(乾隆)晋江县志》卷之十二,"曾异撰,字弗人。母张氏以遗腹生异撰,日夜纺绩,口授诗书大义。异撰家贫而性介甚,长吏知其贤,有欲为地者,不屑也。为诗有奇气,不步常迹。古文辞亦跌宕,制义不遵绳尺,浮沉诸生二十年。崇祯己卯领乡荐,出福州司理方士亮之门。癸未再赴会试,还,遂卒"。按,原唱陈世镕纂《福州西湖宛在堂诗龛征录》卷十二收录,不见于曾氏《纺授堂集》《纺授堂二集》。

② 萧然:《福州西湖宛在堂诗龛征录》作"肃然"。

西湖舟居[1]

四川尹伸(子求)

莼波鸥路已连宵，卜夜同心且断桥。貣雨入窗湖自暖，行云共坐客俱韶。娇歌定遣邻箫和，晚曲难将逋客招。未尽旷怀须再约，不愁花鸟薄兰桡。

和

舟居不分昼兼宵，四序咸宜泛六桥。柳外落帆风色转，花边系缆景光韶。苏娘墓冷莺空老，处士亭荒鹤可招。我亦东湖放渔艇，烟波十里荡轻桡。

---

① 西湖舟居：《列朝诗集》丁集卷十六“尹布政伸”条云，“伸字子求，宜宾人。万历戊戌进士，授承天府推官，以南兵部郎出知西安府，以副使提学陕西，以参政备兵苏松。公廉强直，不阿权贵，凡三任皆投劾去。再起贵州威清道。是时水西寇猖獗，贵阳之围方解，黔抚王三善轻兵深入，子求力劝以持重，弗听。三善中伏死，子求突围得出。及傅宗龙按黔，轻锐自用，不信子求言，杀归正人陈其愚等，黔事几大坏。子求在行间三年，身经十余战，有功不叙，竟镌秩以去。以才望起河南左布政，莅任甫三月，以失御流贼解官。崇祯甲戌，买舟下瞿塘，抵金陵，游吴中、浙西，与余辈饮酒赋诗，留连不忍去。将别，执酒言曰：‘生平山水友朋之乐，尽此行矣。余生暮齿，誓欲买舟南下，更寻吴越之游。所食此言者，有如江水。’归蜀后，再三附书，谆谆理前约。乱后讯之蜀人，则云献贼破叙，执子求至成都，欲官之，嚼齿大骂，被杀。呜呼！子求之死，信矣。子求忠于君，信于友，才兼数器，谈黔蜀疆事历历如指掌。性直如弦，有触必发，所至与长吏迕，以孤峭见摈。与人交有终始，分张诀别，死生收恤，婉笃周详，皆出人意表。刘太仆时俊同年契合，以监军坐通贼，被急征，狱急，不知所为。子求家居，投匦抗疏，明其必不然，时俊得免死。慷慨持大义，皆此类也。读书汲古，精于鉴赏，日课楷书五百字，寒暑不辍，其老而好学如此。子长庚，字西有，卓荦有父风，以征辟为县令，左官起补，客死广陵。长庚有经世才，视天下事数着可了。其亡也，天下皆惜之”。此次倡和，当在崇祯七年甲戌(1634)尹氏游吴越期间。

上巳集花信楼[①]

虞山钱谦益(牧斋)

烟霭空濛[②]历翠微,春郊上巳淡芳菲。祓除正爱清流好,露湿[③]何妨急雨飞。新柳碧堪浮酒面,小桃红欲上人衣。秉蕑士女

---

① 上巳集花信楼:《重修常昭合志》卷二十云,"钱谦益,字受之,号牧斋,世扬子。万历丙午举人,庚戌以第三人及第,授翰林院编修,寻丁父艰归。天启辛酉,补原官,典试浙江,转右春坊右中允,与修《神宗实录》。坐钱千秋关节事,移病去。甲子,起为左春坊左谕德,旋补少詹事。时魏忠贤罗织东林党,词连谦益,削籍归。崇祯改元,召为正詹事,转礼部右侍郎,兼翰林院侍读学士。适会推阁员,谦益列名枚卜,而温体仁、周延儒不得与,遂借浙闱事抨击之,再削籍。还家居九年,为邑民张汉儒诬讦,逮京下狱,事白得释。甲申京师陷,谦益闻报赴南京,与诸大臣议立君。谦益欲立潞王,议未定而凤督马士英及刘泽清诸将拥福王至。福王立,召谦益为礼部尚书,加太子太保。入清,授内秘书院学士,兼礼部右侍郎,寻谢病归。顺治丁亥,以江阴黄毓祺起义一狱牵连被逮,颂系金陵,逾年放归乡里。谦益居恒无书不读,所为诗文,体博用宏,祖唐祢宋,一洗迂腐剽庸之积习,海内学者共宗之。晚年志成《明史》,绛云一烬,典籍荡然,乃皈心佛乘,依芙蓉庄以终老。所著《初学集》一百卷、《有学集》五十卷、《开国群雄事略》三十卷、《列朝诗集》一百卷、《内典文藏》一百卷、《楞严蒙钞》十卷、《金刚蒙钞》三卷、《心经蒙钞》一卷"。毛晋二十岁时,经舅祖缪仲淳介绍,从学于钱谦益。钱氏待之以游夏,相与商榷今古,三十年未尝有间,而毛晋亦读书考文,没身不倦(参见钱谦益《初学集》卷六十一《毛君墓志铭》(出土墓志原石题"隐湖毛公墓志铭")、陆世仪《祭虞山毛子晋文》)。本组倡和亦见《隐湖》卷上,题作《上巳集牧斋花信楼》,唯所录毛晋诗为另一首(见《补遗》)。诗作于崇祯十二年己卯三月,《隐湖》有萧士玮序:"余舟泊拂水山庄,喜逢上巳。牧斋邀同璧甫、孟芳,拟寻破山、五丈石诸胜。才登剑门,风雨忽至,小憩道院,悒悒而返。子晋携酒邀集花信楼,余小极,未能赴。明日,牧斋诸公以诗见示,余深恨不获同醉,且不能属和也。西昌萧士玮题。"花信楼在拂水山庄,钱谦益《牧斋初学集》卷四十五《花信楼记》:"于墓道之东偏择爽垲之地,撤耦耕堂而徙焉,招孟阳也。堂之前隙地与秋水阁相直,庀山居之余材为楼五间,后山如屏,前湖如镜,堤池折旋,景物攒簇,名之曰花信,而刘状元胤平书其额。"钱谦益原唱亦见《牧斋初学集》卷十五《丙舍诗集》上,题作《上巳日即事》。

② 濛:《隐湖》作"蒙"。

③ 露湿:《初学集》作"沾湿"。按,与"祓除"对,自以"沾湿"为是。

看相谑，芍药何当欲赠归①。

和

脉脉流泉界翠微，永和岁共惜芳菲。一川江浪浮鸥去，十里香尘傍马飞。曲岸柳牵②游子扇，画船风簇舞人衣。年华云曳残春候，有酒如何不醉归。

同子晋宿北禅寺③

吴门王人鉴（德操）

闻君留古寺，与客月中寻。钟动双林寂，灯明丈室深。伊蒲分晚供，香水净尘心。一榻同兹夕，因缘岂自今！

和

树藏月下寺，先后互招寻。风定钟声缓，僧闲烛影深。旅愁吹

① 芍药何当欲赠归：《初学集》作“芍药争教折赠归”。

② 牵：清稿本作“搴”，据王振声校改。《虞山丛刻》仍作“搴”。

③ 同子晋宿北禅寺：《列朝诗集》丁集卷十三下“王布衣人鉴”条云，“人鉴字德操，吴郡人。少学诗于居士贞。居吴门彩云桥，堂供古佛，一灯荧然。庭前双桧，可二百年物。凝尘满席，阶下幽花小草，手自灌刈。数世不食荤血，面削而形臞，见者知为枯禅逸叟也。深为草衣道人所赏，每得其诗笺，笼置袖中，喜色浮动眉宇，人望而知之。有《知希斋集》二卷，孟阳、云子评定，余为之序”。详见钱谦益《牧斋有学集》卷三十一《王德操墓志铭》。毛晋与王人鉴交游，文献中始建于崇祯七年，钱谦益偕毛晋、李毅赴苏州访王氏，王氏命六十九岁所生独子王沩出拜，郑重付嘱，将以稚子累毛晋。此后二人过从甚密。王氏卒，毛晋照拂王沩二十年。北禅寺在苏州齐门内。《（同治）苏州府志》卷四十二：“北禅讲寺在城东北隅。唐咸通三年，陆侍御以宅为院，号北禅。宋祥符中，赐额大慈。屡毁于兵，明洪武中重建，崇祯中重建大殿。寺有大通阁、观堂、雨花堂、禁蛙池。”据顾梦麟《织帘居诗》卷二《北禅寺佛像成敬赋》，毛晋曾施金塑北禅寺佛像第三躯。王氏原唱亦见《隐湖》卷上（毛晋和诗未收录），约作于崇祯十二年己卯（1639）。

角夜（寺傍齐门谯楼），春恨落花心。皮陆联吟后，悠悠直至今（皮陆联句此寺）。

谢遗锦衾[①]

（子晋遗文绸录旧作以谢）

新安程嘉燧（孟阳）

故衾何意托交欢，得共高人寤寐宽。不分秋风破茅屋，从教夜雪满长安。空床独枕琴三尺，远札相遗绮一端。早晚平津谁与报，布衣恩庇[②]九州寒。

和

惭无文绮赠交欢，尺幅粗当诗纸宽。裋褐晏如时造饮，布衾无恙独吟安。西湖残腊蒲三幅，东海深秋绪百端。换得昔年黄绢句，

---

① 谢遗锦衾：《（康熙）常熟县志》卷二十二云，"程嘉燧字孟阳，休宁人，侨居嘉定。与钱宗伯相契，宗伯少时读书为诗，皆嘉燧启之。宗伯时招之居耦耕堂，嘉燧折节读书，刻意为诗，谓学古人之诗当知古人之为人，其志洁，其行芳，温柔敦厚，色不淫而怨不乱，此古人之人，而古人之所以为诗也。知古人之所以为诗，然后取古人之清辞丽句，涵咏吟讽，深思而自得之。久之，于意言音节之间往往若与其人遇者，而后可与言诗。盖嘉燧持论如此。读书不务博涉，精严采掇，晚尤深老、庄、荀、列、楞严诸书。诗以李杜为宗，深悟剽贼比拟之谬。七言今体约，而之随州；七言古放，而之眉山。有明青田、海叟、西涯诸诗皆为抉擿其所由来，发明其所以合辙古人而迥别于近代俗学，于是王、李之云雾尽扫，后生之心眼一开。钱宗伯引元裕之比溪南诗老例，称之曰松圆诗老。又善画山水，谙晓音律，制松圆墨甚佳，明末风流大雅也"。毛晋与程嘉燧当是因钱谦益而有交往。本组倡和诗，作于崇祯十二年。程嘉燧原唱《松圆浪淘集》卷十七收录，题作《答江似孙谢遗锦衾叠用寒字》。江似孙，名绍前，歙县人，程嘉燧友人。因程诗本为答谢江氏所作，故题后自注云"录旧作以谢"。程氏原诗凡二首，《列朝诗集》丁集卷十三上同。张豫章《四朝诗·明诗》卷八十七仅录其二。《汲古阁集》所录与《四朝诗》同。程诗亦见《隐湖》卷上（毛晋和诗未收录），本次倡和当在崇祯十二年己卯（1639）。

② 恩庇：《松圆浪淘集》《列朝诗集》作"思庇"，似较"恩"字为妥。

煞愁岛瘦并郊寒。

题鼎足斋[①]

河间范景文(质公)

结庐人外意萧然,香国何如[②]小有天。四壁忽生空翠湿,千秋如见墨痕鲜。摩娑金石人俱古,寝处缥缃梦亦仙。共我于中称[③]鼎足,坐来不羡[④]米家船。

和

吾爱吾庐岂偶然,美人遥忆一方天。瑶琴声入缥缃静(鼎足斋

---

① 题鼎足斋:《列朝诗集》丁集卷十一"范阁学景文"条云,"景文字梦章,吴桥人。万历癸丑进士,除东昌府推官,以清望推择为吏部郎。天启间,北人附逆奄专政,即家起梦章,掌文选事。梦章过余邸中,窃叹曰:'彼欲厉剑血人,而以我为镆铘乎?'未浃月,移疾求去,天下高之。奄党败,起太常少卿,以佥都御史巡抚河南。莅事逾月,即提兵入卫。四方勤王之兵先抵城下者,以中州为首。升兵部侍郎,镇昌平,进南京参赞尚书。乌程、武陵、韩城相继枋国,凡持正不附己者,咸指为虞山之党,芟除殆尽。梦章回翔中外,自引而南,时相亦无以难也。会武陵起复,国论沸腾,梦章自南率九卿论劾。先帝震怒,除名为民,已而复思之,特召拜工部尚书,寻入直东阁辅政。受命四十日而都城陷,诣朝房,拒门自经。阁吏抱持解之。入僧舍,草遗疏,赋绝命诗,赴演象所投井而死,年四十。弘光诏赠太傅,谥文贞。梦章秀羸文弱,身不胜衣。啜茶品香,论诗顾曲,每以江左风流自命。一旦持大议,抗大节,风采屹然,与高阳、定兴并峙,崆峒戴斗为之生色,岂偶然哉!梦章就节时,属其家僮兰芳曰:'使所善李生、蒋生件系事状,乞虞山公志我。'余深愧其言"。鼎足斋为周嘉胄室名。钱谦益《牧斋有学集》卷八《长干塔光集·金陵杂题绝句二十五首继乙未春留题之作》其二十一自注:"周江左名嘉胄,鉴古工书。子运庚,字西有,亦奇士。"范凤翼《范勋卿诗文集》诗集卷四《题周江左鼎足斋》题后自注:"鼎足之义谓书、画、性命也。"范景文原唱《范文忠集》卷十一收录,题作《题周江左鼎足斋斋中所贮书画古法物》。按,今人因《汲古阁集》收录本组诗,多误以鼎足斋为毛晋藏书处。

② 何如:《范文忠集》作"翻成"。

③ 称:《范文忠集》作"成"。

④ 不羡:《范文忠集》作"谁羡"。

中架书万卷，分列如城，时有客鼓琴其间，琴声微妙)，髹几光含翡翠鲜(几列古鼎彝器，青翠隐映如画)。鹅笼换书多就道，蠹鱼蚀字半成仙。犹嫌六一还多事，约略寻思陶岘船。

乙丑七月十九日遇子晋于昌亭舟中写兰以赠①

琴川沈春泽(雨若)

与君歌笑故山中，尝②挹清芬九畹风。今日相逢皆老大，墨花轻染坐低篷。

---

① 乙丑七月十九日遇子晋于昌亭舟中写兰以赠：《列朝诗集》丁集卷七"沈秀才春泽"条云，"春泽字雨若，常熟人，福建参政应科之孙也。少孤，儿时骄稚，长而才情焕发，能诗，善草书画竹，折节胜流，输写肝胆，遂为吴下名士。大父没后，不得志于里闬，移家居白门。治园亭，洁酒馔，招延结纳，交游歙集。负气肮脏，多所睚眦，酒悲歌怨，声泪交咽。故有羸疾，兼以毷氉，忽忽发病而死。余爱其才而闵其志，翻阅其诗二千余首，才情故自烂然，率易丛杂，成章者绝少。士之负才自喜而不知持择，迄以无成，良可悲也。钟伯敬官南都，雨若深所慕好，郑重请其诗集，序而刻之。伯敬亡，雨若著论曰：'大江以南学伯敬者，以寂寥言简练，以寡薄言清迥，以浅俚言冲淡，以生涩言尖新，篇章句字，多下一二助语，辄自命曰空灵。余以为空则有之，灵则未也。波流风靡，彼倡此和，未必非钟、谭为戎首也。'人不可以无年，雨若遂反唇于伯敬。虽然，斯论亦钟氏之康成矣"。毛晋与沈氏相交甚早。《钝吟集》卷下《毛子晋六十生日》(亦见《以介编》)序："余年十六，识隐湖兄于魏氏之花溪。于时沈雨若有文咏，喜交游，似前辈人，尝啧啧口毛东美不置。东美，子晋未冠时字也。"冯班十六岁为万历四十五年(1617)，其年毛晋十九岁，尚在"未冠时"。乙丑，为天启五年(1625)。昌亭，不详。赵执信《饴山诗余·赠吴中酒妓》："前年曾醉昌亭月。"则昌亭应在苏州。疑即金昌亭。范成大《吴郡志》卷九："金昌亭在昌门。宋少帝景平二年废为营阳王，幽于吴郡，徐羡之等使邢安泰弑帝于金昌亭。帝有勇力，不即受制，突走出昌门，追以门关踣之。此云走出昌门，则亭尚在城中。陆龟蒙又谓，梁鸿墓在金昌亭下一里，又似在城外，恐在今城，有少迁徙耳。"此诗亦见《隐湖》卷上，题作《乙丑秋日遇子晋于昌亭舟中写兰以赠》。

② 尝：《隐湖》作"曾"。

和

轻桡相并月明中，一纸香生十指风。欲理丝桐诉心事，十年离绪满征篷。

题画贻子晋[①]

莆田宋珏(比玉)

无求长愿此身闲，十日楼居断往还。须信闭关非闭目，琴中流水画中山。

和

闭户抛书镇日闲，惯看倦翮暮知还。云中忽下双凫影，尺幅峥嵘万仞山。(东美，余旧字[②])

① 题画贻子晋：《(乾隆)莆田县志》卷二十二云，"宋珏字比玉，端仪侄孙。初为县诸生，盛才藻，不愿俯首帖括，遂舍去。负笈入太学，侨寓武林、吴门，交顾梦游、谭元春诸公。尝见程嘉燧《荔支酒歌》，击节叹慕，求得其人，因兄事之。工八分、行、章草诸体。饮酒以斗计，求书多伺珏醉后，出绫绢听其挥洒，疾持去，墨沈淋漓，时以为张颠复作。甚至片札只字，人皆珍若拱璧。尤精于画，出入古人，不名一家。作诗率其意兴，未尝留稿。其诗集十卷，皆心赏者代为掇拾，非珏意也。后客死石城，归葬于莆"。《(康熙)常熟县志》卷之二十二谓"时来虞山，与钱宗伯、瞿给谏诸名公游"。此组倡和诗，当为宋珏来常熟时所作。

② 东美，余旧字：《虞山丛刻》无。

辛未中秋子晋从虎丘来登莲子峰诗以赠之①

昆山朱鹭(白民)

美人来登峰,明月政起岭。大似有心约,未识谁先肯。
虽然一夕话,彦会良足纪。今宵海涌峰,歌声振霜树。

和

我爱莲子峰,随月上孤岭。先来叩象门,幽人已心肯(白民结小团瓢于第二峰,两大石踞其前如关,题曰象门)。

天池开绝巘,寸水泓万纪(莲花第一峰顶有池,圆五尺许,中有寸水,从来不涸,云是古天池)。坐久白露凝,雪照千山树。

---

① 辛未中秋子晋从虎丘来登莲子峰诗以赠之:《(崇祯)吴县志》卷之五十一云,"朱鹭字白民,吴江人,初名家栋。少肄府学,有俊才,事秀水冯祭酒梦祯为高足弟子。家贫,教授生徒以养父母,承颜顺志,以老莱子为法。床头恒贮数十钱,曰买笑钱,父死久之乃谢。青衿,芒鞋,竹杖,独游名山,所至画竹以自给,不妄受人一钱。尝游华岳,登天井,黄绦道服,长髯等身,见者皆以为仙人也。初好玄学,解《道德》《参同》之指。晚弃而归禅,参云栖、憨山二老,结茅华山寺之左莲华峰下者十余年。年八十,沐浴更衣,作偈语而逝。其为诸生时,每谈革除事,辄涕下。网罗遗佚,作《建文书法》,拟进之朝,不果。崇祯初,策蹇入长安,欲望见新天子。虏正薄都城,或劝之亟归,慨然曰:'莫非王臣,其敢逃乎?'端坐龙华寺,注《般若经》,寇退乃反。人谓其隐不忘君。原鹭初心,亦有意于斯世,托而逃焉者乎!"(参见《牧斋初学集》卷七十一《朱鹭传》)辛未为崇祯四年(1631)。莲子峰,即"莲华(花)峰"。《(同治)苏州府志》卷六:"华山在府西三十里。《老子枕中记》:吴西界有华山,可以度难。《吴地记》:吴县华山,晋太康二年生千叶石莲花,故名。《图经续记》:此山独秀,望之如屏。或登其巅,见有状如莲花,今莲花峰是也。《吴郡志》:父老云,山顶北有池,上生千叶莲华,服之羽化,因曰华山。"

山中近况柬子晋①

江阴夏树芳（茂卿）

晓坐冰莲阁，沉漻响天籁。遗世贵孤生，神游白云外。
虚谷少人行，褵褷畅独往。诗思落渔舟，红霞晒罘网。

和

空山立空阁，万吹皆竽籁。烟际起钟声，洗耳松涛外。
出岫本无心，良辰意孤往。松根卧似龙，薜叶密于网。

---

① 山中近况柬子晋：《（康熙）常州府志》卷之二十七“隐逸”云，“夏树芳字茂卿，江阴人。少食贫，以诸生教授里中，所造就多名硕。万历举南闱，养母之余，惟耽著述。隐居数十年，按部至者必折节式庐，侍御祁彪佳、刘兴秀，给谏吴永顺并荐疏于朝，请如陈宪章、吴与弼故事，树芳若不闻也。子宝忠，授文华殿中书。性好施，周邺贫族，岁时不废”。详见《习礼夏氏宗谱》卷四十六《习池公暨配吕李两孺人合葬墓志铭》（徐汧、钱谦益撰两种）。夏氏尝为《隐湖题跋》作《毛子晋诸书跋语题词》。

春江花月夜[1]

锡山黄广(无蛙)

人生行乐不问时，春花春月风气宜。人生行乐不问地，春夜春江多雅致。遥望青山映大江，水凫沙鸟自双双。潮平空碧开明镜，柳绿垂条拂画艭。两岸蔼靡青不断，中流箫鼓声相乱。惜花爱月恣欢娱，馔玉炊金停翠幔。花值月明花色新，月当花发月精神。花月春江称四胜，并余行乐胜尤真。手提青铜上酒楼，银筝向余歌不休。开襟长啸花月下，何论贫贱与王侯。吁嗟乎，花有纷飞月有晦，江有风波春有代。乘流溯月向花簃，乐事从心境何碍。江月千年照落花，江花难际月光华。年年岁岁春江上，美酒高歌凌紫霞。

---

① 春江花月夜：《东林书院志》卷十一云，“黄广原名伯英，字冠龙，南直无锡人。先世常熟人，建文朝忠臣叔扬公钺之后，避居锡西胡埭，代有耆儒。冠龙幼敏且恪，随父塾游泾里，因登顾端文、尚宝两先生之门。初命题‘中庸何为而作也’句，千言立就，端文奇之。及长，从于东林。乙丑、丙寅间，书院毁，珰焰炽，日趋书院旧址讲习不辍。会忠宪赴止水，有司欲絷其子，旋奉旨究漏泄因。上台责保状急，高氏四顾无应者。慨然要华孝廉国才同署状，极陈罪不及孥之意，获免。尝奉部檄，修神、光、熹三庙实录，绰有史法。以贡除镇江郡博，合两庠士订三山社，入我箴笪公天心书院。擢令安远，甫任，捐俸竣城工。初，邑有重囚董傅、罗江、谭应瑞、钟世修者，谳辟候决。忽流寇至，斩狱释囚，胁之曰：‘从行者赏，否则诛。’董傅等数囚佯从之，中途给以家近，挈妻子，仍奔赴狱。明年寇再至，数囚复请，愿出死力守城，城得不溃。当事者未有以请也，至是部移适下数囚在决中。为力请于恤部曰：‘囚罹法，愚也；不从贼，志也；守城，功也。谓罪必不可赎乎，何以劝后？’恤部疏题，得开释。其识时势、达经权，类若此。居二年，卒于官”。据毛晋和诗自注“是夜邀余饮月华楼，冯犹龙携小友弹琴”，和诗应在苏州作。《(乾隆)江南通志》卷三十一：“齐云楼在长洲县郡治后子城上，即古月华楼。《吴地记》云：唐曹恭王所建。白居易有《齐云楼晚望》诗，今名飞云阁。”冯犹龙即冯梦龙，参见本卷冯氏《冬日湖村即事》。

和

涉江不必问何时，旦暮阴晴各自宜。况复花天连月地，春光九十偏多致。迢迢夜涉扬子江，金焦点点入波双。春潮拍岸失青草，坐处常疑天上艭。远近钟声敲欲断，禅灯渔火光凌乱。花气乘风破浪香，东山月出穿云幔。一花一岁一回新，片月月月新精神。惟花能令月破影，惟月能令花乱真。回首江边人倚楼，皎皎当窗恨未休。花月迷濛度遥夜，天涯夫婿觅封侯。吁嗟乎，花未残兮月未晦，江未波兮春未代。但拌[①]夜夜醉如泥，明朝重醉何拘碍。惊君落笔夜生花，招我携琴上月华（是夜邀余饮月华楼，冯犹龙携小友弹琴）。弹到江南春一曲，碧琉璃盏吸红霞。

星桥佳会纪事赋得七言排律二十韵[②]

虞山翁应祥（昇宇）

朗月清风景色良，每思玄度意彷徨。登皋舒啸陶潜里，背郭诛茅杜甫堂。天运恰逢重闰节，春宵喜遇又传觞。灯明再解金吾禁，

① 拌：清稿本作“拚”，王振声校改、《虞山丛刻》并作“拌”。

② 星桥佳会纪事赋得七言排律二十韵：《（康熙）常熟县志》卷之十八云，“翁应祥字兆吉，万历庚子举人，授无锡县学教谕，与高忠宪辈为道义交，翰林马文忠、吏部华允诚咸严事之。迁知光泽县，县鲜科第，应祥相度形势，建一浮图于水口，次年即有捷者。巡按姚应嘉有指水盟心、移山作案之荐。迁知朔州，州近边，西师常入，每过城下辄敛刃，钦其清正也。林居数载，五举乡饮宾。雅善诗歌古文，有《杭州集》《云朔集》《苜蓿斋集》《归田集》行世”（《杭州集》为《杭川集》之误）。星桥，即汲古阁所在七星桥。翁诗有“天运恰逢重闰节，春宵喜遇又传觞”句；毛诗有“三五重逢卜夜良”句，自注有“城中灯甚盛”语，又有“滇南友寄薰陆香”语。按，云南木增寄薰陆香，事在崇祯十四年，则此诗作于崇祯十五年元宵的可能性最大。

月皎还拌①玉漏长。珍重侯鲭穷水陆，殷勤歌管叶宫商。谈深麈尾琼飞屑，烟爇炉头篆袅香。正值吴侬兼楚客，不妨缁衲间红妆（时楚客吴子携歌姬素娟、淮上江子同庐山僧，余偕戈、王、严三子后至）。时传太史占星象，坐见平原入醉乡。紫气青牛多道术，春风绛帐有文章。严陵千古浑如在，戈法于今正可方。况是登楼学王粲，允称诗说有毛苌。旁窥禄阁观藜火，快睹文星彻夜光。触目球琳分应接，惊心珠玉惜仓忙。主人投辖情何重，客子停骖兴亦狂。乐自鲁周观六代，诗从魏汉轶三唐。谩夸徐穉来陈榻，却笑王猷返戴航。宾主东南称盛美，往来虚实惬衷肠。非关酒竭高阳会，自是文倾二酉藏。列座求羊深意气，归舟李郭入仙行。从今别去思颜色，落月时时照屋梁。

和

三五重逢卜夜良，门来长者慰彷徨。传闻灯市开千户（城中灯甚盛），快见嘉宾聚一堂。次第锦帆停曲岸，安排红烛候轻觞。六鳌浮动连山涌，百鸟差池接翅长。星粲屏间分篆隶，风微帘外合宫商。玉船遥载寄生酒，金鸭徐飘薰陆香（时粤西友寄桑寄生酒，滇南友寄薰陆香，喜而作供）。老衲迅锋谈竹篦（匡师谈禅），佳人小钿学梅妆（素姬换妆）。忘忧讵解愁为国，不寝宁知睡有乡。珠玉霏霏随咳唾，风流藉藉擅文章。论诗说剑皆同调，西楚东吴共一方。读《易》始知尊辅嗣，传《诗》何敢继毛苌。巡檐迎笑生花气，卷幔挥毫斗月光。华烛高烧吟里白，深杯百罚静中忙。平时不为耽诗瘦，此日真成喜客狂。自有艳情追六代，还凭雅奏振三唐。城闉春好多游骑，村坞溪深有钓航。闭户简书窥鸟迹，出门随处避羊肠。晚依净业知多幻，早奉微言识善藏。幸是宗雷招入社，因同杨许结成行。东方欲曙成高唱，古调真堪迈柏梁。

① 拌：清稿本作“拚”，王振声校改、《虞山丛刻》并作“拌”。

访子晋湖庄即事[①]

井研雷起剑(雨津)

非关肥遁赋闲居,功在千秋校豕鱼。行野田夫皆谢赈,入门童仆尽钞书。湖村画艇移[②]精舍,古阁牙签富石渠。更有良朋相对处,佳儿总是德星余[③]。

和

子云家近子苍居(先生与韩子苍同邑,居与遗址相近),万里曾劳剖腹鱼。铁瓮人歌一面网,金陵士授二山书(曾任润州,分闱南国)。千岩秀丽云归树,万顷空明月照渠。门巷能来长者辙,开樽恰值晚香余。

---

① 访子晋湖庄即事:《(光绪)井研县志》卷三十三云,“雷起剑字雨津,嘉祥孙,父豫,万历七年贡生,官綦江教谕。起剑俶傥,以诗名。万历、天启中,中珰横甚,凡驾帖缇骑所至,正士且尽。起剑愤懑抑塞之气一寄于诗歌,故险劲老苍,无纤曼啁哳之病。方起剑未遇时,感时变乱,周历衡、华、匡庐诸峰,尝南涉洞庭,酹酒龙神庙,题诗壁间云:‘我是人龙君亦龙,吾今胡为乎泥中!凭君借得青骢雨,手揽风云起太空。’因于邑不能仰。崇祯改元,魏、客诛殛,起剑始出应有司试,成进士,任镇江推官,以才望选,超擢兵部郎中。十七年,从张玉笥监军讨贼,积瘁卒于军,盖不负所志云。所著曰‘瑞芝堂集’”。雷氏原唱亦见《隐湖》卷上,作于崇祯十二年己卯(1639)或十三年庚辰(1640),毛晋和诗未收录。

② 移:《隐湖》作“疑”。

③ 更有良朋相对处,佳儿总是德星余:《隐湖》作“万里荀陈欣聚首,将车下食一宵余”。

冬日湖村即事[①]

苏州冯梦龙(犹龙)

蒹葭一望路三叉,遥认农家[②]去路斜。舟响小溪过蟹舍,屋颓高岸露牛车。霜轻堤柳留疏叶[③],气暖村桃放早花[④]。平野萧条聊极目,远天寒影散群鸦。

和

湖曲波寒鱼可叉,一舟如叶渡头斜。高篱悬瓠刳春榼,矮屋添茅覆水车。沽酒前村逢故友,寻僧废寺见梅花。萧然野外无人事,古木干霄聚暮鸦。

---

① 冬日湖村即事:《(乾隆)江南通志》卷一百六十五云,“冯梦龙字犹龙,吴县人。才情跌荡,诗文丽藻,尤工经学,所著《春秋指月》《衡库》二书为举业家所宗。崇祯时,贡选寿宁知县”。据《冯梦龙集笺注》附年谱,冯氏原唱作于崇祯十一年(1638)冬。朱彝尊《明诗综》卷七十一、张豫章等《四朝诗·明诗》卷八十九收录冯诗。

② 农家:《明诗综》《四朝诗》作“庄窝”。

③ 霜轻堤柳留疏叶:《明诗综》《四朝诗》作“轻霜堤柳余疏叶”。

④ 气暖村桃放早花:《明诗综》《四朝诗》作“暖日村桃早放花”。

月夜怀宝月主人却寄[1]

云南木增(生白)

良夜无尘玉镜悬，碧霄炯炯[2]思悠然。烟生丽水光逾媚，春到吴山彩更鲜[3]。万里尺书看乍去，一宵轮桂喜同圆。开樽花下怀偏畅，剧有清虚最可怜[4]。

---

① 月夜怀宝月主人却寄：木增为丽江土司。《木氏宦谱》云，“知府木增，字长卿，号华岳，又生白。万历二十六年保勘袭职。本年香水阿丈剌毛叛，攻剿得胜。次年又平香水好尧叛。本司代奏，钦依准袭祖职。本年亲领兵到忠甸，平服干普瓦把托，孤蒲等率部投降。又剿照可巴托，杀贼得胜，通详三台题叙，随例进贡，恭庆圣寿，钦赐及妻纻丝彩缎纱罗靴袜等项，并给镇边敕一道。继因辽阳大警，饷银一万解京，户部移咨兵部会题，蒙钦加三品服色。又差人赴阙陈言十事，朝廷褒以忠荩，钦赐‘忠义’牌坊。吏部覆题，钦升云南布政使司右参政。天启四年告政致事，又给诰命一道，并追封祖父母。本年又助大功，随差奏为母节。七年，钦准建坊，表扬节烈。崇祯元年，奉文领兵捕获云龙叛贼。又助京及黔饷，蒙总督朱题请，钦升广西布政使司右布政。七年，鹤庆捐修文庙，于乡饮酒礼学道敦请后入乡贤。十年，恢复照可扬立。吏部覆题，钦升四川布政使司左布政，敕谕一道，着于省城建坊，以风励诸省土司。十六年，剑川百户李永镇弟兄啸聚，弑知州，本府奉文擒获无遗。解院捐防工用急充京饷在南都，蒙钦加太仆寺正卿，随奉圣旨准太仆寺正卿晋阶，寻蒙合族优加，移司照会。公生于万历丁亥年八月十七日，卒于隆武丙戌年八月朔日。正妻阿室于，官名禄氏繁，系宁州知州女。生四子，长男木懿继父职”。木增笃信佛教，欲刻鸡足山崇圣寺旧藏《大方广佛华严经海印道场十重行愿常遍礼忏仪》，因素闻毛晋刻书之名，崇祯十三年，遣悉檀寺高僧法润赴吴，在苏州华山与毛晋相见，毛晋欣然应命，当月即鸠良工开雕，次年三月刻成。其事参见毛晋《华严经海印道场忏仪叙》及《汲古阁集》卷四《野外诗卷》之《送法润禅师载华严海印仪还南诏》小叙。此后二人多有往还。本组倡和诗创作时间，据毛晋和诗自注“时托梓行《华严忏仪》”，当在崇祯十三年庚辰(1640)四月至次年书刻成之间。木增原唱亦见《隐湖》卷上，题作“月夜怀毛子晋却寄”(毛晋有宝月堂，诗题中宝月主人即毛晋)，毛晋和诗未收录。

② 碧霄炯炯：《隐湖》作“风华掩映”。

③ 春到吴山彩更鲜：《隐湖》作“春到虞山影更鲜”。

④ 万里尺书看乍去，一宵轮桂喜同圆。开樽花下怀偏畅，剧有清虚最可怜：《隐湖》作“印沼云天常一色，当阶日月喜同圆。遥知万里应同赏，数盏松醪剧可怜”。

和

万里良宵一镜悬，深情逸兴本同然。掌凝玉露苍山碧，啸冷金风丽水鲜（苍山、丽江在木公境内）。驿使传来梅近远，邮书题寄月亏圆（遣使来时相去七月）。杂华梵筴流人世，赢得瞿昙为悯怜（时托梓行《华严忏仪》）。

春夜入兴福寺[①]

长洲沈璜（璧父）

微酣曳杖入苍烟，鹫岭云深一磬传。已觉年来尘事少，更知老去道心坚。远山澹在斜阳外，古树浓于残雨边。佛火千枝香达曙，好随僧众共安禅。

---

① 春夜入兴福寺：《列朝诗集》丁集卷十三下，“璜字璧甫，吴人。与王德操、林若抚先后称诗。璧甫长身赪面，状貌类河朔间人。重气任侠，好为人急难画策，矢口纵谈，盱衡奋臂，雅不欲以吴中纤儿自命。尝游辽左，督师汝南公延致幕下，剧论兵事，往往屈其坐客。汝南殁后，痛其罪疑辟重，酒间叹息，声泪俱下。卜居虎丘之西。乱后还吴城，兵至，仓皇之虞山，次近郊，饭未毕，白刃及之，夫妇皆遇害”。小传中“汝南公”指袁崇焕。毛晋与沈璜交往最早见诸文字者在崇祯七年，此后过从甚密。沈氏夫妇兵乱中死于常熟，毛晋经纪其丧（见《牧斋有学集》卷三十一《隐湖毛君墓志铭》）。《（康熙）常熟县志》卷之十三，“破山兴福寺在虞山北岭。齐始兴五年邑人郴州刺史倪德光舍宅为大慈寺，至梁大同三年改兴福寺。飞泉石桥，修廊复阁，气象雄古，多唐时屋也。堂柱有神书，门外二老松如虬龙屈蟠，庭植璎珞树，池产千叶白莲。寺有唐时赐钟，有通幽轩，有空心潭，潭有亭，取唐常建诗句以名也。有救虎阁、宗教院，其迹皆废，独石梁外尊胜石幢犹存其上，经刻乃宋平原陆展书，清劲有法，妙迹也。有四高僧祠。山以破名，因龙斗山裂故也，详见《山志》。寺址修广，自官路外山门皆僧业，兵火后僧徒散去，地多为豪右所侵，令冯汝弼矜之，特与蠲除寺基税一石四斗一升。万历间僧无着昱重修法堂，门庑渐次兴复。钱谦益重修大殿，钱时俊再建四高僧殿，迄今焕然旧观”。此组诗亦见《隐湖》卷上，题作《暮春游兴福寺》，沈璜有今体诗三首，此为其二；毛晋亦为三首，此录其一。据《隐湖》所录诗序，此次游兴福寺在崇祯十七年三月二十五日。

和

一路松[①]阴幂紫烟，鸟归声杂[②]隔林传。阶前树立天同老，涧底龙争石不坚。烛影星罗依木末，香光云绕散花边。我来问法求真印，谁拨寒灰达四禅。

九日后登识舟亭话别[③]

山西张慎言（藐山）

枫自能丹云自白，茱萸插遍复登台。涛喧别浦吴帆堕，气暗西风楚雨来。秋迥山川清且瘦，霜空禅宇澹仍开。古人所以[④]多遥叹，触绪萦思怅别怀。

---

① 松：《隐湖》作“清”。

② 杂：《隐湖》作“急”。

③ 九日后登识舟亭话别：《列朝诗集》丁集卷十六“张尚书慎言”条云，“慎言字金铭，阳城人。万历庚戌进士，为诸生时，裹粮幞被，遍游吴越名胜。虽牵丝入仕，神明寄托恒在山水间，孤情迥照，翩翩然如野鹤之立鸡群也。为曹县令，有惠政。拜御史，为逆珰所恨，谪戍甘肃，穷边濒死，犹传羌中煎酪茶法，为诗以寄余。崇祯初，起家太仆少卿，历数阶拜南京吏部尚书。弘光南渡，举遗贤，屏谗慝，卓然不回，党人噪而逐之。侨居芜湖，寄食萧寺，翻经礼佛，瓢衲萧然，遂以病卒，年七十余。其孙奉其柩归葬。金铭为人有别趣，诗亦有别调，怀负志节，敦笃友谊。家居时，流贼猖披，造三层楼临泊水上，楼橹、渠答、火炮悉备，一乡人保其上。贼屡攻不克，所全活数万人。有才如此，而置之冗散，不得为国家当一臂，由今思之，尤可为痛惜也。金铭有《泊水园集》，林茂之举其佳者，为录而传之”。识舟亭在芜湖。《（康熙）太平府志》卷之二十五：“识舟亭在鹤儿山，俯瞰大江。明朝建，旧名八角亭。崇祯四年，山阴王思任涖榷芜关，易今名。”毛褒等撰《先府君行实》：“申酉之交，府君游金陵，藐山、伯玉诸君子皆在位，相与日夕赋诗饮宴。一日，藐山、先君共饮于识舟亭，与先君执手曰：‘子且归，吾亦从此逝矣。’府君遂凄然解维。未几，南都覆矣。”据此，则本组倡和诗作于甲申、乙酉（崇祯十七年、弘光元年）之间。然据《隐湖》卷上收录本组诗，应作于崇祯十三年庚辰（1640）。待考。

④ 所以：《隐湖》作“寂寂”。

和[1]

羁踪飘忽如秋鸟，又上江边崒嵂台。鸦背曾将日影去，雁声如带朔风来[2]。千山黛色孤帆扫，万里烟光一啸开。天际归舟人自识，悲欢今古各为怀。

年来拟觅村郊胜[3]（二首）

琴川戈汕（庄乐）

年来拟觅村郊胜，小筑安名岂是庵。当牖远山应在北，接篱闲水定须南。逍遥杖屦初无倦，礼数交游已不堪。多谢故人空系念，一灯惟向老瞿昙。

右岂庵

年来拟觅村郊胜，兼欲中成保研斋。花竹自宜疏映带，琴书相与静安排。考槃且遂衰人隐，养正犹关少者怀。出处两无加损在，何妨土木我形骸。

---

① 此诗亦见《隐湖》卷上《九日后登识舟亭话别次和》。

② 鸦背曾将日影去，雁声如带朔风来：《隐湖》作“鸦背带将残日去，雁声催得朔风来”。

③ 年来拟觅村郊胜：《隐湖》目录附注云，“戈汕，字庄乐，号岂庵，常熟人”。姚宗仪《（万历）常熟县私志》卷十六，“戈汕，初名国祚，号庄乐，希周季子。工诗赋，擅八分书，染山水有致。尝以意造一舟曰流憩，作《流憩赋》，为词林生色。更以意造蝶几，长短方员，惟意所裁，叠则半室，张则一堂，严太守仿而为之。又以诗韵配刻四十叶为袖珍，工不可言”（参见《（康熙）常熟县志》卷二十一）。按，毛晋外祖父戈希周，生子女七人，毛晋母戈氏于次为仲（详见萧士玮《春浮园集·文集》卷下《毛母戈孺人墓志铭》）。戈汕为戈氏弟，毛晋舅父。岂庵、保研斋，为戈汕室名。

右保研斋

寒食后三日晋扫外祖墓随度庵岂庵两舅氏从华泾放舟过殿桥循山塘看花至宝严湾风日晴美开尊情话可谓尽村郊之胜矣岂庵舅氏因出年来拟觅村郊胜二章命晋次韵①

能权水陆都非是，岂必安禅始是庵。山好窗虚排远近，湖明月上恰东南。累千书卷宁求解，惯一箪瓢也自堪。香阁众缘何日举，妙花偏感现优昙。

诒谋一研深三世，匪为求安别有斋。密尔书香看燕翼，翳然花竹好安排。平添渔牧徒闲侣，早让夔龙是老怀。自分衰残乖宅相，一生放浪委形骸。

---

① 寒食后三日……命晋次韵：外祖，指戈希周。《（万历）常熟县私志》卷十六云，“戈希周，字文甫，号顺溪，新之子。取馆糈为伏腊计，生涯几何，顾宗族亲故衣食婚葬缓急控焉，未尝以无解。年六十八卒”。度庵，即戈国祯，亦毛晋母戈氏弟。《隐湖》目录附注：“戈国祯，字兴卿，号度庵。”华泾，《（康熙）常熟县志》卷二：“邑东南自落星港达戈庄塘、斜衺入昆山界者曰黄泾。其上流皆湖也，至七星桥折而东南，与尤泾合，北接山泾，南通阳城，东入七浦塘以入海。其支流曰……华泾。”“华泾”后小字注：“东接戈庄村，西接练村圩。”殿桥，明钱达道《虞山图记》：“出城而西，则为殿桥。一水傍山，迤逦如带，而远近舟车实辏集焉。”山塘，《（康熙）常熟县志》卷二：“山塘泾在虞山之南，东通城濠，西随山长接小山港，西北通九折港入福山，南通湖桥塘，其中分流杂入尚湖。宋政和间请于朝，开城濠以泄山水之暴。”宝严湾，即宝岩湾。《（康熙）常熟县志》卷二：“（拂水山庄）又西至宝岩湾，循溪而入，幽邃深古，虽招提残圮，浮屠久烬，而涧水潺湲，林木森茂，游憩殊适。”按，戈氏祖茔在宝岩湾，戈希周即葬于此（见丁元荐《戈隐君文甫墓志铭》），故戈汕兄弟偕外甥毛晋扫墓至宝岩湾而止。

己卯正月廿有二日携寿儿同吴门林若抚访毛子晋舟至蠡口阻风夜泊得蒲字[①]

福建徐𤊹(兴公)

烟水茫茫接五湖,相传此地过[②]陶朱。春回远岸千条柳,风阻轻帆一[③]幅蒲。粉黛昔年思越艳,榜歌中夜听吴歈。欲寻何处毛公隐[④],云树连天望海虞。

和

看罢梅花又泛湖,船窗勘卷喜研朱。三山雪满忙携屐,百里风高怯挂蒲。乡思未须传楚奏,桡歌犹自识吴歈。相逢快读连床句,流别殷勤问挚虞(挚虞有《文章流别论》)。

---

① 己卯正月廿有二日携寿儿同吴门林若抚访毛子晋舟至蠡口阻风夜泊得蒲字:《(乾隆)福建通志》卷五十一云,"(徐)𤊹字惟起,博学工文,善草隶书,诗歌婉丽。万历间与曹学佺狎主闽中诗坛。性嗜古,家多藏书,著有《徐氏笔精》《榕阴新检》《红雨楼集》。𤊹子延寿,字存永。词赋激昂,有《尺木堂稿》"。诗题中"寿儿"即徐存永。林若抚,即林云凤,见本卷《酒覃》诗注。蠡口,《(乾隆)长洲县志》卷二:"蠡口在县北十二里,其西为长荡、黄埭荡,接漕湖,通无锡界,北逾冶长泾、永仓敌楼抵常熟界,东北经彭堰、阳城湖、施泽湖通昆山界,为郡之北门。"己卯,为崇祯十二年(1639)。上年戊寅长至日,徐氏在苏州莲花庵为汲古阁刻本《元人十种诗》作序,序云:"子晋家富宛委之藏,所收当不止此十种,乃先行之。予性癖耽书,亦喜搜先代遗稿,尚有元集五十余家,不敢自秘帐中,期与子晋公之同好。"此事后未果,见崇祯十三年毛晋为元人龚子敬《存悔斋诗》所作跋。徐氏原唱亦见《隐湖》卷上,题作"己卯正月同吴门林若抚访毛子晋舟至蠡口阻风夜泊分韵同赋",凡三首,《汲古阁集》所录为其一。毛晋和诗《隐湖》未收录。

② 过:《隐湖》作"寓"。

③ 一:《隐湖》作"十"。

④ 欲寻何处毛公隐:《隐湖》作"毛公何处容高蹈"。

乙亥中秋仍毛子晋为主人泛月西湖几达晨而返坐中杨无补戈庄乐严仲木李孟芳季虬王成之金介甫[1]（二客歌管）

虞山魏冲（叔子）

两中秋月并婵娟，恰喜湖游共一船（甲戌此夜，亦子晋见招，亦庄乐、孟芳辈同席，亦泛西湖，亦几达晨，亦有诗）。主韵兼多风雅

---

① 乙亥中秋仍毛子晋为主人泛月西湖几达晨而返坐中杨无补戈庄乐严仲木李孟芳季虬王成之金介甫：钱谦益《列朝诗集》丁集卷十三下“魏叔子冲”条云，“冲字叔子，与余同研席，少相优也。生而丰姿玉立，尝揽镜自笑曰：‘有美如陈平而长贫贱者乎？’为举子业，与其兄浣初仲雪齐名，叔子尤为雄骏。仲雪举进士，负时名，叔子尚试童子科。从江上缪西溪游，西溪以为当出我上，使其子结姻好焉。年三十余始举于乡，再上公车，贫不能治装，遇盗夺釜鬲于途，从一二贫交乞贷以往，迄不使其兄知也。藐视里中儿，以为粪土狗马，惟不得践而踏之。蚤夜呼愤，思射策甲科，以发舒志意。崇祯庚辰复下第，将就教职，引镜自叹曰：‘如此人戴老广文纱帽，他时何面目复对此镜乎？’欷歔慨叹，发病而卒，同舍王生梦鼎为视含殓，扶其柩以归，营吉壤以葬焉。叔子垂髫即能诗，长肆力于时文，不能攻比兴，间一命笔，濯濯无俗调，亦不复存稿。余姑录其二诗，以叔子存其诗也，异时将以二诗存叔子矣。可叹也！”魏浣初、魏冲兄弟为毛晋母戈氏表兄弟，既为毛晋舅氏，又为毛晋师（见《和友人诗》卷首毛晋题识）。西湖，指常熟尚湖。季虬，《隐湖》目录附注：“李枝，字季虬，常熟人。”当为李縠（孟芳）之弟，亦毛晋舅氏。王成之、金介甫不详。本次倡和亦见《隐湖》卷上，总题《中秋咏》，收录李縠一首、李枝一首、毛晋二首（本卷所录前一为其二，题作“十六夜泛西湖”。《隐湖》所录其一，见本书卷四《野外诗·八月十五夜从东湖归独坐快阁》），魏冲诗未收录。前有杨补序：“乙亥秋，予从云间过虞山，时维八月，久阴蛟出，山雨狂震，不复作中秋想矣。忽秋分日晴霁，月色倍常。至十六而望，子晋移舟载酒，邀同诸君子从南渚入尚湖。薄暮，微风怯衣，人有凉思。放乎中流，风定月高，水平如镜；远近山光树色，纤毫毕照。叔子善酒令，即事生发，宽严微中，四坐咸喜。至夜午，客金君善洞箫，有王君者倚而和之。竹肉一声，袅袅如缕。曲罢，芦荻萧萧，露气接天，人各覆杯取醉。少焉月西，城漏且尽，主人不可留，各谢散去。明日，孟芳以长句索和，予时以久客将归白下，不能成句，而叔子、子晋诸君且继嗣好音。予愧负此良会也。于别子晋之日，捉笔记此。长洲杨补书于古方塔僧舍。”乙亥为崇祯八年（1635）。

客，地佳仍遇碧澄天。歌谐管调浑俱肉，酒晕蟾光似不圆。秋士平生欢夕少，将头当月亦三年（辛未中秋，秋水阁高会，予仅脱麻衣，才略知有中秋之乐）。

中秋夜夜月婵娟，连夜宾朋好放船。好水好山兼此地，奇晴奇雨会秋天（七月晦夜，宝严蛟腾大水，几沼）。光飞杯面痕逾白，轮到湖心影倍圆。自古从夸吴八月，定无美满似今年。

和

纷纷芦荻自便娟，选胜郊西一系船。佳日每淹佳客坐，好山偏趁好湖天。风怜曲细中宵断，月印波平彻底圆。转忆去年秋闰醉，如何秋不闰年年。

曲阑流水映连娟，长笛短箫移画船。鹭起鸥飞明月夜，风清露白好秋天。杯倾竹叶槽红滴，箸滑松根蕈紫圆。百岁今宵能几夕，相将胜赏共年年。

九日登虞山遇雨宿兴福禅院[①]

嘉定黄淳耀（蕴生）

每到林峦觉眼明，登高况是客中情。山当木落先[②]疑雨，院有

---

① 九日登虞山遇雨宿兴福禅院：黄淳耀，见卷二《和今人诗·夜落金钱花次黄陶庵韵》注。黄氏原唱亦见《隐湖》卷上，题作"九日登虞山遇雨宿兴福寺"（毛晋和作未收录）。光绪刻本《黄忠节公陶庵全集》卷二十收录，题作"九日登虞山遇雨宿兴福禅院"，诗凡二首，此为其一。本组倡和诗当作于崇祯十三年庚辰（1640）重阳。三浦理一郎《毛晋交游研究》隶于崇祯十二年。据陈树惪原辑、宋道南重订《陶庵先生年谱》，崇祯十二年，钱谦益因程嘉燧荐，拟聘黄淳耀为塾师，当年并未到常熟。黄"馆虞山"在崇祯十三年。

② 先：《隐湖》作"频"。

僧期不愿晴。攲枕静听钟鼓发[1]，推窗遥指涧泉生。可怜一夜清无寐，心在前峰梦未成。

和

剑门拍坐两湖明，头上云催片片情。龙破涧边先布雨，鹤栖松顶尚梳晴。空潭花气垂帘静，深夜泉声傍枕生。一自常公题笔后，欲裁新句苦难成。

去年七月息影虎丘后山子晋过访把酒赋诗乐甚今年七月重过山楼适困于疟惟与药饵作缘松窗阒若空谷杳如枕上清风峰头凉月都不减去年而客况游心不无少异安得吾子晋忽来一破岑寂也因步旧韵以寄[2]

虞山张维(叔维)

尚存多病骨，留看一枝松。如昨峰头月，谁移竹径筇。虽非中散地，常有韵人逢。安得君仍至，同听晚寺钟。

和

怜余淡似菊，念尔直如松。对月支高枕，看山曳短筇。秋光惊暗度，情话梦频逢。耿耿心如捣，分明半夜钟。

---

① 发：《陶庵全集》作“报”。

② 去年……以寄：冯舒《怀旧集》卷下“张维”条云，“君字叔维，兄季以画名，故亦习画。少而善吹洞箫，度南曲，极要眇之致。为人孤介，少不会意，辄傲然独往。赋命亦蹇蹇。……卒以坎壈客死于郡。遗诗落落清泚如其人”。张维一度寓虎丘后山，参见《列朝诗集》丁集卷十四“王居士醇”所录王醇《虎丘山后访张叔维》。

襄阳岘山登顶取道甘泉寺作[①]

景陵[②]谭元春(友夏)

踏叶来看石,三休坐进途。风高南北脊,烟点郢鄢图。汉水明山缺,吟声接雁孤。一筇支数岭,身幸在虚无。

同登灵岩次韵

吴楚山皆翠,迎眸恰载途。锦帆寻雪棹,赤壁泛秋图。屧响松风合,琴幽塔影孤。长安梅信早,频得递来无(时友夏将北上)。

---

① 襄阳岘山登顶取道甘泉寺作:《(道光)天门县志》卷二十二云,“谭元春字友夏,号鹄湾,别号蓑翁。举天启丁卯乡试第一。父念湘早逝,有弟五人,皆严督之,后各成名。事孀母魏孺人最孝,母年五十三,病失明,卧床榻间,躬进茗粥,尝药饵,凡八年而母始卒。弱冠即与同邑钟退谷缔交,文章性命,管鲍不过也。闽蔡敬夫、蜀朱无易官于楚,其知友夏,虽因退谷,而友夏之诗文行谊,自足以致二公之知。戊午,督学葛屺瞻首拔友夏,入秋闱不售,弃诸生。辛酉,周元吉督楚学,强起友夏,复出应试,以恩选贡于京。丁卯,太史李太虚明睿典楚试,素知友夏,暗中揣摩,必欲得为省元。闱中手其卷,诧曰:‘此必友夏也。’已而果然,皆贺得人。友夏好游,踪迹遍东南。义笃师友,钟、蔡二公没,思之终身不置。又喜扬人善,尝过武昌寒溪寺,读旧令陈镜清壁间诗,叹其古奥,亟刻而传之。隔寒河有谭叟讷庵,袖诗请见,即为选其佳者,亦序而传之。所著诗有《简远堂》《岳归堂稿》《湖霜草》《虎井诗》《鹄湾古文》《遇庄》等集,所选有《诗归》《东坡诗选》行于世。崇祯丁丑会试,行至长新店,去京三十里,时夜半,犹读《左传》。平明起摄衣,一晌而逝,年五十二”。《(乾隆)襄阳府志》卷四:“岘山,(襄阳)县南七里,东临汉水。汉时有桃林亭,晋以后有岘山亭、羊侯庙、堕泪碑。宋时有石幢二。”同书卷九:“甘泉寺在(襄阳)县西六里,东晋时僧慧远建。寺后有甘泉洞,岩石嶙峋,泉水出石龙口中,甘冽异常。明万历中,仪卫司副王朝儒撰碑记。”谭氏原唱《谭元春集》卷十七《岳归堂未刻诗四》收录,题作“从岘石登顶复取道甘泉寺”。

② 景陵:清稿本、《虞山丛刻》本均作“景陵”。按,应作“竟陵”,竟陵为今湖北天门古称。《(乾隆)天门县志》卷一《沿革》:“天门,古竟陵地。”

寄毛大子晋[①]

德州卢世㴶(德水)

翰林作主墨为卿，万卷由来胜百城。欲觅野人[②]深致处，山斋匡坐一灯明。

丁卯桥边诗韵高，三罗昭谏气尤豪。遗编如土谁收拾，丝绣平原有大毛(子晋近将《丁卯》《甲乙》两集授梓)。

和

诗名谁合冠公卿，涞水高扳五字城。千古杜笺成聚讼，私言昏室一灯明(先生有《读杜私言》)。

海内论诗声价高，掀髯抵掌兴偏豪。杜亭一自胥钞出，训诂相尊作二毛(先生建杜亭祀少陵，制《杜诗胥钞》)。

---

① 寄毛大子晋：《(乾隆)德州志》卷九云，“卢世㴶字德水，宗哲曾孙。生九岁而孤，哀毁如成人。事母及兄姊以孝友闻。中天启乙丑进士，授户部主事，乞侍养归。服阕补礼部，改御史，儹漕运。时久旱河竭，盗贼纵横，条议上闻，皆中肯綮。报竣，移疾趣归。甲申之变，世㴶与其乡人擒斩伪牧，倡义讨贼。大清兵下山左，以原官征，病不行。又数年，卒于家。雅好赋诗，最慕少陵，尝即家为亭祀之。架上有书万卷，与客饮，醉辄颓然自放，有陶、阮风。未卒十年前，即为棺椁，扫除墓地，自称南村病叟。有文集若干卷行世。其《春秋闲说》一卷，见《四库全书》”。卢氏为钱谦益知交，崇祯十三年春，卢氏在镇江督办漕粮，邀钱谦益、毛晋等会晤于官舍。毛晋以所刻十三经相赠，并请作序，卢氏许之(参见卢氏《尊水园集略》卷八《毛子晋刻十三经》)。卢氏原唱《隐湖》卷上收录，亦见《尊水园集略补遗・酬言・毛子晋》。据卢诗其二自注“子晋近将《丁卯》《甲乙》两集授梓”，本组倡和诗作于崇祯十二年(许浑《丁卯集》、罗隐《甲乙集》收入“八唐人集”由汲古阁梓行，杨文骢序作于崇祯十二年)。

② 野人：《隐湖》同。《尊水园集略补遗》作“雅人”。

平居[①]

吴郡张屈（醒公）

好意江湖阔，茅斋置曲隈。闭门风自过，卷幔月长来。恶木何须伐，新松且漫栽。无能游五岳，客至说天台。

和

旧样邠人屋，安闲枕水隈。门无轻客到，窗有白云来。老树干霄立，幽花隔岁栽。晚晴开小圃，生意自恢台。

寒艇[②]

钱唐陈濬（行无）

哀风中夜一凭栏，忽送轻帆下急滩。耿耿秋河横曙月，芦花[③]霜老不胜残。

---

① 平居：《明诗综》卷七十一云，"（张）屈字醒公，长洲人，处士，乡里私谥贞节先生。有《醒公诗集》。邢孟贞云，醒公诗高寒类孟东野，幽渺过之"。

② 寒艇：《隐湖倡和诗》目录注云，"陈濬，字行无，浙江人"。据陈撰《玉几山房听雨录》卷上《复社姓氏》，陈濬为复社成员。又据《（康熙）仁和县志》卷之十"选举"、《明清进士题名碑录索引》，为崇祯十年刘同升榜进士。毛晋和诗亦见《隐湖》卷上，题作《和陈行无二首》，二诗后分别注"寒艇""寒钟"；陈氏原唱未收录。诗作于崇祯十二年己卯(1639)。

③ 花：清稿本、《虞山丛刻》并作"苇"，平仄不协，据王振声校改。

寒钟

木叶经秋醉晚容，寒[1]山余韵落长空。鹤孤天半劳鸣和，搅起愁怀是远风。

和

两岸严风怯倚栏，阵鸿肃肃度前滩。伤心最是孤舟客，处处砧声扣月残。

松顶云凝酿雪容，蒲牢一吼万山空。枫江寺里声偏早，惊起愁眠半夜风。

书带草[2]

江阴周高起（伯高）

前身曾向锦囊分，却笑秦王不尽焚。茂叔阶前浮翠润，康成庭下满清芬。香回东阁缥缃帙，影散悬针篆籀文。更说藏书能辟蠹，名山一席合留君。

---

① 寒：《虞山丛刻》误作“空”。

② 书带草：《（光绪）江阴县志》卷之十六云，“周高起字伯高，博闻强识，工古文辞。早岁饩于庠，与徐遵汤同修县志。居由里山，游兵突至，被执索赀，怒詈不屈死。著有《读书志》”。周氏为周荣起、周宜起之兄，三人与毛晋均为好友。

和

黉山中谷一枝分(种出淄川县北黉山),不与君苗研共焚。色映芸窗含露碧,影侵兰榭挟风芬。流萤聚处浑无字,老蠹经行眇[①]蚀文。休问王孙芳草路,读书台畔笑逢君。

空心潭晚步[②]

古杭胡文蔚(豹生)

绿树莺啼三月天,招寻信有入山缘。春深最喜林阴合,雨霁还看塔影圆。爱客僧炊香饭供,吟诗人枕锦囊眠。觉来诸念澄于洗,又试东坡玉版禅。

和

步出[③]林西欲问禅,古碑斜抱老藤眠。基荒鸟散山光澹,水落潭深日影圆。披草摩挲悲往事,汲泉洗剔笑前缘。拟招二老魂来些(拟构亭潭上,祀缪仲醇、魏叔子两先生),水月同参兜率天。

---

① 眇:《虞山丛刻》作"尠",似可从。

② 空心潭晚步:《(雍正)浙江通志》卷一百七十八云,"胡文蔚,旧《浙江通志》:字豹生,仁和人。性嗜学,虽严寒溽暑不辍。明崇祯九年(按,同书卷一百四十一'选举志'、《(民国)杭州府志》卷一百四十五作'六年')举于乡。善诗古文词。足迹遍天下,遇山川名胜,辄为题咏。顺治间授高州府推官,寻去职归,至南雄卒。所著有《浮沤集》十三卷、《约庵诗选》十卷、《文集》十卷"。空心潭,在兴福寺(破山寺),取唐常建《题破山寺后禅院》"潭影空人心"之句为名。本组倡和亦见《隐湖》卷上,总题"暮春游兴福寺",胡氏原唱凡三首,此为其三;毛晋和诗亦三首,此为其三。按,诗作于崇祯十七年三月二十五日,参见本卷《春夜入兴福寺》注。

③ 出:《隐湖》作"入"。

友人读书阳羡山中却寄[①]

金坛王彦泓(次回)

鹤伴经行虎结邻，古藤幽竹翳苔纹。朝凭水槛千峰雪，昼锁岩扉满[②]屋云。远浦明[③]灯高阁见，下溪柔[④]橹半山闻。西崖木末孤亭上，定有书声达夜分。

和

老树层层结[⑤]四邻，窥檐怪石[⑥]裂冰纹。闲眠短榻千峰雨，寄傲高窗万顷云[⑦]。饮涧鹿群晴晚过，惊人虎啸夜深闻。采茶僧有[⑧]诗筒便，岭上烟光赠几分。

---

① 友人读书阳羡山中却寄：《(光绪)金坛县志》卷九云，“王彦泓，字次回。岁贡生，博雅有俊才，诗工艳，格调逼真韩致光。所著有《泥莲》《疑雨》等稿。尝手录成帙，笔精墨妙，人称双绝。任松江训导，年甫艾而没”。王氏原唱收录于《疑雨集》卷三，题作“寄怀唐云客读书阳羡山中”，知所谓友人即唐宇昭。《(光绪)武进阳湖县志》卷二十六：“唐宇昭字云客，弟宇量，皆崇祯间举人。宇昭，孙慎行门人，后师苏州陈元素，元素重之，改其字曰孔明，以诸葛亮、韦皋相期许。工诗文，善书画，兄弟偕隐，皆无意用世。当事迫上公车，中途遁归。人称唐氏二难云。”阳羡即今江苏宜兴。原唱凡三首，此为其一。本组倡和亦见《隐湖》卷上，作于崇祯十二年己卯(1639)。

② 满：《疑雨集》《隐湖》作“一”。

③ 明：《疑雨集》《隐湖》作“上”。

④ 柔：《疑雨集》《隐湖》作“鸣”。

⑤ 结：《隐湖》作“压”。

⑥ 窥檐怪石：《隐湖》作“檐前奇石”。

⑦ 闲眠短榻千峰雨，寄傲高窗万顷云：《隐湖》作“短床高卧千林雪，斗室微开一缕云”。

⑧ 有：《隐湖》作“侣”。

梅雨[①]

常熟钱谦贞(履之)

几阵梅黄雨送香，盛来赢得润枯肠。倒缸运瓮[②]忙何甚，也似农夫竞插秧。

和

梅黄雨白满林香，湖上农家欲断肠。三岁平畴浴鸥鹭，今朝又见水过秧。

---

① 梅雨：《(康熙)常熟县志》卷二十云，"钱谦贞字履之，宪副春池之孙。少孤，清姿玉立，不为纨绮态。好读书，能诗，工书法，时歌南曲。少受知于杨忠烈公，所与游处皆当世名流。闭门却扫，有古隐士之风。临没犹诵《庄子》'参寥闻之疑始'，欲以鲁《论》'丘之祷久矣'为注。所著《未学庵稿》若干卷。子孙保，性至孝，父病，累日夕不解衣。读书有父风，满肚皮不合时宜人也，人亦见之而却走矣"。详见陈瑚《确庵文稿》卷十九《孝节先生钱君墓表》。钱氏为钱谦益从弟，早孤，谦益父钱世扬"翼而长之"(《列朝诗集》丁集卷十三下"钱秀才谦贞"条)。所著《未学庵诗集》，由汲古阁梓行，《梅雨》即收录于《未学庵诗集·尺五集》。

② 瓮：《未学庵诗集》作"甓"。

华严阁前池中双头红莲[①]

吴郡殷时衡(介平)

绿波鳞砌新水清，摇空阁影凫渚平。飞仙摘花携手至，六郎不敢娇娉婷。优昙一现千年久，四照悬知天上有。九品双双相映开，欲向花中标上首。此日花神别有缘，只同香色不同妍。孔中不避修罗种，叶上能胜太乙仙。花分九命谁家子，笔削难凭非信史。青青一片拈灵山，香风五叶无凋残。

和

湖南昼永天气清，绿野怀新一望平。草阁孤高立芳渚，凌波瞥见双娉婷。鹣鹣耦浴同栖久，两两红妆惊未有。岂缘分坐说无生，故作重台还并首。一茎幻出洵奇缘，谁向湘江学斗妍。色香不二空中举，争先欲语杂华仙。绘图试献圣天子，岐麦骈芝共良史。莫教双泪落巫山，重叠空房秋露残。

---

① 华严阁前池中双头红莲：《隐湖》目录附注云，“殷时衡，字介平，号寒明，长洲人”。殷氏受毛晋邀，教授诸子(陆世仪《桴亭先生诗集》卷四《赠殷介平马人伯两社长子晋西宾也》)。殷氏早年“精举子业，博达康济，将有用于时”(周之夔《弃草二集》卷二《读殷介平湖游明州纪游诗序》)。崇祯初，曾撰《质言》，纵论时政。老而学佛，断肉止酒(陈瑚《确庵文稿》卷十二《殷介平质言序》)。崇祯后期，毛晋为《径山藏》(《嘉兴藏》)校经、刻经，自崇祯十五年至十七年，校经凡一百六十余种，刻经五十余种，殷氏多参与校对。华严阁，毛晋校刻《径山藏》均用华严阁名义。本次倡和在崇祯十七年甲申(1644)。

前题[①]

何之清(圣生)

华藏连房香海深，同衣埒艳倚双林。虽呈触背西来意，总属空明不染心。多宝塔中分半座，天亲树底话重阴。百城烟水添新伴，胜乐先参第一岑。

和

桥西小筑未云深，半引溪流半竹林。偶种一茄供两足，忽看共蒂见[②]双心。红妆比艳迎朝旭，香袂分披殢晚阴。何日与君[③]成二老，拈花合座对遥岑。

读礼山中寄怀子晋[④]

定海陈函辉(木叔)

谭诗早识大毛君，四壁图书古典坟。竹屋泉声通拂水，金门赋

---

① 前题：指《华严阁前池中双头红莲》。何之清，不详。毛晋和诗亦见《隐湖》卷上，何氏原唱未收录。

② 见：清稿本作“现”，据王振声校改。《隐湖》作“现”。

③ 君：《隐湖》作“僧”。

④ 读礼山中寄怀子晋：《(乾隆)绍兴府志》卷六十三云，“陈函辉字木叔，临海人。崇祯七年进士，授清江知县，为御史左光先劾罢。北都陷，誓众倡义。会福王立，不许草泽勤王，乃已。寻起职方主事，监军江北。事败归鲁王，擢礼部右侍郎，从王航海。已而相失，哭入云峰山，作《绝命词》十章，投水死”。读礼，指居丧。陈函辉诗，崇祯刻本《小寒山子集》未收录。

草拟凌云。山中欲寄青精饭，座上应挥白练裙。闻道洛阳增纸价，为余一梓送穷文。

和

江上亲曾御李君，高文直欲媲皇坟。蓼莪掩泪辞青绶，苫块居庐礼白云。不寐中宵开梵筴，多情千里寄书裙。何时雁荡飞双屐，细读先生告墓文。

湖中秋泛寄怀①

虞山宋奎光(为溪)

萧萧霜淡荻含秋，万顷烟波一望收。博望曾为上汉客，武陵重有钓鱼舟。花深隐约伊人在，洲白苍茫野色流。画意满前供点缀，那堪水际更浮鸥。

和

一叶飘然正素秋，蘋汀蓼渚峭帆收。几行雁字排孤岭，无数芦花隐钓舟。月暗霜明疑雪泛，风微浪急带潮流。水云尽处迷前路，应有高人对浴鸥。

---

① 湖中秋泛寄怀：《(康熙)常熟县志》卷之二十云，“宋奎光，字培岩。少有文誉，能古文诗词，工书法。嗜酒善谐谑，所至谈笑风生，倾其座客。中万历壬子乡试，谒选广东龙川县，转浙江宁海县，俱以廉谨称。方正学为宁海人，明革除时，邑人颇以株连被戮者，众衔之刺骨。奎光修邑志，首增入之以表忠节。投簪后，修《天目》《径山》两志。家益贫，每过亲旧，索饮赋诗，穷日而返。年八十七卒。卒之日，犹饮酒高歌，与友话别，类古之达士。所著有《贻白堂绪笺》等书”。

正月廿三夜观灯宝月堂[①]

福建徐延寿(存永)

月光不[②]惜下弦残，剩有华灯满座[③]看。烛散青烟杯照影，花凝香雾座生寒。托交敢附忘年谊，拌[④]醉偏宜卜夜欢。一夕论文当万户，识君方信重如韩。

和[⑤]

今岁灯华带雪残，快逢佳士又重看[⑥]。杯非[⑦]琥珀犹堪醉，屏

---

① 正月廿三夜观灯宝月堂：《(民国)闽侯县志》卷七十一云，“徐延寿字存永，𤊹子。绮岁才藻丽逸，钱尚书谦益以徐孝穆期之。家藏书埒曹学佺、谢肇淛，乱后并田园尽失之。将移家湖南，道扬州，与王士禛定交。士禛亟称其《过燕子矶》一律。著有《尺木集》，谦益作序，称其富有日新，标举其《哭曹能始》长篇不啻古良史。延寿谈闽诗，盛推许友，谦益读友作逢佳处，辄狂叫延寿为知言。绛云楼灾，延寿寓书相三日之哭，想见其交情”。宝月堂为昆承湖边毛氏建筑之一。《隐湖》卷上《宝月堂即事》毛晋序云：“余家昆湖之曲，衡门之西偏，聊结数椽，颜之曰宝月堂。南窗北牖，豁然无翳，前临旷野，以交远风。登斯堂者，辄谓可以避暑。堂之下有池，池多红白芙蕖，岁常以万计。每至花时，名流高衲，策杖放舟，来无虚日。或信宿而去，去而复来；或浃旬忘返，琴书觞咏，各取其适。形骸脱略，竟不知谁主谁宾也。”此诗亦见《隐湖》卷上，题作“己卯新正载德堂灯宴”。己卯为崇祯十二年(1639)，正月二十三日，徐𤊹、徐延寿父子到汲古阁访毛晋，毛晋在载德堂设宴，又观灯宝月堂，徐𤊹首倡，徐延寿、林云凤、王咸、毛晋均有和作，林云凤作序，云：“岁逢己卯，月届丙寅，梅缀千花，蓂余六叶，客是闽都哲匠，命棹远来；主为昆水名流，张灯高会。盘承龙炬，俨如露下金茎；膝拥鹓雏，宛似风前玉树。共吟四韵，聊纪一时。古吴林云凤题。”

② 不：《隐湖》作“休”。

③ 满座：《隐湖》作“宴客”。

④ 拌：清稿本作“拚”，王振声校改、《虞山丛刻》并作“拌”。《隐湖》作“拼”。

⑤ 和：此诗亦见《隐湖》卷上《己卯新正载德堂灯宴和》。

⑥ 快逢佳士又重看：《隐湖》作“欣逢快友且重看”。

⑦ 非：《隐湖》作“惭”。

岂琉璃亦畏寒(余病寒[1])。百里阻风传秀句[2](存永父子见贻阻风倡和卷[3]),三更坐雨罄交欢。莫嫌病思偏萧索,剪烛题笺漫学韩。

宝月堂歌(堂之前窗凿七十二圆牖拟月轮之分身者)[4]

东吴胡梅(白叔)

我登宝月堂最迟,有月绝胜张灯时。大月上走开宝户,满堂小月随之移。小月一一入我手,七十二片圆玻璃。蔷薇漏影疑桂树,似有兔眼中迷离。虽余酒量十分窄,饮尽月数亦不辞。宝光磨荡透枕席,歌成堂外啼黄鹂。

---

① 余病寒:《隐湖》作"偶有寒疾"。

② 传秀句:《隐湖》作"联绘句"。

③ 存永父子见贻阻风倡和卷:《隐湖》作"兴公见贻《蠡口舟中倡和诗》"。

④ 宝月堂歌(堂之前窗凿七十二圆牖拟月轮之分身者):《列朝诗集》丁集卷十三下"胡山人梅"条:"梅字白叔,生于阛阓,少警悟能诗。白晰,美须眉,口多微词,翩翩自喜。晚而目眵,家贫无子,卖药吴门市,自号瞽医。以余资买石建二幢于天池、华山,以表归心。然其于诗结习愈甚,东莱姜如须为疏募刻之。庚寅冬病卒,抚其诗属友人曰:'为我请于虞山,得数行为序,死可瞑矣。'徐元叹怜其意,选其诗十余首,余录而存之。白叔尝游三山,寓曹能始石仓园。能始序其诗曰:'作诗先辨雅俗二字。黄鲁直云,子弟凡病皆可医,惟俗不可医,然惟读书可以胜之。此即谈艺之法也。余与白叔论诗,譬如书者、弈者、讴者,未有传授,罕窥古法,而但本一己之聪明,则必趋于邪路,终其身不能精进。世人往往畏难而乐其所易,势不可挽,只误一世耳。白叔之为诗,避俗套如汤火,驱使己意如石工之磔砧岩,篙师之下滩濑,所未免者,有釜凿痕及喧豗声耳。予故不为字剖句析,辄用古人讽之,以为宁舒迟毋急遽,亦古法也。白叔之诗未能参预格律而殊有诗意,纤妍之语多从草次输写中迸出,亦其性灵流逸,去俗远而去诗近也。'武塘夏雪子曰:知白叔者,远有三山,近有虞山。三山者,能始也。余故录能始之言,以存白叔,不独见能始之知白叔,亦以见能始之知诗也。"

和

六月堂空日驭迟，君来正值荷花时。日照新妆满池面，浮萍破处娇影移。少焉月出南村树，素屏圆镜如琉璃。又疑石湖桥畔见，七十二候光离离。香风拂拂迷昼夜，劝君斗酒歌君辞。青草塘坳鼓吹歇，依依深柳鸣双鹂。

寄谢毛子晋兼呈衍门诸友[①]

古杭顾圤（山臣）

遍探名函忆草堂，野萧吹雨过寒香。奇书自畏飞花湿，好客能开什袭藏。远道几人亲问字，春阴一尺满归航。至今云卧多闻见，虞仲山前获寸长。

和

段家桥下结茅堂，路近孤山树树香。止酒因皈惠远社，临池能发楚金藏。永兴频著寻梅屐，拂水曾移听雨航。回首西湖烟雾里，美芹相对啸歌长。

---

① 寄谢毛子晋兼呈衍门诸友：《（康熙）钱塘县志》卷二十六云，“顾圤字竺公。曾祖某，以科甲仕方伯。圤古貌修髯，善谈谐，笃于友义，与吴宫詹太冲称石交。方太冲遭幽，忧卧蓐，屏妻子，却傔从，闻圤至，即披衣起，或破涕作笑。有以征书迫太冲者，圤正色止之曰：‘君当容病夫。’圤工诗，善篆隶摹印。尝语人曰：‘为我治良田十亩，我为卿篆。我死，价堪偿秦十五城。’后信然。卒无子”。朱彝尊《静志居诗话》卷二十二：“顾圤字琢公，一字山臣，钱塘人。有《今年草》。”衍门，见《和古人诗卷·道开法师应武塘相国衍门禅伯之请敷讲嘉善之大胜寺余于腊月廿五放舟葑江送之和陶与殷晋安别韵兼柬衍门》注。

冬日喜得子晋书兼寄新刻河汾诸老集及秋水篇二王帖[1]

福唐林古度（茂之）

尺书岁暮自琴川，今古名诗喜并传。重诵河汾诸老句，更吟秋水社人篇。残碑断墨能完续，白璧明珠尽合联。不是君家真好事，谁能姓字到千年。

和

浪迹长干近碧川（寓居近青溪一曲），六朝遗事赖君传。兴高不让月泉老（拟续吴渭老月泉吟社），才逸同吟鹦鹉篇（索和睡鹦鹉诗，卷轴甚富）。宫阙影荒云外见，莺花句断柳中联。封书与说前尘事，樽酒相携已十年。

---

① 冬日喜得子晋书兼寄新刻河汾诸老集及秋水篇二王帖：《（嘉庆）重刊江宁府志》卷四十二云，“林古度字茂之，闽人。与方文尔止、杜濬于皇辈偕居金陵，以文采风义为胜朝遗老。年八十余，贫甚，又失明，冬夜拥败絮，旅寓萧然。及卒，周侍郎亮工葬之钟山。茂之诗清新婉缛，有六朝初唐之风。当康熙时，新城王士祯贻上主海内文宗，诸老先辈咸折节与之交。茂之尝出其万历甲辰以后六十年之作属士祯论定，士祯为披拣得百六十篇，施愚山闰章读之惊叹，以士祯为真茂之知己也”。据陈瑚《为毛潜在隐居乞言小传》，崇祯壬午、癸未间，遍搜《宋遗民》《忠义》二录，《西台恸哭记》与《月泉吟社》《河汾》《谷音》诸诗，刻而广之。据毛晋《河汾诸老诗集》跋，林氏藏有此书，崇祯十五年（壬午）春曾许寄毛晋校刊，后因故未果。是年秋毛晋再到南京，得于周鼎瀚处，回常熟后，即命以欧体字开雕。毛晋和诗自注云：“拟续吴渭老月泉吟社。”可知赋诗时诸书尚未刻完，则本组倡和诗当作于崇祯十五年冬。

火后寄虞山子晋[①]

海盐胡震亨(改名遯,字孝辕)

知在洪炉更几回,平分敢怨赤熛催。有薪且耐火传去,谁劫能烧空性来。衰汗易干休捉扇,雄风难共废登台。寂然兀坐虚窗下,转觉清凉灌顶开。

和

兀坐虚窗首重回,闲吟无事黑云催。汉囊不逐两京去,秦火如同亿劫来(先生向有《秘册汇函》,与沈先生合梓,半烬于武林之火,托余补亡)。匡鼎横分说诗席(手编《全唐诗钞》),昭明高拥读书台(有《续文选》,盛传于世)。冬残欲理剡溪棹,阏阁知应为我开。

---

① 火后寄虞山子晋:《(光绪)海盐县志》卷十五云,"胡震亨字孝辕。才高博学,于书无所不读,而尤究心治术。自为诸生时,黄葵阳、冯具区诸先辈即以经济推之。中万历丁酉浙榜,名著海内,数上公车不遇,就职为固城教谕。以《尚书》授诸生,固城眭氏皆其高弟,大学士范景文亦及门士也。升合肥知县,励精政治,讼狱精明,钱粮分毫不可欺,凤米解户,悉改官解,大兴水利,治状冠江北。吏治之余,讲求兵事。刘綎援辽渡淮,震亨驰谒论兵,老将心折。时议举边才,不果,升德州知州。州吏持牍来迎,震亨批牍尾以诗,有云:'自爱小窗吟好句,不随五马渡江来。'谢病不赴,著书自娱。崇祯季年,荐补定州知州。南北师行络绎,供亿有法,以城守功擢兵部职方司员外郎,乞归。藏书万卷,日夕搜讨,凡秘册僻本,旧典佚事,遗误鲁鱼、漫漶不可句读者,无不补掇扬搉,称博物君子。所著《唐诗统签》《海盐图经》《续文选》《靖康咨鉴录》。凡海虞毛氏书,多震亨所编定也"。县志谓毛晋刻书多胡氏编定,不确。万历年间,胡氏与友人纂辑《秘册汇函》。天启元年辛酉(1621)半毁于火,因托毛晋补其亡。崇祯三年庚午(1630),毛氏购得火后残板,并家藏旧本,编为《津逮秘书》,收书凡141种,今《津逮秘书》中凡卷首署"毛晋、胡震亨同校"之18种即胡氏原板。胡氏原唱亦见《隐湖》卷上,题作"火后寄虞山毛子晋",作于崇祯十五年壬午(1642),毛晋和诗未收录。

仲秋江上辱子晋见访久未报谒近游海虞得随庄乐先辈过汲古阏阁率尔漫赋[①]

荻匾王广（凯度）

旅馆停高驾，江涛照月初。风期君莫比，踪迹愧予疏。载酒询奇字，披帷见异书。鄉嬛名胜地，今日得牵裾。

和

一路霜华薄，寻幽过予初。溪横略彴断，庭委菊花疏。铩羽伤征雁，开樽问借书。清风吹不彻，洒洒接衣裾。

---

① 仲秋江上辱子晋见访久未报谒近游海虞得随庄乐先辈过汲古阏阁率尔漫赋：王广为苏州藏书家，家荻溪，生平事迹不详。汲古阁刻本《元人十种诗·张伯雨集外诗》卷末载毛晋《张伯雨集外诗》跋："余于句曲外史诗文，可谓无奇不探，无隐不索矣。初刻陈节斋手编三卷，继刻闵康侯搜诗九十七首、文五首，又合王凯度、康与可辈所寄如干首为补遗三卷，以胜国名公酬赠诸作附焉，将谓登峰造极矣。"毛扆《汲古阁珍藏秘本书目》："朱性甫《野航杂抄》二本，系性甫真迹，有王凯度手跋。"疑毛晋《铁网珊瑚歌》序中所言"荻溪王氏"亦王凯度（参见《和古人诗卷》）。又，陆心源《皕宋楼藏书志》卷九十六集部"存悔斋诗一卷遗诗一卷旧抄本汲古阁旧藏"条录毛晋手跋："余家藏元人集未逮百家，意欲择胜授梓。闽中徐兴公许以秘本五十种见寄，奈鱼雁杳然，惄如也。适马人伯出龚子敬《存悔斋稿》示予，得未曾有，真八年第一快事。中有残缺二处，末有朱性甫补遗一十七首。问所从来，乃荻溪王凯度家藏本。卷帙如新，而凯度已为玉楼作记人矣。掩卷相对，泫然久之。时崇祯十三年闰正月十三日毛晋识。"可见王氏不仅多藏秘本，且与毛晋必有较深情谊。王氏诗题中江上，应指江阴。庄乐，即毛晋舅父戈汕，已见前。

戊寅元旦流寓虎丘皂斋柬子晋[1]

湖广谢应荐(君鹗)

屠苏初日殿青门，又见山梅接远村。落拓旅人伤岁改，太平遗老贺年尊。草衣泽国宜荷芰，兰友江乡遍芷荪。最喜虎丘春始到，待君携手上高原。

和

百尺孤松自闭门，肯随鱼鸟问江村。僧厨不觉年光改，山市方知酒价尊。伧父只宜焚笔砚，骚人多爱咏兰荪。海云庵下梅花发，携手香风上古原。

---

① 戊寅元旦流寓虎丘皂斋柬子晋：谢应荐，不详。董斯张《静啸斋存草》卷十《寒竽草》有《吉水谢君鹗遇盗吴中经年不获归赠之以诗》，或即此人。戊寅，为崇祯十一年(1638)。

澄江书院池中并头莲索毛文学同和[①]

陕西张凤翮(慰堂)

菡萏映碧池,靓妆净如拭。宛在水中央,褰衣不可即。奇葩出丛中,辨眼自明晢。种自天泉分,香从大国觅。巧裁化工手,孤茎茁双萼。洛城连骑过,顾影矜双璧。汉水弄珠游,恍有灵妃匹。本不邀人赏,赏者心弥怿。呈奇岂无意,瑞应良匪逖。会看连芳时,桂杏香同袭。

和

权奇渥洼产,良乐勤拂拭。应感生华苹,奇姿俨堪即。临风似美人,嫣然扬且晢。托根水镜中,易知复难觅。亭亭本一茄,的的敷双萼。合浦非独珠,连城岂只璧。譬彼鸳与鸯,咬咬恋俦匹。何如冰里莲,传说生心怿。维兹连茹会,肃听风声逖。拜手佐文治,雅化时披袭。(昔年江阴废寺池中莲花破冰而出)

---

① 澄江书院池中并头莲索毛文学同和:《(康熙)城固县志》卷之七云,"张凤翮,天启乙丑进士,擢御史,巡按云南,衡文江左,因论事迁浙臬,寻升江西巡抚。少而力学,为人倜傥不羁,尝曰:功不先梓里,何以及天下?故得志后开城东之新堰,筑南乐之义堡,议及丁随粮行,祛民赔累,公之力也。惜遭李贼之变,执之胁其仕,不从,因而遇害"。传中"衡文江左",指张氏任总裁钦差提督学政巡按直隶苏松等府监察御史,时提督学政驻江阴,即原唱题中之澄江。又,《(民国)江阴县续志》卷二十三"石刻记·督学察院题名记":"张凤翮字六健,号慰堂,陕西汉中府城固县人,乙丑进士,崇祯十二年六月任。"其后任宗敦一崇祯十四年八月任,则张氏与毛晋倡和当在崇祯十二年六月至十四年八月间。

立冬日子晋招同若抚浪白仲荣集白龙潭上限韵[①]

新安李永昌(周生)

寒夜重烦席上珍,衔杯雅谑未须嗔。烛然有泪情初洽,友集无苛黛不颦。此际高怀真百倍,终宵清令已三信。美人莫道娇羞甚,一点樱桃乍启唇。

和

秋涛昨夜听潺湲,忽见郊原朔气昏。风落晚花篱外瘦,溪寒残叶桨边翻。相逢唱和忘千里,共赏丹青倒一樽。斜烛光中歌窈眇,当筵恍惚坐春温。

---

① 立冬日子晋招同若抚浪白仲荣集白龙潭上限韵:《(道光)休宁县志》卷十九云,"李永昌字周生,皂荚树下人。善书画,与董思白齐名,思白雅重之。画今不可多得,其所书扁额邑中多有存者,片纸只字,争珍惜之如董笔云"。若抚,林云凤。浪白,不详。仲荣,周荣起。白龙潭为松江名胜。《(嘉庆)松江府志》卷九:"白龙潭,在府城谷阳门外坊后栅桥,其南通小清河,北通二里泾,东出与城河合,北为采花泾。潭广十余顷,相传有龙蛰其下,水深而清,可瀹可酿,岁旱祷之得雨(顾志。详见西禅寺记)。今为商民所侵,已去潭之半矣。然花晨月夕,尚有游人,箫鼓画船,岁时不绝。端午龙舟水嬉,士女犹集于此(郭志)。"《隐湖》卷上仅收录毛晋和诗,题作"立冬日集白龙潭和李周生韵"。其后为《癸未花朝》,则本组倡和创作时间在崇祯十五年壬午(1642)。然女郎白拂同时所作诗《冬夜同若抚仲荣浪白周生集子晋先生舟中限韵》隶于上卷卷末,前后相间数十页,故三浦理一郎《毛晋交游研究》隶于崇祯十七年。待考。

辛卯花朝仲木招入山看梅风雨阻棹夜酌此静坐月色甚佳[①]

顾梦麟(麟士)

老雨狂风客子庐，匆匆居已度春初[②]。闭门我爱供高枕，折简人传待小车。罢饮忽看庭浸月，破愁仍照案摊书。浮生蹭蹬皆如此，岂但花前阻曳裾。

---

① 辛卯花朝仲木招入山看梅风雨阻棹夜酌此静坐月色甚佳：黄宗羲《南雷文定后集》卷二《顾麟士先生墓志铭》云，"先生姓顾氏，讳梦麟，麟士其字也，别号织帘。太仓之双凤里人，吴丞相醴陵肃侯雍之后。醴陵三十九世孙昌始迁双凤，又二世从龙为先生之父，母陈氏，梦石麟而生，故以为名。少为诸生，以高第廪于学校。中崇祯癸酉副榜，援例入太学，辟举令下，巡抚张国维欲以先生应诏，先生力辞之。集三吴名士与杨子常为应社，其文雅驯，为时所宗。是时坊社最盛，而名于天下者，复社、几社与应社而已。巡按祁彪佳，兵备宋继登、凌义渠咸以宾礼待先生。方岳贡守松郡，屡欲招致一见，不可得。及奉严旨，始往送之。明州钱肃乐来守太仓，造庐相款，遣子弟受业，然先生未尝有所干请也。桑海以后，断迹城市，客授汲古毛氏，与孝廉陈瑚举白鹿洞规行之。晓笔暮诗，一写性真，不假粉墨。最其平生所著，《四书说约》二十卷、《诗经说约》二十八卷、《四书十一经通考》二十卷、《织帘居文集》四卷、《诗集》四卷、《谭艺录》二卷、《中庵琐录》一卷、《双凤里志》八卷。生于万历乙酉三月十三日，卒于顺治癸巳十一月二十日，年六十九"。顾梦麟为毛晋莫逆之交，设帷隐湖凡九年(顾湄《隐湖感旧次前韵四首呈潜在先生》自注，见《太仓十子诗选·水乡集》)。辛卯花朝，指顺治八年(1651)二月十二日。仲木，严陵秋(陵，又作"凌")字。《天水严氏家谱》卷二"文靖公四房支谱·九世"："凌秋，柟嗣子，字仲木，庠生。"又卷八"生卒考"："凌秋，万历三十三年乙巳十月二十三日生，康熙元年壬寅十月十七日卒。"按，毛晋继配严氏，为严陵秋之妹。陵秋又为尚齿社成员。顾氏诗亦见《隐湖》卷下，题作"花朝仲木招入山中看梅风雨阻棹夜酌宝晋斋月色忽佳却寄"(夜饮地点，《隐湖》作"宝晋斋"，《汲古阁集》作"此静坐"，不知何故。宝晋斋与此静坐非一处，见陆世仪《过毛子晋湖庄流连浃日复赠予和古人诗一册中有过李氏园和杜少陵游何将军山林五首即用其韵以咏湖庄诸胜》)，毛晋诗未收录。又，据《隐湖》，陈瑚诗题"和潜在韵"，顾梦麟为"同和"，则本组倡和似毛晋为原唱。顾诗另见顾氏《织帘居诗》卷四。

② 匆匆居已度春初：《隐湖》《织帘居诗》均作"匆匆已度一春初"。

和

朝朝花发绕吾庐，谁说今朝花诞初。风雨无情慵鼓枻，支干有闰拟脂车。凭栏乍见新泥燕，把盏同看古剑书。云破满庭生夜色，枝枝梅影上衣裾。

汲古阁听雨同麟士人伯及溯闻端和两上人子晋因出观寒拾二像千二百五十阿罗汉长卷并宋刻诸书种种妙好得未曾见喜而作歌①

周荣起(仲荣)

春风劈柳春雨浓，湖天湿雾霏重重。蹲鸠高树懒不起，卷帘入坐云涛冲。同心如兰静言好，衣裳为我歌颠倒。杰阁层悬列画图，酉阳触目皆琳宝。茗瓯香鼎不停披，上善同参及素缁。云蓝十幅

① 汲古阁听雨同麟士人伯及溯闻端和两上人子晋因出观寒拾二像千二百五十阿罗汉长卷并宋刻诸书种种妙好得未曾见喜而作歌：《(光绪)江阴县志》卷十八云，“周荣起字砚农，高起弟。明诸生，能诗文，工书画，究心六书。汲古阁刊板，多出手校”。麟士、人伯，前已见。溯闻，《隐湖》目录附注：“照音，字溯闻，中峰释。”《(乾隆)震泽县志》卷二十四：“照音字溯闻，居平望兼葭庵(按，庵名顾梦麟《织帘居诗》卷四《溯闻蒹葭庵次林若抚韵》作‘蒹葭’)，工诗及画，与照影友善。庵近荻塘，名流多题咏之。”端和，不详。释道源《寄巢诗》卷下有《端和谢北禅寺事来居海虞毛氏之小西林养道奉亲同社介平诸君喜赠以诗依韵和之》，陈瑚《确庵文稿》卷三下有《端和上人乞铭母塔书此赠之》自注：“端和初在北禅寺，建大殿。今为玄墓上座。”可略知其踪迹。本卷《六日载德堂话雨次确庵韵》毛晋自注：“端和索余一叙未竟，怅然而去。”则端和当亦能诗。寒拾，指寒山、拾得。此诗亦见《隐湖》卷下，题作“汲古阁听雨子晋出示寒山拾得二像千二百五十罗汉卷并宋刻诸秘书如行山阴道上使人应接不暇喜而作歌纪事时同坐者中庵确庵退山暨溯闻端和二上人”，诗作于顺治八年(1651)二月。

展奇妙，大比丘众皆吾师。龙眠嫡祖仇英笔，四百余年工力匹。爱护能逢赏鉴真，玉躞金题间缃帙。更看遗照国清贤，绢素神明墨妙传。宣和遗泽自清洒，古香浮动澄心笺。鲁鱼雠校绠深汲，签轴如云供什袭。天厨误入馋腹儿，禁脔江瑶都翕集。以之展转耳目移，坐卧于中艳总持。岚烟水气奔纷接，错认[①]天禄藜重吹。徐徐握手下楼去，梅花半破迎人语。洗尽凡心骨具轻，鸡鸣隔屋东[②]方曙。

仲春望夜喜仲荣从江上来握手道阔批阅两令女画十八罗汉暨九歌图超越古人因出家藏寒山拾得二像千二百五十人卷示之见贻古歌次韵奉答[③]

三十三山春渐浓，停云霭霭几千重。花朝雨过驾一叶，两水湾头潮互冲。行到湖村月正好，蒲帆影向桥边倒。入门执手如梦寐，贻我闺人画中宝[④]。九歌之图剪烛披，展转怀沙品不缁。变幻须眉见龙象，坡仙列颂天人师。应真我有先民笔，阿堵传神或相匹。千二百五十人俱，海山飞走罗一帙。闾丘太守间称贤，国清寒拾至

---

① 认：《隐湖》作“疑”。

② 东：《隐湖》作“如”。

③ 仲春望夜喜仲荣从江上来……次韵奉答：两令女，《（道光）江阴县志》卷十八周荣起传附云，“女淑祜、淑禧亦精画。淑禧尤著，兼能诗。其画点染生动，神采焕发，翎毛更入微妙，年八十余犹不倦，人有得其片幅者争宝之。陈继儒题其画曰：‘花有露，鸟有声，能令造化无权。’砚农有此才女，使人不复羡谢家也”。此诗亦见《隐湖》卷下，题作“仲春望夜喜仲荣从江上来余湖庄握手道故明日批阅两令女画十八罗汉暨九歌图超越古人因出家藏寒山拾得二像千二百五十人卷展玩竟日见贻长歌依韵奉酬”。诗作于顺治八年辛卯(1651)。

④ 贻我闺人画中宝：《隐湖》作“贻我一幅闺中宝”。

今传。君看拍手笑何事，谁把神情托素笺[①]。曹溪一滴随人汲，四花乱坠香风袭。濡毫点缀莲社图，惠远宗雷此中集[②]。开函展卷日晷移，氍毹榻上卧军持。茶烟香烟纷缭绕，更挟兰风入坐吹。胜流先后留题去，送难存疑且语语。不敢轻论米氏船，薄饮倒床天欲曙[③]。

栟榈子歌[④]（有引）

沈颢（石天）

予老矣，不知栟榈之有子，子且微，可炊而食也。辛卯夏五过隐湖，潜在荐此下酒，语予曰："知而食者，吾乡有之。悉用腌治，失厥本真。予则漉后微炒，发其香性，而味具焉。"予輾然叹曰："物物具妙，而愚者错用，毕生受迷。即衣内有珠，谁为识取？"以是知潜翁榈子直示人亲口嚼着，方许下语。顾予此歌，奚啻晴豆之误邪！

右丞栟榈植数个，生子何微母何大。科头老鬼舞傞傞，荒月满

① 九歌之图剪烛披……谁把神情托素笺：《隐湖》作"露洗蔷薇剪烛披，雪缣皜皜涅不缁。再歌九歌誓古处，坡仙列颂天人师。携出小阁先民笔，阿堵传神或相匹。千二百五十人俱，海山飞走罗一帙。不知谁貌昔二贤，当年嬉笑宛然传。多事贝叶落几字，何如坦腹伸素笺"。

② 惠远宗雷此中集：《隐湖》作"后人应亦见此集"。

③ 胜流先后留题去，送难存疑且语语。不敢轻论米氏船，薄饮倒床天欲曙：《隐湖》作"诸君先后留题去，送难存疑且语语。我学丰干亦饶舌，阳春和罢天欲曙"。

④ 栟榈子歌：姜绍书《无声诗史》卷四云，"沈颢字朗倩，长洲人。风仪轩举，博雅多闻，补博士弟子员，参求宗乘，薙发为僧。迨乎中年，乃返初服。于诗歌古文辞及书法真、行、篆、籀无所不能。画山水秀骨天发，范古镕今，高格清标，超超玄著"。栟榈，即棕榈，其嫩子可食。陈道《（弘治）八闽通志》卷二十五《食货》："棕榈，亦曰栟榈，子嫩未吐者可采充茹，曰'棕鱼'。"陆游《剑南诗稿》卷五十六《对食戏作》其四："栟榈子嫩供香饭。"

阶摇影破。霜余拾子鲲作胎，葶苈葳粟惊相猜。村厨瓮底腌既足，村翁豁齿憎酸荄。隐湖仙叟具妙用，物理晰微无不中。银铛土锉借文火，云子手抄香色动。剪灯引满列数磁，晶珠的皪光夺眥。拈来细嚼味转异，名物未辨情已移。栟榈子，世岂知，借君珍品传吾诗。

和

翠叶拿云纷个个，其实离离香黍大。樵夫笑指仙掌擎，渔翁错讶鱼腹破。黄金为肤玉为胎，蝴蝶不知蜂不猜。疮帚羽魁（两种药名）列上品，醉猫炼鹤借云荄。田家粗粝那堪用，味外之味染指中。石天散禅明五天，一嚼一嗅心偏动。微物牵情针引磁，衔杯拍案几裂眥。呼童申纸浓泼墨，顿使江郎疑忽移。栟榈子，天下知，岂欺我哉沈君诗。

酒蕈[1]（有引）

林云凤（若抚）

余吴门酒民也，七十余年来，传饮友人家，尽千百瓮矣。惟虞山毛潜在氏酒甚美，非藏过千日者不开埕供客。主人偶开一瓮，色味如泉，水中结成一物，如羊肚大，外层附若云衣。童子持以问余，余曰：此酒蕈也。曾闻之松圆老人，云酒之精华结聚而成，甚美，可食。食之果有异味。余击节叹曰："天下酒家，天下酒人，谁有识此异品者！"因浮大白，口占四韵，以补酒史之阙。

---

① 酒蕈：《（乾隆）长洲县志》卷二十四云，"林云凤字若抚，启祯间以诗名吴中。其诗稳顺，格在中晚间，不为钟、谭所移。年八十余卒。著有《自可编》及《诗谈》数卷"。林氏为毛晋密友，崇祯十六年，曾为《隐湖题跋续集》作序。

贮向床头已十年，一朝开瓮却如泉。只因结得精华在，试更烹来气味全。莼鲙并陈尤觉美，树鸡若比尚输鲜。超然品外谁知者，空读刘伶颂酒篇。

和

山家采蕈度流年，惊喜余家产酒泉。不托松根香自在，惟凭秋气味仍全。云衣层叠流匙滑，越酪甘柔入齿鲜。瓮内别成麴世界，无功应集大成篇。

咏瓶中落梅[1]（四首）

徐遵汤（仲昭）

护得霜漉与日烘，早开迟落总归空。饶他叶底青青子，伴我窗前细细风。纵使香消魂不远，只愁影散梦难通。莫云勺水无功力，残白还能战[2]嫩红。

美人室迩有遐思，翻惜攀条损干时。醮墨正投鸜鹆眼，贴钿偏傍黛蛾眉。幸离入溷黏泥劫，未许游蜂野雀窥。拭箪展茵频太息，不同风雨葬西施。

供来芸案隔嚣尘，化去还归不染身。数点也霏香粉泪，一番重换草堂春。月穿帘幌知无伴，人立阑干别有神。正对琼仙图一幅，并描疏影为传真。

---

① 咏瓶中落梅：《梧塍徐氏宗谱》卷九："遵汤，文光次子，字仲昭，选贡生。著有《清游》《谷剩》等集，名推海内。万历庚辰生，顺治癸巳卒，寿七十有四。"（三浦理一郎《毛晋交游研究》谓生卒年不详，盖未见宗谱）详见《宗谱》卷二十九《贡士仲昭公传》。本组倡和亦见《隐湖》卷下，原唱仅收录其一、其四，毛晋和诗收录其二、其三、其四，诗作于顺治七年庚寅（1650）。

② 战：《隐湖》作"代"。

寻诗驴背已空回，槛内飘英亦点苔。石榻便为香雪阪，纸屏曾作避风台。不沾驿路并山径，偏堕芸编与竹杯。漫笑挈[1]瓶输抱瓮，村童又折杏花来。

仲昭索和瓶中落梅漫次其韵寄之

绮窗晴日暖微烘，又见稍头旋旋[2]空。初缀早开因灼火，终知欲落不关风。梁王从此无人献，驿使何曾有路通。不独汉宫妆五出，家家贴额斗腮红。

看来片片扰[3]闲思，况值无聊独坐时。换取杨枝供好相，盛将竹叶解愁眉[4]。吹残玉笛频频咽，弹罢瑶琴默默窥。一样折枝图里见，鲜明偏喜彩毫施[5]。

暖阁相依绝点尘，众香国里返魂身。短屏隔断空中絮，明镜飘零月下春。碧海未归虚设愿，雪宫深锁独伤神。冶郎不作寻春梦，休把离情补会真。

好将白首一时回，岂逐春风葬砌苔。落魄未曾离几席，招魂依旧傍妆台。夜窗弹指生禅思，晓烛评愁费酒杯。记取玉容夸雪艳，缟衣从入梦中来[6]。

---

① 挈：清稿本作“击”，据王振声校改。

② 稍头旋旋：《虞山丛刻》作“梢头渐渐”。

③ 扰：《隐湖》作“撩”。

④ 换取杨枝供好相，盛将竹叶解愁眉：《隐湖》作“直下恍垂抛枕泪，分飞重簇送人眉”。

⑤ 一样折枝图里见，鲜明偏喜彩毫施：《隐湖》作“生自罗浮今蜕去，倾城焉用浣纱施”。

⑥ 缟衣从入梦中来：《隐湖》作“风流从此下场来”。

谷雨日中峰止宿逢子晋同若抚仲荣兼悼伯高之逝[①]

姜垓(如须)

散发相逢一钓舟，沧波万里使人愁。翠屏袅袅春晖净，黄鸟关关晓阁[②]幽。亡国子山仍寂寞，度[③]江公瑾最风流。应刘侪辈今如此，倚杖何妨汗漫游[④]。

和

双燕分栖并系舟，入林三笑解春愁。垂帘听雨拖筇缓，隔座看花试茗幽。远近林丘啼鸟换，存亡朋旧过[⑤]云流。结茅偏爱南山好，收拾诗编续澹游。(苍师喜南山，葺一把茅对之，索友人落成

---

① 谷雨日中峰止宿逢子晋同若抚仲荣兼悼伯高之逝：《隐湖》目录附注云，"姜垓，字如须，常州人"。常州，疑"长洲"之误。姜氏本山东莱阳人，侨寓于吴。《(乾隆)长洲县志》卷二十七："姜垓字如须，埰弟。崇祯庚辰进士，除行人。慷慨激发，有澄清当世志。初入署，见题名碑有逆臣阮大铖、崔呈秀姓名，曰：'奈何与众正同列！'请碎其额，思陵允之。已而埰以直言律罪，垓急难奔走，出入圜扉无稍间。及埰受杖午门，负痛气绝，垓口含溺喂之始苏。营护调治，得不死。南都再建，阮大铖思修旧怨，必欲杀垓。垓从吴门变姓名，遁迹台宕间始免。乱后复来吴，痛家国之变，居恒悒郁，侍其兄埰俯仰兴怀，凄然泣下。著有《筼筜集》，识者比于西台恸哭、泽畔行吟。年四十卒，与兄同祀虎丘。"本组倡和亦见《隐湖》卷下，题作"谷雨日中峰止宿逢子晋暨若抚仲荣兼悼伯高之逝"。姜氏原唱又见姜垓《流览堂诗稿残编》(《明清遗书五种》本)卷六，题作"山中逢毛晋周荣起兼忆高起之亡"。诗作于顺治七年庚寅(1650)。

② 晓阁：《流览堂诗稿残编》作"晚阁"。

③ 度：《虞山丛刻》作"渡"。

④ 倚杖何妨汗漫游：《流览堂诗稿残编》作"花下何妨秉烛游"。

⑤ 过：《隐湖》作"叹"。

诗，拟定水老人《澹游集》编次[1])

鲁国图诗[2]

叶国华（白泉）

昔谢皋羽浪迹海上，摹鲁国图于定海学，括、婺间隐遁之士，讲经山中，遗以是图，与夫子像对，朔望肃谒。国华尝读其诗而叹之。前者司谕是邑，即询此碑，鲜知者。后得一老人，八十余矣，言幼时曾见此碑，半埋土砾中。指其处，掘得之，已深数尺。为立堂庑间，复还旧观。摹其本，藏笥中久矣。确庵陈子，今之古人也。讲道澜溪之上，从游者众。乃仿皋羽意，以是图归之，并奉北雍摹夫子像。系之以诗，次皋羽韵。

旧传迹不朽，寤叹觌弥新。席暖或梓里，桴安即海滨。龙蛇潜大道，鸟兽閲斯人。异代同怀日，规趋古逸民。

和

迢迢五百岁，片石一回新。半瘗宫墙下，仍依泮水滨。步趋悲

---

① 苍师……编次：《隐湖》无。

② 鲁国图诗：《吴中叶氏族谱》卷四十二“世系表·昆山派”云，“国华，字德荣，号白泉。万历乙卯举人，定海教谕，工部都水主事，诰授中议大夫。工诗，善行草。有传。所著有《茧园诗文》等集。寿八十六”。叶氏为著名藏书家叶盛六代孙，叶奕苞即其第三子。据原唱序，《鲁国图》为叶国华任定海教谕时所摹（参看南宋谢翱《晞发集》卷八《鲁国图诗并序》）。陈瑚得此图后，常率弟子瞻拜。毛晋咏《鲁国图》诗除本卷之外，卷四《野外诗》有同题同韵诗。又，《隐湖》卷下《及辰倡和》中有毛褒《确庵师招集陶家旧庐瞻拜鲁国图》，陈瑚《从游集》卷下收录毛褒诗（见本书附录《毛晋诸子诗存》），题后有“敬步大人韵”五字，可知毛晋有原唱，而毛褒诗用韵与本书毛晋二首《鲁国图诗》不同，则毛晋至少三次赋诗。盖明清易代之后，寓不忘故国与文化之意。

海客，持赠有同人。吾愿题名后，趺边记老民。

江南曲[①]

冯班（定远）

春风一夜吹江色，千里细烟生乱碧。草芽纤刺满金陵，古石苔荒江令宅。年光岁岁常如此，千烧万战台城圮。鸱尾尘埋绣阁平，张孔沦亡二周死。石头城下水悠悠，暗数兴亡得几筹。山河不改繁华在，两桨依然迎莫愁。

和

鸟声啼醒林泉色，宜春苑中熨眼碧。杨柳风流似少年，羞拂掖门杜姥宅。扶南献乐曾来此，独足鸟飞台忽圮。蔷薇挼水空鲜妍，双鹤冲天鼓声死。平湖高冢两悠悠，燕雀衔泥倍几筹。可怜六代英豪地，生出人间无限愁。

---

① 江南曲：王应奎《海虞诗苑》卷四，"班，字定远，嗣宗先生次子也。为人傥荡悠忽，动不谐俗。胸有所得，辄曼声长吟。行市井间，足陷淖，衣絓木，掉臂不顾，眼中若不见有一人者。当其被酒无聊，即席恸哭，人不知其所以，钱宗伯持所谓'愿借冯班恸一场'者也。里中指目为痴，先生怡然安之，遂自署曰'二痴'。顾其衡量古今，论列是非，则又洞识窾要症结，殊不痴也。为诗律细旨深，务裨风教。自唐李玉溪后，诗家多工赋体，而比兴不存，先生含咀风骚，独寻坠绪，直可上印玉溪，虽或才力小弱，醇而未肆，而于温柔敦厚之教，庶乎其不谬矣。著有《钝吟诗集》九卷、《钝吟杂录》十卷行世。其《杂录》诗论最善，益都赵赞善执信、长洲何学士焯并遵信之"。万历四十五年（1617），冯班十六岁，毛晋十九岁，即同学诗于魏冲，其后为数十年知交。冯氏原唱，《钝吟集》卷上、《隐湖》卷中、《明诗纪事》辛签卷十二、《晚晴簃诗汇》卷十五均收录，《隐湖》未收录毛晋和作。据《隐湖》，本诗约作于顺治六年己丑（1649）。

灯花

《灯花》，定远分来社题也，漫成一首以寄，云："高烧朱火照玲珑，花发何须待晓风。延散梢头无定色，向荣叶底若为红。笑啼异态痴儿女，开谢同时背蝶蜂。纵使三郎催羯鼓，难将娇影度杯中。"落句颇不自快，适同人见投若干首，因分别各题以和之，皆灯花下课也。潜在晋。

书灯花[①]

释照宇(立庵)

摇光弄影下书帷，试吐芳心焰自持。隔牖不随淫雨落，临轩还怯野风欺。争知点纸烧僧字，无那弹焦乱局棋。别有嫌疑照襟带，独醒由我夜题诗。

和

玉蝇金苡照深帷，一卷更阑手自持。月户明生休借助，土囊尘起不能欺。开时斜拂初停酒，飏去潜抛未了棋[②]。错认春归红瘦尽，重挑余晕和韩诗(昌黎有《灯花诗》)。

---

① 书灯花：释照宇，不详。《隐湖》卷下仅录毛晋和诗，原唱未收入。诗作于顺治十年癸巳(1653)。

② 玉蝇……未了棋：《隐湖》作"更阑孤照坐深帷，时见花生不自持。满目芳菲忘月到，霎时狼籍岂风欺。堕来忽点初停笔，飏去还抛未了棋"。

道院灯花[1]

陈瑚(言夏)

渐减兰膏力未微,娟娟含吐弄清辉。春风喜近骚人酒,夜雨愁添少妇机。笔梦入烟分一秀,剑华拂晕欲双飞。醉来拟折军持供,几度凝眸却又非。

和

莫说笙台爝火微,炼成文武弄澄辉。十芒分取刘郎种,七焰裁来织女机。碧落鸡声千树晓,绛霄鸾影一群飞。试教紫笔留花谱,回顾人间种种非。

---

① 道院灯花:《(康熙)常熟县志》卷二十二云,"陈瑚字言夏,家世常熟,割隶太仓。父朝典,字温如,经明行修。瑚幼即擩染于厥考之彝训,如成人长德。中崇祯壬午科,癸未一计偕,罢而归,终身不出也。隐居蔚洲村,父子授经以糊其口,间共赋诗倡和为乐。古文辞师法熙甫,而跌宕淋漓,波澜横轶,不加琢炼而自然赡丽。自嵺上徙常熟。在毛氏,居汲古阁;在严氏,则居二十四桐楼。所至从游者日进。瑚为善事如雨霔,父病,刺臂血书字,吁天自代。丧继母,勺浆不入口。以父之产让其弟,甚著也。邑侯到门,请应山林隐逸之选,笑而谢之。卒,学者私谥安道先生,祀州乡贤祠。所著有《确庵》诸集、《敬业稽行录》、《治纲》、《开元》(注,疑为《开江》之误)、《圣学入门》等书行世"。据《确庵文稿》卷之四上《和陶挽歌辞哭毛子晋》序,顺治六年(1649)七月,毛晋初访陈瑚于蔚洲村,陈书列毯,端庄四拜,订千秋之约。八月,陈氏即移居昆承湖南湖头村之陶家旧庐,教授毛氏诸子。"自是以后,凡遇青山绿水、花晨月夕、风窗雨榭,无不交唱互答,有言必酬","不见则相思,见则流连浃旬。相成以道义,相乐以诗歌",交谊十年如一日。本组倡和《隐湖》《确庵文稿》均未收录。

永巷灯花①

吴豫(应四)

夜夜短檠何吐穗，朝来应有探春期。曾闻咒草怜蛾扑，更讶生莲恐蝶知。高照垂英明蠹简，孤眠落烬暗罗帏。愁看梦断如萤定，遥羡天衢耀九枝。

和

一茎枯草生新蕊，似与春风有旧期。已落犹开无限意，半含欲吐有谁知。开时永隔莺喧户，落处还褰风入帏。别院金莲照歌舞，棚头应惜瘦腰枝。

写怨②(六首)

陈瑚(言夏)

吹尽参差意未通，望夫山下夕阳穷。生憎兰叶戎戎绿，坐恼蕉

---

① 永巷灯花：吴豫，不详。

② 写怨：陈瑚诗陈氏《确庵文稿》卷二《隐湖集》收录，题作“次韵金孝章写怨六首”。陈、毛诗之其一、其二、其三、其四亦见《隐湖》卷中，题作“闺怨”。据二书，原唱为金俊明作。然《隐湖》所录毛氏四首文字与《汲古阁集》均大异，似非修改所致，疑《隐湖》本为和金俊明而作，《汲古阁集》本为和陈瑚而作，今俱录于校记中，以供参考。本组诗创作时间，据《确庵文稿》，应为顺治九年壬辰(1652)；据《隐湖》，约为顺治六年己丑(1649)，待考。

花故故红。好梦依稀啼鸟后，闲心飘忽乱云中。合欢彩[①]被前生话，寂寞风光任转蓬。

倦魂惟[②]与睡乡宜，欲上妆楼响[③]屟迟。拭泪错应邻母讯，含情羞语侍儿知。蜗涎雨后空成字，蟢网秋来倍有丝。敲断玉钗还不见，盈盈一水系人思。

桐露垂垂染墨池，千回万转不成词。凉生条脱秋风早，光撼流苏晓日迟。堕马竞[④]看梁苑髻，曼蛾还忆[⑤]汉宫眉。红颜命薄应如此，肠断空帏只自知。

倚遍阑干坐曲房，帘[⑥]前小立夜初长。回文枉写千行泪，辟恶慵烧百和香。云雨人间无楚梦，星河天上有裴航。可怜结发为夫妇，孤负佳期是不将。

冲烟独夜浣溪纱，肯逐春风斗物华[⑦]。睍睆黄莺缘底事，呢喃紫燕傍谁家。吴侬巧剪江头袖，越女乔妆陌上髽。记得昔年承雨露，也曾心诩貌如花[⑧]。

老此罗敷未嫁身，琴心空自目挑频。舞衣弃久飘为蝶，歌扇抛残化作尘。雁帛浮沉千里信，莺花憔悴十分春。登楼一望皆芳草，何处王孙愁杀人。

和

南浦西陵一望通，爱河迢递恨难穷。侵裾草色风吹绿，映面花

① 彩：《确庵文稿》作“绣”。
② 惟：《确庵文稿》作“好”。
③ 响：《确庵文稿》《隐湖》作“步”。
④ 竞：《确庵文稿》作“笑”。
⑤ 还忆：《隐湖》作“还学”，《确庵文稿》作“愁忆”。
⑥ 帘：《确庵文稿》作“檐”。
⑦ 物华：《确庵文稿》作“丽华”。
⑧ 吴侬……如花：《确庵文稿》作“郎颜定向金微老，妾面长垂玉箸斜。记得汉皋初解珮，也曾相许貌如花”。

颜日炙红。雁柱尘封帘押下，凫灯光暗绣帏中。分明去路无多远，只是征樯类断蓬①。

香罗试著及时宜，深锁葳蕤浩日迟。五夜啼痕角枕在，十年残梦锦衾知。庭流桂月盈亏影，帘度瑶琴急慢丝。人世死前惟有别，谁知死亦漫多思②。

焕霍房栊映绀池，无词亦自有微词。寻声想像凭栏久，对影生怜灭烛迟。三寸止知萦百结，一生常负剑双眉。窗前妒杀能言鸟，为问郎君知不知③？

草碧春塘绕曲房，闲吹柳絮日初长。钗茸小凤空回颈，裙珮流苏几换香。不见鱼笺来远雁，谁将珠泪寄征航。锁云囊是多情物，为锁愁云远送将④。

凄飔渐渐入窗纱，病渴无方润露华。酒醒岂应真是国，梦归即恐未为家。忘躯拟学陈宫縋，吊影还须鲁妇髽。怕见帘前双燕子，交飞耦语入春花。

愁对菱花一病身，偏憎侍女笑言频。钗梁金羽浑埋土，壁带霞光半染尘。牢落山川犹作客，凄凉庭院不知春。西家只是缘多病，非病何曾强效人。

---

① 南浦……断蓬：《隐湖》作“春涨天涯远水通，登楼延望绪无穷。舐痕獭髓空凝白，颒面桃花枉咒红。寂寞双鱼沉海外，凄凉孤蝶睡香中。提筅采叶遵微路，又见鬖鬖被乱蓬”。

② 香罗……多思：《隐湖》作“香罗试著及时宜，递钥姣慵熨斗迟。欲托芳魂随鹊梦，漫将幽恨诉花知。镜流丽颊纵横缕，帘度瑶琴急慢丝。人说死前惟有别，依嫌生后只多思”。

③ 焕霍……不知：《隐湖》作“焕霍房栊映绀池，焚香日日诵玄词。寻声凝想凭栏久，对影生怜灭烛迟。何处帽檐开笑口，此中泪绠续颦眉。窗前空有能言鸟，试问夫君知不知”。

④ 草碧……送将：《隐湖》作“雪压梅枝亚玉房，沉沉寒漏向人长。背襟心痗宜男草，缣素毫枯待女香。畜意著绵停快剪，痴情剖腹问鱼航。鹣鹣白鹢虚前约，空佩砂桜莫寄将”。

贞燕①

释米(堆山)

孤月避虚檐,惭此梁间燕。六载所天魂,不逐东风泮。虽乏捕狸鹘,聊附知时雁。雏行彀犹在,抚摩慰沉怨。

和

春日与秋月,不爽惟飞燕。梁尘空六载,旧垒未曾泮。生死恨残蝎,往来逢信雁。诗卷如堆山,抱卵又何怨。

子晋以天寒有鹤守梅花索余绘图有作②

顾樵(樵水)

仙禽元不慕乘轩,瘦影相依冻藓痕。清唳初闻香梦断,琼英欲

---

① 贞燕:《隐湖》目录附注云,“薛寀,字谐孟,法号堆山,常州人”。《(康熙)常州府志》卷二十四:“薛寀字谐孟,武进人。崇祯进士,以比部郎擢守大梁。时寇起秦晋,蔓延中州,寀至,厘兵饷,筑外城,邀守将,登陴捍御。会宪臣主抚,寀欲先剿后抚,诤于庭。宪臣不能用,投劾归。六年甲申,遂弃家为衲,薙染入山,更名米,号堆山。著述甚多。”

② 子晋以天寒有鹤守梅花索余绘图有作:潘柽章《松陵文献》卷十“顾有孝”条附云,“顾樵字樵水,志尚冲素,于世无营。诗隽永,有钱、刘风味。画入能品。每橐笔游山水,图而咏之,流连忘返焉”。毛晋曾与顾梦麟等以“天寒有鹤守梅花”为题赋诗倡和,得诗一百余首,见《隐湖》卷下《赋得天寒有鹤守梅花》(陆世仪《天寒有鹤守梅花毛子晋社约》作于顺治八年冬,陈瑚《赋得天寒有鹤守梅花四首》作于顺治十年三月,此题倡和似历三年之久)。本组倡和诗创作时间当在此前后。

谢羽衣翻。衔书江岭先春信，招隐孤山旧日恩。只为松高巢未稳，独甘霜雪守梅根。

和

山中雪满意轩轩，惯见苍苔旧爪痕。坚立微嫌疏影动，香凝不使玉翎翻。天公岂必因遭恶，物类如何似恋恩。一幅嫩寒春欲晓，九天声闻出篱根。

癸巳早春喜闻子九上中峰赴南来大师讲席诗以促之①

徐波（元叹）

足音无几到岩间，玉屑微言意独关。讲席疏钟传晓谷，随舟微雨洗春山。斩新草色堪留赏，落尽梅花始放还。请饭他方非细事，化人踪迹愿追攀。

---

① 癸巳早春喜闻子九上中峰赴南来大师讲席诗以促之：《（康熙）吴县志》卷五十二云，“徐波字元叹。幼为诸生，工古文辞，尤多经济之才。竟陵钟惺见而惊赏，以为古人复生，缔交甚厚。甲申冬，马士英当国，将以清职罗致。波知英必败，叹曰：‘区区新造，既无茂弘、安石，又非孟德、仲达，何足以羁天下士？’拂衣竟去。归隐竺坞，卜筑落木庵而老焉。著述多湮没，仅有《谥萧堂集》若干卷行世”。癸巳为顺治十年(1653)。中峰在苏州华山，已见前。南来法师，指释读彻。《（同治）苏州府志》卷一百三十四：“读彻字苍雪，滇南呈贡赵氏子。幼从鸡足水月道人为沙弥，年十九，远游受戒云栖参雪浪于望亭。浪殁，依一雨润于铁山，与明河并为入室弟子。博涉内外典，赋诗亦多警句。以《华严经》为法海，非精研疏抄不能涉其津涯，穷其奥窔，遂与河订分讲之约。河卒，遂独力荷担，虽病弗辍。顺治丙申，应宝华山见月请，讲《楞严》。至山中，病剧，作《解嘲诗》辞世偈而逝。”详见《有学集》卷三十六《中峰苍雪法师塔铭》。读彻为毛晋方外知交，其《南来堂诗集》及《隐湖》中多有倡和之作。崇祯十年正月十五，读彻在华山续讲华严大钞，毛晋本欲参与，后因病未果，见本卷《追昔游》毛晋自序。

南来法师正月十五日续讲华严大钞元叹招余入山叠韵答之

一轮初月照松间，高座峨峨夜不关。放鹤云深藏一滴，喝狮雷动晓千山。听传法鼓争先到，看遍梅花未肯还。讲罢相将寻落木，明朝萝径又重攀。（支公放鹤亭、元老落木庵皆在中峰下。一滴斋、喝狮窝，南公新构也）

镜中灯①

费参（省公）

何处寒光贮影重，短檠斜照碧溶溶。妆成鸾舞惊花焰，潭净珠辉倩月封。是合是离占法相，非空非色总机锋。个中标指凭师剖，悟得无明不尽宗。

和

凝明暗室影重重，空碧霜晴一片溶。孤叶飘红云不起，残萤照水月难封。吹藜耿耿疑穿壁，注面星星讶点锋。惟有老僧无二观，

① 镜中灯：《（嘉庆）直隶太仓州志》卷三十五云，“费参字省公。性孝友，家贫，老屋三五椽，日光穿屋，不蔽风雨，有田数亩，岁涝饘粥不给。然耿介，一丝一粟不假于人，论者以为古郈原、徐稺之流。陈瑚称其诗律老而益细。子来，字天来，亦能诗”。按，费参为陈瑚表兄，参见陈瑚《离忧集》卷下“蔚庵”条小传。毛晋与费参，当是因陈瑚而相交。《隐湖》中多有倡和，本组未录。

琉璃光里印三宗。

子晋远寄药资赋谢[①]

徐增(子能)

九年卧病老吴城,采药名山志未成。诅我岂期犹不死,感君何敢说无生。武夷彩幔宾云曲,勾漏丹砂捣月声。凭寄诗篇兼遣兴,琴川带水怅盈盈。(时以论诗不合,有诅余死者,故及之,所以重感子晋之意也)

和

一纸吴天堕鹈城,灯花应谶好诗成。开樽且喜青山在,揽镜同悲白发生。梧下摊书云弄影,花间捣药鸟和声。老僧携得新茶至,雁荡村前月正盈。

---

① 子晋远寄药资赋谢:徐增字子能,号而庵,长洲人(《(道光)苏州府志》谓吴江人),明诸生。徐氏为钱谦益弟子,钱氏先后作有《徐子能集序》《徐子能黄牡丹诗序》(分别见《初学集》卷三十二、《有学集》卷二十),故毛晋与徐增谊属同门。其舅父黄翼圣与钱、毛均关系密切。崇祯十三年冬,徐增曾到常熟拜访毛晋,毛晋扶病相接。毛晋六十寿,赋诗祝贺。毛晋卒,作《挽毛子晋》二首。徐氏自小多病,壮年后又得软脚病与呕血之疾,生活清贫。毛晋赠以药资,亦毛氏性好施与之一证。

寄赠子晋[①]

张琛（雨公）

久慕君家未见书，思探二酉问精庐。品裁旁及征遗事，删述偏从析义疏。倾盖欲先声应内，执鞭恐后梦魂余。虞山翘首频东望，紫气氤氲满碧虚。

和

晨昏遮眼一编书，时有高人枉敝庐。地僻不知秦晋历，架尘还拂汉唐疏。四愁久望琅玕赠，三影遥缄花草余。博物家风宜作赋，汉京法度准凭虚。

上巳[②]

徐遵汤（仲昭）

巳年上巳刚逢巳，辰月芳辰正集辰（约辰刻早集）。巳近禁烟思介子，先为酹酒吊春申（修禊君山，题石上）。人言花鸟俱非旧，禊事衣冠又一新。社鼓散余仍徙倚，喧阗吾久厌城闉。

---

① 寄赠子晋：张琛，不详。

② 上巳：本组倡和诗作于顺治十年癸巳（1653）三月，徐即卒于本年（见本卷《咏瓶中落梅》注引《梧塍徐氏宗谱》）。徐氏与毛晋另有上巳倡和，为七言绝句，作于崇祯十四年辛巳（1641），见《隐湖》卷上。

和(附《示儿说》)

重三逢己[1]还逢巳,几见干支会一辰。异代堂封犹在望,闲民姓氏向谁申。莺花应节分张换,泉石因人写照新。闻道锦峰香市沸,笙歌七里接重闉(是日拂水舟舆直接西城,从来所未有)。

癸巳三月三日,携子侄踏青湖上。桃堤菜陌,红黄绣野。虽无急湍曲涧可以泛觞,而酬酢如流,少长咸适,持烛方归,惭未得郝隆一句。越两月哉生明,南州徐仲昭寄《上巳诗》,其首句云"巳年上巳刚逢巳",为之听然。因忆禊饮野况,率成和篇。适表、扆两儿侍侧,展历按日,乃是己巳,不觉拍案曰:巧会哉,千春一日也。何徐仲但云"逢巳",不云"逢己"也?尔小子虽读《郑风·溱洧》之章、朱子"采兰"之传,未详其义。窃笑人呼三月三日为"上巳",盖有大谬不然者。周秦汉魏以来,最重解禊,自帝后以下,无论贵贱男女,莫不相缘,谓之己会(亦曰"禊饮",亦曰"禊祭",亦曰"曲水晏",亦曰"采兰节"),盖用三月上旬己日,如上辛、上戊之类也。盖古人用日,例重干略支。《文选》云"元己之辰",《汉书》云"明帝永平二年三月上己,官民絜于东流水上"。合二书考之,其为"上己"无疑矣。张华诗云"暮春元日",陆机诗云"元吉隆初己",其不拘定三日又无疑矣。即王廙云"禊号三己",沈佺期云"三己禊堂开",亦三月之己,非三日之己也。至于"上巳"之说,经史不载,仅见虞世南引"汉末郭虞生三女,一以上辰,一以上巳,一以上午。三女俱亡,村人以为不祥,祓除水上"云云,亦不过出于《风土记》《续齐谐》,小说家恐不足据。先辈谓阳气生于子,终于巳,或取诸此,若唐文宗以十三日为展上巳,不过一时游戏耳。读至《宋书》云"自魏以后,但用三日,不用上己",《后六帖》云"古用上己,今用三日",则群疑涣然冰释矣。倘尽如今岁三月三日己巳,干支巧会,古今合符,又何疑哉?

---

[1] 己:清稿本作"巳",据王振声校改。

尝见陶宗仪纪至元甲午岁正月一日立春，二月二日惊蛰，三月三日清明，四月四日立夏，五月五日芒种，六月六日小暑，七月七日立秋，八月八日白露，九月九日寒露，十月十日立冬，十一月十一日大雪，十二月十二日大寒，以为节气希有之辰。始信文人操觚，无一事肯轻放过。如今春重三逢上巳，亦纪年一段佳话也。小子其识之。

凫溪即事[①]

释自扃

霜茅[②]葺缚未能成，惭负松风与涧声。载月何期来菊候，烹泉不觉到鸡鸣。无营稍识闲中味，有累偏嫌老去名。漫说法门须荷担，方应[③]谋得一身轻。

和

瘦竹疏松种未成，中田传出梵天[④]声。林含淡月和云上，路断幽泉隔岸鸣。壁角[⑤]图悬难辨字，篱边花发不知名。经年卓锡江天外，收拾诗囊一卷轻。

---

① 凫溪即事·释自扃：凫溪，见《和古人诗·小重阳日过凫溪访无门法师用陶九日闲居韵》笺。本组倡和诗亦见《隐湖》卷中，题作“小重阳日过凫溪访道开法师”，然《隐湖》中毛晋诗为原唱，自扃诗为和。诗约作于顺治六年己丑(1649)。

② 茅：《隐湖》作“茆”。

③ 方应：《隐湖》作“多方”。

④ 天：《隐湖》作“音”。

⑤ 壁角：《隐湖》作“堂壁”。

丙申人日雪中访毛子晋[1]

冯班(定远)

跨水依山架小堂，一编当日借余光。云添树色春疑画，月照松阶夜引觞。梦里童心销[2]已尽，愁中白发可胜长。故人零落遗文在，好为花溪炷板香(花溪，先师山斋溪名，同子晋读书其上)。

和

雪片随君入草堂，同开笑口数年光。花溪问字分匡坐，柳浪寻春泛羽觞。乱后频惊节候改，老来偏恨别离长。儿童不识[3]余怀抱，倩著鸿衣爇瓣香(次儿求符篆镇堂中)。

---

① 丙申人日雪中访毛子晋：冯班，见本卷《江南曲》注。丙申人日，顺治十三年(1656)正月初七。本组诗亦见《隐湖》卷下，然毛晋诗为原唱，题作“人日雪中定远见访志喜”，冯班诗题“次韵奉酬”。冯班《钝吟集》卷下收录《丙申人日过隐湖和确庵韵》，作于同日；其后《又和子晋韵奉酬》，亦可证毛晋诗应为原唱。《汲古阁集》次序恐为误倒。

② 销：《钝吟集》作“消”。

③ 不识：《隐湖》作“未解”。

午月二日登君山[1]

费参（省公）

行行岂为泣途穷，底事无端涕泪从。暴骨荒烟青草冢，小村残照白云封。风高战垒闻嘶马，浪激寒江起卧龙。不尽兴亡千[2]古恨，芙蓉城外楚山重。

和

楚水吴山望不穷，升高舒啸又相从。石梁草覆当年冢，铁锁尘埋旧日封。帷幄分张入塞马，旌旗飞渡祭江龙（骑射竞渡，纪是日所见）。大夫公子魂来些，泪[3]咽风涛几万重。

---

① 午月二日登君山：费参，前已见。《（嘉靖）江阴县志》卷三云，“君山在县治北二里，枕江之滨，旧名瞰江山，后以春申君易今名。江流回冱其下，𣽅潾澒溶，水光如练，山半有亭曰松风，其巅有厅曰翠烟，厅之后有堂曰浮远，北向有堂曰时雨，并堂而右为如斯亭。山之麓西向为东岳行宫，左为光孝禅寺，右折而西为张公祠，从北而上，当山正中，真武庙在焉，突然高出，跂而望之，山气青缥，杳乎神明攸居。而灵飙颢景，怀纳川渠，曲而阿，复而磴，脊而冈，层出而崖，丛石积比，峦峰堕秀，岿然百里之巨瞻，信佳胜云”。诗作于顺治十三年丙申（1656），同游江阴者另有陈瑚、钱嘏。本组倡和诗亦见《隐湖》卷下。

② 千：《隐湖》作“今”。

③ 泪：《隐湖》作“唳”。

重九登双莲阁[①]

冯班

极目平畴阔，南山望里赊。香风吹早稻，落叶露村家。有酒思元亮，裁文忆孟嘉。明年各健在，莫厌插黄花。

和

空阁临空野，窗中山影赊。偶安小佛座，俨入老僧家。方破云犹卷，迟[②]凋柳更嘉。闲游了无累，计日共看[③]花。

仲冬十三日试灯和黄奉倩[④]

烛红争焰欲生烟，高士名僧共此筵。时序一年吹律换[⑤]，云光

---

① 重九登双莲阁：钱泳《履园丛话》卷二十二“汲古阁”条云，“汲古阁在湖南七星桥载德堂西，以延文士：又有双莲阁在问渔庄，以延缁流”。本组倡和亦见《隐湖》卷下、冯班《钝吟集》卷下，题均作“丁酉重九日登双莲阁”。丁酉，顺治十四年(1657)。

② 迟：《隐湖》作“初”。

③ 看：《隐湖》作“栽”。

④ 仲冬十三日试灯和黄奉倩：《隐湖》目录附注云，“黄承圣，字奉倩，太仓人”。王士祯《感旧集》卷四谓常熟人，不确。钱谦益《牧斋外集》卷六《黄奉倩诗序》：“奉倩与余乡毛子晋善，余家邻子晋，每与子晋踯躅叹歌，念奉倩病中见余饮酒喜状，是可思也。”此诗亦见《隐湖》卷上《冬月试灯》，前有戈汕序：“戊寅仲冬十三日，同梦无过子晋宝月堂，德操、璧甫、衍门诸同人咸集。适工人制新灯告成，主人命张堂中，并架画屏，四面环列，璀璨炫目，霜月盈阶，相与觞咏竟夕。余漫捉笔，不觉糠秕之在前也。戈汕题。”戊寅，崇祯十一年(1638)。

⑤ 吹律换：《隐湖》作“葭律转”。

百里聚星躔。梅花似落行歌后，明月何如弛禁前[①]。野外莫嫌蒲笋味，床头浊酒且颓然[②]。

途遇一僧见示江上纪事三绝句次韵口号[③]

一寸心坚抵万师，孤城三月未曾移。晚来郭露铙声死，妻子同仇各不知。

烟销万井丈夫身，姓氏传来或未真。野外含悲无一语，老僧独自赋招魂。

秋风惨惨与凄凄，载路青磷昼夜迷。莫道莎虫不解事，绕阶当户尽情啼。

次范受汝寄怀韵[④]

七襄天上堕云章，瑰颋家声在白狼。一望斗杓萦梦久，片鳞烟水到门长。名山自属风霜笔，蓬户徒依芦荻乡。日事蠹鱼消壮志，笑予结习事丹黄。

---

① 何如弛禁前：《隐湖》作“何殊放盏前”。

② 颓然：《隐湖》作“陶然”。

③ 途遇一僧见示江上纪事三绝句次韵口号：江上，指江阴。据和诗，“纪事”当咏顺治二年(1645)夏江阴屠城事。因守城八十一日，故和诗有“孤城三月未曾移”之句。

④ 次范受汝寄怀韵：范受汝，不详。

同麟士宿北禅寺次韵[①]

弭楫戴颙溪，同寻偶地居。菊残灯影外，月上磬声余。金像舒光远（是日开佛光明），名香入坐徐。莫嗟风景异，连屋一床书。

梅游和顾用晦（有序）[②]

余性懒出游，每逢梅花时候，不自知其足之前也。游姑苏光福者三，游临安西溪者二，游金陵灵谷者一。灵谷，高柯入云，令人仰睇，不敢亵玩；西溪，奇怪苍老，如香瘿铁绣[③]，极尽偃仰之致。至

---

① 同麟士宿北禅寺次韵：麟士，顾梦麟，见本卷《辛卯花朝仲木招入山看梅风雨阻棹夜酌此静坐月色甚佳》注。北禅寺，见本卷《同子晋宿北禅寺》注。顾梦麟原唱见顾氏《织帘居诗》卷一《同子晋过北禅宿石公寓房》。石公，即毛晋方外知交释道源（石林），曾主北禅寺，详见后。《织帘居诗》原唱之后为《子晋寓见明僧弘秀集将成次前韵》，《明僧弘秀集》崇祯十六年（1643）春刻成，毛晋和诗有“菊残灯影外”句，故本次倡和时间似在崇祯十五年秋冬间。然释道源《寄巢诗》卷下《和顾麟士同子晋宿北禅》系于顺治四年丁亥（1647），待考。

② 梅游和顾用晦：《上虞西华顾氏宗谱·次支长房吴北常熟派》十七世云，“名德基，字履明，号用晦。娶府幕赵用贵公女，无出，继堂兄夏时次子茂位为嗣，卒葬马村圩”。顾镇《支溪小志》：“顾德基，字用晦，邑庠生，耿光子。博学多闻，工吟咏。尝柬其中表诗云：‘魔障刬除归佛祖，劫灰历过见家山。’可为诗史。晚年与毛子晋等为尚齿会，一时胜流，如龚比部渊孟、陆道判孟凫、顾文学麟士、戈山人庄乐、何山人白石及僧石林、梦无。每一宴集分题擘素，对酒挥毫，累幅连章，今古杂奏，有玉山草堂遗风。所著《海云楼集》如干卷行世。”按，据《宗谱》，顾德基为顾玉柱孙，顾玉柱长子顾恩光次子，玉柱第三子顾台光继子，《支溪小志》谓顾耿光子，恐误（耿光子为顾夏时）。《隐湖》卷中《梅游》收录毛晋和诗其一、其二，未收录顾氏原唱。诗作于顺治五年戊子（1648）。

③ 绣：《隐湖》作“锈”。

郡中诸山[①]，胜概不可名状。讯之山中人，曰玄墓[②]，曰堰岭，曰鹊井，曰铜井，曰铜坑，曰石壁，曰竺坞，曰仕墟，曰铁山，曰茶山，曰钱坎，曰熨斗柄，曰奉慈寺，曰海云庵，曰青芝山房，曰七十二峰阁，不过偶踞一偏，临风叫绝。余也往复三年，淹留弥月，迹遍六七十里。幂天茵地，如入众香国[③]。因忆[④]放翁云："安能化作身千亿，一树梅花一放翁。"余谓此语[⑤]尚多分别想也。迩年弓仗载途，舆梲间隔，不能再续旧游，惟栩栩然纸帐卧游已耳[⑥]。戊子春二月六日[⑦]，用晦顾子招余曰："向读子《和高季迪九章》，洎与诸子酬唱[⑧]，知子梅游无复遗憾，第桑梓篱落间亦可着花光长老一笔，子何求远而弃近耶？"余亟驾一叶赴之。值小雨[⑨]，兀坐空斋。忽云岩道开法师偕嘉禾原舒陈子见顾[⑩]，遂呼馆客[⑪]退山马子，携手同舟，渡语廉泾，越马惊庵，访祇[⑫]园杨子。杨子方坐紫藤架下，因[⑬]开尊浮白，无不沉醉[⑭]。明日壬申，登古凤基，开杰阁西窗，茶烟缭绕，忆昔茗香庵畔，停车午炊，山腰万树，迷蒙遮掩[⑮]，徘徊不忍去。榜人已促

---

① 至郡中诸山：《隐湖》作"至若吾郡"。

② 讯之山中人，曰玄墓：《隐湖》作"昔余未游时，问讯山中人，或曰玄墓"。

③ 如入众香国：《隐湖》作"左右应接不暇，如入众香国，别有天地。花神我神，非一非二"。

④ 因忆：《隐湖》无。

⑤ 余谓此语：《隐湖》无。

⑥ 惟栩栩然纸帐卧游已耳：《隐湖》无。

⑦ 戊子春二月六日：《隐湖》后有"辛未"。

⑧ 洎与诸子酬唱：《隐湖》无。

⑨ 值小雨：《隐湖》作"奈酥雨小阻"。

⑩ 忽云岩道开法师偕嘉禾原舒陈子见顾：《隐湖》作"忽户外屐声，乃云岩道开法师偕嘉禾原舒陈子见顾"。

⑪ 馆客：《隐湖》无。

⑫ 祇：清稿本作"祗"，依义改。

⑬ 因：《隐湖》无。

⑭ 无不沉醉：《隐湖》作"无不沉醉，襆被连床。砌下水仙花盈盈殢人，香浮枕席"。

⑮ 忆昔茗香庵畔，停车午炊，山腰万树，迷蒙遮掩：《隐湖》作"轻抹寿阳晓妆"。

坞丘之棹，遂溯白茆，过卸甲口，抵支塘，稍折，入凤凰泾，水路萦委若羊肠。舟子长绠贾勇而进[①]，登用晦海云楼。影落西轩，巡檐玉貌，赪若微酡。又明日[②]，相与盘礴中林，有数株秀出群木之表[③]如拜。琵琶街下九里，松巅群玉拱峙。抚今追昔，为之泫然[④]。又西南，夹岸绿萼梅，最[⑤]奇古，迥胜永兴寺前双树。非藉用晦相呼，几不知我邑有此奇观矣。舍舟策杖，循南沙城废址迤逦而东，凡田家酒市，游[⑥]赏殆遍。指点古迹，摩挲石幢者，则靖共顾子暨玑卿赵子也[⑦]。又明日[⑧]，入白石何子陶庵。庵在紫竹丛[⑨]，不设藩篱，不事丹垩。杂树[⑩]交阴，云随烟接。寿藤如龙，夭矫溪上，令人荡目娱心[⑪]，并忘却梅花入座矣。又明日[⑫]，游溪西，芜圃多古梅，有西蜀海棠二本，蔽座合抱，可与顾氏荔枝并奇。又明日[⑬]，泛盐铁塘，舣双凤镇，访中庵顾子。夜集织帘居，谈谐无俗，几乎达旦。又明日[⑭]，坐君子亭。竹凡数种，种皆珍异。老梅高出修竹，茑萝缠络，入郭熙画品[⑮]。同游者各乞数株，主人无倦色。又明日，舟至谢堰，邂逅白鹤寺僧惺寂，妒未同游[⑯]，盛夸练川小盆中百年古梅，丑

---

① 舟子长绠贾勇而进：《隐湖》作“少焉”。
② 又明日：《隐湖》后有“癸酉”。
③ 群木之表：《隐湖》作“林表”。
④ 抚今追昔，为之泫然：《隐湖》无。
⑤ 最：《隐湖》作“甚”。
⑥ 游：《隐湖》作“白”。
⑦ 指点古迹，摩挲石幢者，则靖共顾子暨玑卿赵子也：《隐湖》无。
⑧ 又明日：《隐湖》作“又明日甲戌”。
⑨ 丛：《隐湖》作“间”。
⑩ 树：《隐湖》作“事”。
⑪ 心：《隐湖》作“肠”。
⑫ 又明日：《隐湖》后有“己亥”。
⑬ 又明日：《隐湖》后有“丙子”。
⑭ 又明日：《隐湖》后有“丁丑”。
⑮ 入郭熙画品：《隐湖》作“又有球子木樨，叶如锯齿，香色不凡”。
⑯ 又明日，舟至谢堰，邂逅白鹤寺僧惺寂，妒未同游：《隐湖》作“又明日戊寅，舟回谢堰，邂后白鹤寺僧惺寂”。

拙不盈数寸，而有千仞之势，令人[1]神往。又明日[2]，拉介平般子挂席湖上，至拂水岩下，登仲木严子有梅筑。月色如昼，封条霜缟，周除冰净。忽忆故人沈壁父诗云："登高四顾天俱白，下坡[3]徐行地亦香。"岂为今宵写照邪？噫嘻，每岁仲春上浣，风雨祟花。今我数人流连十日，月地花天，宾闲主暇。往来二百里，川皆恬鳞，树无惊翅。又何羡乎陟罗浮而蹑阆苑哉！因和用晦来韵，蝉连书之，以纪其事[4]。（存四首）

梅花深处即吾家，不惜轻舟问路遐。古风基边开杰阁[5]，茶烟横抹一林花。

水复山回又几家，吠声如豹隔林遐。海云楼上[6]重携手，西岭斜阳恰照[7]花。

雪满桥边处士家，南山凝翠插空遐。瘦藤巧制幽人笔，何羡江郎梦里花。（白石劚藤为管，其制精绝）

数摺东篱亦是家，谁云栗里去程遐。犹嫌寄傲南窗叟，不问梅花问菊花。

顾德基（用晦）

绕屋梅花有几家，寻诗来往路忘遐。薪余剩得槎牙树，也辱诗人说看花。

---

① 人：《隐湖》作"我"。

② 又明日：《隐湖》后有"已卯"。

③ 坡：《隐湖》作"阪"。

④ 噫嘻……以纪其事：《隐湖》作"忆每岁仲春上浣，风雨祟花。今我数人流连十日，月地花天，宾闲主暇。琴调与风篁相和，茶香与花气争鲜。往来二百里，川皆恬鳞，村无惊翅。歌者歌，醉者醉，病者起舞，寿者进觞，又何羡乎陟罗浮而蹑阆苑哉！同和用晦来韵，各成一什，以志胜游"。

⑤ 杰阁：《隐湖》作"水阁"。

⑥ 海云楼上：《隐湖》后有自注"用晦楼名"。

⑦ 照：《隐湖》作"到"。

寒食放生次石林韵[1]

吴中好风景，讨春尚寒食。春光未及半，春风扇不息。花红映人面，粲[2]者霏霞色。绮席斗甘鲜，醉舞娇无力。荡子兴方酣，挟弹当风弋。久饕海上珍，更羡花梢翼。虞人与醯人，交手忙相逼。源师掩鼻过，不啻身受殛。一杀较一生，孰失而孰得。吾徒泣数行，稽首咸唧唧。愿师离彼怖，愿师开吾识。下座洒杨枝，濡毫浓泼墨。拭涕发长歌，歌竟告方国。乐全称得志，蒙庄岂奇特。飞潜

---

① 寒食放生次石林韵：《(光绪)常昭合志稿》卷四十一云，“道源字石林，娄江许氏子。居郡之北禅，晚归虞山。仪貌清古，不招徒众，精专禅讲，博极经史。著有《寄巢诗集》。尝注李义山诗，吴江朱长孺作笺，多取其说”。详见钱谦益《有学集》卷三十六《石林长老塔铭》。释道源为毛晋方外知交，唱酬极多。毛氏专为道源建小西林以居之。道源圆寂后，陆贻典搜访遗诗，辑为《寄巢诗》，由毛表刊行，毛表撰跋云：“先君子每与高人名僧为世外交，吾虞石林源师其一也。师博涉内外典，喜为诗，长谣短咏，填溢箧衍。方先君选《明僧弘秀集》，尝语先君曰：‘是编固取陈人，余安得速朽，分选中一席耶？’先君良慰藉之。历十余年，师且化去。再易寒暑，而先君亦随见背。日月奄忽，当时绪言，悠悠莫副，能勿永叹于今昔存殁之间哉！顷觌玄氏辑石师遗稿，将付梓人，属余雠勘。凡与先君倡酬者居十之一。余与家孟、家季乐为唱导，先梓其半于家塾，聊以慰石师藏山传人之意，且以终先君《弘秀》之选之志焉。”释道源此诗亦见《隐湖》卷中《寒食日放生》(毛晋和诗未录)，前有道源撰序：“吾邑风俗侈靡，不乐简俭。每一宴会，穷极水陆，一不适口，辄便斥去。求方丈之可珍，伤异类之多命，曾不内省。黑业日肥，白净道远。他日下地游增，报尽头出头没，何有了期？况丁阳九之运，人心愈危。求为善者如沙中金，不绝亦不夥。喜我胜友，如静屿袁子、介平殷子、人伯马子、子晋毛子，齐发胜心，毕生戒杀，各说弘愿之辞，正合于儒之不纲不弋、闻声畏食者矣，何待日炙氏指因说果而后信哉？诸君子又拉同人，共赎飞潜之生命，放舟南湖。命予作呗说戒，使其顿脱罗网。予生乱世，不接群邪，而同信心。诸友乐作佛事，于火宅中辟安乐国。始知物我同根，生佛不异。以故随喜赞叹，而说偈言。”道源《寄巢诗》卷下收录原唱，题作“戊子寒食日放生”。戊子，顺治五年(1648)。《汲古阁集》和诗在前，原唱在后，与体例不合。

② 粲：清稿本作“灿”，王振声校改、《虞山丛刻》并作“粲”。

各一方，还归旧时域。呼吸同法乳，何异保岐嶷。普劝世间人，逝[①]取杀心抑。大书悬座右，同人永维则。

释道源（石林）

光音初生下[②]，不饮亦不食。既尔采地肥，腹饱各安息。心识参差生，闻见惑声色。自服[③]茹毛血，争夺奋膂力。取生设网罗，射活施缴弋。物命不得安，狘獝乱鳞翼。报应互仇雠，形影三世逼。轮回刀兵时，引领就诛殛。中心犹不省，滋味要多得。远国来桂蠹，南越递蜜唧。他物罗所无，同食亦不识。为滋三寸舌，积业成聚墨。退入毗舍群，绝远安乐国。喜有同声人，发心何雄特。收赎甲[④]与鳞，放置长命域。一会莲花香，德山高嶷巍[⑤]。纵遇[⑥]毗岚风，卓立不受抑。建标火宅中，永为悟者则。

先墓水东结矮屋数椽颜曰小西林延石林禅师休老焉寒明有诗志喜敬步原韵时戊子四月八日也[⑦]

佛法人人有胜缘，挂瓢何碍各方天。惟惭镜影繁朝雪，每忆钟

---

① 逝：《虞山丛刻》作“誓”。

② 初生下：《隐湖》《寄巢诗》作“初下生”。

③ 服：《寄巢诗》作“昔”。

④ 甲：《寄巢诗》作“羽”。

⑤ 巍：《隐湖》《寄巢诗》《虞山丛刻》作“嶷”，似应从。

⑥ 遇：《寄巢诗》作“过”。

⑦ 先墓水东结矮屋数椽颜曰小西林延石林禅师休老焉寒明有诗志喜敬步原韵时戊子四月八日也：先墓，指毛氏祖茔，在戈庄。寒明，殷时衡号，参见本卷《华严阁前池中双头红莲》注。

声废夜眠。好就把茅依老树，勤将玄要叩高禅。松楸隔水重重见，香霭云深不记年。

闰佛诞放生北禅寺次介平韵①

多生生路眇于丝，何幸重逢诞佛期。世上屠刀光霍霍，林间梵磬响迟迟。禁蛙老子拈花地，点石生公灌露时。俯仰怡然延伫久，慈光无际复何疑。

若抚贻余鹊巢诗次韵以谢②

巧鸟营巢日，良朋策杖时。未衔烟际草，先啄屋边枝。高寄丹霞上，长辞碧树卑。于飞不碍远，聊伏岂嫌雌。出入声相和，绸缪意或疑。筇枝扶老寿，河鼓借威仪。逐偶风生户（《交感志》云：鹊不孳尾，惟风中传枝），怀雏月满墀。那居人共羡，用拙我偏宜。经始云何吉，观成若有期。迎凉窗北卧，快读《召南》诗。

---

① 闰佛诞放生北禅寺次介平韵：闰佛诞，指顺治五年戊子闰四月初八。本日，毛晋与释道源、殷时衡（字介平）等到苏州北禅寺放生。

② 若抚贻余鹊巢诗次韵以谢：若抚，林云凤字，见本卷《酒蕈》注。

次韵留曰补[①]

沮洳蓬室不堪居，未尽诗囊海岳储。敢学坡公三白饭，愿留老姥五言书。好风吹入荷香净，快雨飘来松籁[②]虚。莫怪湖村慳送供，莼鲈薄酒更无余[③]。

用前韵奉答[④]

杨补(曰补)

萧疏乐共此林居，拭眼时窥腹笥储。一辈风流无累道，连[⑤]朝酬倡可成书。会难不必留应住，别易终知忆已虚。餐胜却愁同鼹

---

① 次韵留曰补：周亮工《读画录》卷三云，“杨补字无补，号古农，又字曰补，吴门人”。《(乾隆)长洲县志》卷之二十五：“杨补字无补，号古农。父润，自江西清江徙长洲。补少好读书，工诗画。性孝谨，重然诺。游京师，馆阁诸公皆与定交。后交金陵顾梦麟、高淳邢昉，刻意为古淡之学。甲申闻变，归隐邓尉山。南都再建，柄国者屡招之不出。素善徐詹事汧，马、阮用事，修复社怨，购汧急。补慷慨如金陵，诣杨文骢，责以大义，得解。欲予以官，坚辞归。汧靖节，哭之极哀。郁郁数年卒。子炤，字明远。髫岁能诗，乙酉后弃诸生，奉亲以隐，更字潜夫。”详见《有学集》卷三十二《明处士杨君无补墓志铭》。杨补亦为毛晋知交。杨补原唱、毛晋和作《隐湖》卷中收录，原唱题作“己丑夏重过宝晋斋话旧赠子晋兼呈诸道长求和”，和诗题作“次韵酬曰补”。己丑，顺治六年(1649)。

② 松籁：《隐湖》作“暑气”。

③ 莫怪湖村慳送供，莼鲈薄酒更无余：《隐湖》作“莫怪湖村无薄供，鲈香莼滑半秋余”。

④ 用前韵奉答：此诗亦见《隐湖》卷中，题作《再用前韵奉和》。

⑤ 连：《隐湖》作“十”。

饮，悬河笔势莫教余。

顾梦麟（麟士）

幽人十日隐湖居，散尽平生笔墨储。独赏画多临作卷，互赓诗再乞教书。欲眠复起三更话，未别先忧四座虚。肯负主人投辖意，差排还有绣肠余。

戏代破山鹤公招曰补[①]

杖藜何不到柴居，倘笑三条篾未储[②]。松偃鼯窥堪入画[③]，草深蛇动倩谁书。泉声激石听冰碎，雨点疏棂过月虚。与子定期休夏地，碧桐阴转午风余[④]。

惯听高林求友声，无情老衲亦关情。甘同蜗角藏牛舍，懒逐鸡鹊泛鵝城。五柳拂檐追靖节，千花落地想商英。北窗独卧中心痗，焉得阶前紫石瑛。

戏代曰补谢鹤公

无心诗句且无声，漫展湖南岭北情。白露蒹葭开水郭，深房花

① 戏代破山鹤公招曰补：鹤公，兴福寺（破山寺）主持释契德。《（康熙）常熟县志》卷之二十二："契德字鹤如，幼与牧云同投洞闻出家，又参天童和尚。归破山，自大殿外种种兴建，至今丹碧巍焕，蔚为宝坊，契德一人力也。晚年谢事退居，惟实居焚香染翰。邑中名流多与还往酬唱。"本组诗其一亦见《隐湖》卷中。

② 倘笑三条篾未储：《隐湖》作"岂惜僧寮久乏储"。

③ 堪入画：《隐湖》作"宜著画"。

④ 碧桐阴转午风余：《隐湖》作"秋光桐叶几宵余"。

木带山城。六时云板传三妙，一幅霞绫会四英。遥寄狮林多宝座，夜来应照玉光瑛。

偶和曰补长句中庵叠韵见赠再用韵报之[①]

良朋避暑野人居，偶检楼头箧里储。肥瘦互商初拓字，干千相柝[②]互抄书。愿将银管征韩老，深愧吴歈问子虚。锄去篱边芜径草，莲花高出钓竿余。

载德堂暴画同观累日尤[③]爱巨然萧翼赚兰亭图赋赠[④]

杨补（曰补）

米家艇子傍湖居，长夏风晴启旧储。山响四传宗氏壁，朝光分照郝隆书。当年想见经营苦，三日难教坐卧虚。能事禅那偏较胜，也应习气夙生余。

---

① 偶和曰补长句中庵叠韵见赠再用韵报之：中庵，即顾梦麟。顾氏叠韵，当指前《用前韵奉答》之下顾氏无题诗，则本诗当前移系于其下。

② 柝：《虞山丛刻》作“析”。“柝”有判、分之义，亦可通。

③ 尤：清稿本作“犹”，据王振声校改。

④ 载德堂暴画同观累日尤爱巨然萧翼赚兰亭图赋赠：此诗亦见《隐湖》卷中，题作“载德堂暴画同观累日犹爱巨然萧翼赚兰亭图再用前韵赋赠”。按，依《和友人诗》体例，或他人原唱、毛晋和诗并录，或仅录毛晋和诗。本题仅录他人诗不录毛晋诗有违此例。查《隐湖》卷中，杨补此诗后，为毛晋和诗《次韵酬曰补》（“沮洳蓬室不堪居”，见上），疑《汲古阁集》编次失序。

昆湖行和杨曰补[①]

绪风牵帘暑未已，与我开编读秋水。懒摇白羽谈在昔，屈指从游廿年里。霞白莲香桃叶舟，霜红枫落莫愁里（与曰补聚首金陵，二十余年矣）。今朝湖畔咿轧鸣，恍惚秋空江上行。蒹葭零乱雁声起，鹭立亭亭独自明。粘天巨浪失岸影，万渚千洲一镜并。为巢泛宅瓶无储，静夜号饥遍同井。掩耳却走不忍听，画笥诗囊赏灵境。东绢图来蜀纸题，一月科头爱便静。白驹皎皎牢絷维，粗粝儒餐重别离。湖头丙舍栖禅好，挂席迟迟拾翠移。舟人遥指桥南屋，五色荷花眩人目。脱帽露顶荐晚凉，夹岸香浓酒初熟。采菱女伴复采莲，懿筐带湿新鲜簇。一觞一咏兴方酣，归舟再系篱头木。黯然惜别赋百一，和汝长言愧粗率。扣舷互唱渼陂行，皛气横江风瑟瑟。

---

① 昆湖行和杨曰补：《隐湖》卷中《昆湖行》（杨氏《怀古堂诗选》卷二作《隐湖行》）收录杨补原唱、殷时衡和诗，毛晋和诗未收。杨补撰序云："已丑夏六月，子晋偕过隐湖，喜遇顾麟士、殷介平、马人伯诸君子，皆余故旧。道味清真，盘桓匝月。主情犹眷眷，于行复邀诸君子泛湖相送。舣棹戈庄，寻石公不遇，再饮田家池上，日斜始别。吾辈年皆迟暮，乱后复此良会，诚非易得。别之次日，作《昆湖行》奉寄，意拟少陵《渼陂》长句也。诸君子谅有同情，能无慨然和我乎？"

确庵送出大浜奉和原韵[①]

引入桃源问老渔，纡回十里茂先庐。良苗当户怀新早，古庙中田反照虚。鸥坐闲窥孤桨月，荷香深护一床书。主人好客忙携研，收拾溪光万顷余。

端和上人重修吴门北禅寺大功告成遂解院事归海虞栖隐余家墓田小西林养母赋诗以赠[②]（次介平韵）

一笑相逢秋水前，挑灯追忆有前缘。修罗队里参三妙，法相光

---

① 确庵送出大浜奉和原韵：确庵，陈瑚号，已见前。大浜，在太仓陈瑚所居蔚洲村（蔚村）。《确庵文稿》卷一《蔚村八胜诗同石隐寒溪桴亭作》序："蔚村在昆城东北三十里，地远而僻，水道纡折，无乡导则不得入焉。相传为有唐鄂公尉迟敬德躬耕处，陈顽潭即其故宅址。潭之阳有鄂公祠，土人奉为社，以祈风雨，赛祷每著灵异。土风俭陋，荐仅蔬菜。予至易以血食，更谋鼎新之。祠前双柚树作门，祠下有井，甃砖为苔藓所蚀，苍碧粼粼。井中有神瓮，一时浮沉水间，人欲取卒隐不可得。村田修广千亩，洼而颇腴，作堤四围之，水旱蓄泄是赖。内为潭七十二，悉种荷花，而陈顽潭为之长。其大浜，则村潭之不税者，故土人不种荷，公取鱼虾之利，秋夜玩月于此为胜。"本诗疑作于顺治六年己丑（1649）七月毛晋初访陈瑚时，参见本卷《道院灯花》注。

② 端和上人重修吴门北禅寺大功告成遂解院事归海虞栖隐余家墓田小西林养母赋诗以赠：端和，见本卷《汲古阁听雨同麟士人伯及溯闻端和两上人子晋因出观寒拾二像千二百五十阿罗汉长卷并宋刻诸书种种妙好得未曾见喜而作歌》注。释道源《寄巢诗》卷下有《端和谢北禅寺事来居海虞毛氏之小西林养道奉亲同社介平诸君喜赠以诗依韵和之》，作于顺治六年己丑，则毛晋诗当亦作于是年。

中证八还。布发衹[①]园才断手，过头榔栗已横肩。为娘斋得员僧去，谁说西林异北禅。

次韵酬温翁见赠[②]

结庐次水湄，耳目殊未廓。桑柘连村墟，车骑异宛洛。晚遇世外侣，高谊云天薄。摛词轡龙文，谭经摧鹿角。遂使后生辈，始知文字乐。紫气干星躔，青光粲[③]藜阁。文犀间大贝，声采何灼灼。家学溯渊源，惟翁吹化籥。一脉衍东鲁，万物齐南郭。玉德在不耀，镠精在不跃。存蛰其犹龙，和阴知是鹤。养志非鼎钟，食贫美藜藿。大业展已成，富有仍殖学。所愧勺水涔，长年守荒落。荷公父子来，千金然一诺。顽铁就良冶，庶免六州错。

---

① 衹：清稿本作“祇”，依义改。

② 次韵酬温翁见赠：温翁，陈瑚父陈朝典。《(嘉庆)直隶太仓州志》卷三十五：“陈朝典，字征五，以经学重乡里，学者称温如先生。遭鼎革，同子瑚侨寓蔚村，尝读农经水利诸书，谓古人代田之法，一亩三亩，深耕易耨，岁可获数十钟。又以尚湖、巴城诸水挟淫潦泛滥，劝父老筑堤设防，经画指点，悉有成法。瑚操一小舟，贩樊鬻苎，往来湖村，得钱市酒进父。朝典作一二小诗，好谭古来高人独行，邻里化之，辄遣子弟就学，其有小小勃豁谇语，摇手面赤，曰：恐使孝廉父子知也。年至七十余卒。”详见《牧斋有学集》卷三十二《温如先生陈公墓志铭》。

③ 粲：《虞山丛刻》作“灿”。

和建山移居半塘[1]

生事同高尚，惟宜丘壑间。鼓声鱼入市，林影鹤归山。奇石和云卓，低花就盎删。溪头觅新句，时与白鸥还。

次韵海藏庵莲花诗[2]

祇[3]园重辟薙荒莱，金埒阶平绝点埃。佛国定依千劫住，昙华[4]争向一时开。池边好鸟和音集，叶底游鱼听法回。我欲南来访初地，白衣常绕七珍台。

---

① 和建山移居半塘：释读彻《苍雪和尚南来堂诗集》卷二《赠倪连山移居半塘》，所咏显系一人。据王培孙注，东莱赵氏《楹书丛刊》有《半塘倡和》，同社姓氏……倪俊明建山，吴江人，其一也。此题倪连山，当是"建山"之误。赵士冕《半塘草》有《建山华隐草堂小集》诗，又《建山华隐草堂分赋》诗，而《稼庵近草》有《抵吴门与倪建三杨明远舟中夜话》诗、《同倪建三守岁兼怀同社》诗、《建三过存客舍》诗，均作"建三"，不作"建山"，知"山"又为"三"之误，以"三""山"同音，或当时称谓互用。半塘，顾禄《桐桥倚棹录》卷七："白公堤，即今山塘路也。《图经》：'唐白居易守郡时，尝作虎丘路，免于病涉，亦可障流潦。'《长洲县志》：'自阊门至虎丘，计七里，语云："七里山塘，行至半塘三里半。"'《采风类记》：'白公堤延亘七里，约三里半为半塘。'宋范成大《半塘》诗云：'柳暗阊门逗晓开，半塘塘下越溪回。炊烟拥柁船船过，芳草缘堤步步来。'自此至山麓，红阑碧树，与绿波画舫相映发，为游赏最胜处。明万历年间修，王稚登、范允临皆有记。舒位《虎丘竹枝词》云：'春堤风嫩草纤纤，绿上裙腰一道粘。不信山塘真七里，弓弓量过绣鞋尖。'"

② 次韵海藏庵莲花诗：海藏庵，不详。甪直有海藏庵，始建于顺治三年（《（乾隆）元和县志》卷之三十），本诗云"祇园重辟"，似为重建。

③ 祇：清稿本作"祗"，依义改。

④ 华：《虞山丛刻》作"花"。

次韵赠陈开仲[①]

作赋无烦阅岁年，惊才落纸似云烟。经横虎观无雄敌，诗走鸡林有翼传。蛇蝥峥嵘心已折，虫鱼琐细手频笺。新篇拂拭如霜锷，连夜高吟醉不眠。

六日载德堂话雨次确庵韵[②]

春雨喧喧洗绿川，鸣鸠逐妇湿新烟[③]。朝裁新句忙推枕[④]（确老枕上成诗，每晨见示），夜束残书寄钓船（是夜寄元叹《昌黎集》）。酒兴方酣怜病叟（余病不能饮），文逋久负恼臞禅（端和索余一叙，未竟，怅然而去）。好诗也入占年例，输与灯花把信传[⑤]。

---

① 次韵赠陈开仲：钱谦益《列朝诗集》丁集卷十五"陈秀才衎"条云，"衎字磐生，闽人。……子濬字开仲，亦有才名"。又《牧斋有学集》卷十八《徐存永尺木集序》："崇祯己卯，存永侍尊甫兴公征君访余拂水，存永方绮岁，才藻丽逸，余以孝穆期之。后十余年，存永偕陈开仲自闽过存，坐绛云楼下，摩挲沁雪石，周视插架古史旧文，谈兴公与孟阳游迹。余为诗曰：高人有福先归地，野老无谋但诅天。酒罢，悲吟欷歔别去。是岁绛云楼灾，存永寓书，相三日之哭。"绛云楼失火在顺治七年庚寅(1650)，本年徐延寿与陈濬游常熟，陈、毛倡和或即在此年。

② 六日载德堂话雨次确庵韵：此诗亦见《隐湖》卷下，总题"及辰倡和"，诗题"六日载德堂话雨次和"。诗作于顺治七年庚寅(1650)正月初六。

③ 春雨喧喧洗绿川，鸣鸠逐妇湿新烟：《隐湖》作"何处喧喧雨满川，吹炉忽起湿云烟"。

④ 朝裁新句忙推枕：《隐湖》作"朝传新句忙欹枕"。

⑤ 好诗也入占年例，输与灯花把信传：《隐湖》作"君家吟榻蒙头被，借我茅庵当纸传"。

游吾谷和温如韵[①]

风送峭帆西，岚光[②]著眼迷。村村紫霭凝，树树绿天齐。人影随云度，山花趁燕低。偏余来最晚，返照下前溪。

追昔游[③]

光福梅游屡矣，今春拟听讲中峰，再一放杖，负疴不果。适石公以八咏索和，枕上押韵，忆昨元老见招，有“落尽梅花始放还”之句。惭愧，惭愧。（存三首）

胥江晓发

日辉桥影动，江鸟引人行。昨梦先舟发，前山入眼明。还须我

---

① 游吾谷和温如韵：《（康熙）常熟县志》卷之十四云，“吾谷在阜成门外三里许虞山之阳，冈峦回抱，乔林郁然，霜后丹枫，望若铺锦列绣。骚人韵士，往往觞咏其下”。此诗亦见《隐湖》卷下，总题“游吾谷”，前有陈瑚序：“玉峰诸子来隐湖之上，举家大人觞。越三日，载酒为吾谷游，拟抵藤溪而还。大人亦携杖往。入谷则绿阴万状，松花乱飞。诸子盘桓其中，不忍去。白庵李子奋袂而呼曰：‘乐哉斯游，何必藤溪！第不可无诗以志时日。’请用为令，后者罚无算。瑚乃僭成五韵，遂相与属而和之。时汲古主人入郭未至，闻之鼓枻而前。则诸子帆影参差，已远在碧空矣。先五日，潜在曾招义扶、兑庵、一士同饮仲木山斋，扶醉散步谷口，烟光渐瞑（疑‘暝’之误），怊怏而别。今得续游，以尽其胜，因寄是卷，索义扶诸子遥和焉。”按，此游在顺治七年庚寅（1650）春。

② 岚光：《隐湖》作“晴光”。

③ 追昔游：据序“今春拟听讲中峰，再一放杖，负疴不果”“忆昨元老见招”，当作于顺治十年癸巳（1653）。听讲，谓听读彻讲华严大钞。元公见招，指徐波招毛晋至华山听讲诗。参见本卷《癸巳早春喜闻子九上中峰赴南来大师讲席诗以促之》注。

友约，忽动昔年情。贾舶鱼鳞集，兰桡独自鸣。

登七十二峰阁

快阁吞湖水，空阑浮远峰。凌霞三万顷，喷雪百千重。横剑铓微挫，修眉翠扫浓。何须云梦泽，始得荡心胸。

家家春鸟鸣

但逢花气醉，何处不春声。绣羽欢新节，娇雏弄晓晴。岂催耕绿野，如怨落红英。倾耳随人感，枝头无异鸣。

灯花缀①

去春社中同赋《灯花》，叠韵分题，共得一十二首。九来一一赐和，觉我形秽，退避三舍久矣。今春吾友四人各命一题，又复倚和，残膏缀蕊，能毋贻笑大方否？

元夕灯花和中庵

争说今年灯市奢，谁家灯火不生花。散敲花鼓催相发，停掷金钱喜可夸。万朵秾纤光一色，五更开落灿交加。香山舞罢凝妆久，

---

① 灯花缀：参见本卷《灯花》。中庵，指顾梦麟；确庵，指陈瑚；梧塍，指徐遵汤，均前已见。梅仙，钱椵。《（嘉庆）直隶太仓州志》卷三十六："钱椵字梅仙，陈瑚高弟，学有原本，游四方必奉父母木主以往，所至焚香上食，事之如生。著《乡饮礼辨》《家礼汇参》《三吴水利议》。后迁虞山卒。"陈瑚《从游集》列诸弟子，以钱椵居首，云："钱椵，字子纯，号梅仙，太仓人。吾门之中，天资英妙、能文章、通古今者，固不乏人。而践履笃实，志乎圣贤之学，必推梅仙。"钱椵曾随陈瑚馆汲古阁，授读毛晋诸子，陈瑚《确庵文稿》卷十下《钱梅仙五十赠言十首》其二自注："予与梅仙同馆昆湖毛氏，出则偕潜在、中庵诸先生探泉乌目，入则与华伯、奏叔、斧季辈读书染翰，王次瑕为作《隐湖授书图》。"

白纻新裁袖影斜。

七夕灯花和确庵

澹月笼云到碧梧，斩齐双烛拜黄姑。晕分鹊影翻金粟，烟绕蛛丝簇绛趺。画阁拈针窥巧样，锦机停杼照新图。银河玉珮年年渡，红艳红星敌取无。

除夕灯花和梅仙

不分家舍与天涯，处处围炉饯岁华。春气欲来先入座，烟光才上旋[①]抽芽。辛盘色灿枝相亚，腊酒香腾穗半斜。共守三更犹未落，分明妆点两年花。

花下灯花和梧塍

绣幄垂垂花满烟，烟中花又点花前。初疑倩女离魂近，旋睨红儿比态妍。鹦鹉杯深人共醉，鸳鸯枕暖梦谁先。月来弄影休相竞，只恐更阑泪悄然。

和卞枫溪元韵[②]（二首）

八遐蹙蹙向谁之，九庙君王一发知。但是人间有周粟，首阳多

---

① 旋：《虞山丛刻》作“渐”。

② 和卞枫溪元韵：枫溪在浙江嘉善。卞枫溪，指卞洪载。《（光绪）嘉兴府志》卷五十四：“卞洪载字子厚，从高攀龙游，获闻性命之旨。崇祯间两举征辟不就，晚举乡饮宾，亦不赴。著有《辨邪说》《持敬省察约言》《绿雪轩诗》行世。”张岱《石匮书后集》卷五十七：“魏里卞子厚，常从梁溪高忠宪攀龙游，为东林诸先达所重。丙戌以完发见收，絷狱不食死。子世忠被败絮，蒲伏乞诗文，杨组玉为记其事传之。”则卞氏亦忠节之士。其原唱《正气吟》见陈济生《启祯两朝遗诗》卷九：“千尺寒潭难写之，捐生慷慨有谁知。衔丹渺渺归天去，相见文山对赋诗。”

事采薇诗。

忠魂渺渺欲何之，此意惟应天地知。梳发西风还自笑，一潭明月照题诗。

与与公别十年矣春分后二日舟过荻溪忽相遇于人伯斋中开樽话旧笑啼间杂各出新篇示余倚醉次韵[①]

十载离愁倾十斛，桃源人影吠寥寥[②]。家山乱后青仍在，客鬓樽前白不饶。万树梅花思崦岭，半轮残月度[③]溪桥。明朝挂席阳城[④]水，柳眼凄迷去路[⑤]遥。（次与公韵[⑥]）

---

① 与与公……次韵：《隐湖》目录附注云，"王咸，字与公，号介庵，长洲人"。彭蕴璨《历代画史汇传》卷二十九："王咸字与谷，号拙庵。山岚古峭，林木苍劲，得石田遗意。年八十有四，犹能作画。"（三浦理一郎因字号记载与《隐湖》不同，疑误。按，《汲古阁图》有"与谷父"朱文印，则"与谷"确为其字）王咸为汲古阁校勘、书板，游览、唱酬多有参与。崇祯十五年秋，为毛晋作《汲古阁图》。人伯，马弘道，前已见。此诗亦见《隐湖》卷下，题作"与与公别十年矣舟过荻溪忽相遇于退山斋中开尊话旧啼笑间杂继以长句"。唯《隐湖》以毛晋诗为原唱，王咸诗为和作，与此不同。诗作于顺治十三年丙申(1656)。

② 桃源人影吠寥寥：《隐湖》作"跫然空谷响寥寥"。

③ 度：《虞山丛刻》作"渡"。

④ 阳城：《隐湖》后有小字注曰"湖名"。按，即今阳澄湖。

⑤ 去路：《隐湖》作"一望"。

⑥ 次与公韵：《隐湖》无。

破山禅院同曰补夜话和袁静屿[①]

时非上巳[②]不为节(元人句),入寺方知正及辰。七载离情淹话旧,一宵细雨著花新。采兰别径携筐远,饮马前溪喷影[③]频。岂有攒眉回去客,匏樽早向竹间[④]陈。

春尽日冒雨寻山和叶白泉[⑤]

飘忽春风驶,忙移带雨槎。柳条泫别泪,藤蔓落残花。烟合连峰暗,云归吐树斜。殷勤烧短烛,钟晓坐[⑥]山家。

---

① 破山禅院同曰补夜话和袁静屿:《隐湖》目录附注云,"袁默,字静屿,常熟人"。据《虞邑科名录》,崇祯十年游庠。家住顶山白龙庙下(见《隐湖》卷中《暮春游》袁默序)。此诗亦见《隐湖》卷下杨补《破山禅院逢潜在夜话次日上巳静屿移樽寺前涧上同赋》之后。杨补《怀古堂诗选》卷二题作"乙未春日破山迈公房遇毛子晋",知本次倡和在顺治十二年乙未(1655)三月。然《隐湖》王咸、钱嘏、袁默、马弘道诗题均作"次潜在韵",则似毛晋诗为原唱。

② 巳:清稿本作"己",王振声校改、《虞山丛刻》均作"巳"。

③ 喷影:《隐湖》作"洗石"。

④ 间:《隐湖》作"边"。

⑤ 春尽日冒雨寻山和叶白泉:白泉,叶国华号,见本卷《鲁国图诗》注。此诗其一亦见《隐湖》卷下,题作"春尽日冒雨寻山"。钱嘏序云:"确庵夫子偕昭阳李映碧、玉峰叶白泉两先生过隐湖,子谦、子庄从焉。隐湖主人开汲古阁,出其藏书及唐宋人墨迹,纵观竟日。明日,主人载酒放舟,将探乌目诸胜。中流雨大作,泊问渔庄。薄暮抵吾谷,冒雨坐新绿中,复移舟宿锦峰下。又明日雨霁,买笋舆登剑门观拂水,上望海墩望大江入海处。日下春,还舟中,从湖田而归。同赋诗以纪其胜,时乙未之春尽日也。"诗作于顺治十二年乙未(1655)。

⑥ 坐:《隐湖》作"到"。

春光帆外去，春兴且牵槎。南浦无边绿，西园几处花。不辞倾潋滟，谁戒舞欹斜。况有寻山侣，逢山即是家。

和钱夫子芙蓉庄听含光法师论华严玄谈即用四字为韵[①]

消夏何劳心镇瓜，清凉风动动[②]幡斜。庭前古树垂红豆，舌底潮音绽觉华。无垢缕烟熏杜噜，有饛香饭供獐牙。午桥庄里添文句，岂是人间斗八叉。（“华”字）

圆教从头说妙严，闻来十益顿忘黏。三舟淼淼凭随住，两镜重重互显潜。楼阁千门方展箧，秋空片月正垂帘。百川一滴无差别，蚊饮原知水味兼。（“严”字）

曾听谈空更挹玄，破除门所几千千。芥瓶触目云皆尔，镜影擎拳各了然。宗趣后前无隔法，被机深浅总乘圆。翱翔一梦浑无碍，闯户窥藩洵有缘。（“玄”字）

水田久矣著玄谈，又见云孙一伟男。放鹤亭空谁上座，喝狮声断几同参。云边帆影虞山北，树里钟声支水南。缁素同堂容末坐，莲香兰露满珠龛。（“谈”字）

---

① 和钱夫子芙蓉庄听含光法师论华严玄谈即用四字为韵：钱夫子，钱谦益。芙蓉庄，《（光绪）常昭合志稿》卷四十二：“红豆村庄在白茆市，本名芙蓉庄，白茆顾氏别业也。东涧为宪副顾玉柱外孙，故此庄后归于钱。庄有红豆树，故名。顺治辛丑，此花盛开。后十余年，仍归于顾。”按，李烨《白茆红豆庄史实证误》考定，顾耿光卒后，芙蓉庄为朱玮所得，朱玮赠与弟朱璠，后因朱氏家难，方为钱氏业。含光法师，即苏州华山释照渠，详见卷一《和古人诗·含光过访留宿用东坡韵》。此诗亦见《隐湖》卷中《芙蓉庄听含光法师论华严玄谈即用四字为韵》题下。按，据《有学集》卷六，本次倡和在顺治十三年丙申(1656)七月一日。释道源《寄巢诗》卷下和诗题作“丙申初秋牧翁招含光驻锡于红豆村庄讲杂华妙义御席赋诗以华严玄谈为韵余忝随喜座末恭和如数”，与《有学集》合。然据《隐湖》约在顺治六年己丑(1649)，恐非。

② 动：《隐湖》作“一”。

秋月次韵酬牧云上人[①]

双泪秋原落，凄凄江上行（师至湖上，余适往娄江会葬麟士[②]）。野风欺被薄，残月照霜晴。美酒添眠稳（连饮言夏、梅仙斋，宿蔚村舟中[③]），高僧入梦清。樯竿有灵鹊[④]，频报两三声。

小重阳日文照师同雪邻访余湖上兼惠菊花百本秋茗藤盘硃壶皆阳羡新安佳制更出佳什次韵奉酬[⑤]

一船花影照平湖，入坐[⑥]相看兴不孤。方讶水村无别供，秋旗

---

① 秋月次韵酬牧云上人：《（康熙）常熟县志》卷二十二："通门字牧云。年十六，投洞闻和尚出家。时洞闻住维摩寺，来时已晚，手提一灯，洞闻问知曾读书，出一对云：'灯明能破暗。'门即对云：'法正足驱邪。'洞知是法器，深加提诲。后得法于天童密云和尚，归住破山，刻《法乳录》，修明受益洞闻缘起。能诗文，善书。接人慈和，御衲子颇严急。著述甚富。"通门历古南、兴福、鹤林、天童等名刹，与毛晋往来极密，其著作《懒斋别集》《牧云和尚病游初草》《后草》等，由汲古阁梓行。本诗亦见《隐湖》卷中，通门原唱题为"泊舟溪口候潜在归棹"，毛晋诗题"次韵奉酬"。写作时间，三浦理一郎隶于顺治十年秋。据黄宗羲撰墓志铭，顾梦麟卒于顺治十年冬（三浦因见本诗葬于秋，以为卒于秋，亦误），葬于顺治十六年七月。毛晋自注谓通门来访时，适往太仓会葬顾梦麟，则本诗自当作于顺治十六年己亥（1659）秋。《隐湖》隶于顺治六年己丑，恐亦误。

② 师至湖上，余适往娄江会葬麟士：《隐湖》作"余适往娄江，会葬中庵"。

③ 连饮言夏、梅仙斋，宿蔚村舟中：《隐湖》作"夜饮确庵斋，宿于舟中"。

④ 有灵鹊：《隐湖》作"灵鹊过"。

⑤ 小重阳日文照师同雪邻访余湖上兼惠菊花百本秋茗藤盘硃壶皆阳羡新安佳制更出佳什次韵奉酬：《隐湖》目录附注，"寂觉，字文照，白椎释"。又，"照琼，字雪邻，白椎释"。此组诗亦见《隐湖》卷下，释寂觉原唱题作"小重阳日载菊过隐湖访汲古主人舟中对菊漫赋"，毛晋《次韵奉酬》凡三首，此为其二、其三。

⑥ 坐：《隐湖》作"座"。

香彻[1]蜀山壶。

澹人如菊出云山，消日秋光百里间。千顷芦花数行雁，高吟何事不[2]相关。（右次雪邻韵[3]）

奉别林那子十有七年矣秋日过访快阁藏书方池烟柳茫不可问但见兵伍喧呼仅存老屋一间令孙课髫髻八九而已先生幅巾连坐握手话旧欣慨交心辱赋长句见贻次韵奉酬[4]

文章流别溯三都，千里重来访挚虞。绕屋弓刀[5]喧戍卒，破窗风雨课村雏。播迁研席歌靡骋[6]，诠次湖山兴不孤（先生近修两邑志[7]）。契阔廿年如梦寐，弥襟叹息抚霜颅。

---

① 秋旗香彻：《隐湖》作“楸枰藤杖”。

② 不：《隐湖》作“可”。

③ 右次雪邻韵：《隐湖》无。

④ 奉别林那子……次韵奉酬：那子，林古度号，前已屡见。此诗亦见《隐湖》卷下《别那子先生十有七年秋日过访快阁藏书方池烟柳茫不可问但见兵伍盘踞中存老屋令孙课髫髻八九而已握手话旧欣慨交心见贻瑶篇次韵奉答》。据《隐湖》卷下，林古度原唱诗题为“丁酉仲秋喜子晋同公郎华伯奏叔黼季重过敝庐”，则诗作于顺治十四年丁酉(1657)八月。另据毛晋《河汾诸老诗集》跋，上次与林氏相见在崇祯十五年壬午(1642)春，故诗题“十有七年”显系误记，当作“十有五年”或“十有六年”。

⑤ 弓刀：《隐湖》作“醐酮”。

⑥ 歌靡骋：《隐湖》作“身靡定”。

⑦ 先生近修两邑志：《隐湖》无。

范小范辱赠瑶篇次韵奉酬[1]

锦心[2]还假赋心传，且向柴桑问秫田[3]。自有湖山供笔阵，还欣庐舍把茅[4]编。莫愁湖上莺相和，邀笛栏边月正弦。他日漳滨遥理棹，钓矶吟客发犹玄。

豁堂和尚写寄梅花一枝次题句韵[5]

西泠传说最凄凉，惟有南屏菊傲霜。下叶秋空纤月下，寻师再写晚来香。

---

① 范小范辱赠瑶篇次韵奉酬：《(民国)怀宁县志》卷二十一，“范又蠡字小范，诸生。嗜古耽奇，寄情骚雅。乙酉后，弃举子业远游，酣嬉淋漓，所至辄多吟咏。晚隐漳湖，偃卧菰芦中，罕入城市。著有《钓吟集》”。此诗亦见《隐湖》卷下，题作“小范赠余长句兼示钓吟龙山漳湖诸刻归而读之次韵奉酬”。诗作于顺治十四年丁酉(1657)。

② 锦心：《隐湖》作“雄心”。

③ 且向柴桑问秫田：《隐湖》作“读罢多君辟研田”。

④ 茅：《隐湖》作“茆”。

⑤ 豁堂和尚写寄梅花一枝次题句韵：《重修常昭合志》卷二十据《三峰寺志》，“正嵒，字豁堂，仁和郭氏子。出家灵隐，法藏说法净慈，作颂往呈，遂承印证。壬辰主三峰席。历主灵隐、净慈，退居普宁。示寂预刻时日，至期作《辞世偈》，掷笔而逝。或云，豁堂，徐姓，名继恩，武林名士，国变后为僧。尝云：人非金石，立见消亡，不若逃形全真，自游方外。著《同凡草》。王新城目为汤惠休、白道猷之流，亦工书能画，山水笔意苍秀”。参见厉鹗《增修云林寺志》卷三。毛晋六十寿，正嵒曾作《题仓石图》以赠，见《以介编》。

澄江道中即事次确庵插秧诗韵[①]

江村沃壤半菩萧，传说公家议减徭。二麦有秋夷菅稗[②]，三眠无茧枉蚕猫。桔槔连尾乘潮挽，禾黍焦头怪火烧。何日甘霖三尺降，怀新百里接良苗。

再叠前韵代述农家苦[③]

村村芒种雨萧萧，不尽催科不尽徭[④]。野哭哀边谈政虎，心寒笑里伏人猫[⑤]。乌犍卖去驱儿种[⑥]，青草锄[⑦]来带土烧。莫道忍饥偏习懒，及辰布谷已成苗。

---

① 澄江道中即事次确庵插秧诗韵：澄江，江阴。顺治十五年戊戌(1658)夏，陈瑚到汲古阁毛褒西爽斋避暑，作《虞山道中见插秧》诗(《隐湖》卷下陈瑚原唱诗题作“湖南见插秧”)示毛晋。

② 菅稗：清稿本作“稗菅”，据王振声校改。

③ 再叠前韵代述农家苦：此诗亦见《隐湖》卷下，题作“代述农家苦次确庵韵”。

④ 不尽催科不尽徭：《隐湖》作“不住催科无尽徭”。

⑤ 野哭哀边谈政虎，心寒笑里伏人猫：《隐湖》作“糊口儿同窥厕鼠，潜踪休笑过墙猫”。

⑥ 种：《隐湖》作“垦”。

⑦ 锄：《隐湖》作“芟”。

三叠前韵代述农家乐[①]

辟成蔬圃界纬萧，且喜输租免外徭。稚子分秧骑竹马，老翁罢饷饲雏猫。倦眠桑墅眉成[②]绿，醉看榴花眼欲烧。头白未谙朝市梦，天心不吝甫田苗。

首春日钱夫子枉棹隐湖怀旧感新示教四章敬步原韵酬谢[③]

应真高挂忆当年，禅月通灵点笔前。浓绘焜煌宗立本，白描冥郁隶龙眠。炉烧薰陆霞光接（南诏木生白远贻薰陆，普薰诸像前，烟达天半，香闻里许），人插茱萸烛蕊偏。今日南山一片石，苏公作供米公颠（昆山正南对吾庐，获一鸡骨片石，宛如小山，亦颜曰“怪石”，供置诸几上，遍插菊花名品）。

六十年华愧及辰，师恩弟纪倍情亲。千年城郭知经遍，七碗旗枪喜任真。桥外扬舲无俗驾，樽前酾酒半幽人。祝延相戒喧匏竹，

① 三叠前韵代述农家乐：此诗亦见《隐湖》卷下，题作“代述农家乐叠前韵”。

② 成：《隐湖》作“皆”。

③ 首春日钱夫子枉棹隐湖怀旧感新示教四章敬步原韵酬谢：诗作于顺治十六年己亥(1659)，是年毛晋六十一岁，诗中“六十年华愧及辰”举其整数。正月十三日，钱谦益过毛晋湖南草堂，张灯夜饮，饮罢归舟，被酒不眠，追忆昔游，感而作七律四首。越七日，回舟过昆山（毛晋诗自注谓“时师将往华亭”）时，捉笔书之，以赠毛晋，毛晋、陈瑚均有和诗。《隐湖》卷下仅录钱、陈诗。钱诗亦见《牧斋有学集》卷十《红豆二集》，题作“己亥正月十三日过子晋湖南草堂张灯夜饮追忆昔游感而有赠凡四首”。

莫道南村式燕贫(辛巳秋祝延法席,遐迩弘道明教之士往往效法。明年师八十矣,再申前请)。

郊原云色渐童童,喜接高轩春雨中。往事东湖分棹月(巳秋夜半,送师至湖口而别),新情南浦打头风。玄亭废学嗟犹白,田舍炊香笑二红。提抱孙雏前褒(音报)拜,及门小子亦呼翁。

芬敷华座海茫茫,岂是寻常过草堂。替戾冈宜听九子,雨淋铃莫信三郎。展开屏障占星象,演说雷音发妙香。从此向师传唱字,月明船子击沧浪(经云:"此方真教体,清净在音闻。"第四唱"者"字,第十三唱"也"字。时师将往华亭)。

二月朔访确庵于顽潭温如先生以中和一日作索和又见示感怀一篇追叙九年别况次韵奉酬兼柬确庵洎两公郎[①]

九载湖浔怆索居,重寻正值夜摊书。烟霞邻有过墙酒[②],风雪门盈问字车。不设短篱围[③]五亩,多收香草[④]续三间。非渔也学垂纶钓,四叶[⑤]怡然共一庐。

---

① 二月朔……两公郎:顽潭,全称陈顽潭,在太仓蔚村,陈瑚居其旁,参见本卷《确庵送出大浜奉和原韵》注引陈瑚《蔚村八胜诗同石隐寒溪桴亭作》序。两公郎,指陈瑚二子陈逊、陈遴。此诗亦见《隐湖》卷下,题作"二月朔访确庵于顽潭温如先生以中和一日作索和又示感怀一篇追叙九年别况次韵奉酬兼柬确庵"。诗作于顺治十六年己亥(1659)二月(陈瑚《确庵文稿》卷之四上《娄江集》作三月)。

② 邻有过墙酒:《隐湖》作"颊映飞觞烛"。

③ 围:《隐湖》作"丰"。

④ 香草:《隐湖》作"瑶草"。

⑤ 叶:《隐湖》作"代"。

再叠前韵寄谢中野[①]

干霄独树似庵居，叠叠连床授子书。水蘸窗扉横钓艇，花连阡陌驾轻车。细评清圣浊贤酒，快对樵夫渔父闾。一榻昼眠无一事，犹嫌有梦到匡庐。

宿珂月云半居见牧云和尚题诗壁间因次其韵[②]

翻岭下危径，归鸟烟依依[③]。湖明颓照反[④]，雨杂叶声微。远避北郭氛，幽讨性无违。身在白云里，永隔红尘飞。一灯渐耿耿，萝壁生光辉。留题墨犹湿，锡影不可希。读罢斯须立，静对澹忘机。

---

① 再叠前韵寄谢中野：《隐湖》目录附注，“钱逵，字仲达，号中野，太仓人”。汪学金《娄东诗派》卷九：“逵字中野，明末诸生，以隐终。有《古香斋诗草》。”钱逵为钱嘏嗣父，亦居蔚村，命钱嘏师从陈瑚。顺治十六年二月，毛晋赴太仓访陈瑚，毛晋赋诗，钱逵父子均有和作。据题中“寄谢”，本诗当在回常熟之后作。

② 宿珂月云半居见牧云和尚题诗壁间因次其韵：珂月，不详。曾倬《（康熙）常熟县志》卷六：“净业庵在昆湖南。僧珂月、照福、生睿修。”或即此人，待考。云半居，在虞山吾谷。《（康熙）常熟县志》卷之十四：“山人周诗墓在吾谷。（诗字以言，昆山人，与孙小川友善。小川刻其诗行世。山人死，小川葬之吾谷祖墓傍，戒子孙蒸尝弗缺，二百年来遵守之。）墓之北云半居下，为山人钱器之葬处。（器之，无锡人，馆于孙氏卒，妻子相继亡，小川曾孙方伯朝让葬其三棺。）”此诗亦见《隐湖》卷下，题作“宿珂月师云半居见壁间牧和尚题诗因次其韵”，作于顺治十六年己亥（1659）。释通门原唱见《懒斋后集》卷四，题作“云半居即事”。

③ 烟依依：《隐湖》作“随烟依”。

④ 颓照反：《隐湖》作“颓返照”。

再叠前韵赠珂月①

一巢坐林杪，孤迹独无依。万松皆侍者，须眉湿翠微。调饥惯能忍，本性不可违。梦回惊鸟呼，窗破见云飞。绿荫层层结，隐现湖波辉。湖波堪拨棹，船子歌声希。野麋冲户②入，旋绕③了无机。

冉冉半月迢迢百里追访鹤林和尚如绛云舒卷过而不留缄诗寄讯又得赐和好音酬酢密于促膝五叠前韵寄之④

神骏莫可追，仙鹤莫可依。隐峰且掷锡，下视草径微⑤。行止了无著，吾愿卒难违⑥。急舁绳床走，忙逐蒲帆飞。狻座空秀岭，古塔光交辉⑦。庶借郑公风，烟水或可希。三复池上句⑧，洒洒浣尘机。

---

① 再叠前韵赠珂月：此诗亦见《隐湖》卷下，题作“再叠前韵赠珂月上人”。诗作于顺治十六年己亥(1659)。

② 冲户：《隐湖》作“排闼”。

③ 旋绕：《隐湖》作“傲睨”。

④ 冉冉半月……五叠前韵寄之：鹤林和尚，即释通门，前已见，因尝主鹤林寺，故有此称。此诗亦见《隐湖》卷下，题作“冉冉半月迢迢百里追访牧云和尚如绛云舒卷过而不留缄诗寄讯辄得赐和好音酬酢密于促膝复用前韵寄之”。诗作于顺治十六年己亥(1659)。

⑤ 隐峰且掷锡，下视草径微：《隐湖》作“千里又万里，如过一隙微”。

⑥ 违：《虞山丛刻》误作“还”。

⑦ 古塔光交辉：《隐湖》作“万塔交光辉”，后有自注：“西华有万佛塔。”

⑧ 池上句：《隐湖》作“怀我音”。

访天则和尚于维摩不值飞笺见投倚韵酬之[①]

老树干霄数卧游，缘崖跨涧挽扶留。无心出岫孤云鹤，常在当前露地牛。一杖疑龙蟠古榻，千花如蝶散空楼。重来问法西窗下[②]，顽石应看尽点头。

丁亥六月望日若抚七十初度敬次原韵奉祝[③]

拟约仙期会幔亭，茯苓劚地已千龄。摊书独对还成笑，载酒相过不放醒。老去关心惟药圃，闲中生事是农经。一丘一壑成幽赏，天上空占老客星。

年光诗卷任蹉跎，对酒难忘白傅歌。村舍引泉浇旧竹，瓦盆填土种新荷。侯门久罢弹长铗，渔艇时还挂短蓑。随分目前行乐事，不知天外隙驹过。

---

① 访天则和尚于维摩不值飞笺见投倚韵酬之：《（康熙）常熟县志》卷二十二，“通容号费隐……弟子行琛字天则，少为云间诸生，继住维摩寺，能诗画，孤洁有品”。此诗亦见《隐湖》卷下，作于顺治十六年己亥（1659）孟夏。

② 重来问法西窗下：《隐湖》作“闲来说法空窗下”。

③ 丁亥六月望日若抚七十初度敬次原韵奉祝：若抚，林云凤，见本卷《酒葷》注。丁亥，顺治四年（1647）。

卷四·野外诗卷

《野外诗卷》序

今夫生人之乐，亦贵适意而已。所谓适意者，岂必贝宫是居，璇台游憩，翡帷玳席，被锦绣，倾琼浆，清歌妙舞罗其前，盛妓绝丽充其后，费博夜而沉白日，遂云极备愉畅哉？是数者，富贵之人多得之，而达士不以为愿，为其伤性失生，乐亦难久。

若夫泉石花鸟之奇，烟霞风月之变，友生书卷之契，今古风迹之存，感慨集其中，真乐亦出其中。斯固觞咏所繇兴，幽赏与之无斁者也。顾其事萧散，其情澹寂，趋朝市者弃而不道，勤垄亩者习而弗知。自非冥搜静寄无闷尘表者，何能领略而形容之？

吾友子晋，天赡才章，兼敏研诵，奇闻秘志，靡弗该揽，亦既著作等身，丹黄满阁矣。当其含毫对景，特富吟怀，泉涌霙纷，蔚为灵构。"和古"引遥集之思，"和今"追应声之雅，"和友"洽好我之襟，而杂兴偶唱不因酬次者，则"野外"区之。

今读斯编，何其幽异古隽，苍翠欲滴，奇芬扑人也。剔抉隐翳，似稗官史流；考验时物，似老农月令。康乐之奥博，多形于山水；靖节之高古，偏放于田园。其信然欤？或者以子晋之才，不夭禄校书，而退之遐外，为子晋惜。吾乃为子晋幸也！向使子晋奋厉功名之涂，虽所纂述，当不止此，要亦以官分集，如王元礼故事已耳，安所得高流遁夫，相与啸傲琴酒，跌宕文翰，令景光物状辉映千古哉！昔孔光休沐，不谈温室之树，人美其慎，吾嗟其苦。东陵故侯，种瓜逊逸，人羡其达，吾惜其晚。夫世变何常，荣悴靡定，倾辀接迹，见嗤来者。仕宦之累人，所从来久，子晋固不以彼易此。吾故于《野外诗卷》，既服子晋之才，尤叹子晋之幸。其才可及，其幸不可及也，非子晋不能有此乐矣！

吴门社弟金俊明撰。

惠泉[1]

江南有惠泉，日涵九龙翠。嗟彼品泉人，目之曰第二。浮名任颠倒，至味无诠次。一滴出山来，人间自尝试（惠泉发原[2]九龙山）。

独坐

风落梅花雪满庭，潇然深坐寂无声。如何一片经行地，偏有今宵月最明。

惜花

虎丘山家懒学稼，接卉移花满篱下。东风吹醒隔年枝，争向豪门取高价。一丛深色中人赋，月榭晴栏娇渐吐。今春风雨接朝昏，万白千红委沙土。佳人锦帐不知愁，梦逐芳丛走碧油。恨杀轻衫

---

① 惠泉：《（嘉庆）无锡金匮县志》卷三，“第二泉在惠山第一峰白石坞下，唐陆羽定天下水品二十种，江州庐山康王谷洞帘水第一，无锡惠山石泉水第二……以其为羽所定，故又名陆子泉。又张又新记扬子江中泠水第一，惠山泉第二，虎丘石泉第三，丹阳第四，大明寺第五，松江第六，淮水第七。其说不同，惠泉仍居第二”。

② 原：《虞山丛刻》作“源”。

年少客，玉鞭空挂雾中楼。鹧鸪何日来啼曙，三三五五旧游处。一双粉蝶绕枝头，寻断孤香不回去。

游绮山

按，宋郑应申《江阴志》云：“吴王泛舟浮赏，至县东十里，见一山，野花繁盛如锦绮，因名‘绮山’。山上有虎砺石、善利泉。”

尝行绮山下，今陟绮山巅。西风吹我衣，江天横秋烟。踞彼虎砺石，蔓草苦缠绵。昔日貔貅士，谁拜君王前。嵯峨不改色，傍有樵夫眠。樵夫道前路，告我善利泉。爰出乱石中，溅溅复渊渊。野花不知名，载路各争妍。采采盈一掬，使我心怡然。

移竹编篱

活竹移来带野泥，安排疏影与檐齐。归鸦顿失常栖处，稚子难寻旧钓堤。晓露润生根畔草，晚风吹断隔邻鸡。老僧相伴逢迎少，话到斜扉落日低。

雨夜闻鹤

空堂闻鹤鸣，夜静鸣更响。不受雨声喧，杳然天界上。相和如可见，回首了无像。坐客各停杯，一洗尘羁想。

秋分杏花

年年争发曲江春，秋半相逢更可人。休讶满枝开较晚，须知独树赏偏真。一溪花影怜诗鬼，四壁蛩声肃酒神。深夜月明人散后，苇绡隐隐照纶巾。

重建空心亭[①]

据[②]《宝祐志》云，兴福寺有空心亭，盖取常建诗中句也。创者不知何人，当南宋时亭已翼然潭上矣。余访旧迹，惟见草栖础足，碑卧潭隈，为之怅然。同主寺鹤[③]上人洗石剔[④]藓，拓得元段判官天祐、国朝李尚书杰二记，具见废兴岁月，亟倩故人书之。有慕乎[⑤]崔君元方、后君克正，析诗分韵。且[⑥]慨其诗之罕存，招集缁素，共蹑前踪，各赋五言一律。分得"房"字[⑦]。

① 重建空心亭：重建缘起参见本卷《暮春游兴福寺》序。本诗亦见《隐湖》卷中同题组诗。按，毛晋拟重建空心亭，在崇祯十七年。据陈瑚《确庵文稿》卷三上《子晋重建破山寺空心亭即用常建诗邀同社分赋四十首树碑亭左得晨字》、陆世仪《桴亭先生诗集》卷五《空心亭诗得影字》，空心亭建成约在顺治十三年丙申(1656)。本诗创作，《隐湖》隶于顺治四年丁亥(1647)。

② 据：《隐湖》无。

③ 鹤：《隐湖》作"鹤如"。按，鹤如，兴福寺住持释契德字，参见卷三《和友人诗·戏代破山鹤公招曰补》注。

④ 剔：《隐湖》作"扬"。

⑤ 有慕乎：《隐湖》作"且慕"。

⑥ 且：《隐湖》无。

⑦ 分得"房"字：《隐湖》无，诗后注云，"得'房'字"。

经始[①]空亭址,频来潭影旁。碑文余藓色,栋宇[②]印山光。调鹤残花乱,卷帘新雨香。最宜龛往哲[③](拟设缪仲醇、魏叔子两先生像),相对古禅房。

过毗陵忆旧

梅梢月上烛花红,曾共衾寒一笑中。粉貌记来欺白雪,箫声何处咽轻风。鸣刁夜警孤城隐,语燕朝飞画阁空。凄断当年离别地,那堪帆外雨濛濛。

二十四桥亦何有[④]

欧阳永叔自维扬移守汝阴,作《西湖诗》云:"绿芰红莲画舸浮,使君宁复忆扬州。都将二十四桥月,换得西湖十顷秋。"苏子瞻自颍[⑤]移维扬,作诗寄曰:"二十四桥亦何有,换得十顷玻璃风。"可见宋元丰间已无二十四桥矣!今改作廿四桥,绝无烟花夜月之致。

① 经始:《隐湖》作"载定"。

② 栋宇:《隐湖》作"藻井"。

③ 最宜龛往哲:《隐湖》作"殷勤传道貌",后无自注。

④ 二十四桥亦何有:本组诗其一、其二、其三、其四、其六、其七、其八亦见《隐湖》卷上,题作"戊寅九日余为维扬之游过二十四桥孑然孤影绝无烟花夜月之致因忆苏子瞻维扬诗曰二十四桥亦何有换得十顷玻璃风可见宋元丰间已如是矣遂用坡老句漫成若干首以寄慨云"(《隐湖》本有七首为《汲古阁集》所无,见本书《补遗》),诗作于崇祯十一年戊寅(1638)。

⑤ 颍:《虞山丛刻》作"颖",误。

因用坡老句，漫成十二绝以寄慨云。

二十四桥亦何有，惟有欹斜一影孤。不见箫声与明月，夜来绕树有[①]啼乌（止存一砖桥，欹仄不堪）。

二十四桥亦何有，惟有新堤接旧堤。水面野花凝晚翠，一双鸂鶒浴前溪。

二十四桥亦何有，惟有泉源第五分。破寺无僧来瀹茗，空留六一品茶文（第五泉在大明寺西偏）。

二十四桥亦何有，惟有楼台出树间。日暮凭阑千嶂合，女墙迢递抱平山（平山堂非欧阳公旧址，其额尚在[②]）。

二十四桥亦何有，惟有篷船与划船。底事劳劳争渡去，笑余闲坐碧溪烟。

二十四桥亦何有，惟有连冈见采樵。落日腰镰归去急，妻儿吹火带泥烧。

二十四桥亦何有，惟有枯松露鹤巢。行客尚怜秋未尽，吟鞭斜向马鞍敲。

二十四桥亦何有，惟有荒坟古道遮。千载风流尽黄土，不知谁是玉钩斜。

二十四桥亦何有，惟有寒云覆石扃。欲问迷楼旧风景，泉枯九曲草痕青。

二十四桥亦何有，惟有王孙构水楼。帘卷晚霞花影外，风光不负古扬州。

二十四桥亦何有，惟有青楼惹客憨。始信武陵容易到，不须春色望江南。

二十四桥亦何有，惟有牙筹斗指纤。拾得唐人旧诗句，锦屏对子画鹣鹣。

---

① 有：《隐湖》作“只”。
② 在：《隐湖》作“存”。

竹醉篇[①]

相传竹醉日，五月维十三。此君能独醒，此日何沉酣。有客命作题，余也试妄言。日月无拘束，醒醉且任天。或云曾醉风，傞傞西复东。屡舞无俗态，夭[②]然而笑空。或云曾醉雨，垂垂亦栩栩。淋漓无漉漉，一洗尘埃苦。或云曾醉月，翠魄迷银阙。光影互吐吞，宿鸟忽飘突。或云曾醉日，文影照虚室。赫曦入深丛，凄凉陡然失。或云曾醉烟，瞢腾意欲颠。芊眠深碧色，一望似颓然。或云曾醉雪，瘦干劲如铁。更深三尺许，悄向瑶阶折。或云曾醉霜，寒凝骨愈刚。众林如失候，枝枝射粉光。或云曾醉露，深得此中趣。湛湛厌夜长，余沥沾眠羽。余今肆妄言，此君未必受。还来竹溪滨，共倒一樽酒。

酒帘[③]

寻常一幅小，日向半檐斜[④]。迎送醉醒眼，卷舒朝暮霞。青

---

① 竹醉篇：宋范致明《岳阳风土记》云，“五月十三日谓之龙生日，可种竹，《齐民要术》所谓竹醉日也”。按，《隐湖》卷中收录《竹醉吟》，题后附注：“是集诗凡一十首，录一首。”所录为顾梦麟诗，作于顺治四年丁亥(1647)。疑毛晋此篇亦同时作。

② 夭：清稿本作“天”，王振声改为“夭”，《虞山丛刻》本作“夭”。

③ 酒帘：《隐湖》卷中收录，总题“上巳雅集”，作于顺治六年己丑(1649)。

④ 日向半檐斜：《隐湖》此句后尚有“涤器飘香远，扬鞭拂袖奢。锦标春烂漫，素艳雪交加”四句。

分[1]彭泽柳，影动茂陵花。望望无劳问，天涯有酒家。

登北固[2]

十年三涉大江头，柳色松声足快游。铁塔孤寒天际立，金陵迢递日边浮。僧归烟暝鱼[3]翁棹，客倚波明燕子楼。扶醉漫寻丁卯埭，诗篇还忆旧风流[4]。

上巳曲[5]（是日终风）

钲鼓喧阗竞赛神，岧峣山径礼高真。风前空洒祈年酒，木偶原来不救贫。

谁家桃树绕溪滨，灼灼当风欲殢人。门里嫣然轻一笑，也将人面恼花神。

忽见前山返照明，柳条风静乱鸦声。游人扶醉归何处，最好花天是晚晴。

① 青分：《隐湖》作“气蒸”。

② 登北固：本诗亦见《隐湖》卷上，总题“辛巳孟夏同兴公月在游京口各赋其地”，诗题作“登北固山”。辛巳为崇祯十四年(1641)。

③ 鱼：《隐湖》作“渔”。

④ 诗篇还忆旧风流：《隐湖》作“一樽空酹许郢州”。

⑤ 上巳曲：上巳，《虞山丛刻》作“上己”。本组其三亦见《隐湖》卷上《上巳曲》，诗作于崇祯十四年辛巳(1641)。

舟中读本草经疏[①]

（缪仲醇先生授余梓行海内二十余年矣）

七月既望天如蓝，江上晴峰三十三。挂席拾月了无事，一卷图经子[②]细探。手翻还掩仰天笑，命名“本草”何潦草。玉石虫鱼色相繁，提挈袖领逢韩老。（韩保昇云：“按，药有玉石、草本、虫兽，而直云‘本草’者，为诸药中草类最多也。”）还疑作者属何人，寻源宿海未得真。秦灰不预阅汉晋，献徙怀亡终晦沦（汉献迁徙，晋怀出亡）。小山王克稽前躅，一日尝来七十毒。（《淮南子》云：“神农尝百草之滋味，一日而七十毒，由是医方兴焉。”）遂称三卷入《三坟》，争相依据梁《七录》（梁《七录》载《神农本草》三卷）。历披世本暨史迁，未睹直书神农年。只载黄帝使岐伯，帝纪煌煌或可传。（《帝王世纪》曰：“黄帝使岐伯尝味草木，定《本草经》，造医方，以疗众疾。”则知本草之名自黄帝、岐伯始。）此疑千古不能析，世医何必寻朱墨（朱字、墨字无本得同）。惟是三应毒有无，三品犁然贵研[③]识。彭和扁缓分流支，李华张吴搜厥微（华佗、张机、李当之、吴普）。嗟哉萧李两圣制（简文帝《劝医文》，明皇《天宝单方》），秘府空存玉匣题。千祀蹶生陶贞白，郁冈古洞飞金石。注詺时土详区畛，地胏至今留异迹。唐本蜀本分镳驰，铅翰丹青焕两仪。开宝诏颁重定本，

---

① 舟中读本草经疏：《本草经疏》，全称《神农本草经疏》，为毛晋舅祖缪希雍所著。天启五年(1625)三月，缪氏以此书授毛晋，毛晋乃集同邑李枝、云间康元浤(毛晋继室康孺人之兄弟)、松陵顾澄先及舅氏戈汕相与校雠。同年六月，在绿君亭开雕。题后小注运“授余梓行海内二十余年”，诗中云“藏弆敝箧二十载”，则本诗作于顺治初。

② 子：清稿本作“仔”，据王振声校改。

③ 研：清稿本作“妍”，据王振声校改，《虞山丛刻》作“研”。

序例仍参陈拾遗。谱注如山莫能读，仲醇先生怒张目。抗言宜忌惊四筵，自诧直与炎黄续。命余开枣镂成书，如云离日光离奇。藏弆敝箧二十载，颐生驱疾真吾师。凭栏感昔心独苦，况我头颅白如许。吹灯呼酒不忍看，白露浵天涕如雨。

瓶中四色梅花[①]

余十年来梅花快游，凡三叫绝矣。同游皆胜侣，如吴郡西山则孙子在焉，古杭西溪则王子在焉。二子交手谢余曰："观止矣，可不作赵师雄罗浮梦矣！"遂幽栖余湖庄之上，每遇嫩寒春晓，水边篱畔，花开花谢，辄抵掌而谈旧事。王子挟法华山且留下之胜以傲孙子，孙子挟茶山、鹊井、七十二峰阁之胜以傲王子。如两军坚垒相持不肯下，余为之解纷曰："花之富，越不如吴；花之老，吴不如越。至若月地云坡，迷眸逆鼻，实无二相。二子为吴越分胜，得毋边见邪？"相与酩酊而解。今春寒勒花信，既越花朝，始见窗前碧萼瑶葩，酡颜黄额，争妍并吐。孙子选其各种之尤者贮以铜镈，伴以石研，烘晴照夜，不异寸珠尺璧。凡我同盟，莫不濡毫献颂，神游一瓶之间，栩栩然尽化作梅花国中蝶矣。又何羡乎涉冈度涧，往来光福、永兴之畔邪？时壬午春分日。

小栏花事少，四美偶然具。如何一古瓶，色色枝枝互。影杂光亦分，分照还相顾。缅焉起深情，静香独自悟。

---

① 瓶中四色梅花：据序，本诗作于崇祯十五年(1642)。

慰孙子托梅[1]

余招孙子南游，方羊不肯去，因歆以灵谷梅花，乃怃然告予曰：“正谓研北瓶梅难割耳。无已，托诸友生。”余以王子告，遂舍而托焉。既而挑灯独坐，不胜黯然，因作诗慰之。

佳人欣有托，兀坐几徘徊。轻别非君意，遐心莫浪猜。香风疑未断，影月恍重来。归棹应非远，休教恣意开。

促马子介梅[2]

孙子遂信余言，捧瓶而出，顾影惜别。余谓无人介绍，使之轻离轻就，有甚难为情者。因促马子三揖三让，俾主宾玉帛相见。余与梅花，庶两无憾。

凡花容易托，兹托倍应艰。水浊欺寒骨，炉薰悴雪颜。阴晴宜好护，疏密莫轻删。左右惟君手，香分一笑间。

---

① 慰孙子托梅：孙子，当为孙房，参见卷一《和古人诗·冬日薄游城东》注。孙房西山看梅，见《隐湖》卷上孙氏《子晋招璧甫同历邓尉诸山阅梅各有所赋余亦效颦以纪时日》。

② 促马子介梅：马子，当为马弘道，参见卷一《和古人诗·追和皮陆樵人十咏题退山采樵图》注。

贺梅

放翁绝句云:“幽香著人索管领,不信如今铁石心。”非管领之难,正索铁石道人不得耳。瓶梅何幸,遇孙子,复遇王子。予拜而贺之,因作短歌,书于梅花笺以献。

相对檐前笑,偏君有胜缘。无心逢御史,著意托婵娟。户外香先到,池边影更妍。携樽来入贺,共醉雪明天。

春分雨中放舟

春光忽向雨中分,南浦帆高欲入云。几处柳丝萦别思,一瓶花影伴微醺。新编狼籍携囊稳,诗卷纵横捉笔勤。幸托东风飞燕子,月明林下笑同君。

一宿金山寺[①]

狂游日日爱[②]晴江,欲狎鱼龙兴未降。潮带夕阳流远磬,山衔

---

① 一宿金山寺:《(乾隆)江南通志》卷四十五云,“金山江天寺在金山。晋时建,名泽心。宋时屡易名,自元以来通谓金山寺”。本诗亦见《隐湖》卷上《辛巳孟夏同兴公月在游京口各赋其地》。辛巳,为崇祯十四年(1641)。

② 爱:《隐湖》作“赏”。

明月对空窗。英雄士死留拳石，粥饭僧多概法幢[①]。莫向微茫分昼夜，妙高台上影双双。

生生庵[②]

三春兀坐隐湖边，今日同游镜里天。绝壁摩空云影滞，崩涛入坐石痕穿。地超偏称高僧住[③]，岁俭人歌太守贤。一路黄鹂如有意，殷勤巧弄晚风前。

上已日自栖霞蚤发至燕子矶午酌复挂帆抵石头城[④]

年年水曲采芳蘅，今日登临一鸟轻。晓雾峰高松奏合，午风矶险布帆惊。梅须未老迷狂蝶，柳眼初开睨蚤莺。记取春光无限好，

---

① 英雄士死留拳石，粥饭僧多概法幢：《隐湖》作"一声长啸惊幽壑，五字赓歌树法幢"。

② 生生庵：《(康熙)镇江府志》卷二十云，"生生庵在(北固)山后石壁下，明崇祯时太守程珣建"。本诗亦见《隐湖》卷上，总题"辛巳孟夏同兴公月在游京口各赋其地"，诗题后有注："太守程公九屏所建。"辛巳为崇祯十四年(1641)。

③ 地超偏称高僧住：《隐湖》作"地灵每托高僧换"。

④ 上已日自栖霞蚤发至燕子矶午酌复挂帆抵石头城：上已，见卷三《和友人诗·上巳》附《示儿说》。栖霞，《(嘉庆)重刊江宁府志》卷六："摄山在上元东北四十里，一名伞山，一名栖霞山。"燕子矶，《(乾隆)上元县志》卷四："燕子矶在观音山东北，巉石叠起，直出波间，三面斗绝，势若飞动，故名。往时夏秋江涨，水势奔啮矶下，不风而涛，号称巨险。迩来洲渚环生，矶入内地，无复峻险而奇观自在。上有俯江亭，能揽江天之胜。"

夕阳未下石头城。

灯舫

三月二十三日，士女烧香，归舟张灯，奏乐彻夜，秦淮旧俗也。

花落缤纷柳色繁，闲来无日不凭轩。半空箫鼓云俱堕，倒浸琉璃夜不昏。争喜渡头多胜事，谁知海外有兵屯。灯前莫话兴亡事，一曲高歌酒一樽。

北草荡敝庐度夏

相去不五里，蒹葭又一村。种瓜欣旧业，裁席作新门。茶熟风开卷，兰香酒满樽。溪边有渔者，闲话到黄昏。

病鹤

千树叶飞霜降蚤，那堪病骨渐秋深。松风入梦惊涛沸，桐露侵肌怯地阴。倦向辽城寻华表，空怀缑岭绝笙音。摧头顾影虽憔悴，至竟难忘万里心。

九月十五日同石公连泛两湖从山塘载月而归[①]

今日晴色好，峭帆入天镜。淼淼接平湖，空明望靡竟。开卷且忘读，延目疗多病。秋风折我巾，秋光悦我性。回舟采芙蓉，山影向前迎。相对各无语，杯中月端正。

观海行[②]

秋老风高撼崖谷，日日登临苦未足。兴来共上木兰舟，三十六里交修竹。舍舟从口入涛山，万里惊[③]涛无断续。雄风未遣十八

---

① 九月十五日同石公连泛两湖从山塘载月而归：石公，释道源，前已屡见。两湖，常熟尚湖、昆承湖。山塘，见卷三《和友人诗·年来拟觅村郊胜》注。

② 观海行：本诗亦见《隐湖》卷上，前有毛晋序云，“予性喜浮赏，尤喜秋晚水明，乘小舟，泛隐湖，枫叶芦花，开樽战茗，此予年年秋课也。今秋鲜欢，拟鼓洞庭之棹；忽尔小极，挂帆还落。人伯过予榻前，握手曰：‘吾寓海上，六易春秋，未有秋涨浩瀚如今斯者，其奔溜惊涛，荡云沃日，无涯靡际，不可谈悉。若夫三岛拱揖乎阳渚，七峰绎络于阴滨；西睆丹霞，东候素月。子能强起游乎？其最奇者，莫如八月既望，金波万里，雪屋千岩。天耶？水耶？浮魂濯魄，摇撼于琉璃光影中，试扶子共游焉。不为之体轻耶？’予霍然而起，遂相与乘潮放艇，纵览三日，散魂而荡目，迷不知其所之。觉向来淼淼隐湖，不啻翠樽一勺矣！漫赋长歌以酬海若”。按，毛晋、马弘道所观之“海”，实为常熟福山长江口。《（光绪）常昭合志稿》卷三：“（福山）潮则盛于仲秋。俗以十八日为潮生日，好事者亦于是日登福山观涛，谓不减曲江枚笔也。然时有盛衰，不能必遇奇景矣（虞山十八景有覆釜观潮，福山亦名覆釜山也）。”本诗作于崇祯十五年壬午（1642）秋。

③ 惊：《隐湖》作“凌”。

姨，紫霞一片如红玉。七峰返[①]照翻白鹭，万井秋耕叱黄犊。传闻御寇瀚海中[②]，血饱鱼龙箭穿肉。抵[③]掌风前客尽惊，筹画[④]纷纷谁见录。人间荣辱岂胜数？意气空能凌世俗。君不见一波未平复一波，秋空劲翮虚张罗。

送友

飘飘湖上帆，暖暖云边树。后夜月圆时，美人泊何处？

田园杂兴[⑤]

山重水复各成村，不约家家拜岁元。酒白炉红相对坐，昽曈初日满高原。

簇簇朱帘彩仗新，东郊今日又迎春。挨肩肆目归村去，袖出泥牛笑示人。

牛饮桥头小市东，何来骏马骤春风。多年梅老苔文古，拗折南枝恼阿翁。

---

① 返：《隐湖》作“晚”。

② 瀚海中：《隐湖》作“夏日长”。

③ 抵：清稿本作“扺”，据王振声校改。

④ 筹画：《隐湖》作“竹帛”。

⑤ 田园杂兴：本组诗其九、其十四、其十五、其十九、其二十、其二十五、其三十三、其四十三亦见《隐湖》卷中《和范石湖田园杂兴》。范石湖，即宋范成大，字致能，号石湖居士，吴郡人。著名诗人，南宋绍兴年间进士。晚年退居故乡石湖。有《石湖居士诗集》《石湖词》等。毛晋诗约作于顺治二年乙酉(1645)初夏。

草咽溪声倚杖听，还疑丝竹绕幽汀。谁家童子鸣榔去，惊起飞飞两鹡鸰。

新筑长堤席面平，群儿高放纸鸢轻。红灯一点云端系，错认星光十倍明。

青连南浦入平芜，花不知名香满涂。随分壶浆招近局，归来酩酊小孙扶。

鼓吹喧喧赛里神，旌旗闪闪度横津。谁分社肉无轻重，酿熟茅柴合比邻。

芦芽怒出满汀洲，忙架车轮更服牛。稚子不知芟柞事，争裁新竹钓溪流。（右春日）

豌豆花开布谷鸣，南东千耦一朝耕。紫骝嘶入垂杨岸，不敢平原纵辔行。

春残不减社前寒，败絮难辞风力酸。云树忽迷归路隔，一犁方始雨澐澐。

谷雨廉纤湿荠花，十分春色聚田家。蜂脾蜜嫩潮初候，燕嘴泥干日未斜。

水满池塘草带烟，篱傍时系买花船。杨花空逐游人去，著地粘天不值钱。

半溪蝌蚪半溪萍，且尽床头酒半瓶。秧刺[1]纤纤青出水，何人重醉落花汀。

白路崎岖抱水斜，双双粉蝶入黄花。谷莺才出声先到，依旧年年绿树家。

重重花影昼鸣鸡，麦浪翻空翠影低。短笛一声何处起，倒骑牛背草坪西。

麑眼抢[2]篱门扇斜，蚕桑无恙足生涯。官家若问中人户，只有

① 刺：清稿本作“剌”，据王振声校改。
② 抢：清稿本作“抢”，王振声改作“枪”。

阶前深色花。

被地红花占半村，高歌傀儡荡人魂。短衫老媪携娇女，笑语嘈嘈拭泪痕。（右晚春）

樱笋从来不入官，缀红抽绿满檐端。频年二麦珍于米，未熟先芟当晚餐。

连宵宿雨闭衡茅，放出深林嫩竹梢。却趁[1]晚晴挑野菜，唼花小鸭[2]聚塘坳。

云昏对面失前山，无赖群蛙沸草湾。笑看牛宫檐溜直，平畴水足蹋车闲。

交加绿荫架高藤，风暖撩人香雾凝。过客惊看紫步障，明朝载酒又呼朋。

江南五月尚霉寒，白纻新裁幅度宽。瓜蔓露深芳草暗，萤光明灭满清湍。

青苏捣和熟梅香，绿树垂垂倒影长。屋角湾头风阵阵，晏然高枕傲羲皇。

采采溪菱更采莲，甘鲜盈把晚凉天。莫云野外无兼味，公子王孙掷万钱。

绕屋高杨覆四邻，小窗临水独垂纶。儿耘妇馌当炎午，赢得风吹自在身。（右夏日）

秋月初生眉半弯，绪风吹却睡魔还。香红莲稻花才放，阵阵香来别一般。

绕舍红蕖白露漙，无衣渐觉晚生寒。年来虐政过于虎，莲子收租子细看。

贪种腴田不计程，小舠横截镜湖平。怪逢甲子禾头雨，舞破蓑衣叫月明。

---

① 却趁：《隐湖》作“散步”。
② 小鸭：《隐湖》作“鸰鸭”。

出水莼丝滑胜油，浅盆轻漾碧浔秋。捧来笑献朱门里，软饱三杯乐未休。

喜看中秋月色奢，西郊丰瑞蚤堪夸。东家有女颜如玉，一夜焚香拜桂花。

孤艇冲烟晚过湖，潇潇疏雨响菰蒲。纵输枫下停车晚，也胜红尘暗九衢。

种秫依稀栗里邻，今年差可疗吾贫。小槽滴沥声堪听，不用陶公漉酒巾。

芦花不借月华明，离立[1]周遭俨似城。短棹独来还独去，转湾风静有歌声。

嘹呖声中获稻忙，不辞衣薄犯朝霜。流民是处炊烟断，那得西成似我乡。

流水孤村一树丹，牛眠安稳夕阳残。溪桥渔艇浑如画，不是倪迂是范宽。（右秋日）

一年好景是初冬，饼美羹香白酒浓。挈伴输租归去蚤，临流三醉学芙蓉。

榾柮一炉围老幼，影长四壁坐更深。芋燋豆爆从儿好，湛湛新醪独自斟。

霜严四野雁声悲，落叶盈除檐影卑。一望林疏赊日色，尚留蝉蜕抱残枝。

捋荼蓄旨事千端，百室何曾一息安。幸得催科停岁暮，负暄檐下解眉攒。

城远无闻夜半钟，狂风撼屋怒涛汹。短檠耿耿难成梦，卧犬噤寒伴夜舂。

雪急无声昼掩门，同云低压似黄昏。支筇欲踏溪南路，三尺深埋老树痕。

---

① 离立：《隐湖》作“竦立”。

村荒日月不多宽，破瓮余粮伴岁残。一度柴扉闻剥啄，偷呼老妇隔篱看。

土釜匏樽老瓦盆，家风约略古风存。更阑偶立寒篱外，野烧横侵烛远村。

输官及蚤庆年华，墟巷深深昼不哗。牢缚绳床檐下坐，一瓢浊酒醉梅花。（右冬日）

送法润禅师载华严海印仪还南诏[①]

崇祯十三年四月八日[②]，余因汰如明公讲《华严》，解制入华山。苍雪彻公偕坐莲花洞[③]，俯瞰法侣瓢笠蝉联，如云出山[④]。独有一僧[⑤]，缘绀泉鸟道而上，前舁经一簏，状貌缀饰，迥别吴装，目睹[⑥]而异焉。弹指间，直至座下，擎一锦函，长跪而请曰："弟子[⑦]从云南悉檀寺而来，奉木生白大士命也。木大士位居方伯[⑧]，从鸡足山叶榆崇圣寺觏《大方广佛华严经忏法四十二晌》，相传一行依经

① 送法润禅师载华严海印仪还南诏：道源，字法润，云南鹤郡人，杜氏子，为悉檀寺高僧。九岁出家，精律部，深受木增敬重。崇祯十三年，受木增之遣，携崇圣寺旧藏《大方广佛华严经海印道场十重行愿常遍礼忏仪》（即题中《华严海印仪》，又名《大方广佛华严经三昧忏仪》）至江南，请毛晋刊印。详见洪宗《皇明钦赐紫衣大戒沙门法润禅师实行序》并参见卷三《和友人诗·月夜怀宝月主人却寄》注。本组诗其一、其二亦见《隐湖》卷上，题作"奉送法润禅师载华严海印仪还南诏"。《华严海印仪》于崇祯十四年（1641）暮春刊成，本诗当作于是年。然《隐湖》隶于崇祯十七年甲申（1644），待考。

② 崇祯十三年四月八日：《隐湖》作"昔"。

③ 偕坐莲花洞：《隐湖》作"携茗香偕余坐莲花洞紫藤花下"。

④ 出山：《隐湖》后有"而去"二字。

⑤ 一僧：《隐湖》后有"岿然肃仪"四字。

⑥ 睹：《隐湖》作"送"。

⑦ 弟子：《隐湖》后有"某甲"二字。

⑧ 木大士位居方伯：《隐湖》作"木大士某甲位居四川方伯"。

录者。兵燹之余，普瑞藏诸寺中，自唐迄今，未入《大藏》。故特发愿刊布[①]，敬授把事。度岭涉江，就正法眼。”言毕，随出兼金异香为供，作礼而退。苍公合掌[②]向余曰：“异哉！子向藏中峰禅师《华严》宋本，模[③]勒既成，昨又镌贤首本传，汰兄方讲《清凉大钞》第一会[④]，适有《三昧海印仪》不远万里而至，真杂华一会光召影响也。寿梓以传，非子而谁?”余遂欣然[⑤]鸠工庀材，经始乃事。越岁辛巳[⑥]，木公再驰一介，遥寄尺书，赠以琥珀、薰陆诸异品，谆切郑重，云山万里，如接几席。迨工人告成，又逢如来胁生之诞，何时分之适符不可思议邪！一时远近缁素，诧为奇特，闻风随喜者，陆不停轮，水不辍棹。至法润师南旋之日，爇香献花者棋布于隐湖之干，或绘无声，或歌有韵[⑦]，余亦沾一味之泽，聊赓五际之言，庶几他日溯岷源、登雪山，访白水道人，与法润长老，共披十万之正文，不为生客矣！

万里云山一杖通，莲华洞口拜香风。依稀何处曾相识[⑧]，莫[⑨]是当年兜率宫。

千秋华藏阏南邦，丽水迢迢又大江[⑩]。落日片帆[⑪]何处去？琴川高树蕊珠幢。

水村森森有苔矶，争向毫端现法微。筑削纷纷无昼夜，能令大地尽皈依。

---

① 刊布：《隐湖》后多“以东吴佛法渊薮”一句。

② 合掌：《隐湖》无。

③ 模：《隐湖》、清稿本均作“摸”，据王振声校改。

④ 第一会：《隐湖》无。

⑤ 欣然：《隐湖》后有“驾一叶，偕润师过湖南草堂”。

⑥ 辛巳：《隐湖》无。

⑦ 又逢如来胁生之诞……或歌有韵：《隐湖》作“润师南旋，爇香献花者棋布于隐湖之干，各赋诗赠送”。

⑧ 依稀何处曾相识：《隐湖》作“依稀若道曾逢处”。

⑨ 莫：《隐湖》作“应”。

⑩ 丽水迢迢又大江：《隐湖》作“溯尽岷江复丽江”。

⑪ 落日片帆：《隐湖》作“帆落日斜”。

远携薰陆到茅斋，一缕氤氲出水涯。珍重香云非近玩，薰炉不敢傍裙钗（又贻薰陆异香）。

贯华镌就瑞光开，恍惚龙神合掌来。怪道野云飞不定，也依檐际几徘徊。

南北驰驱不厌频，河沙世界证天人。原来一味同酣适，五十三身岂二身。

溯洄迢递吐蕃源，夹路红云护彩幡[1]。记取片帆斜挂处，花明柳暗一柴门。

长江五月衲衣寒，斜峭秋风歇马鞍。乍启珠函欢海众，碧空无际雨瀀瀀。

春泉秋岭伴慈颜，短缆轻离绿水湾。象驾未曾归丽水，卧游蚤已到苍山。

五贶诗

孟夏下浣，访仲木于草荡老屋下。仲木出诸色定杯，饮余虞山绝顶茶，展陈谏《南海广利王庙碑》，读《五代史补遗》《阙文》。庭中茉莉一缸，翠色染人，高出檐际，乃去冬余室中枯枝也。因念袭美云："资云水之兴，益琴籍之玩。"古人雅贶，不是过矣。因效松陵《五贶诗》以谢之。

虞山绝顶茶

从来尘外物，每向静中生。味胜真堪惜，风高莫敢名。睡魔偏合破，羽翼自然成。七碗香盈颊，应知减酒情。

---

① 幡：清稿本作"旛"，据王振声校改。

展陈谏南海神广利王碑

君家书法妙天下，隶宋奴唐方晋驾。不步钟郗不趋谢，宝惜斯碑不相借。朝挹兰露润紫毫，夜篝凫灯倾碧斝。何须醉发狂相诧，池水尽墨龙自化。请君什袭古锦帊，五月松风世无价。

诸色定杯

眼边无俗物，把盏更迷睛。青挹秋山远，姿凝夜雪莹。静倾栖蝶动，狂吸斗龙狞。若遇欧阳子，应分集古名。

重荣茉莉

同来异国悉邪茗[①](悉邪茗，西域香草，与茉莉同时移植海南，香色俱不变)，此地相偎玉柱傍(与建兰并列)。已试霜风支秀骨，不随星月换幽光。树间蕊孕新秋色，头上花开隔岁妆。粉蝶旧时曾识面，几回飞度小池塘。

读《五代史补遗》《阙文》(陶介立、王元之)

五十三年多窃据，如沸如羹事如昨。六一先生凭几叹，却笑薛公纷杂作(薛居正)。濡毫临睨辄呜呼(欧阳公发论必以“呜呼”，曰此乱世之书也)，悲气填膺或漏略。陶王二子起补亡，踵武孙胡搜冥寞(欧阳公学《春秋》于孙复、胡瑗[②])。今朝开卷眼倍明，皎皎晴空叫孤鹗。

---

① 悉邪茗：当为“邪悉茗”之讹。晋嵇含《南方草木状》卷上：“耶悉茗、末利花，皆胡人自西国移植于南海。”“耶”又作“邪”，音同。方以智《通雅》卷四十二：“《南方草木状》之邪悉茗，今广州之素馨花也。”

② 瑗：清稿本作“琼”，据王振声校改。

湖村秋晚

落叶深深半入轩，枫丹云白满秋原。凄风杂雨妨观刈，仄径添篱好避喧。岁馑共嗟园叟厄，食鱼方识钓翁尊。羞看箧里阴符卷，白发闲梳独掩门。

迣万舫中秋[①]

壬午秋，偕与公、月在、懋公游赤石矶。矶旁有古大会庵，负山枕流，在万木中，遂维舟岸侧两阅月焉。凡阴晴朝暮，水色山光，领略殆尽。八月十五，余从闱中出，三子焚香洗盏以待。泛月中流，共唱王建句，云："中庭霜白树栖鸦，冷露无声湿桂花。今夜月明人尽望，不知秋思在谁家。"拈平字为韵。

深柳深潭抱佛宫，秋潮吞岸一船通。扣舷两见城头月，胜绝今宵圆影中。

禅扉不闭漾波光，茉莉花繁白似霜。今夜莫教轻著剪，嫦娥应伴五更香(浩若赠予茉莉一缸，高出佛座，花最盛)。

翠幄分张树色齐，兴来更上一层梯。如何云外高飞鸟，犹自横枝贴水栖。

---

① 迣万舫中秋：据序，本诗为崇祯十五年壬午(1642)毛晋赴南京应应天府乡试时作。《(康熙)江宁县志》卷二："赤石矶在聚宝门外东里许，枕濠面郭，本与周处台为一。杨吴时筑城斫濠，中断为二，陂陀高下，茆屋参差，估舫渔舟，多集于此。榴花数百株，每当夏日，丹绿掩映，游人蚁集，流水轻飏，最为胜赏。"

水天一色浸浮图，级级明灯半有无（报恩塔每夜然灯半边，掩城中眺望也）。尽道报恩恩未报，心随明月到皇都。

阶前古树与云平，阶下秋涛带月生。勾引羁人无限思，又添络纬短长声。

雨花台外翠烟深，卷幔开樽对远岑。身共晴虚银一色，六朝觞咏到如今。

四望旌旗压帝城（城上盛设兵卫），篮舆如驶踏堤明。醉乡广大都无著，夜半风吹一叶横。

满城丝管在高楼，野旷山明亦快游。想到芙蓉依曲水，不禁肠断故园秋。

痛饮狂歌莫问家，飘然高寄欲乘槎。漫嗟影落西轩里，琥珀杯中吸晓霞。

唐伯虎墓[①]

择胜纵游目，轻舟坐春水。愿言睇上方，斜日横塘里。黄花散平畴，绝不杂红紫[②]。迟迟岂有待？乃系双桥趾。倾杯谈在昔，衔哀维叶子[③]。遥指解元坟，渡口依稀似。樵牧惯夷行，析薪不待死。鼎鼎才百年，一抔已块视。万里有知音，哽咽良玉毁。拜首荒秽中[④]，鬼伯应为起。余也涕涟洏，祠宇亟经始。愿君赋《大招》，斗酒檐前酾。

---

① 唐伯虎墓：本诗作于崇祯十七年甲申（1644），亦见《隐湖》卷上，题作“谷雨日邀同人游石湖道经唐六如先生墓委没荒棘怆然兴怀井研雷司李文以记之遂赋其事”。《隐湖》无雷起剑记。

② 绝不杂红紫：《隐湖》作“恨不见魏紫”。

③ 叶子：《隐湖》后有自注“羽遐”。

④ 哽咽良玉毁。拜首荒秽中：《隐湖》无此二句。

崇祯甲申，暮春既望，余与徐元叹、叶羽遐、毛子晋、马人伯、孙月在、释石林放舟于吴门之横塘。羽遐指野水丛薄间，曰：“是为唐伯虎先生之墓。童乌之嗣既乏，若敖之鬼已馁矣！今其墓牛羊是践，是可悲。”余遂与诸友人披棘拜之。访于田夫之邻者，问其遗族，云族并乏，止城内桃花坞一老妪，尚属伯虎侄孙妇之孀者。余与友人凄然叹曰：“是朋友之罪也！千载下读伯虎之文者皆其友，何必时与并乎？理厥封树，构数楹而祠之，是在吾侪今日耳！”子晋欣然任之，同侪各赋诗以纪。阅两月而祠成，更勒石以遗千古之有心者。

呜呼！凡士之负奇不遇，而能不发愤者鲜矣。以伯虎英磊负谤，见摈盛时，而能令其不放浪笑傲以摅臆乎？乃说者谓其不谨行以至是，浅矣！伯虎之奇，略见于画品，与一时文徵仲、沈石田二先生齐名。即其为文，亦天然奇丽，杂以俳谐，未区区与前人矜格，而其襟韵潇迈，若华星朗月，翼以清风，不可揽掇，尚在笔墨之表。论其猖狂纵酒，大有类于阮嗣宗；而其晦迹于宸濠之聘，则亦嗣宗之于司马文王也。才人大节卓荦如此，则伯虎自言不使人间造业钱，岂欺语哉！至其逸事，或效仲容之追婢，不以为嫌；或作罗友之行乞，不以为辱。皆亦古人任达之所为，无足多怪。而乃使其风流委坠，狐鼪同藏，伯虎有知，曾不芥蒂，而适足彰方内之龌龊也！

子晋，海虞之博物者，所搜古人遗编数万卷。孔翠一羽，惟恐或坠，于伯虎又焉能已哉，焉能已哉！是为记，并系以诗云：“荡舟指石湖，不必见湖水。大野来花风，嗅香辄十里。翠罽与金田，摇漾蔑红紫。濛濛谷雨天，春事多农趾。道有荒草坟，因之叫唐子。村烟接远山，泼墨风流似。牛羊蹴一抔，遂令斯人死。嗟欤扬子云，裔绝同一视。生为庸人嗤，死恐顽仙毁。止留大雅心，能唤古人起。表碣更当祠，艾榛在此始。啼鸟识春林，清狂堪酹醽。”西蜀井研雷起剑。

旧时[①]

家家新竹出林梢，无数蛙声落井坳。飞燕不知城郭换，衔泥重上旧时巢。

平畴新涨尺余宽，不断浓阴覆碧湍。午睡觉来攲枕坐，狂风吹落旧时冠。

路傍第宅耸云霞，酒旆摇风走犊车。鱼鸟尽空闲伫立，泫然一树旧时花。

溪声汩汩鸟声繁，四月人家衣领单。节序后先浑不识，只应麦秀旧时寒。

斜襟窄袖帽檐凉，试著儿童笑欲狂。只有闺人无别样，鬓鬟犹似旧时妆。

乌鸦飞处少桑麻，数仞雕墙没浪沙。偷问四邻谁故主，重阴合抱旧时家。

年年布谷惯催耕，无奈春风挟雨行。入夏晴光悦鸟性，枝头频弄旧时声。

天涯旅泊客愁多，促柱繁弦奈若何。野外老农闻见少，倦来还唱旧时歌。

传闻血浪渍鱼矶，山径无烟孰掩扉。访遍渔樵无伴侣，春风已长旧时薇。

香云到处解重围，谁识前因是与非。春梦婆能醒说梦，老僧都著旧时衣。

---

① 旧时：本组诗当作于顺治二年（1645）南都陷落之后。其五所咏，应为满人颁“易服令”后汉人改易服饰之事。诗题“旧时”，寓沧桑之感、故国之思。

咏并头红莲

一片溪光好，闲来学种莲。怪非灵运种，惊遇泰和仙。茎瘦矜孤引，柎承喜共骈。含颦难向背，嫣笑互回旋。各自临风怯，相偎浥露鲜。片云笼不住，只月照来偏。彩蝶离群宿，文鸳挟耦迁。却怜波上影，可似镜中嬛。苏氏连环吐，徐生破照圆。好逑差谷旦，薄命恨同年。璧水君心洁，钩钤妾意悬。孰云珠浦合，不是藕丝联？揽辔宜方轨，褰裳恰并肩。有情殊缱绻，无梦不蹁跹。敢拟檐湖瑞，倾心太守贤。华苹争献颂，耕凿乐尧天。

读刘青田草虫辛苦独知秋句口占[①]

草虫辛苦独知秋，向夕临风似诉愁。何事片帆孤寂处，声声凄咽傍船头。

草虫辛苦独知秋，断续吟来不肯休。有客倚栏吟未稳，几回听去若相酬。

草虫辛苦独知秋，小小声偏上画楼。桂影入帏欺被薄，无端欹枕泪交流。

草虫辛苦独知秋，霞浸平湖山影浮。萤火渔灯凄怅望，一般夜色几般愁。

---

① 读刘青田草虫辛苦独知秋句口占：刘青田，刘基。"草虫"句见《诚意伯文集》卷十七《秋日即事》其一，亦见《列朝诗集》甲集卷一"刘诚意基"。

上巳集问渔庄赋得风俗犹传晋永和[①]

乱后人家如旅泊，每逢佳日集羊何。偶寻兰渚流觞句，漫咏柴桑种豆歌。隔岸猛风飞燕急，连村苦雨落花多。不妨酩酊同渔叟，偃卧舷边覆短蓑。

风雨谣

花信春来二十四，荒村狂吹狂无比。破窗时咽玉箫声，黑云又压山头迟。西舍老农知岁事，布谷无方魂蚤悸。忙呼丁壮牢筑堤，鹭鹚飞过村边寺。小楼兀坐抚瑶琴，忽然万感集于心。拟向指头写出高山流水调，如何听者诧为狂风骤雨音？

---

① 上巳集问渔庄赋得风俗犹传晋永和：问渔庄，为昆承湖边毛晋别业所在（见《隐湖》卷上胡文蔚《题问渔庄》）。据《隐湖》卷下钱嘏《春尽日冒雨寻山》序："隐湖主人开汲古阁，出其藏书及唐宋人墨迹，纵观竟日。明日，主人载酒放舟，将探乌目诸胜。中流雨大作，泊问渔庄。"应在汲古阁西向舟行途中，具体方位不详。"风俗犹传晋永和"，见唐人皇甫冉《三月三日义兴李明府后亭泛舟》（《全唐诗》卷二百四十九）。此诗亦见《隐湖》卷中，作于顺治五年戊子（1648）。

初夏至葑溪草堂[1]

草长花落石阑低，过去春光风雨迷。老树架巢扶嫩叶，深廊添垒湿新泥。朱樱映日筠笼满，绿笋当阶锦额齐。俗客不来欢自得，非关褊性合幽栖。

中秋宝月堂集同社坐月[2]

月无常主共推闲，陟彼山颠又水湾。蚤向柳梢描一线，直从海底吐圆环。青荧萤点寒无焰，空白云层凝似顽。一色著人如著水，杯光返照绣楣斑。

柳絮

一任颠狂乱惹人，幽闺深院强相亲。烟花三月扬州渡，雪满征帆惯送春。

---

① 初夏至葑溪草堂：葑溪草堂，不详。葑溪在苏州。陈瑚《确庵文稿》卷三上有《癸巳岁暮长洲李如石使君见枉于子晋葑溪草堂余报访于萧寺感怀往事流涕慷慨日月如流已再易期矣追忆其语成绝句奉赠》，似毛晋在葑溪有别业。待考。

② 中秋宝月堂集同社坐月：宝月堂，见卷三《和友人诗·正月廿三夜观灯宝月堂》注。

采莲曲

江上花朵鲜,今年似去年。花边采莲女,颜色何如前。
昨日花似侬,今日花如雨。荣谢不多时,默默向谁语。
枝上花容妍,花中苦心在。妍容不可驻,心苦何时改。
不怕艇子轻,只怕飞桡急。缚袖怯长风,不觉红裙湿。

醉泛

极目空四海,顾影何蹙蹙。被酒放孤舟,万里无拘束。

再登贺九岭[①]

吴都山万叠,到处恣冥搜。或方如屋架,或圆如笠浮;或矗如老僧,或横如豪牛;或高与天平,或坦同江流。种种吐奇相,图缋难兼收。吴王踞其胜,宫殿攒上头。岁候七十二,一候一峰游。兹峰宜重九,云辇驾苍虬。左佩干将剑,右绾珊瑚钩。箫声入青汉,响屟下重楼。拜贺风雨集,欢声动九州。繁霜不敢下,茱萸被林丘。

① 再登贺九岭:《(正德)姑苏志》卷八云,"凤凰山……又南为贺九岭(相传吴王于此庆贺重九,崖壁有贺九岭三大字),过东南则为花山"。

凭吊千载事，春谢复悲秋。而今安在哉？敻然岩壑幽。余能道前路，济胜从良俦。扱身学狡兔，木末纷少留。扪萝兴方剧，日夕未遑休。松涛聒天响，能生听者愁。

空村

空村少暑气，垂柳蝉声多。倚树照蓬鬓，愁心在碧波。

冬日泊赤石矶野庵水次[①]

弹铗悲歌气未平，孤舟一系石头城。长江雪暗迷帆影，古殿风高涩漏声。草野频年皆俭岁，朝廷今日正多兵。山僧不识人间事，惟说梅枝岭上生。

赋得玄晏先生满架书[②]

玄晏先生满架书，古人相对又添予。不求甚解无人解，漫说陶公果阙如。

玄晏先生满架书，瓶花樽酒影相于。今年结个南村侣，乘兴还

① 冬日泊赤石矶野庵水次：赤石矶，见本卷《迣万舫中秋》注。

② 赋得玄晏先生满架书："玄晏先生满架书"见《全唐诗》卷四百七十七李涉《秋日过员太祝林园》。

来较鲁鱼。

玄晏先生满架书，更无尘事到吾庐。科头累月当窗坐，五十无闻亦晏如。

八月十五夜从东湖归独坐快阁(和孟芳舅氏韵)[①]

昆湖归去月婵娟，小阁闲凭宛似船。数顷良苗浮白露，几村疏柳暖青天。烟飘檐外分香篆，莲折池中倒碧圆。堪笑生公一片石，酒筹歌板过年年。

南轩杏花中秋盛开

三春花向九秋鲜，客到题诗野外传。色映红霞□□□[②]，光含白露镜中仙。昔兼桃李同蹊发，今共芙蓉隔浦妍。为报倚云天上种，凛秋相约发年年。

---

① 八月十五夜从东湖归独坐快阁(和孟芳舅氏韵)：东湖即昆承湖。快阁不详。《隐湖》目录附注："李縠，字孟芳，常熟人。"此题亦见《隐湖》卷上，总题"中秋咏"，诗题无"八月"二字。孟芳舅氏韵，即李縠《八月十六子晋招同庄乐叔子曰补季虬仲木夜泛西湖即事》(不知何以原唱咏十六事，而和诗反咏十五事)。据《隐湖》所录杨补序，诗作于崇祯八年乙亥(1635)。参见本书卷三《和友人诗·乙亥中秋仍毛子晋为主人泛月西湖几达晨而返坐中杨无补戈庄乐严仲木李孟芳季虬王成之金介甫》。

② □□□：清稿本作"天上种"，显系涉下而误。王振声校、《虞山丛刻》均作缺文。

登剑门绝顶①

独鼓登高兴，轻舟出小湾。菊篱人共采，松岭我能攀。目送秋鸿远，心随晚磬闲。一杯倾落照，几处画晴山。

中和节同登中峰听讲呈汰如苍雪二上人②

白衣随喜共缁衣，尽解娑罗听阐微。林鸟有声皆说法，山花无色不含晖。灯明宝阁僧初定，日暮江城客未归。垂手二师同到此，中天佛法未云希。

---

① 登剑门绝顶：剑门为虞山名胜。《（光绪）常昭合志稿》卷二："（拂水岩之东）又有剑门，为虞山之阳最雄秀处。明邑人钱籍曾构楼其上，今已无遗迹。名为剑门者，以崖裂如劈，故借蜀道之名名之。"

② 中和节同登中峰听讲呈汰如苍雪二上人：中峰，见卷二《和今人诗·支硎道中次顾山甫韵》注。汰如，《（崇祯）吴县志》卷五十四："明河字汰如，扬州通州人。生数岁，体孱善病，父母虑其不育，送入寺习瑜伽教。河不愿诵大乘诸经，暇耽词翰，足不出关，力穷内外典。至十九，奋发长往，孤筇绝侣，遍阅大方，凡南北禅讲之宗、古今名德之迹，烟山瘴水，靡不遍历。后遇二楞通润，依之住铁山，住中峰，迁皋亭，返花山，学侣争趋。性相经论，庄骚左史，手不停披、口不辍讲者二十年余。最后应白门长干寺讲法，道愈振，人谓雪浪以后，唯河踵其盛。尝于讲期，群鹤翔空而下。已，还中峰示寂。所著有《楞伽解》《华严十门眼》《法华斯要》《圆觉蚊饮》《甘露门》《月明钟》《高僧传》。"（《高僧传》应为《补续高僧传》，天启元年毛晋刻印）苍雪，见卷三《和友人诗·癸巳早春喜闻子九上中峰赴南来大师讲席诗以促之》注。此二诗亦见《隐湖》卷上同题组诗，约作于崇祯十年丁丑（1637）。

讲寺飞花点戒衣，钟鸣香积翠烟微。树头莺语和[①]清梵，谷口泉声带落晖。黄阁故人常赞叹，青山隐者悉依归。知师见地能圆彻[②]，过去无多现在希。

雨泊虞山下[③]

浊醪聊复载轻槎，十里林塘出郭斜。柳外有莺能睍睆，坐中无客不烟霞。兴来莫漫辞沽酒，春去何曾见好花？试问当年湖上鹤，几时还得到君家？

青山一片落樽前，有客[④]相逢合管弦。湖面好风消雨气，林间斜日动炊烟。笑言即事关灵境，文字多生现识田。鸿渐自来欣斗茗，每烹新汲到吟边[⑤]。

---

① 和：《隐湖》作“传”。

② 知师见地能圆彻：《隐湖》作“如师高远能圆彻”。

③ 雨泊虞山下：本组诗其二亦见《隐湖》卷上，题作“雨泊虞山下和陆布公韵”。陆布公，不详。孙永祚《雪屋二集》卷一有《访陈季采陆布公于石梅庵》，当亦为常熟人。诗作于崇祯十五年壬午(1642)。

④ 客：《隐湖》作“美”。

⑤ 笑言……吟边：《隐湖》作“数声啼鸟迟归棹，几道飞泉落野田。珍重君谟斗茗客，笼香频递到吟边”。后有自注：“君谟在西湖，营妓周韶多蓄奇茗斗胜，不胜者赋诗。”

谷雨前一日载酒石湖送萧伯玉太常还西昌①

放棹逢新涨，寻山值晚晴。寺门芳树掩，渔浦断烟横。柳会萦离绪，莺能唤友声。如何临胜地，却②作送归程？家近涪翁阁，帆过帝子城。百年攀附意，蚤③晚济时亨。

闰元夕湖庄文宴④

风雨春光愁寂寞，喜逢良夜得追陪。月轮树底方窥酒，歌扇灯前又落梅。正好客来移坐密，岂容兴尽刺⑤船回。旧醅只为催诗发，征烛何妨更洗杯。

---

① 谷雨前一日载酒石湖送萧伯玉太常还西昌：《（洪武）苏州府志》卷七云，“石湖在县西南十二里，盖太湖之一派，范蠡所从入五湖者。参政范成大创别墅于此，因越来溪故城，随地势高下而为亭榭，植以名花，而梅为独盛”。萧伯玉，《（同治）泰和县志》卷十七：“萧士玮字伯玉，河南郡丞一杰之子。幼英越，目光炯炯，读书十行俱下。登万历丙辰进士，仕行人。崇祯初册封秦藩，再使琉球，请辞，谪光禄典簿。出为府僚，寻改评事，转礼部主事，迁吏部，自文选历考功进光禄少卿，拜太常寺卿。嗣因染恙，辞疾归里。辟春浮园，阐《大乘起信》，所著有《春浮园集》。”萧氏为钱谦益挚友，与毛晋亦多有往还，毛母戈氏卒，即由萧氏撰墓志铭。本诗亦见《隐湖》卷上，总题“送萧太常还西昌”，毛晋诗题“谷雨前一日招璧甫若抚孟芳衍门载酒石湖送伯玉还西昌用朱才就别驾寺前渔火依然在诗里钟声到处闻之句平字各赋五言六韵”，诗后有注：“得‘声’字。”诗作于崇祯十二年己卯（1639）。

② 却：《隐湖》作“反”。

③ 蚤：《隐湖》作“早”。

④ 闰元夕湖庄文宴：崇祯十三年庚辰（1640）有闰正月，诗当作于是年。

⑤ 刺：清稿本作“剌”，据王振声校改。

登支硎山①

登岭诸方俯，穿林一径斜。芒鞋承细草，破衲落松花。佛日三千界，宗风二大家。不须听说法，且赏好年华。

上巳日登华山听讲留宿②

相期听说法，胜日到兹山。一水晓偏渡，千林晚共攀。花光开窈窕，松籁落潺湲。谷静闻禽语，云归见石斑。杨枝侵水碧，幡影拂床殷。四众皈猊座，三门出世间。凡夫都发省，稚子亦欢颜。鼎鼎百年内，寥寥半日闲。玄言增法喜，禅悦破人悭。缘感皆随应，虚来尽实还。自今窥藏海，方始识尘寰。

柬谢姚康成惠茶③

罨画亭台入梦偏，齿牙长忆漱甘鲜。书封老箬春旋寄，花飏轻

① 登支硎山：支硎山，见卷二《和今人诗·支硎道中次顾山甫韵》注。据释照渠《以介编》序："子晋先生向刻华山三高僧诗。先高松师始唱《华严》于庚辰之春，先生设供，匍匐执弟子礼。"庚辰为崇祯十三年。疑是年春赴华山听讲《华严》途中有支硎之行。

② 上巳日登华山听讲留宿：华山，见卷三《和友人诗·辛未中秋子晋从虎丘来登莲子峰诗以赠之》注。本次华山之行，参见前题《登支硎山》注。

③ 柬谢姚康成惠茶：姚康成，不详。

烟手自煎。凝白每怜云有子，搜枯直讶酒无权。廿年不断山中使，肌[1]骨朝来半已仙。

送凌茗柯太常赴山东右辖[2]

千秋文武属登坛，中外薇垣领百官。凭槛楼台朝气合，连营星火夜光寒。正看飞檄吴天净，复见麾旌渤海宽。漫道苕溪同岘首，磨崖高碣倚云端。

法曜奎躔共陆离，春深千骑拥江湄。名高北斗南箕上，诏赐彤弓赤芾时。天际声华簪笔近，尘中心事宝刀知。辟门正见虞廷盛，三接明廷日未移。

---

① 肌：清稿本作“饥”，据王振声校改。

② 送凌茗柯太常赴山东右辖：《(雍正)浙江通志》卷一百六十三云，“凌义渠，字骏甫，号茗柯，归安人。天启乙丑进士，选行人，三使不辱命，考授礼垣，旋都枢垣。凡寇敌情形，抚镇功罪，口谈手画，靡不悉中机宜。当事忌之，外迁闽中参政，升苏松兵备，剿平福山海寇，升山东右藩，与剿梁山贼，有城守功，升南京光禄寺卿，逾年召为北京大理寺卿。甲申三月，闯寇犯阙，夜传召对，疾趋长安门，则无人门焉者。拱立达曙，门竟不启，返就舍。城陷，义渠举首触柱，血淋漓沾襟。旋易绯袍，设香案，正笏向阙拜，复南望遥拜。上父书曰：‘尽忠即所以尽孝。男视死如归，含笑入地矣。’仆请遗命，义渠曰：‘可书我柩云：死节孤臣凌义渠之柩。’终无他言，遂掩扉投缳而逝”。右辖，指右布政。本诗作于凌氏由苏松兵备升山东右布政时，具体年份不详(据《(嘉庆)直隶太仓州志》卷六，其任苏松兵备在崇祯十一年)。

题丽江木生白画卷三首[①]

雪山[②]

丽水城西路,居然印度来。空岩有马麦,绝壑少尘埃。杖策终难到,飞翰去不回。直疑通帝座,上界逼仙台。

福国寺[③]

石磴缘云上,岩花覆地开。寺僧持钵去,游客过桥来。上界云疑梦,前溪水似雷。钟声林外远,杳杳出香台。

皇恩院[④]

法界开禅院,何方似布金。庄严华藏海,广大贝多林。岭外桥通汉,村边树合阴。僧伽放参去,黄鸟和清音。

---

① 题丽江木生白画卷三首:木生白,即木增。见卷三《和友人诗·月夜怀宝月主人却寄》注。

② 雪山:当指玉龙雪山。《(乾隆)丽江府志略》上卷:"雪山,在城西北三十里,一名玉龙山,又谓之雪岭。群峰插天,经年积雪,数百里外望之,俨如削玉。山半有池,融雪飞流,盛夏伏暑,寒冽不可逼视。蒙氏僭封为北岳。"

③ 福国寺:《(雍正)云南通志》卷十五"寺观·丽江府"云,"福国寺在城西北白沙里芝山上,旧名解脱林,明熹宗赐名福国寺"。

④ 皇恩院:《(光绪)丽江府志》卷八录木增《玉音楼庆云记》云,"黄山丽水,当天印之中,其麓有皇恩院在焉"。

送友游秣陵同用云字[①]

分手斜阳下，前山起暮云。好花怜别酒，明月怅离群。王谢多遗迹，齐梁迫禅文。莫愁无旧识，艺苑尽知君。

正月十六夜集周伯高露文室[②]

南国频年乐太平，家家灯影带春星。讵意江干有严令，六街九陌户双扃。相携踏雪寻我友，开轩列炬出名酒。难弟难兄互唱酬，谁主谁宾倾百斗。高酣纵步六街东，古庙残灯爝火懵。天心不假人心便，星河黯黮月朦胧。千里百里情无隔，入手良辰抛不得。但愿年年逢此宵，喝月倒行醉吟客。

洪武冈见杨花[③]

一一去匆匆，飘飘莫与同。无情原有性，生相自凌空。岂藉吹嘘力，方来御苑中。

---

① 送友游秣陵同用云字：秣陵，南京古称。

② 正月十六夜集周伯高露文室：周伯高，即周高起。见卷三《和友人诗·书带草》注。露文室，当为周氏室名。

③ 洪武冈见杨花：洪武冈在南京正阳门内，具体方位不详。

花朝超果寺访扃上人[①]

花发片帆下，春深[②]陆子基（寺为二陆宅）。殷勤非吊古，迢递为寻师。讲彻香云合，谈深树影移。同过石桥去[③]，一笑动离悲。

暮春游兴福寺[④]（有序）

甲申暮春，西湖胡豹生访余于隐湖之上，适[⑤]吴门沈璧甫、林若抚、殷介平、马人伯一时咸集。或寻花陌上，或听莺桥边，一觞一咏，昼夜不辍。适破山寺僧招余入山修大悲忏法，遂同诸子游焉，盖三月廿有五日也。轻云翳空，微风扇和。午后，山雨欲来，诸子犹豫不前，余力促之往。舟抵麓，遂度伏虎桥[⑥]，循破龙涧，过高僧

① 花朝超果寺访扃上人：超果寺，自注为二陆宅，二陆指陆机、陆云，则应在松江。《（乾隆）江南通志》卷四十五“舆地志・寺观三・松江府”：“超果寺在府西南瑁湖桥之右，本名长寿寺。唐咸通十五年建，至宋治平元年改今额。寺有鸳鸯殿、一览楼、雨花堂、瑞光井、石假山、见远亭、西来堂诸胜。国朝康熙四十四年圣祖巡幸，御书‘虹光胜迹’四字悬大殿。”扃上人，指释自扃，见卷三《和友人诗・皂溪即事》注。本诗亦见《隐湖》卷上，题作“甲申花朝超果寺访道开”，自扃和诗题作“花朝子九过涅槃讲坛设供有诗见赠次答”，则本诗作于崇祯十七年（1644）二月十二日，自扃当为涅槃讲坛主讲。

② 深：《隐湖》作“风”。

③ 同过石桥去：《隐湖》作“石桥同过去”。按格律，应从《隐湖》本。

④ 暮春游兴福寺：本题二诗亦见《隐湖》卷上同题组诗。

⑤ 适：《隐湖》无。

⑥ 余力促之往。舟抵麓，遂度伏虎桥：《隐湖》作“迨舟至山前，舆人争先岸侧，遂升舆度伏虎桥”。

墓。万松森立，二幢分峙[①]。入寺已报暮钟矣。及登忏坛[②]，灯焰烛天，香云拂地，威仪肃穆，梵呗宣流，薰心历耳者[③]，莫不合掌赞叹。遂宿东轩。明日[④]，同礼大悲香像、六祖古铜像、阿育王舍利塔，看病鹤舞于古桧下——盖[⑤]梁时植也。已[⑥]，复游破龙涧，涧水奔涌，为一山之冠。三春无雨，仅涓涓不绝已尔。豹生同余搜访古迹[⑦]，因过空心潭上，见二石碑卧荒棘中。余喟然叹曰："元泰定间，段天祐立亭潭北，为文记之；又分常建诗四十字为韵，征缁素名流各为五言诗一首。岁久亭圮，我朝李文安公重建，亦为文记之。想二碑即二公文也。"亟呼土人扶植，汲泉洗剔，惜为霜露侵蚀，非复全文矣。遂与寺僧谋复其旧，拟面潭构亭，旁结一庵，为[⑧]舅氏缪仲醇、先师魏叔子祠，痛其高风卓荦[⑨]，皆无嗣也。诸子既赋诗纪游，余亦斐然有作，而复述其事如此[⑩]。

同吟初日耀高林，又听云堂微[⑪]妙音。海外龙归知法力，岩前花落点禅心。梦回残月诸缘寂，悟[⑫]入空潭片滴[⑬]深。逋客独来调病鹤，攒眉酒禁发狂吟。

---

① 万松森立，二幢分峙：《隐湖》作"万松森立于曲径，二幢分峙于石梁"。

② 及登忏坛：《隐湖》作"主僧接引余辈，历级而上，长廊迤逦，凡三四折，始登忏坛"。

③ 梵呗宣流，薰心历耳者：《隐湖》作"梵呗宣流。五夜经行，六时禅诵，薰心历耳者"。

④ 遂宿东轩。明日：《隐湖》作"遂一宿东轩下。诘旦"。

⑤ 盖：《隐湖》前有"桧"字。

⑥ 已：《隐湖》无。

⑦ 豹生同余搜访古迹：《隐湖》作"豹生搜访古迹"。

⑧ 为：《隐湖》后有"余"字。

⑨ 痛其高风卓荦：《隐湖》作"痛先世名贤"。

⑩ 诸子既赋诗纪游，余亦斐然有作，而复述其事如此：《隐湖》作"诸子斐然各有纪游之作，描画山林梵宇之胜，尽态极妍。余芜笔厕入，不能殚述乐游，复叙其事如此"。

⑪ 微：《隐湖》作"彻"。

⑫ 悟：《隐湖》作"情"。

⑬ 片滴：《隐湖》作"一往"。

步入林西欲问禅，古碑斜抱葛藤眠。基荒鸟散山光澹，水落潭深日影圆。披草摩挲悲往事，汲泉洗剔笑前缘。拟招二老魂来些（拟构亭潭上，祀缪仲醇、魏叔子两先生），水月同参兜率天。

送春[①]

三春日日醉如泥，踏遍山巅复水堤。朱鬣解鞍红雨外，绿旗试剪碧云西。佳人梦逐狂蜂远，游子歌随落燕低。无可奈何还痛饮，花笺杂沓有新[②]题。

题崇祯历[③]（汨书十七年三月十九日下）

西北天崩度几旬，犹呼万岁荐茶新（江南立夏，望阙荐新茶，尚未闻变）。雨旸引咎辜明主，日月交微罪党人。告急军储忘问岁，殷忧割土望颁春。微臣洗研浑无事，书得今年是甲申。

---

① 送春：本诗亦见《隐湖》卷上同题组诗，作于崇祯十七年（1644）三月。

② 有新：《隐湖》作"未遑"。

③ 题崇祯历：崇祯十七年三月十九日，李自成陷京师，崇祯帝自缢。五月四日，监国福王在南京发布哀诏。（《启祯两朝常熟实录补编》谓五月二十二日于常熟接到哀诏，似不可信）毛晋汨书本诗当在闻哀诏后不久。

避暑田舍

懒病难医愧夏畦，双柑独饮听黄鹂。醉乡广大人间小，那得朝朝醉似泥？

通流十里棹相随，数卷残书酒一卮。充耳不闻门外事，卷帘情话夕阳迟。

德香社诗同石林作[①](附启)

道无楼炭，学有龙鱼。开卷辄议古人，生生习气；得句便称佳士，刻刻藏心。匪敢附人龙文虎之俦，亦岂似行潦醇乳之别。无奈懒同秋蝶，拙比春鸠。况今作噩纪年，蕤宾临月。携锦囊者空谷，佩鱼服者蔽江。恸哭无门，啸歌有侣。灿花铺于髹几，蠢茁引于砾堆。韫椟三年，斫轮一瞬。虎头坛坫，惊冀北之空群；鸱羽城壕，学周南而得所。僭[②]承貂乏，愧作蚓鸣。难称东国越之雄，漫效西家施之丽。廿章[③]求伐，一字称师。定推敲于宿鸟池边，辨思息于秣

① 德香社诗同石林作：德香社，亦称德香会，为毛晋与释道源（石林）等于顺治二年乙酉（1645）五月组织之诗社，释道源《寄巢诗》卷下亦有《德香社诗之九首》。德香为佛教用语，毛晋、释道源诗亦多与佛教信仰有关。《寄巢诗》卷下另有《和德香社二集诗之四首》，作于顺治四年丁亥（1647），此后未见记载。本组诗其六、其七、其九、其十、其十一、其十二、其十三及附启亦见《隐湖》卷中，题作“和德香会诗酬石林上人”。

② 僭：《隐湖》作“偺”。

③ 章：《隐湖》作“年”。

驹道左。景仰智林之座主,愿为宝月之门生。遥寄八行之书,高寻百里之契。

开元寺石钵

二圣同居地,遗祥日月随。浮沉惊众耳,仰覆露纤倪。一击钟声后,千林花散时。殷勤告渔者,得此莫相疑。

礼空生佛像

生灭谁研镜,空名千古遗。默酬五体力,翘仰六时归。三更疑雨骤,六月借霜威。濯足闲垂钓,斜阳下浅矶。

山雪

冻岭插天末,黑云笼白莲。劲风起西北,松柏改容偏。枝折惊猿顾,山腰正暮烟。梅花何日发,误报此中先。

青松篇

入山何处好,松色久相要。眉晕横苍鬣,螺光冠翠髫。偏从烟际露,不向雪中消。处士有知己,高风并九霄。

门前路

南北东西路,何从何去人。捎鞭流赭汗,展毂起红尘。马迹寒冲雪,鸡声早离秦。关心路傍草,长伴客中身。

浣衲

谁施千针力,相依岁月多。入山惟与尔,出水又云何?湛湛明如拭,层层洁似磨。身心无染著[①],一片月来波。

---

① 染著:《隐湖》作"著染"。

秋泉

空山暑气少，飞泉早入秋。花黄明曲涧，云白和轻流。每向蛩声咽，宁同月影收。最怜清又淡，吸尽几磁瓯。

放生

生生无尽日，具相自纷纭。杀向何端起，放从何处分？高深皆率性，水陆各依群。一片逍遥地，如传祖梵文。

石上苔

苍翠点岩石，斑斑刷色匀①。雨深宜薄日，秋浅傲余春。花落偏生媚，屐痕还可嗔。松根滋蔓久，渐蚀老龙鳞。

赋得窗中列远岫

倚槛远凡境，看山直到今。淡浓分旦暮，隐现识晴阴。掩卷烟光合，开樽翠色侵。闲云生几片，尔我两无心。

孤屿

森森鱼龙窟，一拳何日生。出云朝气少，吐月夜潮明。独秀无依接，当冲莫敢倾。秋来发孤兴，漱石听涛声。

引泉诗

支筇陟峻岭，讨彼水之源。无路还能续，有声不受喧。草香薰石乳，烟气入云根。昨夜山中雨，新流没旧痕。

---

① 斑斑刷色匀：《隐湖》作“棋残布子匀”。

小集法水山居[①]

遥集谷音社，何曾分素缁？万川同落月，一滴岂常师。人羡连林茂，吾夸独树奇。诗筒来往数，互析句中疑。

仲木来居池上寄之[②]

偶然数亩将芜地，敢曰桃花种自秦。向日登临稀俗客，今朝谈笑有遗民。共看架上图书满，莫问溪边草木贫。昼永垂帘声寂寂，一双雏燕入帘新。

一叶摇摇入远天，蒹葭零乱起轻烟。招来列岫横窗里，补得颓垣近水边。呼友剧谈无俗调，拥书连屋有良缘。家家旅泊浑如梦，记取湖滨乙酉年。

芦藏竹掩路深深，野阔风多足啸吟。且任蝶飞相上下，不妨鸥浴自浮沉。残棋怕见侵边局，孤剑空怀挂树心。醉后狂歌君莫唱，迩来汀畔有知音。

城郭纷纷话别离，偏容荒野聚亲知。晓来索柳莺声老，晚照窥莲鹭立饥。隐解不须师向秀，沉酣还自学桓彝。草塘南北堪图画，桥外参差晒网丝。

---

① 居：清稿本原字上王振声以朱笔改作“居”，《虞山丛刻》从之。《隐湖》《寄巢诗》卷下均作“山房”。

② 仲木来居池上寄之：仲木，见卷三《和友人诗·辛卯花朝仲木招入山看梅风雨阻棹夜酌此静坐月色甚佳》注。池上，应即昆承湖边北草荡，参见本卷《五覝诗》序。顺治二年清兵至常熟，严陵秋曾来此避乱，故其二有“记取湖滨乙酉年”句。

题垂虹桥亭[①]

迢迢青汉直，倒影界中吴。万骑衔烟度，千帆挟浪趋。鱼歌连鼓角，人语杂鸥凫。亭立空明小，秋风垂钓图。

登钱夫子绛云楼和韵八首[②]

蹑履凭高纵目初，风晴下瞰接衡庐。空中何意开飞阁，天上仍闻有净居。仙吏只依香案籍，姮娥深护蕊渊书。兴来时拥元龙膝，落落谁当眼底余。

---

① 题垂虹桥亭：《（乾隆）吴江县志》卷之十云，“垂虹亭在长桥上。宋庆历八年，知县李问、尉王庭坚创建，治平中，知县孙觉修。德祐元年，元兵南侵，焚长桥，亭不复存。元泰定元年，州判张显祖重建。至正十二年，监州的斤海牙修。元季兵毁。明洪武元年，知州孔克中重建，仍匾，监州那海隶书‘垂虹’二大字于楣。弘治元年，知县孙显修。前临具区，后枕松江，前辈称为吴下绝景。嘉靖三十一年，知县钟崇武重修。国朝康熙六十年，知县叶前重建”。按，毛晋此诗用元王逢《梧溪集》卷一《题垂虹桥亭》韵：“长虹垂绝岸，形势压东吴。风雨三江合，梯航百粤趋。葑田连沮洳，鲛室乱鱼凫。私怪鸱夷子，初心握霸图。”

② 登钱夫子绛云楼和韵八首：钱谦益绛云楼，为著名私家藏书楼。顾苓《河东君传》：“崇祯庚辰冬，扁舟访宗伯……定情之夕，在辛巳六月初七日，君年二十四矣。宗伯赋《前七夕》诗，属诸词人和之。为筑绛云楼于半野堂之后。房栊窈窕，绮疏青琐。旁龛古金石文字，宋刻书数万卷。列三代秦汉尊彝、环璧之属，晋唐宋元以来法书名画，官、哥、定、汝、宣、成之瓷，端溪、灵璧、大理之石，宣德之铜，果园厂之髹器，充牣其中……庚寅冬，绛云楼不戒于火，延及半野堂，向之图书玩好略尽矣。”按，毛晋所和钱氏原韵见《牧斋初学集》卷二十下《东山诗集》之《绛云楼上梁以诗代文八首》。钱诗作于崇祯十六年癸未(1643)冬，毛晋诗当作于其后。

襟衢带术俯千楹，回合山川点墨成。藻井衔花分向背，柏梁栖凤欲飞鸣。挥毫不枉珊瑚架，鸣佩还判金玉声。便欲吹笙通碧落，恍疑身在月中行。

林开初日耀雕题，风动黄金小带泥。仙骨久从千劫换，佳人难得一心齐。燕惊帘额铃能语，露湿花房蝶正栖。晓起擘笺聊纪梦，临池争识是家鸡。

前身曾是与仙期，天上人间此会时。翡翠飞来相命鸟，珊瑚网得最高枝。灵威拟授千年字，神姥应传五夜棋。缥缈增城楼十二，骞[①]霞限日不争差。

何物神工置得牢，似擎高掌出烟霄。投梭帝子窥书字，踏风仙人听度箫。树解联枝霜更发，花能四照雪难消。流云夜夜檐端宿，却笑巫山有暮朝。

红楼霞气昼霏微，玉斧玲珑敞月扉。楚客空传巫峡女，陈王难赋洛川妃。九铃风袅三宵露，百和香薰八茧衣。为报扫眉才子道，人间今有鲍家晖。

风入重櫩花气疏，高楼结得傍山居。不须箫引乘鸾女，只恐猿惊赴鹤书。锦帐春深藏窈窕，冰壶日永贮清虚。岿然不数灵光殿，欲赋凌云愧不如。

阿阁翚飞入望新，帘垂金蒜护春深。峋嵝碑上风雷字，姑射山头冰雪神。南国久无行雨梦，东邻谁是效颦人？《杂华经》里婆须女，好似飞花不受尘。

---

① 骞：清稿本作“褰”，据王振声校改。

问渔庄[1]

咫尺城东独掩门，更无尘事恼吟魂。晚来溪上风何急，目送飞花到远村。

丙戌春分病起见庭前落梅为之怃然适井研雷元方兄弟至呼酒对酌[2]

宿雨初收春正分，病余恍惚似初醺。慵牵孤绪听言鸟，喜见高

---

① 问渔庄：见本卷《上巳集问渔庄赋得风俗犹传晋永和》。

② 丙戌春分病起见庭前落梅为之怃然适井研雷元方兄弟至呼酒对酌：丙戌，顺治三年(1646)。井研，在四川。雷元方兄弟，当指雷珽、雷琯。《隐湖》目录附注："雷琯，字元方，四川人。"三浦理一郎《毛晋交游研究》"雷起剑"条："雷起剑，字雨津……琯之兄弟。"同书"雷琯"条："雷琯，似一名珽，字元方……起剑之兄弟。"按，三浦之说误。《(光绪)井研县志》卷三十三："雷起龙，字雨田……沉酣古籍，与从兄起剑以文相颉颃，凌逴辈流，诗亦郁律有奇气。登天启五年进士，屡官至长沙知府。子琯，顺治五年举人，官至衢州知府。"同卷："雷珽，字笏山，起剑长子。珽以名家子与群从切劘奋厉于学，未遇而明亡，起剑监军死。既免丧，蜀乱粗定，县人胡世安方以征拜礼部侍郎，奏请开四川乡试，以收人望。是时成都未下，诏暂即保宁观音寺为试院，以顺治九年补行诸生。就试才三百人，解额七十二名，珽与焉，后官泌阳知县。"可知雷琯为雷起龙子，雷珽为雷起剑(起剑，见卷三《和友人诗・访子晋湖庄即事》注)子，二人为族兄弟。雷珽非雷琯别名，亦非雷起剑兄弟。又，《隐湖》谓雷琯字元方，亦误。《以介编》雷珽贺诗，作者标"仙井雷元方，名珽"。雷珽曾任吴江县令，《(乾隆)吴江县志》卷二十三："雷珽，字元方，四川井研举人，顺治十三年知吴江。"《(道光)苏州府志》卷五十七、七十四，《(同治)苏州府志》卷七十二并同。吴江徐釚《本事诗》卷九："雷珽，元方，笏山，井研人。"笏山或为另字，或为别号。古人名与字意义每有相关。《礼记・玉藻》："天子搢珽，方正于天下也。"此即雷珽字元方之所由来。今姑录以备考。

帆破野云。村酒雏黄蕉叶滟，河鱼乳白荻芽芬。帘前梅片纷纷下，楚些哀歌日又曛。

空斋闻雁[①]

剑铓峰尖翠如洗，参差倒浸长江水。塞北秋高霜信来，江南木落深山里。断苇纵横度石梁，关门飞尽天茫茫。荒郊老人读书处，四壁严风嘶欲狂。蟋蟀噤[②]寒吟乍歇，寥唳哀声天际彻。初疑鷟鷟出交河，复恐怪石苍崖裂。物候移人情，乍闻[③]神更惊。岂向晴空写凄怨，无故撩人涕自零。一声缓兮一声促，续复断兮断复续。兀坐孤灯光耿耿，偏使静中听得足。乱离情绪欢心寡，历历风梢聒檐瓦。振衣开户独徘徊，明月满庭霜未下。

---

① 空斋闻雁：本诗亦见《隐湖》卷中，总题“颐志堂小集”，诗题同。颐志堂为陆瑞徵室名。《海虞诗苑》卷三：“瑞徵，字兆登。以岁贡选江宁学博，旋用壹荐，擢知浙之新城。鼎革后，不复出仕，日以书画自娱。所居颐志堂，在城西南隅，深林曲沼，最为静外。寻梁契集，胜侣为多。子贻典。”瑞徵亦为尚齿社成员，本诗即为顺治三年丙戌(1646)年九月尚齿社社集所作。

② 噤：《隐湖》作“禁”。

③ 乍闻：《隐湖》作“猝入”。

牧云大和尚主法兴福禅院敬赋二十韵录呈印可[①]

西来有心要，传持藉英贤。文字本性离，结鬘滋藤缠。教外敷[②]五叶，一喝藏三玄。野干尽脑裂，环攻壁垒坚。宗风中式微，祖堂草芊芊。灯焰续光炽，中兴在弥天。天童门庭峻，到者绝攀缘。惟师具灵慧，相见各嘿然。如以火照火，荐取在言前。何须密室授，当下伽黎传。得佩全提印，广施化雨权。海隅有名刹，荒芜叹多年。虎锡幸飞驻，肇启千华筵。戒香普熏被，四众具不穿。山林兴礼乐，木石听传宣。一音无别调，得法逾云烟。群衲皆景从，朝宗如百川。嗟余秦时钻，钝置愧机先。敢求啮旋方，不吝追风鞭。得厕龙象列，常闻狮子弦。

---

① 牧云大和尚主法兴福禅院敬赋二十韵录呈印可：牧云，即释通门，见卷三《和友人诗·秋月次韵酬牧云上人》注。释通门《澹翁传余·弘法记》："丁亥……冬，回里住破山兴福寺，法化特隆，举邑倾信……庚寅九月，游金焦，遂住京口鹤林寺。"通门顺治四年丁亥(1647)冬住兴福寺，通门《懒斋别集》卷十三"兴福时"第二首为《酬毛子晋见赠》，用韵与毛晋此诗同，可知本诗为原唱。其后第二首诗为《初春示憨崖上人》，则本诗作于顺治四年冬至次年春之间。印可，不详。

② 敷：《虞山丛刻》作"分"。

四月八日从石林禅师佛庐至隐湖放生[①]

乱离犹是一闲人，小筑溪边伴此君。垂钓无钩真有意，过屠大嚼不堪闻。挑灯尚忆护生咒，浴佛宁忘长者文。棹出蒹葭凌万顷，高深各自有同群。

过江上仲荣周二式穀堂[②]

传说翻疑入梦真，十年谋面渺何因。相看色笑浑如昨，共诉离怀分外亲。且喜笔端开叠嶂，更愁江上起飞尘。一樽痛饮庭花下，回首来朝迹已陈。

---

① 四月八日从石林禅师佛庐至隐湖放生：四月八日传为佛诞日，毛晋常于此日参与佛事。石林禅师佛庐，指小西林。本诗作于顺治五年戊子(1648)，参见卷三《和友人诗·先墓水东结矮屋数椽颜曰小西林延石林禅师休老焉寒明有诗志喜敬步原韵时戊子四月八日也》及注，并参释道源《寄巢诗》卷下《佛日子晋于戈庄佛庐放生》。

② 过江上仲荣周二式穀堂：江上，江阴。仲荣，周荣起，已屡见。式穀堂，周氏室名。

次韵酬徐仲昭二首[①]

隐德何惭郑子真，蹉跎三献叹无因。一时投分针锋接，廿载忘年水味亲。问法未能分半座，征心直欲析微尘。蠹鱼难饱神仙字，缃帙空烦充栋陈。

解说金鍮不博真，为童犹识聚沙因。久依白法宗雷合，重领玄言支许亲。岩老不逢身畔影，赵州只扫外来尘。弛兵已历河沙劫，缚草编鞋旧姓陈。

八月十四夜从湖口放舟城下迟友人不至沽酒独酌即事

中流鼓枻破澄鲜，两岸焚香彻九天。只恐香云凝一片，犹将秽滓太清间。

① 次韵酬徐仲昭二首：仲昭，徐遵汤字，参见卷三《和友人诗·和瓶中落梅》注。

元旦和石林韵三首[①]

隔年良友一瓶花，携向空王伴供茶。试笔拟将书贝叶，裁衣羞未学袈裟。夜无惊犬门多幸，春入新枝树孔嘉。渐渐香风生岭外，重寻怪石老僧家。

湖光遥映竹窗书，地僻都无户外车。幸免林中离网雉，羞同山下搏弓狙。缗丝作计成文锦，绳墨何人问散樗。野老相过争岁席，辛盘不荐荐冰蔬。

句里吟安一字难（石林、已苍合笺见赠），老梅孤鹤共高闲。江湖遁迹人称散，仙箓题名不号顽。影闭重门看止水，春生老树忆空山。纸封兰榭弥三月，病叶离披手自删。

除夕和石林韵

西轩日落一年空，缁素应知事不同。到处镜听祈好语，几人家祭哭孤忠。流年暗换钟声外，感慨无端酒盏中。弱女能言儿绕膝，香云缥缈烛花红。

① 元旦和石林韵三首：元旦，当为顺治六年己丑（1649）。释道源《寄巢诗》卷下有《己丑元旦之二首》，用韵与毛晋诗其二、其三同。

同中庵暨令郎伊人造蔚洲七十二潭访确庵赋赠[①]

水国芦为郭，渔夫钓作台。从无轻客到，惟有异书来。藤向颓檐挂，花当仄径开。谁云无乐事，展卷共徘徊。

湖村晚兴四首[②]

八字湖边处处潭，人村自古号湖南。水田漠漠闲鸥聚，廿里波光照远岚。

芙蓉隔浦晚来红，十顷平畴受远风。一月秋霖溪水涨，蘋花半吐绿波中。

溪平如掌淡含烟，落日丹林树树鲜。独立溪边篙影动，白标分插罩鱼船。

宵来蟋蟀在床头，撩我无边默默愁。独有泬寥骚客意，偏伊一

---

① 同中庵暨令郎伊人造蔚洲七十二潭访确庵赋赠：中庵，顾梦麟号，已屡见。伊人，顾梦麟嗣子顾湄字。《(嘉庆)直隶太仓州志》卷三十六："顾湄字伊人，本程姓，父新，令惠安，与顾梦麟善，梦麟无子，幼鞠湄，遂姓顾氏。早通经义，十二岁作《为上者与民争利论》，宿老异之。师事陈瑚为高弟，慎交、同声社兴，皆以得湄为重。值奏销罣误，绝意进取，专力诗古文。徐乾学慕其名，延馆于家。时为纳兰成德刻《通志堂经解》，其较正为多。"诗当作于顺治六年己丑(1649)七月，参见卷三《和友人诗·灯花》陈瑚《道院灯花》注。

② 湖村晚兴四首：本组诗其一、其二、其三亦见《隐湖》卷中《湖村晚兴》。顺治六年己丑(1649)八月，陈瑚应毛晋之邀移居昆承湖南湖头村陶家旧庐，作《湖村晚兴》十首，毛晋和之。参见卷三《和友人诗·灯花》陈瑚《道院灯花》注。

样会吟秋。

次韵赠印持禅师兼颂许石虹先生舍园胜事[①]

松老如龙爪甲成，入门不改住山情。莺声疑是戴颙宅，草履疑随何点行。共说祇[②]洹今日建（范泰暮年事佛，于宅西建祇洹精舍），休夸离垢旧时名（刘慧斐隐居东林寺，自构一小园，名离垢）。竹根如意谈经夜，应有金光照室明（齐高帝赐明绍竹根如意，常与法度禅师讲《无量寿经》，夜见金光照室）。

春日杂兴

宿雨连村暗，春眉尚未舒。客愁花事晚，鸟悦半晴初。飞挽炎如火，流光走似车。平生适俗懒，何况病方除。

---

① 次韵赠印持禅师兼颂许石虹先生舍园胜事：印持，金幢庵僧人，《以介编》印持贺诗前标作者："金幢释印持，名溥闻。"徐崧等《百城烟水》卷三："金幢庵在南仓桥东北。顺治己丑，印持闻法师购建。（崇祯中为许方伯石虹园，内有三层楼及池台花木。或言是七塔寺外院废址，印公与法弟湛门分购居之。印持，名溥闻，吴县人，出家西禅寺，传衣于中峰苍大师。）"石虹，许成章。《（光绪）镇海县志》卷十九："许成章字石虹，长洲人，进士，天启四年为邑令。"按，许为天启二年文震孟榜进士，官至广东参政，参见《（乾隆）长洲县志》卷二十。《隐湖》卷中有殷时衡《过印持金幢禅院》。

② 祇：清稿本、《虞山丛刻》作"祗"，径改。括注同。

莫城莫邪庙(在县南十二里昆承湖之西)

莫城，莫邪铸剑之所，亦谓之剑城，今有小庙云“莫邪大王”是也，或谓之镆铘城。《吴越春秋》云：干将、莫邪二剑，皆吴王阖闾所佩。干将，吴人，与欧冶子同师。莫邪，干将之妻。干将作剑，采五山之铁精，六合之金英，候天伺地，阴阳同光，百神临观，天气下降，而金铁之精不销。干将不知其由，莫邪曰：“子以善为剑闻于王，王使作剑，三月不成，其有意乎?”干将曰：“吾不知其理也。”莫邪曰：“夫神物之化，须人而成。今夫子作剑，得无得其人而后成乎?”干将曰：“昔吾师作冶，金铁之类不销，夫妻俱入冶炉中，然后成物。后世即山作冶，麻绖蓤服，然后敢铸金于山。今吾作剑，不变化者，其若斯邪?”莫邪曰：“师知烁身以成物，吾何难哉!”于是干将妻乃断发剪爪，投于炉中。使童男童女三百人，鼓橐装炭，金铁乃濡，遂以成剑。阳曰“干将”，阴曰“莫邪”。阳作龟文，阴作漫理。干将匿其阳，献其阴，阖闾甚重之。会鲁使季孙来，阖闾使掌剑大夫以莫邪献之。季孙拔剑之锷中缺者，大如黍米，叹曰：“美哉，剑也！虽上国之师，何能加之？夫剑之成也，吴霸有缺则亡矣！我虽好之，其可受乎?”不受而去。

一望平原涕满襟，手提孤剑独行吟。雌雄生死无人问，吴越兴亡有梦寻。白虎踞颠池影断，青蛇绕足草痕深(干将墓在匠门外东数里。承平时，人耕其傍，忽有青蛇绕足，其人惊，遽以刀断之，其前半跃入草中不复见，徐视其余，乃折剑一段。至暮欲持归，亦忽失之)。何年古庙烟波际，寥落钟声度晚阴(旁有古寺)。

《吴越春秋》云：莫邪，干将之妻也。此庙云“莫邪大王”，何邪？有人自蜀中来，见杜拾遗庙设女郎像，为之大噱。与此相反恰相类，戏题一绝于壁上，以供续游者绝倒："浣花岂是浣纱溪，庙貌如花伴鸟啼。湖畔剑师犹血食，也应蓤服荐牝鸡。"[①]

二月望日同确庵中庵游凤冈[②]

连影出双扉，梅枝弄影微。苍峰寒竹翳，古庙败墙围。桥偃犹仙迹，冈卑且凤飞。顽潭鸥路便，月色候帆归。

华山挺松歌寿道开法师[③]

奇峰半坼青莲华，天空玉女堆云娲。虬松拔地挺霜色，龙鬣怒磔争纷拿。山中有士好奇服，时来树下趺双跏。天花散落白日静，松风敕令悬袈裟。有时一锡凌云起，卓向人间抉禅髓。舌底流泉作雨飞，师弦吼破群狐垒。中年随处缚茅庐，遥向高松日著书。时人欲识山居腊，百尺无枝偃盖如。

---

① 戏题……牝鸡：王振声谓应删。

② 二月望日同确庵中庵游凤冈：《（嘉庆）直隶太仓州志》卷五十一："土山在双凤镇，又名凤冈。《名胜志》云：'晋瞿硎先生修道处。'张采《志》作旧志云：相传元周道篆炼丹于此。"顾梦麟家即在双凤。

③ 华山挺松歌寿道开法师：华山，见卷三《和友人诗·辛未中秋子晋从虎丘来登莲子峰诗以赠之》注。道开，释自扃号，参见卷一《和古人诗·小重阳日过凫溪访无门法师用陶九日闲居韵》。

湖中晚归

晓从湖口发，暮从湖口归。相对闲鸥坐，谁云良伴稀。苍芦延鹉首，新月上柴扉。回首停桡处，烟笼柳色微。

鲁国图诗①

海天孤望久，入庙洗碑新。凫绎卑群岛，蛟门接泗滨。山川皆赖古，图画亦惊人。披葛风前拜，惭同卉服民。

冬居

孤灯耿耿坐黄昏，一卷阴符自掩门。聒耳霜风疑铁马，朝来落叶满前轩。

① 鲁国图诗：参见卷三《和友人诗·鲁国图诗》注。

葑江遇仲荣志喜次韵[①]

忆读《离骚》共一舟，三年江上动离愁。瓶香入研春风细（仲昭索和《瓶中落梅诗》），竽籁飘空夜雨幽。新句方成茶正熟，遗编未展泪先流（"竽籁"，仲荣集名，又携尊甫、令兄弟遗集）。蒲帆偶落葑溪曲，揽袂连朝烂漫游。

周玉介移居[②]

依隐离人境，回头恐不深。幽溪无俗客，近局有禅林。已恰新莺到，何妨旧燕寻。白云时出岫，共我了无心。

快读江郎赋，频惊岁月迁。竹溪回棹远（旧居竹青塘），山影列窗全。酒熟梅花候，茶香谷雨前。访君逢胜日，刻烛且忘眠。

---

① 葑江遇仲荣志喜次韵：葑江，即苏州葑溪。据诗中自注"仲昭索和《瓶中落梅诗》"，本诗作于顺治七年庚寅（1650），见卷三《和友人诗》徐遵汤《咏瓶中落梅》、毛晋《仲昭索和瓶中落梅漫次其韵寄之》诗及注，并参《隐湖》卷下《咏瓶中落梅》。

② 周玉介移居：周玉介，不详。据诗中自注"旧居竹青塘"，应为苏州人。明张内蕴《三吴水考》卷三："运河西南二面河道，射渎西通阳山及竹青塘。"《（同治）苏州府志》卷二十二："竹青库在阊门外，今有竹青塘。"

中秋坐月

蒹葭绕屋淡苍苍，检点重衣怯坐凉。四起鹊声惊昼色，双飞蝶翅醉秋香（鹊鸣蝶飞，记所见闻）。尝新且喜湖田熟，薄醉休嫌野市荒。几度月华才出户，与谁歌啸看云黄。

元日对酒[①]

初日南枝上，年开六九春（余年五十四）。醉乡真广莫，无地着愁人。

佳人照镜

自喜无双艳，秋波入照明。相看两不妒，微笑似将迎。

---

① 元日对酒：据自注，本诗应作于顺治九年壬辰（1652）。

寄西华秀峰寺岫云上人[①]

月照梅花醒，定中人未眠。东风湖上急，吹到秀峰前。

独游家园

日涉忘朝暮，重行代远游。坐花云影换，洗盏鸟声流。

① 寄西华秀峰寺岫云上人：徐崧等《百城烟水》卷二云，“西华吾家山，去光福西南二十里，寺在山之右，有峰郁然，曰聚秀，因名寺为秀峰。创于宋绍兴间。檀越吾氏闻径山佛智裕禅师之道，请为开山第一代祖……后废。岫云禅师（讳行玮，苏州顾氏，脱白虎丘，初参密老人，为古南牧和尚长嗣）崇祯戊寅隐居铜井，闻秀峰乃佛智破庵祖塔所在，常渡湖瞻礼（为之叹息。清顺治丙戌，有僧恒如志图恢复，已而未能。丁亥秋，急欲舍去，九日师适过，遂以所居请之）。寺止破屋三楹，荒地数亩。戊子、己丑，缚茅安众结二冬。庚寅，筑方丈及小楼。壬辰春，复寺基（旧司理当湖倪公长玗、同郡吴给谏适、李侍御模、顾郡侯缵诒为之护持），马氏二十家悉迁去（乙未秋，倪公长玗躬携疏册沿募，及毛晋、孙明圆诸信施六百金，得香楠厅二带）。次年，建大殿、法堂。己亥，建弥勒殿及西楼。己酉，建伽蓝祖师堂。辛亥，建杜鹃楼并杂室总七十余间，置山田百余亩，内浚池七十余丈。寺西南三里许澄觉精舍竖万佛石塔，赵文敏书额，中峰国师为赞，勒于大德十年，坠于湖涘，师亦洗刷，构置几椽。凡前断碑残碣，皆师荷锄从土中得之（师常乞书于雪峤老人，老人忽书‘恢复古道场’五大字，不意遂为先谶）。其住秀峰，种田博饭，不趋荣贵，有百丈政黄牛之风”。

相逢行

花片飞轻鬓，游丝罥玉鞭。相逢不相识，语语在眉边。

饮酒看牡丹

收尽三春色，红光照满杯。不关移坐密，作意近人开。

曹溪一滴庵[①]（有序）

余家昆城湖南，诸水环抱，东折一曲，俗呼“曹家浜”。庚寅秋八月，将结一庵于水东之滣，颜曰“曹溪一滴庵”。中供如来香像，是像在汲古阁中已二十余年矣。因灯光香穗未能六时恒照，特延蓼上印初禅师驻锡焉。敬赋长句以招之。

年来百事赋休休，结得茅茨傍碧流。远避俗尘经僻地，贪看月色趁中秋。龙沙延脉七星址，瑞相分身万卷楼。长伴一灯经一卷，北禅旧有老南洲（师曾住北禅寺，即南洲老人寄迹处）。

---

① 曹溪一滴庵：曹溪一滴，为佛教典故。宋释本觉《释氏通鉴》十二《韶国师》：“又有问如何是曹溪一滴水？（法）眼曰：‘是曹溪一滴水。’韶闻乃大悟，平生疑滞，涣若冰释。”本诗作于顺治七年庚寅（1650）。

听笼中山雀

雕笼当绣户，拟听山中音。音中似哀诉，动我万里心。

登楼见白鸟

迥阁立空野，烟波接槛前。何来一片雪，弄影入新年。

春夜梦游支硎题诗梅花下醒来犹记一联云香雪封高寺奇云补断峰人日足成一律

支硎旧游路，梦里策孤筇。香雪封高寺，奇云补断峰。寻芳何处骑，报晓隔溪钟。觉后原非梦，檐梅正笑容。

梦父师持坐石图索题时南来法师在坐说诗偶及天界灵山二老梦中倡和得深林坐石生秋隐之句同用成篇为合梦诗遂书卷上放笔大笑曰梦父亦同梦否余不揣口上续尾以博一粲①

选石空山独坐时，水流花笑不关思。半醒半梦谁能解，便索师题合梦诗。

---

① 梦父师持坐石图索题……以博一粲：梦父，又作梦无。《隐湖》卷中目录附注："大惺，字以明，号梦父，湘东释。"三浦理一郎《毛晋交游研究》第四章："释大惺，字以明，号梦父（亦作梦无）。生卒年、事迹均不详。湘东寺僧。"其说不确。《隐湖》卷中《丙戌元宵尚齿会集和陶诗》序："九峰释梦无大惺，时年五十五。"丙戌为顺治三年（1646），则大惺生于万历二十年（1592）。冯廷宾稿本《虞牧公诗集》有《诗僧梦父来从湘上老于虞山辞世殆五伏腊矣放斋兄简笥得其旧日之笔为十绝以吊之效颦如左》八首，其一又有"湘南飘笠溯江来"句，则湘确指今湖南，湘东非寺名。和陶诗序称大惺为"九峰释"，《（乾隆）岳州府志》卷之二十六"寺观志·平江县"："九峰寺，在县西北九十里。唐天宝间侍郎李安甫建以隐居。"不知是否即此。另，冯氏诗集为编年诗集，其诗作于康熙二年癸卯（1663），时大惺辞世五年，则约卒于顺治十六年己亥（1659）。冯氏诗其五专叙大惺与毛氏关系："隐湖锓本遍神州，子夜翻书汲古楼。回忆湘东流寓客，高谈吾学几春秋。"自注："毛氏书，每出僧手校。"南来法师，即释读彻，见卷三《和友人诗·癸巳早春喜闻子九上中峰赴南来大师讲席诗以促之》注。

泉游八咏[①]（有序）

三春既暵，百卉具殷。迨至孟夏，快雨弥旬[②]。余与确庵陈子集匏庵朱子书画舫中，拂水乘风，开樽遥对。欣然贾勇，往招[③]石林老人，出北门，倩篮舆，过小涧，入桃源。选石分坐，容与徘徊。陈子叩桃源缘起，实莫知其所自。石公因述五十年前，犹见桃花夹涧，红雨缤纷。邑人往往修禊于此，流觞题壁，不亚兰亭。一僧结庵泉上，颜曰“妙音”，木衣绨绣，土被朱紫，香云隐天，花雨洒地，信附城梵刹之壮观也。四月八日，俗尚浴佛，士女来游，空城溢谷。兵荒以来，僧徒绝影，惟见如来露坐、泉声咽石已耳。历级而上，至白鳝洞，洞衔半壁，冬夏滴沥，不盈不涸[④]。旁有崩石如屋，万历间一僧昼卧其下，梦佛灯火发，惊寤疾走，未至佛前，其卧具已粉碎。石下西偏，有西相大士，塑工精巧，今殿宇半倾，相好俨然。墙外水声如雷，名曰“石屋”，相传太公辟纣之所[⑤]。洞中老僧导余下坡，坡路已没，舆人舁石棋布，猿臂以渡[⑥]。又过一岭，相与扪萝引葛，从四高僧墓至破龙涧。

---

① 泉游八咏：据陈瑚《确庵文稿》卷二《癸巳初夏雨后潜在邀予同石林上人游虞山诸泉归而作诗以纪其胜》，本组诗作于顺治十年癸巳（1653）四月。其一、其三、其四亦见《隐湖》卷下，题作“泉游杂咏”。

② 弥旬：《隐湖》后有“泉飞树杪”句。

③ 往招：《隐湖》作“遂同往方塔寺招”。

④ 信附城梵刹之壮观也……不盈不涸：《隐湖》作“士女来游，晴雨无间。四月八日，俗尚浴佛，鲜车怒马，溢谷空城。自卯至酉，车不能旋，马不能骤。兵荒以来，僧徒绝影，香积无烟。惟见如来露坐、泉声咽石已耳。历级而上，至白鳝洞，洞衔半壁，冬夏滴沥，不盈不涸，绝无回回汹汹之状，奥如也”。

⑤ 名曰“石屋”，相传太公辟纣之所：《隐湖》作“盖石屋也。相传太公辟纣居之”。

⑥ 舆人……以渡：《隐湖》作“呼舆人舁石棋布，猿臂以渡。水势如游龙，莫之能测。方蹲凸处，倏又奔突澶漫，衣履都湿，不能久留”。

非层丘曲折，迥异桃源[①]。而[②]夕阳下春，烟光四合，钟声[③]梵呗，缥缈于初篁古桧之间，几不识庐山真面目矣。夜宿兴福寺，寺多诗僧，秉烛引余辈坐空心潭侧，烹茶煮笋，论诗品画。画中见曰补杨子题语，极称连珠洞，予游屐所未到。明日由万松书院飞跨数凹[④]，见一涧从望海墩折北而下，多巨石，色如积墨，泉铺石面，细白如贯珠。既入洞，两巨石如狞龙张口，上下相隔丈许，方广数丈[⑤]，可容百人。俯入，见石顶中穿一穴，径轮五尺余，水从中悬，如明珠分缀，绵联不断，日色倒射，五采陆离，睛[⑥]摇目眩。令人抚掌狂叫，泉飞谷应，疑覆疑压，为之肌粟。又北折为五丈石，石势嵯峨，伯石屋而仲剑门，水势汹涌，庶[⑦]可与秦坡颉颃。惜乎[⑧]仆痛马瘏，日将逮昏，不能磅礴其上，心犹凭而未摅，姑扬搉以咏之，俟异日之续游尔[⑨]。

桃源涧[⑩]

出郭未云远，流泉夹道迎。桃花无旧态，黄鸟有新声。樵子眠狮坐，蜂儿破鹤楹。老僧谈往昔，水亦作悲鸣。

---

① 又过一岭……迥异桃源：《隐湖》作“再渡一岭，相与扪萝引葛，从四高僧墓旁至破龙洞。非但深邃层叠，迥异桃源”。

② 而：《隐湖》作“且”。

③ 钟声：《隐湖》前有“而”字。

④ 画中见曰补杨子题语，极称连珠洞，予游屐所未到。明日由万松书院飞跨数凹：《隐湖》作“画中见曰补极称连珠洞，予游屐所未曾也，忽忽不能寐。未几，初日又照高林矣。亟振衣起，由万松书院飞跨几凹”。

⑤ 两巨石如狞龙张口，上下相隔丈许，方广数丈：《隐湖》作“两巨石层叠，如狞龙张口，上下相隔丈来，地方广数丈”。

⑥ 睛：清稿本作“晴”，据王振声校改。《隐湖》作“睛”。

⑦ 庶：《隐湖》无。

⑧ 乎：《隐湖》无。

⑨ 俟异日之续游尔：《隐湖》后有落款“隐湖毛晋识”。

⑩ 桃源涧：《(康熙)常熟县志》卷十四云，“桃源涧在镇江门外一里许，高士徐洪隐处。故老云，夹涧种桃俱遍，花时烂熳山谷，不减武陵，今弗可睹矣。雨后泉声磷磷锵锵，若钬金戛玉，湍飞下泻，吕吾象诗所谓‘五夜银河天上落，三春桃浪岭头翻’者是也。下为陈庄靖谕茔，崇台曲栏，苍松翠柏，与前涧红桃相映发。四时携壶挈榼、呼卢浮白其间者接踵，于北山称最胜云”。

白鳝洞①

路入桃源深复深，午云叠叠结松阴。荒凉再扣招提境，淡然滴沥生寒音。紫花蒙戎翳危壁，飞鸣上下多驯禽。中庭堕石高于屋，追论往事心钦钦。升阶再拜西来相，须眉翡翠装南金。山僧汲泉作供已，泉声雷沸重追寻。

石屋②

幼闻长者言，西湖名尚父。既长读纪闻，石空凡十所。石空即石屋，湖山并太古。洋洋东海表，宁与石城伍（北郭有石城，为吴王养马处）。凭吊陟重冈，况逢泉跋扈③。矫矫一若龙，咆咆一若虎。满耳漱秋声，不知日卓午。愿枕一拳石，毕生卧韵宇④。

破龙涧⑤

重上篮舆雨后天，仓庚啼杀暮山烟⑥。家家墓上消松翠，处处

---

① 白鳝洞：《（康熙）常熟县志》卷二云，“（桃源）涧下有桃源洞，即徐洪隐处，而陈庄靖墓与僧寮杰阁皆倚山临涧，游人竞赏焉。夹岭而分流者曰小涧，迤西经报慈庵，北有洗马池，溯涧而上，东有白蟮洞，崖覆如屋，澄潭可掬。西有舜井，井深二尺，不盈不涸”。按，洞名在常熟旧志中或作“鳝”，或作“蟮”，而以后者为多。《（光绪）常昭合志稿》卷二：“历白鳝洞。”注云：“疑作白墡洞，山产滑石□也。”

② 石屋：《（康熙）常熟县志》卷十四云，“石屋在维摩寺北岭下，俯瞰山腰，可坐十许人。《吴郡志》：石室在海虞山，室凡十所，相传太公避纣居之。范氏《志》：太公居东海，常熟去海近，或是”。

③ 况逢泉跋扈：《隐湖》作“泉声正跋扈”。跋，清稿本作“拔”，王振声改为“跋”。

④ 愿枕一拳石，毕生卧韵宇：《隐湖》无。

⑤ 破龙涧：《（康熙）常熟县志》卷二云，“破山在县北八里，亦虞山之支岭。旧传唐贞观中有老宿在山寺说法，常有白髯老人，每旦必先至。一日，师问为谁，曰：我山中白龙也。师愿见其形，老人云：我见时，须念摩诃经号，助我之威。师怖，误诵揭谛神咒，神以杵击龙，龙冲山而去，遂成破涧。又《高僧传》云，白龙与黑龙交冲，迸成溪。朱长文《志》云：贞观中，山中妪主白龙与一龙斗于此而成涧，与白龙祠事相涉。三说未知孰是”。

⑥ 重上篮舆雨后天，仓庚啼杀暮山烟：《隐湖》作“重上篮舆半晚天，仓庚犹啭紫光烟”。

林中摘蕈[①]鲜。救虎何人重建阁，破龙今日又听泉。年来霜俭香[②]厨闭，惟有论诗雪柏前。

连珠洞[③]

夜展古农一幅素，指点连珠洞中泉。唯恐丹青描不尽，犹将名胜写长篇。劈开两石藏堂纪，衣珠不用吴丝穿。洞中飞雪来千里，洞外流星亘九天。雪消星散化为水，水花洒洒兼绵绵。初疑神妙未必尔，或者下笔夸玄妍。石公睁目称如是，那敢绮语诬山川。陈子闻之为起舞，卧游暗祝自我先。穿松踏石不辞勚，一见使我心怡然。回翔陟降索幽异，耳酣目醉魂俱仙。临歧缱绻不忍去，准拟秋宵坐月圆。人静山空云不起，嫦娥濯魄斗婵娟。

拂水[④]

借君书画舫，为我看山地。嘉名入君怀，快雨倾我意。峭峡云扶绿树浓，奔流飘转最高峰。开樽遥对须眉湿，翠滴晴空白雪容。

五丈石[⑤]

寻山得响泉，更寻得奇石。泉枯石渐病，石病泉无脉。虞山竦三秀，一顾一太息。剑门挂青汉，左避风鲸突。水帘向称瑞（水帘

---

① 林中摘蕈：《隐湖》作“篱边采菌”。《虞山丛刻》“蕈”误作“簟”。

② 香：《隐湖》作“山”。

③ 连珠洞：《（光绪）常昭合志稿》卷二云，“距中峰里许为连珠洞，高不及丈，广约三丈，深可四五丈，诸石屋中此最深广”。

④ 拂水：《（康熙）常熟县志》卷二云，“拂水岩者，下临山阿，崖壁峭立，悬瀑两石间，南风激而倒溅，微若喷珠，盛如飞练，故名”。

⑤ 五丈石：《（光绪）常昭合志稿》卷二云，“中峰寺南涧中有五丈石，雄伟奇峭，是名五丈涧”。毛晋《宝晋斋看牡丹・和孟芳》自注：“五丈石，虞山飞泉最胜处。”（见本书《补遗》）

洞在顶山下,一大石横其上,呼为"瑞石",旧有瑞石庵,宋人有记),未见飞雄白。下拜五丈下,势可吞月尺。帛练绕千松,喷雪欺日赤。憩息欢忘归,山鸟呼云夕。

秦坡[①]

顶山遥睇一线白,仿佛缘坡弄澄碧。松涛吞吐鹳巢云,频年未踏磨穹石。三日流觞渡七峰,崄岈窈窕应无敌。红尘百尺几时休,结伴寻烟语萝壁。

寄怀子俶[②]

辑棹相寻春水残,几枝疏柳瞑前山。盘无兼味寒僧供,冠未笼头病子颜。无赖莺花多烂熳,有[③]情潮汐自回还。著书相约常扃户,待把龙鳞老树攀。

---

① 秦坡:《(雍正)昭文县志》卷一云,"(广福院)又西曰秦坡涧。涧之深秀,莫过于是。鸟道盘纡,丛篁灌木间,声沉沉如雷。循西岩而上,鸎流相承,奇石腾倚,巉阴洽色,云垂烟接,意梁昭明所谓'石门石城,虚垅自然'者,殆指此也"。

② 寄怀子俶:《(嘉庆)直隶太仓州志》卷三十六云,"周肇字子俶。五岁识奇字,至十岁为文,师嗟异之。张溥举复社,肇以总角为高弟。贡入太学,顺治十四年顺天乡试举人。时科场事起,同考官论死,肇亲为治殓,兼以橐饘济其家。四经御试,久之得青浦教谕,举卓异,升授新淦县令。时肇已病,力疾之官,以除弊恤民为政。亡何卒,年六十九。肇盛有诗名,吴伟业尝选同邑诸人诗,名'娄东十子'。十子者,肇及王揆、许旭、黄与坚、王撰、王昊、王抃、王曜升、顾湄、王摅也"。

③ 有:清稿本作"多",据王振声校改。

答赠韩芹臣太史[①]

每读昌黎文，如蚊饮大海。腹量怯所受，微性敦所爱。谁云洛阳远，寓席咫尺在。间关二千里，图书欣满载。金题玉蹼间，月旦兰与艾。一字流人间，渊中而炳外。东山难久留，梦寐通帝赉。

夏日以谁家促席临低树分赋得谁字[②]

六月村深暑气迟，临窗未剪碍风枝。传人倒箧搜遗集（搜亡友诗，入又王《鼓吹集》），辩注分笺译古碑（长孺觅石刻辩杜诗注）。举网池边霞半起，移樽帘外月方欹。年来到处矜骚雅，毕竟雄师是阿谁（重其遍游诸词坛，戏问之）？

华严道场[③]

百千刹土舍那身，卷叶庄严几世因。薪续河沙无漏法，墨酣松

① 答赠韩芹臣太史：韩芹臣，不详。据诗，似为洛阳人。

② 夏日以谁家促席临低树分赋得谁字：谁家促席临低树，语出秦韬玉《对花》，见《全唐诗》卷六百七十。

③ 华严道场：华严道场，不详。松江白龙潭旧有华严道场，见《（崇祯）松江府志》卷五十"西禅寺"条引《白龙潭记》。毛晋曾赴松江白龙潭参与佛事，参见本书卷三《和友人诗·立冬日子晋招同若抚浪白仲荣集白龙潭上限韵》。待考。

雪有为尘。重重烟水我非我，在在钟鱼邻外邻。幸得胜宾来竹院，两双不借月波心。

指月师从松陵过余湖上①

飘飘一苇渡前津，拜手还疑古应真。袖里云霞饶野性，囊中冰雪聚同人。时当寒食称佳节，花落残梅惜晚春。莫讶相逢今日乍，当年兜率久相亲。

申之水三章题季子庙效元吉体②

申之水，江之汜。陟彼层丘，敷衽望履，飘然长揖辞延喜。匪

---

① 指月师从松陵过余湖上：《（民国）震泽县志续》云，“照影字指月，住梅里江枫庵，有《镜斋集》。指月居西郊，与翁仲谦、徐介白、顾茂伦、朱长孺诸先生游。诸先生皆名动当世，而四方名流之过吾邑者假江枫庵以居停，故指月诗名亦遍于江湖”。朱鹤龄《愚庵小集》卷九《西郊观桃花记》：“吾邑城隍逼仄，独西郊滨太湖，野趣绵旷，士女接迹。出西门约里许，为江枫庵，庵制古朴，开士指月熏修之所也。”松陵，吴江。

② 申之水三章题季子庙效元吉体：申之水，指申浦，又名申港。《（崇祯）江阴县志》卷一：“申港，春申君所浚，县西三十里，自三山石堰北行入江。”《（民国）江阴县续志》卷二十五：“申浦，今为申港。黄歇为春申君，本在寿州，为去齐近，为齐所侵，徙都于吴，为春申君，开申浦。”元吉，指元江阴人王逢。《（道光）江阴县志》卷十六：“王逢字元吉，居黄山，自号席帽山人。其后避地松之青龙江，以祖母徐手植双梧于江阴横河上，不忍忘，又自号梧溪子。初，至正间江阴盗起，陷城邑，东乡之民多胁从，浙东帅观孙克复欲屠之，问于逢。逢曰：民非好乱，无父母耳。帅悟，民皆得生。无锡民罹锋刃者，逢收其骨瘗之。当事交荐逢茂才异等，皆以疾辞。伪吴张士诚辟之，不就。明洪武中，郡县交辟，皆不就。著《梧溪集》，题咏多乱离时忠孝节烈事，足称诗史云。”《梧溪集》卷五有《申之水三章题季子庙》，即（转下页）

云粪壤视疆[①]土，翘首前王愿踵武。呜呼！魂气无不之，果否露瑰奇，聊尔扬灵醒白痴。

申之水，江之渚。阶杂椒菌，堂虚钟虡，一区池子穿大隧。千年樵牧莫敢企，何物幺么等儿戏。呜呼！愿请徐君树悬三尺剑，斩其首，填其堑，血染波光红潋滟。

申之水，江之沱。载瞻载拜，且啸且歌，三邦载记果谁因。五尺头颅洵是真，两姓宗祊属幻尘（向来守祠者有陈吴二姓，因胜国时欲绝吴，世寄螟蛉于陈云）。呜呼！素王适楚舟曾歇，展墓题丰碣，十字煌煌齐日月。

游华山宿汰法师影堂呈含光开士[②]

洞口听莺忆往年，重来楼阁更岿然。到门弹指瞻先范，入室传

（接上页）毛晋诗题所谓元吉体，王逢自序云："庙在申港大阜上，去阜二十余步。有田二亩，名池子区，相传吕舍人花园也。吕氏宋末官阁门舍人，方治园时，夜梦神人告曰：'吾季子也。汝将凿池处，吾实葬焉。汝能止凿，吾令汝世世富贵。不然，将绝汝世。'吕不之信，明凿池及土深，见巨首，围五尺许，始惊焉。亟移瘗今庙后，已而吕氏贫丧，果无后。地主王明老尝记以诗。至正戊子岁，予躬谒庙下，因感其事，为赋《申之水》三章，用追吊云。"陈瑚《确庵文稿》卷三上《申之水三章题季子庙效王元吉体》，序云："丙申孟夏，偕潜在、梅仙泊舟芙蓉城外。每遇风日晴美，则登君山，瞰长江，历览鹅鼻嘴、大小石湾诸胜，过刘伶巷，上杜康桥，访伯宁荒冢于城濠，凡吴氏二侯祠，戚舍人、黄博士废宅，无不歌呼而凭吊焉。已复求季子墓而往拜之。考国初王逢尝赋《申之水》诗以题其庙，其序曰……诗具存《梧溪集》中。潜在简示予，属予效其体同赋其事。"据此，本诗作于顺治十三年丙申（1656）四月。

① 疆：清稿本作"强"，据王振声校改。

② 游华山宿汰法师影堂呈含光开士：汰法师即汰如，释明河字，见本卷《中和节同登中峰听讲呈汰如苍雪二上人》注。含光，释照渠字，明河弟子，见卷一《和古人诗·含光过访留宿用东坡韵》注。本次游华山，毛晋与杨补及女婿冯武同行。诗亦见《隐湖》卷下，总题"八月上弦同潜在窦伯游华山宿汰法师影堂呈含光上人"。诗作于顺治十三年丙申（1656）八月。

灯礼后贤。满院香风飘晚磬，半山斜日访幽泉。舟中片月随南北，约略重阳采菊天。

过元叹落木庵[①]

十年离旧榻，贺九（山名）又重登。山翠连村合，花香绕屋凝。寻僧过略彴，呼酒洗瘿藤。重觅题诗处[②]，苔封厚几层（昔年同周仲荣相访不值，留题壁间）。

中秋目耕楼玩月[③]

今夕家家月，谁家月最明。云开临野旷，水涨接天平。白雁生霜色，苍芦起泛声。不倾千斛酒，何以慰遥情。

---

① 过元叹落木庵：元叹，徐波字，参见卷三《和友人诗·癸巳早春喜闻子九上中峰赴南来大师讲席诗以促之》注。本诗亦见《隐湖》卷下，题作“过徐元叹落木庵”，作于顺治十三年丙申（1656）。

② 重觅题诗处：《隐湖》作“周子同题处”。

③ 中秋目耕楼玩月：目耕楼，为毛晋藏书楼之一。郑德懋《汲古阁主人小传》：“性嗜卷轴，榜于门曰：有以宋椠本至者，门内主人计叶酬钱，每叶出二佰；有以旧钞本至者，每叶出四十；有以时下善本至者，别家出一千，主人出一千二百。于是湖州书舶云集于七星桥毛氏之门矣。邑中为之谚曰：三百六十行生意，不如鬻书于毛氏。前后积至八万四千册，构汲古阁、目耕楼以庋之。”本诗亦见《隐湖》卷下，总题“丙申中秋目耕楼玩月”。丙申，顺治十三年（1656）。

久滞白门不果鹤林之游[1]

咫尺逢僧处，幽篁覆石盟。分明两地月，同照一宵情。望断[2]蒹葭影，吟残蟋蟀声。梦回黄鹤远，城角已三更。（鹤林寺，相传唐人句云“因过竹院逢僧话”即此地也，故颜其楣曰“逢僧处”。寺前古方石呼为“石盟”，三十年前因陈眉公来礼元章墓，犹及见之，今不知何在。）

---

① 久滞白门不果鹤林之游：白门，南京别称。《（康熙）镇江府志》卷之二十：“鹤林寺在黄鹄山下，旧名竹林，晋大兴四年创。宋高祖微时，尝游焉，及即位，改今名。唐开元、天宝间，法照悬素主其地，始为禅寺，又名古竹院。唐李涉诗‘因过竹院逢僧话’即此。后薛朗、刘浩作乱，寺烬。宋绍兴中重建，改名报恩光孝禅寺。咸淳间僧庆清重修，寺在山南。明永乐中寺烬，僧得月就古竹院稍葺治之，即今址也。弘治中了心始建殿宇。万历间郡守秀水钟庚阳招僧德乘居之，吏部尚书陆光祖捐金复寺傍侵地，重建天王殿及方丈、僧寮、莲亭、竹院，马邦良有记。国朝康熙乙巳，僧净能、无怠重修。”本诗亦见《隐湖》卷下，释通门原唱题作“中秋后迟潜在过鹤林”，毛晋此诗题作“久滞白门不果鹤林之游次韵奉酬”。三浦理一郎《毛晋交游研究》第四章：“顺治十四年（1657）八月十五日以后不久，毛晋访鹤林寺，通门作诗以赠，毛晋和之。”其说误。通门诗题之“迟”为等待之义。毛晋诗题明言“不果”，则当是在白门得通门寄示原唱，作和诗寄之。《隐湖》此诗后为范又蠡《丁酉秋客白门晤子晋赋赠》及毛晋和诗，亦毛晋仍在白门之旁证。

② 望断：《隐湖》卷下作“露白”。

秦淮花烛诗赠江右萧孟昉[1]

绣毂轻移[2]朱雀桥，花灯朵朵影摇摇[3]。倾城名士偏相悦[4]，竞指青溪馆阿娇[5]。

满堂晕碧复裁红，妆点秦淮夜色浓。若借天钱须几许[6]，千金一笑得相从。

赏心亭畔笑相迎，偏有今宵月倍明。玉漏莫催星斗转，合尊才泛乳花轻。

咫尺长干阿母家，香风岁岁发[7]桃花。今宵烛下看人面[8]，争似邪溪遇浣纱[9]。

侍女含情擎履箱，锦衾叠叠绣鸳鸯。抱衾莫敢轮当夕，夜夜浓

---

① 秦淮花烛诗赠江右萧孟昉：《（同治）泰和县志》卷十八云，"萧伯升字孟昉，士玮从子。性豪侠，所交多名下士。官会昌教谕，尝割田饭狱，代银完粮，乡里义之。按《魏叔子集》称孟昉孝友于家，为邑人兴除大利弊，数十年不倦。尝辑《快阁纪存》，西河毛甡为之序"。李元鼎《石园全集》卷七《鸿雪草》收录《萧孟昉移居秦淮纳妇漫成八绝贺之》，作于顺治十四年丁酉（1657）春。钱谦益《牧斋有学集》卷八《长干塔光集》有《秦淮花烛词四首》，作于丁酉；卷九《红豆初集》又有《秦淮花烛词十二首为萧孟昉作》，作于次年戊戌。毛晋前一题《久滞白门不果鹤林之游》，疑本组诗即作于顺治十四年秋滞留南都时（《隐湖》卷上隶于崇祯十七年，恐不确）。本组诗其一、其二、其三、其四、其七、其八亦见《隐湖》卷上，总题"秦淮花烛诗为江右萧孟昉纳宠金陵而作"。

② 轻移：《隐湖》作"徐来"。

③ 影摇摇：《隐湖》作"影红摇"。

④ 倾城名士偏相悦：《隐湖》作"道旁争问风流婿"。

⑤ 竞指青溪馆阿娇：竞，《隐湖》作"笑"。本句后有自注："萧氏美人馆在青溪东。"

⑥ 若借天钱须几许：《隐湖》作"旅泊随身书画舫"。

⑦ 发：《隐湖》作"放"。

⑧ 今宵烛下看人面：《隐湖》作"今朝亲炙桃花面"。

⑨ 争似邪溪遇浣纱：《隐湖》作"争似耶溪浣碧纱"。

熏鹊脑香。

飞燕双双入画堂，轻身弱羽拂花光。忽惊人与花争艳，文杏梁间絮语长。

花事平章好寄情，三山佳丽惯经行。春浮[①]向[②]有婵娟径，从此香云满地生[③]。

茉莉家园一苇航，蕊珠绾结试吴妆。风光别样须牢记，头上花开入梦香。

白下郎（详李诗注）登白下亭，吹箫女子正飞琼。姓名本自仙家署，天上应看少二星。

玉英琼蕊偶然生，人地从来有合声。南国休夸桃叶渡，西江新谱丽人行。

酬谢熊雪堂少宰[④]

数行远辱问藏书，会赏遗编劫火余。倾座高谈闻正始，惊人奇句见黄初。平湖月上清冰映，三径萝生绿绶纡。白日江乡无事事，欣凭鸿宝疗空疏。

---

① 春浮：《隐湖》后有自注云，“孟昉园名”。

② 向：清稿本、《隐湖》并作“向”，《虞山丛刻》作“尚”，恐误。

③ 满地生：《隐湖》作“响屧生”。

④ 酬谢熊雪堂少宰：《隐湖》卷中目录附注云，“熊文举，字公远，号雪堂，江西人”。《（同治）新建县志》卷四十八：“熊文举字公远。崇祯辛未进士，令合肥，会流寇猖獗，攻城者三，文举尽力捍御，士民安堵。叙功擢吏部主事，当黄道周、李汝灿、傅朝佑等以言事得罪时，文举曾疏救之。迁稽勋司郎中。入国朝，擢右通政，两任吏部左右侍郎。时汉官无尚书，文举盖居极品云。后起补吏部左侍郎兼兵部右侍郎事，卒赐祭葬如例。文举勤学耽著述，文词尤擅长，著《荀香剩》《守城纪》《墨盾》诸草，《使秦杂咏》《雪堂全集》四十卷。庐州人祀于名宦，今《江南志》可稽其事云。”熊氏原唱见《隐湖》卷中《寄怀毛子晋》。据《隐湖》，本诗应作于顺治六年己丑(1649)。

奉酬胡菊潭冢宰[①]

敦薄交情重(来诗有"敦薄"之句),瑶缄下玉京。人非吴处士,业愧鲁诸生。未暇三冬学,长勤百亩耕。鹢飞空乙乙,鸿逝岂冥冥。扬马今无敌,裴王昔有声。滞才皆引首,余力更缘情。潜处还蒙照,劳歌自欲鸣。待公和鼎实,更咏泰阶平。

赠戴大司农岩荦[②]

班崇喉舌领朝英,学海波澜润八纮。月彩已升金掌丽,藜辉还

---

① 奉酬胡菊潭冢宰:《(光绪)井研县志》卷三十二云,胡世安字菊潭,少颖异,称神童。崇祯元年联捷为进士。入清,官至秘书院大学士。因病乞休,温旨以原官加少师兼太子太师致仕。康熙二年卒,年七十一。世安生平廉介,身后无余赀,子孙至鬻所藏书画以备殓葬。

② 赠戴大司农岩荦:《(民国)沧县志》卷八,"戴明说,字道默,别号岩荦"("荦"为"荦"之讹)。《(光绪)重修天津府志》卷四十二:"戴明说字道默,尚书才曾孙。(天启丁卯举人)崇祯七年进士,历户部陕西司主事,吏、兵二科给事中。凡朝政民瘼,疏凡十余上,多人所不敢言。都城陷,奉母旋里。国朝复兵科都给事中,历太常寺少卿、正卿,户部左右侍郎,晋都察院右都御史,缘事谪河南布政司参政,分守汝南道。兵燹之余,仅存遗孑,明说请蠲饷银四千两、草豆二万余,禁私罚,恤水灾,请河夫,严保甲,盗戢民苏。时镇兵多驻宛,协剿郧、襄寇,明说威信并著,诸将各戒所部无扰。督抚交章推荐,誉望益隆,遂擢广西右布政使,内升刑部右侍郎,即转左,俄拜户部尚书。时国用匮乏,有为练饷之议者,明说曰:'此前朝弊政也。'力持之,遂格。母丧还里。适沧州旧欠狐皮等银八千两,有檄追征,明说曰:'我司计时已邀免,此胡来者?'力争巡抚前,得停,河间通属沾惠者数万家。初,明说书京城悯忠寺额列前衔,忌者援劾落职。嗣又遭父丧,遂终于家。明说邃于学术,既罢官,往诣容城孙征君奇逢门受业。遣二妾归嫁,自治身心,益笃实敬慎。从之游者甚众,称为定园先生。生平著作甚富,诗画尤有名。"

倚玉绳明。朝回樾馆纷图史，咏就鸡林问姓名。遥跂星文阻霄汉，关山万里暮云横。

元倬王子南陔诗其旨深而词切孝子之事备矣束广微止言敬养不已狭乎更为三章以广其义[①]

膴膴南陔，厥草与与。婉彼孝子，令色愉愉。不改婴孺，慈亲孔娱。

节彼南陔，其木其劲。瞿瞿孝子，夙夜惟敬。不屈不回，厥德既正。

有崔南陔，白石齿齿。孝子之贞，无替终始。祓拭其躬，不辱不滓。

① 元倬王子南陔诗其旨深而词切孝子之事备矣束广微止言敬养不已狭乎更为三章以广其义：《（康熙）江宁县志》卷十云，“王潢字元倬，其先浙之龙游人，其曾祖西谿来游南雍，因家江宁。父南衡任陕西藩募，摄华州守，多惠政。公少颖异，弱冠为督学熊公廷弼所首拔士，自是名藉甚。中崇祯丙子乡试。先是，户部郎中倪公嘉庆荐于朝，以贤良征，不就。三上春官不第，念世乱亲老，侍养赋《南陔诗》以见志，人称之曰南陔先生。亲没，皆哀毁逾礼，遂绝意仕进，虽处贫约，口不言财贿，足不一涉通显之门，楗户觞咏自娱。名高行洁，四方之士仰焉。其诗古文辞原本六经，粹然出于至正，著有《南陔集》行于世”。束广微，晋束皙，详见《晋书》卷五十一本传。

余与与治顾子皆生于万历己亥顾余生春前日者推为戊戌与治生腊月在立春之后日者推为庚子其实同庚也来年六十敬赋长句奉祝[①]

太平遗老历风烟，策杖相逢各皓然。自号杨公癸巳岁（杨少师生于癸巳岁，自号癸巳人，亦不书年月之意），相尊裴令甲辰年（裴令公戏同庚郑郎中，有雌雄甲辰云云）。初闻爆竹吾偏早，次饮屠苏尔最先。梅萼两开分历叶，预倾一盏祝华颠。

指月上人镜斋坐雨[②]

一枕黑甜梦，犹疑雪片声。晓窗千树湿，午溜半阶平。穿石鱼心乐，过桥燕影横。坐来尘事寂，识取镜中情。

---

① 余与与治顾子皆生于万历己亥顾余生春前日者推为戊戌与治生腊月在立春之后日者推为庚子其实同庚也来年六十敬赋长句奉祝：《（康熙）上元县志》卷十九云，“顾梦游字与治。以诸生例得乡贡，不仕。著诗文自娱，尤好表扬文士。南州苏武子古文妙天下，中道夭折，为之镌木。北平于司直有奇气，倾赀结客，旅死秦淮，无一人轸恤者，亲为含殓，梓其稿。费考功笔山家在石阡，罢官后无所归，分宅居之，殁即葬于顾氏先茔旁，岁时祭献，酹酒必渍其墓草。其好义务不朽亡友类如此。诗清真绝俗，别成一家，书法古劲。既死，宛陵施愚山收拾付梓，属其友方尔止点定行世”。本诗作于顺治十四年丁酉(1657)。

② 指月上人镜斋坐雨：见本卷《指月师从松陵过余湖上》注。

送雷元生往金陵[①]

策蹇城边客影单，分飞不觉泪阑干。几村绿树供游目，一路莺声伴晚餐[②]。城阙任填新剑戟，风尘谁拂旧衣冠。舟回寂寞来时路，翘首钟山日未残。

偶读东坡诗知先生六十一岁卜筑白鹤峰顶极江山林木之胜子孙万里远至笑语纷如和靖节四言四章以纪之余键户荒湖日夕面墙无一佳致叠韵志愧[③]

恰是先生卜筑年，高栖白鹤恣游旋。江山叠翠琴三调，古树重阴手一编。万里覆壶更秉烛，满堂聚首胜归田。惭余裹足如蚕茧，也记星辰次舍躔。

---

① 送雷元生往金陵：雷元生，不详。疑亦出井研雷氏。

② 餐：清稿本作"飧"，据王振声校改。

③ 偶读东坡诗……叠韵志愧：《东坡后集》卷五《迁居一首》引云，"吾绍圣元年十月二日至惠州，寓合江楼。是月十八日，迁于嘉祐寺。二年三月十九日，复迁于合江楼。三年四月二十日，复归于嘉祐寺。时方卜筑白鹤峰之上，新居成，庶几其少安乎"。又《东坡续集》卷三《和时运》自序："丁丑二月十四日，白鹤峰新居成，自嘉祐寺迁入。咏渊明《时运》诗云'斯晨斯夕，言息其庐'，似为余发也，乃次其韵。长子迈与余别三年矣，挈携诸孙，万里远至。老朽忧患之余，不能无欣然。"

僧祐移居石村赋诗谢别濒行掩泪不已出所藏尊甫德操像用韵书之卷尾[①]

春秋佳[②]日米家船，不在山边即水边。得得闲来还自课，诗筒花谱过年年。

何必称狂赐镜湖，墙东自有祖贻模[③]。晨兴禅诵钟鱼肃，夜静琉璃照影孤。

---

① 僧祐移居石村赋诗谢别濒行掩泪不已出所藏尊甫德操像用韵书之卷尾：《海虞诗苑》卷十一云，"沩，字僧祐，诗人德操之子。本吴门人，当德操举君时，年已六十九矣，故徐元叹赠诗有'惭人相问讯，只作弄孙同'之句。未及就傅而德操卒，以托其友毛子晋。子晋乃翼而长之，为娶鱼开封侃孙女，遂占籍吾邑焉。德操与其父生不茹荤血，俗谓之'胎素'，君亦如之。为诗清切近人，不失家传，惜散佚几尽"。《以介编》录王沩所作贺毛晋六十寿诗，自序云："庚辰之岁，先君子挈沩过虞山，造载德堂下，望先生而拜曰：'余耆年得子，无以自立。翁今之巨卿也，愿以妻子相累。'既荷云天之谊，不负一言之托。二十年来，衣之食之，教之诲之如一日也。今年春，沩犬马齿已二十有六载，先生甲子一一周矣。称觞之日，远近毕至，亲朋咸集。沩愧颛愚，不能诵祷，谨述鄙怀，漫成长句。"参见卷三《和友人诗・同子晋宿北禅寺》注。石村，疑在今常熟市沙家浜镇红石村。本组诗亦见《隐湖》卷下，总题"己亥孟夏移居石村奉别父执潜在"，毛晋诗题"僧祐临别出所藏尊甫德操先生像求题再用前韵书之卷尾"。诗作于顺治十六年己亥(1659)。

② 佳：《隐湖》作"假"。

③ 模：王振声校改、《虞山丛刻》并作"谟"。

赠王山子归隐故里兼致古稀之祝①

晚岁南阳有故庐，依然松菊赋归与。旋依绣佛持千偈，每忆糟丘饯百觚。群从牵裾娱伏腊，旧人同社老枌榆。清癯养得身如鹤，想见黄庭产粟珠。

松鹤篇祝顾笋翁瑞翁②

岱宗天下望，一气陶洪濛。高峰扶元化，丽日当其中。百物资絪缊，阴阳无全功。轩皇封玉处，敻与帝座通。百卉不敢茁，蔸此万古松。仙人王乔辈，来听松下风。化作双白鹤，授意东王公。远

---

① 赠王山子归隐故里兼致古稀之祝：王山子，不详。程嘉燧《耦耕堂诗集》卷中有《雨后王山子见过次韵二首》，孙永祚《雪屋二集》卷二有《晤侯官林六长于荐菊泉因携酒偕王山子鲍存叔小酌以绿阴黄鸟为韵分得鸟字》。按，疑王山子为新安篆刻名家。许承尧《歙事闲谭》卷四引罗逸题其族人罗公权印章册语："家延年……其徒惟汪曼容最得其妙。曼容晚年授郑彦平、王山子，公权则自山子得之。"

② 松鹤篇祝顾笋翁瑞翁：笋翁，顾天叙。陆应阳《广舆记》卷三："顾天叙号笋洲，昆山人。筮仕为令，以子锡畴贵，即弃官不仕，屏居读书。及国事危殆，趣子南行。锡畴以父老，恋恋不忍舍。谓之曰：'吾自尽吾当尽之节，汝自为汝当为之事。'绝粒不食死。锡畴遂弃家入闽，死于军。"瑞翁，顾锡畴。锡畴字九畴，号瑞屏，顾天叙子。万历己未进士，官检讨。天启四年，典试福建，程策讥刺忤魏珰，削籍归。崇祯初复官，历礼部侍郎。福王立，进本部尚书。南都破，间关赴闽，唐王命以故官，力辞不拜。寓居温之江心寺，总兵贺君尧顿师郡城，纵兵为暴，甚且挞辱诸生，锡畴时加抑制，将论劾。君尧惧不免，夜半使人杀之，投尸江中。温人觅之三日，乃得棺殓。详见《(道光)昆新两县志》卷十六、卷二十一。

眺吴门练，飞下徂徕宫。玉峰何窈窕，草树多菁葱。知公结真宇，轩馆皆玲珑。致书瑶席间，耸翮凌长空。上以寿圣人，中以介两翁。诞开中兴业，翼亮资肤功。永以庇斯民，百禄歌攸同。

题顾雅俦镜中半身小像[①]

元镇写出金粟影，儒衣僧帽道人鞋。斯今既觏阿英之苗裔，著帽方屋而高，正襟危坐，挺然如处士松，肃然如孔林楷。不知我者向槃边扪日，知我者谓一轮明月皓然在怀。何必云渊明形神自我，何必云乐天身心于物，惟日相羊于沙溪之上，步趋陋巷，子之心斋。

冯定远五十[②]

忆昔论交初，子年方十六。惊才越务观，余惭非晦叔（陆务观十六岁与叶晦叔定交）。既遘魏夫子，春雨苏林木。连坐宛鸠斋，相期佩迷榖[③]。永夕复永朝，书声出墙屋。读罢溯花溪，缘溪花万族。佳日讨春秋，登陟如即鹿。有时飞羽觞，有时进茗粥。欢会不

---

① 题顾雅俦镜中半身小像：《（嘉庆）直隶太仓州志》卷四十云，“顾钘字雅俦，苏州府庠生。读书有原委，重名节，素志高尚，不苟去就，丧祭多用古礼。幼丧父母，与季弟钥相倚为家，凡门户事，钘任之，家庭事，钥任之，人称孝友。著《劝戒录》”。

② 冯定远五十：定远，冯班字。参见卷三《和友人诗·江南曲》注。冯班五十岁为顺治八年辛卯（1651）。

③ 迷榖：诸书或作“迷穀”，或作“迷榖”。据《山海经·南山经》、梁任昉《述异记》卷上，为木名，则似应为“榖”。

可常，离居二十熟。寝迹东湖滨，瞻望北山麓。中心日如捣，寄语托虎仆。隐忧正无已，沧桑变陵谷。登楼独寤歌，击碎如意竹。临池水尽墨，积卷高于陆。诗满天下口，字满天下目。自古多圣贤，寿莫过简牍。何况今花诞，子侄满堂祝。友生九如篇，动辄盈卷轴。床下湛新醪，为子介一斛。跻堂笑语亲，梅檐漱芳郁。

寿梦父六十[①]

右卫将军早隔庭，风吹一苇破浮萍。随缘到处皆香国，傲世何人是客星。放鹤亭前时倚杖，破龙山下夜翻经。年来尚齿开莲社，元亮沉酣灵运醒。

法曲献仙音[②]

玄妙观周玄初炼师，洪武初住持吾邑致道观，能以寸楮篆符呼召神鹤飞翔左右。重甃丹井，覆以空亭，颜曰“来鹤”。其纪载鹤来事迹洎名人诗颂，不下千百。今其十代[③]法嗣履贞袁师克绍正传。

---

① 寿梦父六十：梦父，释大惺，见本卷《梦父师持坐石图索题时南来法师在坐说诗偶及天界灵山二老梦中倡和得深林坐石生秋隐之句同用成篇为合梦诗遂书卷上放笔大笑曰梦父亦同梦否余不揣口上续尾以博一粲》注。大惺生于万历二十年壬辰(1592)，则本诗约作于顺治八年辛卯(1651)。

② 法曲献仙音：本组诗创作时间，三浦理一郎《毛晋交游研究》第二章隶于顺治三年(1646)四月一日。毛晋诗序明言“己丑”，己丑乃顺治六年。

③ 十代：清稿本“十”字后空一格，似有缺字。

己丑四月朔日，应子常杨子之招，蒇[①]事古凤基上。是日也，天朗气和，飞章启秘，仙乐震空。忽有五白鹤自乾方而至，其四盘旋云际，其一下临醮坛。观者如堵，咸手额称庆，曰："鹤，阳鸟也，因金气依火精之胎仙也。金数九，火数七，今来数又五，皆阳也。"卜主人得雄之瑞，主人神肃援笔，立成四言一章以赠袁师。余不揣凡陋，效周南老赠周炼师体，赋《法曲献仙音》三叠，以为迎送神鹤之辞。辞曰：

香一缕，玉叶奏飞仙。南岳云开分影雪，缑山璈响拂琼烟。欲下几回旋。

弱水渡，尚带蕊珠香。八翼摩空霞照灼，只轮入座雪飞翔。矜顾逗丹房。

巾拂舞，荡目碧虚中。宝鼎氤氲通帝座，雨花缥缈舞天风。咫尺九霄宫。

再歌三叠贺祇园主人[②]

凤基古，原不隔凡仙。绛阙连轩窥秘箓，蓝田角睐挟祥烟。拂拂御风旋。

---

① 蒇：清稿本作"藏"，据王振声校改。

② 再歌三叠贺祇园主人：祇园主人，指杨彝。《隐湖》卷中目录附注："杨彝，字子常，号秖园，常熟人。"《重修常昭合志》卷二十："杨彝，字子常，唐市人。父准，字耕莘，倜傥有才干。万历末，士之为时文者，喜倡新说，畔违传注。彝与太仓顾梦麟思振其弊，相与讲论辨难，力明先儒之说，远近翕然，称杨顾学，弟子著录者数百人。吴中名士兴应社，彝为眉目。屡试不遇，以岁贡为松江训导，荐授都昌知县，不赴。性孝友，母殁，呕血数升，断酒肉终丧。抚孤侄有恩，少所师事死，独力埋之，且为婚嫁其子女。晚岁目盲，犹令人读书其侧，为诸生讲说无少倦，年七十九卒。"

一叩齿，绕座玉芝香。雪羽未梳珠树湿，玄裳初刷宝花翔。天驷已占房。

应节舞，上下祝融中。三叠影垂丹井日，九皋声彻紫藤风。仿佛大年宫（君家大年生鹤卵中）。

补遗

宝晋斋看牡丹[①]（有序）

乙亥春，余从宝晋斋后辟一小轩，轩北庭不甚广，植牡丹十余本。浅深红紫，繁丽动人。奈风雨连绵，设幔防护，犹有牛酥煎蕊之虑。晚晴花艳，独坐怡然。喜若抚诸君方舟见过，亟命酒共酌。悬灯幔前，更深，月色相映，各动吟兴，即席唱和，共得七言近体诗若干首。隐湖毛晋。

和孟芳

春色无多倍可怜，况当明月好花天。几茎稚笋锄烟外，一盏新茶试雨前。莫问输丁驰铁骑（闻流寇，邑中议输丁），且教至卯泛金船。遥知五丈悬飞瀑（五丈石，虞山飞泉最胜处），更拟相携共醉眠。

和白香山春深诗（十五首，其九、其十一）[②]

何处春深好，春深怨女家。长门当日柳，广陌此时花。怕对双鸾镜，愁听百两车。年华真可惜，只见燕飞斜。

---

① 宝晋斋看牡丹·和孟芳：出自《隐湖》卷上，原唱作者李毅。《隐湖》目录附注："李毅，字孟芳，常熟人。"李毅又号拂水山樵，见崇祯癸酉为《隐湖题跋》所作序。本书卷四《野外诗·八月十五夜从东湖归独坐快阁》题后注："和孟芳舅氏韵。"毛晋母戈氏，李毅或为毛晋表舅。乙亥，为崇祯八年(1635)。

② 和白香山春深诗：出自《隐湖》卷上。原书录毛晋诗十五首，其九、其十一为本书卷一《和古人诗·春深追和白香山存十八首》所无。

何处春深好，春深刺绣家。墨描帘外燕，蝶戏指边花。拾豆呼笼鸟，回文谱织车。日迟慵理线，笑弄剪刀斜。

重九日登剑门即事[①]

登高每踞剑门顶，今岁重来拂水滨。西岭叶丹霜未降，东篱花发雨方新。忽逢怪石呼良友，辄咏停云忆故人。醉里不堪频远眺，飞蝗阵阵暗飞尘。

戊寅九日余为维扬之游过二十四桥孑然孤影绝无烟花夜月之致因忆苏子瞻维扬诗曰二十四桥亦何有换得十顷玻璃风可见宋元丰间已如是矣遂用坡老句漫成若干首以寄慨云（十四首，其一、其二、其五、其十、其十一、其十二、其十三）[②]

二十四桥亦何有，惟有丹枫绕翠微。一路轻阴迟野步，偏留残照逗岩扉。

二十四桥亦何有，惟有茭芦映草庐。短笛弄残渔唱晚，扬州一

---

① 重九日登剑门即事：出自《隐湖》卷上。作于崇祯十一年戊寅(1638)。凡二首，其二即本书卷一《和古人诗·剑门登高用杜少陵九日韵》。

② 戊寅九日……寄慨云：出自《隐湖》卷上。原书录毛晋诗十四首，其一、其二、其五、其十、其十一、其十二、其十三为本书卷四《野外诗·二十四桥亦何有》所无。戊寅为崇祯十一年。

梦是华胥。

二十四桥亦何有，惟有征轮起市尘。分付北风休太急，只教扑面打行人。

二十四桥亦何有，惟有新城护旧封。群盗漫惊消息近，又添楼橹欲传烽(时传流氛告急)。

二十四桥亦何有，惟有新营列大旗。灶勇年年事团练，军储空费万家悲(桥右有灶勇营)。

二十四桥亦何有，惟有松风扫石坛。文正功高千古事，共看残碣蜀冈寒(范公祠巍然岭上)。

二十四桥亦何有，惟有人家压酒槽。携得杖头邀月伴，不愁归路不酕醄。

上巳集牧斋花信楼[①]

流泉一派出山庄，上巳人争挹冷香。士女有情花烂漫，雨风无赖柳颠狂。楼头酒满看云近，桥外僧来共话长。总是年华消不得，肯教闲事恼词肠。

① 上巳集牧斋花信楼：出自《隐湖》卷上。本书卷三《和友人诗卷》收录此题，题作“上巳集花信楼”，所录毛晋诗为和钱谦益之作，与此不同。诗作于崇祯十二年己卯(1639)。

江上倡和[①]

十八日晓霁登塔

快雪交春灯，午夜光了了。登陟兴方剧，未旦神先晓。竦身上浮屠，轻疾如飞鸟。插江碧玉城，一朵芙蓉小。

辛巳孟夏同与公月在游京口各赋其地[②]

拟游焦山阻风渡口

江天无际暮云平，三诏岩边击浪声。仄岸风高孤桨怯，回廊月暗一灯明。昔游每作探奇梦，遥对偏增吊古情。夜半海门帆影动，还疑汉使拥干旌。

---

① 江上倡和：出自《隐湖》卷上。前有徐遵汤序："辛巳元夕，雅集澄江，金吾有禁，玉宇无辉。良朋非有约而来，觞政以无苛而快。不拘卜昼卜夜，时至情生，胜于乐水乐山。地因人辟，惟幽赏之堪纪，岂竞艳之足云？集凡五日，诗共卅篇。聊寄兴于倡酬，即以日为次第。梧塍徐遵汤题。"辛巳，为崇祯十四年(1641)。

② 辛巳孟夏同与公月在游京口各赋其地：出自《隐湖》卷上。辛巳为崇祯十四年(1641)。

晚凉口占寄人伯子晋[1]

次韵柬小宋

西望鹅湖隔彩云，秋空几欲入鸥群。风前快读贻人句，满院香生到处闻。

再用前韵酬人伯

携手溪桥看野云，莫嫌田父与同群。年来世事多颠倒，惟有农歌是昔闻。

湖南观刈又用前韵

水绕孤村树绕云，芙蓉花笑蝶成群。柴门深闭无人过，喔喔鸡声午后闻。

游江村用前韵题海潮庵

暮色含晖睆断云，极天归鸟一群群。海潮不到山深处，题得空名动客闻。

---

① 晚凉口占寄人伯子晋：出自《隐湖》卷上。此为华学殷原唱诗题。《隐湖》目录附注："华学殷，字小宋，常州人。"据《隐湖》，诗作于崇祯十五年壬午（1642）。然释道源《寄巢诗》卷上《海潮庵次子晋东海游韵》用韵与《游江村用前韵题海潮庵》全同，顺治二年乙酉（1645）作，疑《隐湖》系年有误。

暮春游兴福寺[①]

今体诗三首(其一)

一路清阴羃紫烟,鸟归声急隔林传。阶前树立天同老,涧底龙争石不坚。烛影星罗依木末,香光云绕散花边。我来问法求真印,谁拨寒灰达四禅。

奉送法润禅师载华严海印仪还南诏[②](三首其二)

花前一笑喜相逢,拨棹平湖浪万重。坐到夜来风正急,涛声何似雪山松。

秦淮花烛诗为江右萧孟昉纳宠金陵而作[③](七首其二)

庭著森修待莫愁,金炉银烛两悠悠。渐听箫鼓峰头下,一朵琼

---

① 暮春游兴福寺:出自《隐湖》卷上。本书卷四《野外诗》同题诗收录另二首。

② 奉送法润禅师载华严海印仪还南诏:出自《隐湖》卷上。本书卷四《野外诗·送法润禅师载华严海印仪还南诏》收录另二首。

③ 秦淮花烛诗为江右萧孟昉纳宠金陵而作:出自《隐湖》卷上。此诗为本书卷四《野外诗·秦淮花烛诗赠江右萧孟昉》所无。

花拥翠楼。

和范石湖田园杂兴[①]（九首其六）

簌簌花黄下古槐，半丘云影转轻雷。日长如岁饥难忍，落日腰镰绿野来。

和德香会诗酬石林上人[②]

偃松篇

具此干霄姿，忽作卧龙影。岂让高云过，或避终风猛。凌涛与耳亲，抚顶开异境。偃蹇余性然，横看雪中景。

春草谣

九陌怀新色，缘溪看怒生。青连芳雨润，绿偃好风行。客路情方动，深闺梦已凭。一茎何日化，到处立修名。

海鸥咏

无边天水合，泛泛意何为？匪乐风波险，惟消矰缴疑。浴酣红日落，眠稳晚潮随。碇宿飘蓬客，还题狎侣诗。

---

① 和范石湖田园杂兴：出自《隐湖》卷中。此诗为本书卷四《野外诗·田园杂兴》所无。

② 和德香会诗酬石林上人：出自《隐湖》卷中。此三首为本书卷四《野外诗·德香社诗同石林作》所无。

暮春游[①]

同和

返照深林寻古寺，三年闻梵有奇缘。钟声忽叩溪云动，幡影翻惊鹤步偏。植桧僧归梁院土(梁朝古桧在四高僧殿前)，拈花人散此时天。个中况味谁能会，相对无言古像前。

篮舆飞度几危湍，成岭成峰倏改观。云羃香烟迷殿角，风回水拂溅花鬖。怡怡鸟性依潭曲，袅袅藤花覆石坛。卸却春衫一舒啸，谁云千仞尚高寒。

日耀高枝初出莺，飞飞引我复行行。钟声到否将归意，枕畔醒眠未别情。何处悲歌停舞榭，几人双泪落周京。峭帆风急追无及，错认长程是短程。

---

① 暮春游：出自《隐湖》卷中。原唱为释自扃，前有袁默序："余家顶山白龙庙下，凡山中名蓝、嘉囿、古树、流泉，近在檐庑，远亦不越数十武。每遇花天月地，策杖往来。归息衡茅，摊书啜茗，酣然自适，倦则栩栩寻蝶梦而已。今春风雨妒花，未获纵步。与隐湖主人棹小舠，穿报慈桥，泊涧曲，从陆氏三角亭畔看牡丹。跨小溪窈窕寻壑，被松颠紫藤花婷婷袅袅牵引而前，深绿蒙茸，游踪断绝。因咏昔人句，云'山重水复疑无路'，鸟语鸡声又一村，描画酷似。遇一樵子，引过四高僧墓，指点高林庵，访石林上人。挑笋、瀹白云茶、敲新句，日影已西矣。复乘兴入破山寺，礼大悲忏坛，花香烛艳，昼夜不辍，真今日希有法事也。明日，倩篮舆循龙斗涧，直踞剑门绝顶看拂水。又明日，为春尽日。野泛而归，相顾而笑，曰：'是游不可无诗。'于是同游倡和，纸墨遂多。余不能诗，援笔而序。其乐如此。栗里袁默识。"诗作于顺治三年丙戌(1646)。

和左太冲招隐诗[①]

同和

首阳同日饿，匪愿名到今。《述酒》不忍述，欲破无弦琴。堪笑伤弓鸟，惊投不择林。嗟彼脱网鱼，浅附谓渊沉。驱车望古道，前途无好音。野哭谁家子，孤舟正苦吟。相逢不相识，涕出各横襟。散发向天问，何须头上簪。

经过机云庐，辄歌山有榛(是日集陆氏园)。幸遇天随子，遥集千古神。坐我春水船，情话写心真。择胜上东皋，挂瓢浣花津。说诗傲鼎鼎，历祀指常伸。不避川东席，不染江西尘。风雅日沦丧，痿痹嗟不仁。人涉须吾友，今日正佳辰。

璎珞树[②](有序)

破山兴福寺璎珞树，左开花，右结子。相传齐梁间植，唐以前诗文无考，仅见宋莫俦《破山》诗句云：“庭老璆枝翠璎珞。”又章康《游龙山》诗句云：“璎珞桧两株，皆数百年物。”今四高僧殿前，历级下石阪，左一株高干隐天，轻条拂地，如菩萨鬘，状璎珞，命名有自来矣；右一株翛然瘦立，未必同腊托根者。庆元间，蜀僧北涧咏《破

① 和左太冲招隐诗：出自《隐湖》卷中。左太冲，晋左思。诗作于顺治三年丙戌(1646)。

② 璎珞树：出自《隐湖》卷中，作于顺治四年丁亥(1647)。

山璎珞柏》[1]云:"雪枝新纵纵,霜子旧玲玲。溥露频添缀,萦风缓剪零。贯珠烦蚁度,编贝倩谁经。瑶草随山尽,来寻千岁苓。"久为吊古者所推重矣。余邑中古树指不多屈,致道观七桧,曾入赵松雪手笔,或如狞龙,或似怪石,渐就剥落,犹堪抚玩。至藤溪千丈紫藤断于樵斧,三峰数仞丹桂贼于匠柯,闻者莫不嗟叹。惟维摩寺银杏、大慈寺重荣树与此桧鼎足,为邑中伟观。兹踞地偏,胜日与香灯鱼磬映照熏染,数百年来野兽不穴其根,山鸟不巢于末。瞻仰其下,咸称希有。恐后世无传,因邀同人各咏一篇,俾采风者有所择焉。

采诗存自宋,问产或云齐。众木咸勤仰,孤芳莫敢跻。势能降斗虎,形可蔽蹲猊。老骨支青汉,蟠根出赭泥。霜繁枝肃肃,风急影祁祁。四面溜痕古,六时香雾迷。顶鬘无缝塔,肤驳杂文犁。龙藏千华聚(正对藏经处),蜂衙万蕊赍(腹藏蜜蜂甚多)。未曾罹翦伐,何幸免猿贙。异比蜻蜓树,灵同宾拨梨。悲殷丛桂北,望断古藤西。瑞相岿然在,赓歌选石题。

和元微之生春诗[2](五首其三)

何处生春早,春生树色中。淡妆凝夜雨,浓抹倩朝风。柳眼娇将放,梅心香早融。湖山与城郭,点染浅深丛。

---

① 破山璎珞柏:宋释居简《北涧诗集》卷五,题作"破山璎珞桧"。

② 和元微之生春诗:出自《隐湖》卷中,本书卷一《和古人诗·生春追和元微之存十四首》未收录。

寒食前二日过访子九于宝月堂适见补刻大藏将竣赋赠[①]

次和

慈云久矣覆荒村，此日相过接钝根。意未解时难叩问，机当捷处却无言。庭前梅片迎高座，尘外檐花落小轩。莫说波澜湖上阔，破龙一滴有长源（师曾主破山寺）。

再用前韵（和尚随喜贯休画罗汉暨补刻藏中律论）

一苇飘飘渡远村，桃花春涨半篙根。对看尊者浑今古，会到无生扫句言。潭影空留萝蔓碣，山光遥忆竹林轩。斩新《律》《论》流方策，紫柏重来浚水源。

湖村晚兴[②]（四首其三）

相期来往信如潮，夜读分灯各自挑。犹恨溪流限南北，拟从渡口架横桥。

---

① 寒食前二日过访子九于宝月堂适见补刻大藏将竣赋赠：出自《隐湖》卷中，此为释通门原唱诗题（《懒斋别集》卷十三题作“仲春放舟过谒毛子晋信宿宝月堂兼晤顾麟士殷介平马退山时见刻大藏将竣赋言为赠”），作于顺治六年己丑（1649）。

② 湖村晚兴：出自《隐湖》卷中，本书卷四《野外诗·湖村晚兴四首》未收录。

闺怨[①]

次和

春涨天涯远水通，登楼延望绪无穷。舐痕獭髓空凝白，靧面桃花枉咒红。寂寞双鱼沉海外，凄凉孤蝶睡香中。提笼采叶遵微路，又见鬖鬖被乱蓬。

雪压梅枝亚玉房，沉沉寒漏向人长。背襟心痗宜男草，继素毫枯待女香。畜意著绵停快剪，痴情剖腹问鱼航。鹣鹣白鹢虚前约，空佩砂椄莫寄将。

秋日集重其卧雪斋[②]

前题

同心此日慰加飧，葑水溪头理钓竿。宋玉惊秋愁未尽，袁安高卧鬓将残。风流诗酒犹余兴，丧乱文章且莫看。何事野人携棹急，秦淮明月拟追欢（时余有秦淮之行）。

---

① 闺怨：出自《隐湖》卷中。参见本书卷三《和友人诗・写怨》。

② 秋日集重其卧雪斋：出自《隐湖》卷中。重其，袁骏字。《（乾隆）长洲县志》卷二十六："袁骏字重其，早丧父，佣书养母。以贫甚，母节不能旌，乃征海内诗文曰'霜哺篇'，多至数百轴。凡士大夫过吴门者，无不知有袁孝子也。弟孤贫，置产以赡之。母老不能行，庭前花开，骏每负母以赏之，作《负母看花图》。"徐崧等《百城烟水》卷三："卧雪斋，一额'霜哺'，在葑门上塘新造桥西，袁重其养母处。"创作时间《隐湖》隶于顺治六年己丑（1649）。

及辰倡和①

七日微雪有怀中庵诸道长赋寄末限高适句次和

只鹤东西鬓已苍，入年燕息卧云床。劈笺分染两池墨，刻烛同倾一盏香。平野雨肥齐窃绿，疏枝月淡褪微黄。巡檐聚得酸辛味（韩偓寄吴融云“语余相聚却酸辛”），人日题诗寄草堂。

咏瓶中落梅②

再和

每对梅花有所思，折来相对不多时。一樽呼友同开口，几片催诗又皱眉。纷入砚池疑雪聚，飘过帘幕许蜂窥。隐囊欹几从狼藉，不似寻常锦绣施。

斗室沉沉不动尘，空山分得岁寒身。痴情永护消长日，恶劫匆忙别早春。几上仅存流浪迹，瓶中谁遣主花神。欲和残雪吞香瓣，铁脚传方恐未真。

---

① 及辰倡和：出自《隐湖》卷下。“及辰倡和”为总题，其中毛晋诗三首，《元旦喜晴和放翁韵》本书卷一《和古人诗》收录，《六日载德堂话雨次确庵韵》卷三《和友人诗》收录。《七日微雪有怀中庵诸道长赋寄末限高适句次和》之原唱为陈瑚。诗作于顺治七年庚寅（1650）。

② 咏瓶中落梅：出自《隐湖》卷下。原唱为徐遵汤。

赋得天寒有鹤守梅花[①]

寂寥庭院留孤鹤，伴得梅花度岁寒。落片不随流水去，疏翎常被冻云蘉。笑同和靖孤山岭，恐似元章淡墨滩。深夜月明疑是雪，鹭蓑斜搭倚阑干。

闰端阳前一日偕潜在梅仙拜季子墓和壁间陈张正见韵[②]

同和

窈窕寻申浦，潮回桥影移。地荒僧避席，檐露雀迁枝。神道犁耕水，空堂草掩碑。呜呼三片石(一在江阴西郊，一在毗陵城中，一在云阳驿前)，真赝有谁知。

---

① 赋得天寒有鹤守梅花：出自《隐湖》卷下。据《隐湖》，诗约作于顺治八年辛卯(1651)冬或次年春；据陈瑚《确庵文稿》，作于顺治十年癸巳(1653)春，待考。

② 闰端阳前一日偕潜在梅仙拜季子墓和壁间陈张正见韵：出自《隐湖》卷下。原唱为陈瑚。《(万历)常州府志》卷十七载南朝陈张正见诗《行经季子庙》："延陵高让远，传芳世祀移。地绝遗金路，松悲悬剑枝。野藤侵沸井，山雨湿苔碑。别有观风处，乐奏无人知。"诗作于顺治十三年丙申(1656)。

八月初十夜同登虎丘月色如水寂无一人此时此地平生所未遇也[①]

次曰补韵

林外烟飞似起尘，晴空寥亮雁声新。点头孤立中庭月，同调惟余三两人。

前题

晓发天池路，宵兴又剑池。蛩吟初断迹，鸟梦久恬枝。渐觉铃声厉，聊随台影移。空山孤落月，今夜几人知。

小重阳日载菊过隐湖访汲古主人舟中对菊漫赋[②]

次韵奉酬

中秋喝月已三旬，正拟花中洽隐沦。忽载秋芬慰岑寂，倚阑凝坐影交亲。

---

① 八月初十夜同登虎丘月色如水寂无一人此时此地平生所未遇也：出自《隐湖》卷下。原唱为杨补。诗作于顺治十三年丙申(1656)。

② 小重阳日载菊过隐湖访汲古主人舟中对菊漫赋：出自《隐湖》卷下，毛晋和诗凡三首，此为其一。其二、其三见本书卷三《和友人诗·小重阳日文照师同雪邻访余湖上兼惠菊花百本秋茗藤盘硃壶皆阳羡新安佳制更出佳什次韵奉酬》。据《隐湖》，原唱为释寂觉(即文照禅师)。诗作于顺治十三年丙申(1656)。

白椎庵法会[①]

同和

带雪平移恰受航，遥瞻香蔼护溪堂。肯来鹤涧南询迹，重现凫溪拨棹光。一缕能薰天外杳，千灯宁斗世间忙(元宵列炬，焰出松颠)。自从丁亥双轮转(丁亥年苍雪、汰如二师分讲大钞于中峰华山)，又见中兴礼法王。

八月九日丁菡生招游乌龙潭湄园即席同赋[②]

便得秋光好，难逢主客闲。不闻车蹀躞，惟有鸟间关。快阁虚生影，空栏淡入山。频年悲浪迹，莫漫趁潮还。

---

① 白椎庵法会：出自《隐湖》卷下。原唱为徐学孟。《隐湖》目录附注："徐学孟，字子淑，吴县人。"《(同治)苏州府志》卷四十二："白椎庵在九都十三图鸭脚浜。晋僧道生放生处，宋咸淳间僧无机建，元至正间僧慧观重建。初名文殊庵，明洪武间僧道衍驻锡其中，更今名。万历间僧湛明重建，郡绅赠大理寺卿宋学朱读书于此。"诗作于顺治十四年丁酉(1657)。

② 八月九日丁菡生招游乌龙潭湄园即席同赋：出自《隐湖》卷下。《(道光)上元县志》卷四："乌龙潭在石城门侧。《金陵志》：宋元嘉末，有黑龙见玄武湖中。今潭近湖，疑即当时所见之处。园林环列，亭榭参差，为游览胜处，明末士大夫尝以为放生池。"丁菡生，名雄飞。王士禛《渔洋文集》卷四《游鸡鸣山乌龙潭诸胜记》："潭上旧多名士，唐宜之、丁菡生之流皆居此。"陈诒绂《金陵园墅志》："心太平庵，在乌龙潭上，江浦丁菡生雄飞别墅。轩窗疏爽，时一凭观，皆山水气焉。"诗作于顺治十四年丁酉(1657)。

鹤林小集[①]

同和

旅泊悲寥落，相逢若有期。一花敷二叶，双烛引孤藜。松月纤初上，江风冷入篱。须眉浑似雪，握手笑言迟(与石公别三十余年，握手相视，须眉皓然，几不相识)。

戊戌春日宿云半居[②]

隔峰分济胜，一日快游情。香雾迷樵路，风筝逗鸟声。笙歌喧广陌，灯火接重城。树杪同僧坐，君边月倍明。(是夜予宿锦峰)

寄怀潜在居士[③]

次韵奉酬

六十余生愧俗缘，春秋佳日拟逃禅。青山燕子语将晓，白石松

---

① 鹤林小集：出自《隐湖》卷下。原唱为释通门。鹤林，指镇江鹤林寺，释通门曾为住持，参见本书卷一《和古人诗·冬日薄游城东》注。诗作于顺治十四年丁酉(1657)十月。

② 戊戌春日宿云半居：出自《隐湖》卷下。戊戌，顺治十五年(1658)。云半居，见本书卷三《和友人诗·宿珂月云半居见牧云和尚题诗壁间因次其韵》注。

③ 寄怀潜在居士：出自《隐湖》卷下。原唱为释正嵒。释正嵒，见本书卷三《和友人诗·豁堂和尚写寄梅花一枝次题句韵》注。诗作于顺治十五年戊戌(1658)。

风奏驻年。常建持贻悦鸟句，永明重见雨华天（豁公向主三峰，今主南屏）。开椷拂拂余芳在，那羡罗浮梦里仙（师写老梅一枝寄予）。

三叠前韵别与么谷音二上人兼柬岫云师[①]

云半同一宿，理策情依依。忽闻松涛怒，复见雨霏微。踞石各抚掌，天公不吾违。胸次无羁绁，行止如云飞。两湖烟水阔，荡桨弄晴辉。自怡复持赠，此意知者希。寄语秀峰老，带月叩禅机。

僧祐移居石村赋诗言别依韵送之[②]

通贵桥头（德操所居）共放船，可堪又别隐湖边。溪南山北人情异，况值兵荒趋避年。

---

① 三叠前韵别与么谷音二上人兼柬岫云师：出自《隐湖》卷下。前韵，指释通门《偶憩云半居即事》。谷音，《隐湖》目录附注："超慧，字谷音，鹤林释。"岫云，见本书卷四《野外诗・寄西华秀峰寺岫云上人》注。诗作于顺治十六年己亥（1659）。

② 僧祐移居石村赋诗言别依韵送之：出自《隐湖》卷下。僧祐，王沩字，参见本书卷四《野外诗・僧祐移居石村赋诗谢别濒行掩泪不已出所藏尊甫德操像用韵书之卷尾》注。诗作于顺治十六年己亥（1659）。

题重其兄节孝卷①

一夕无端失所天，保孤日日度如年。家贫苦节人还易，难在教儿事砚田。儿常百里去佣书，负米归来慰倚闾。风雪柴门谁见问，采风使者拥高车。

癸巳中秋文会和确庵韵②

一色晴云万里开，霏霏金粟湿香苔。纵横兰棹乘风到，潋滟文澜接水来。倒屣惭非文举座，点头喜有子昂才。明年此夕铜螭署，应见姮娥月里催。

---

① 题重其兄节孝卷：出自陆心源《穰梨馆过眼录》卷三十七“王廉州霜哺图卷·咏袁母太夫人苦节诗”，诗后落款：“虞山毛晋草。”参见《补遗·秋日集重其卧雪斋》注。

② 癸巳中秋文会和确庵韵：出自陈瑚《顽潭诗话补遗·癸巳中秋文会》，原唱为陈瑚，题作“潜在和”，改拟今题。

附录

毛晋诸子诗存

毛褒诗存

确庵师招集陶家旧庐瞻拜鲁国图[①]

南村喜与德为邻，芳草纤纤亦被春。阡陌交通色笑合，卷编相接耳提亲。重瞻鲁国蛟门旧，再拜尼山圩顶真。一路梅花啼鸟换，眼前何物不怡人。

次和[②]

展墓归来午色开，轻舟荡漾故淹徊。堤边沽酒征夫去，波际看山燕子来。短短芦芽齐似剪，垂垂柳带碧于苔。霞明水面堪留恋，随意横抛莫遽回。

次韵和源上人泉游八咏[③]（录五首）

余六岁时家君课读高季迪《梅花九咏》，至“山中高士”“林下美人”之句，辄沉吟遥望。千山万树，如在几席。今春石公以《梅游》

---

① 确庵师招集陶家旧庐瞻拜鲁国图：出自《隐湖》卷下，总题“及辰倡和”。又见《从游集》卷下，题后有“敬步大人韵”五字，知毛晋有原唱，惜已不存（《汲古阁集》卷三《和友人诗·鲁国图诗》及《野外诗·鲁国图诗》用韵不同）。

② 次和：出自《隐湖》卷下。原唱为钱嘏《寒食后三日同潜在泛湖》。

③ 次韵和源上人泉游八咏：出自陈瑚《从游集》卷下。

诗索和，敬步原韵，以当卧游。

胥江晓发[①]

花事西峰早，冲星挈伴行。严城柝已静，宿艇火犹明。松色山山合，梅风处处迎。南塘今在望，春鸟弄春鸣。

虎山桥夜泊[②]

似此湖山胜，焉能不系舟！彩虹凌绝涧，白练卧中流。篷底渔歌出，波光塔影浮。坐来无限好，烟月自悠悠。

登七十二峰阁

诸峰多邃阁，独此聚诸峰。远近如相接，高低不计重。湖平波欲撼，树老翠偏浓。始得凭虚槛，斜阳已下舂。

家家春鸟鸣

处处枝头鸟，春来别样声。王孙间箫管，里巷别阴晴。引类过芳树，呼雏啄晓英。行人莫驻听，前路有同鸣。

一片花飞减却春[③]

春与花相倚，花飞不待春。纵然多在树，无奈早沾尘。日驭催青帝，芝田度洛神。司勋若相见，已恨失芳辰。

中秋昆湖文会次确庵师韵[④]

一庭萍藻翠云开，百里名贤破碧苔。酒薄不知秋露重，径荒徐放月华来。纷纭觞咏风流古，落拓文章江海才。底是良宵兼胜侣，东乌莫遣晓霞催。

---

① 胥江晓发：亦见《隐湖》卷下。总题“梅游杂咏”。

② 虎山桥夜泊：亦见《隐湖》卷下。

③ 一片花飞减却春：亦见《隐湖》卷下。

④ 中秋昆湖文会次确庵师韵：出自陈瑚《顽潭诗话补遗·癸巳中秋文会》，原书无题，此用毛衮同日诗题。

毛衮诗存

依韵奉酬[①]

区庐结野外，空翠宛山中。鸟语双扉寂，云飞四壁空。忘言能悦性，问法每耽躬。慧驾翩然至，欣欣领粲风。

同和[②]

堂上有畸人，偏能识贞燕。探巢辨空卵，旧恨涣然泮。关关河洲雎，雍雍渡口雁。和风怀好音，那识年年怨？

次和[③]

最爱初圆月，凭阑引兴长。烛红高吐焰，梅白嫩含香。觞政方严始，更筹已渐央。村虚丝管寂，少长任疏狂。

和石林上人梅游诗八首[④]（录三首）

胥江晓发[⑤]

江色笼烟碧，轻风促棹行。卷帘山半吐，挂席水初明。忽振探春兴，同深吊古情。梅花如有待，故遣晓莺鸣。

虎山桥夜泊

寻春不觉晚，择胜一维舟。有地山皆踞，无风浪亦流。笛声和

---

① 依韵奉酬：出自《隐湖》卷中。原唱为释通门《题毛补仲看山书屋》。

② 同和：出自《隐湖》卷下。所和为元王逢诗。

③ 次和：出自《隐湖》卷下。原唱为冯班《癸巳元宵集载德堂观灯话旧》。

④ 和石林上人梅游诗八首：出自《从游集》卷下。

⑤ 胥江晓发：亦见《隐湖》卷下。总题“梅游杂咏”。

月出，渔[①]火带花浮。香梦今方觉，群峰欲遍搜。

登七十二峰阁

枕流安杰阁，远近拱层峰。槛外云千叠，矶前雪百[②]重。帆随飞影没，柳带爨[③]烟浓。舒啸频呼酒，长风任袒胸。

灯花[④]

一点芳心真未真，拟将消息叩花神。渐成绮席娇娆[⑤]态，忽作金釭[⑥]烂熳春。蝉翅鬓边谁共插[⑦]，守宫额上未曾亲。如何惯向浓[⑧]时落，惆怅中宵不寐人[⑨]。

花朝夜集步大人韵[⑩]

花事湖头早，盈盈带水光。风威方未已，柳态或相妨。绣羽眠枝艳，游丝罥树香。飞觥忘少长，神往郑公乡。（时确庵师在蔚村）

徐次桓过访家君依韵奉和[⑪]

胥山空翠下添流，孺子家风汗漫游。问字每看穿铁限，寻花时上钓渔舟。雨香立换千畴色，谈剧能消十载愁。未辨痴龙惭未学，藿场维得白驹留。

---

① 渔：《隐湖》作“鱼”。

② 百：《隐湖》作“几”。

③ 柳带爨：《隐湖》作“浪逐炊”。

④ 灯花：出自《从游集》卷下，亦见《隐湖》卷下。

⑤ 娆：《隐湖》误作“饶”。

⑥ 釭：《从游集》《隐湖》均作“缸”。

⑦ 谁共插：《隐湖》作“拟可带”。

⑧ 浓：《隐湖》作“秾”。

⑨ 惆怅中宵不寐人：《隐湖》此句后有自注“补仲年不及子渊而夭，落句竟成诗谶，悲夫”。

⑩ 花朝夜集步大人韵：出自《从游集》卷下。

⑪ 徐次桓过访家君依韵奉和：出自《从游集》卷下。

临池观鸟和窦伯韵[1]

曲沼禽栖树，依依映落晖。为谁机未息，忽自带声飞。

文君怨[2]

茂陵花发涨春流，谁忆当垆旧日羞。一曲相思声乍变，伤心应为雪萦头。

中秋昆湖文会次确庵师韵[3]

八月湖平一镜开，蒹葭蘸水碧于苔。天香正向云中落，经袖遥从海外来。倒屣惭非文举坐，点头幸有子昂才。一轮涌出高林表，处处笙歌次第催。（是日与者三十人，备五经之选，课制义五篇，论、表、策各一道，又成诗二首，一时传为盛事）

元宵夜集次冯定远韵[4]

最爱初圆月，凭阑引兴长。烛红高吐焰，梅白嫩含香。觞政人方醉，钟声夜渐央。村虚丝管寂，少长任疏狂。

家大人诞辰次温如先生韵[5]

翘首香云欲曙天，又瞻南极饮中仙。窗边梅影蜂依日，堂上松枝鹤算年。携手僧家看翠竹，放舟湖曲礼青莲。晴光添得山光好，

---

① 临池观鸟和窦伯韵：出自《从游集》卷下。

② 文君怨：出自《从游集》卷下。

③ 中秋昆湖文会次确庵师韵：出自《从游集》卷下。按，陈瑚《顽潭诗话补遗·癸巳中秋文会》，陈瑚原唱，毛晋和诗第三联与本诗第三联除“坐”字作“座”、“幸”字作“喜”外全同（见本书《补遗》）。又收毛衮此诗，第三联作“茂望不须争震气，时危相戒斗轻才”，疑《从游集》误。

④ 元宵夜集次冯定远韵：出自《从游集》卷下。

⑤ 家大人诞辰次温如先生韵：出自《从游集》卷下。

鸟语嘤嘤共往还。

未成诗[1]

水满湖村绿满田，半窗斜日半窗山。参差碧树浓无际，远近行云乱不闲。帆衬落霞归棹急，塔分轻雾。（陈瑚注：补仲得佳句，即随意书侧理，多不终篇者，亡后皆散佚不存。奏叔搜得此首，属予足而梓之。予阅之墨迹如新，泫然流涕，不能续也，因仍其旧云）

毛表诗存

奉和[2]

斗室怀霄汉，清灯照笔床。砌蛩愁夜静，窗月淡晨光。得意古人语，会心秋露香。菰芦青万里，人物自深藏。

同和[3]

此夕愁春去，追随泛小槎。屐香新湿翠，巢缀啄残花。山径云深没，泉源雨后斜。钟声渺何处，依约近僧家。

九月望夜集此静坐灯下看菊[4]

秋斋正寥寂，丛菊列窗前。月白和枝淡，灯红与色鲜。坐深香更远，夜静韵加全。瑟瑟霜华结，持杯思渺然。

---

① 未成诗：出自《从游集》卷下。
② 奉和：出自《隐湖》卷中。原唱为陈瑚《题毛奏叔霄馨馆》。
③ 同和：出自《隐湖》卷下。原唱为钱嘏《春尽日冒雨寻山》。
④ 九月望夜集此静坐灯下看菊：出自《隐湖》卷下。

丁酉上巳游白鸽峰[①]

崖豁泉声响半空，穿林又得一奇峰。山猿采果悬当涧，社燕将雏过别松。窈窕还疑无去境，倾圮何处认来踪。相羊不觉斜阳下，人影参差乱瘦筇。

同和[②]

霁色开烟阁，凭栏极目赊。全山列半榻，一水抱千家。小白溪鱼美，轻红柿叶嘉。登皋试舒啸，惊落隔林花。

春尽日冒雨寻山次梅仙韵[③]

共惜春将尽，濛濛泛小艖。屐香新湿翠，巢缀啄残花。山径云深没，泉源雨后斜。钟声何处起，林外是僧家。

柽树[④](一名西河柳)

带露迎风一树烟，枝枝高拂雨余天。何人蹀躞云中路，垂下青丝细马鞭。

野眺[⑤]

秋草村边合，柴扉曲径通。雨余山变色，日落树生风。雀啅溪云外，渔歌夜月中。无聊更回首，远寺一灯红。

---

① 丁酉上巳游白鸽峰：出自《隐湖》卷下。
② 同和：出自《隐湖》卷下。原唱为冯班《丁酉重九日登双莲阁》。
③ 春尽日冒雨寻山次梅仙韵：出自《从游集》卷下。
④ 柽树：出自《从游集》卷下。
⑤ 野眺：出自《从游集》卷下。

舟行遣兴[1]

晴岭嵯峨倚碧天，夕阳下上浴长川。黄莺隔岸啼花滑，紫燕随风掠水便。浦口归云失村舍，山根炊饷乱松烟。渔翁醉后高歌去，船系芦苇对月眠。

早起见落梅[2]

晓月西斜几树风，苍苔飞雪积重重。幽禽疑是林梢蝶，却逐残香舞半空。

萤[3]

依萍附苇影微微，入夜时冲细雨飞。色映波光迷草带，明添鬼燐点云衣。乍看渡口惊星乱，却望溪头向月稀。檐外秋风渐萧索，寒塘何处借余辉。

中秋昆湖文会次确庵师韵[4]

池上芙蓉正笑秋，相期弄影月中游。蒲帆遥集欣同调，砚席分张尽胜流，作赋果谁堪琢玉，吟诗几欲撼沧洲。不知更漏须臾尽，一片红云入晓楼。

---

① 舟行遣兴：出自《从游集》卷下。

② 早起见落梅：出自《从游集》卷下。

③ 萤：出自《从游集》卷下。

④ 中秋昆湖文会次确庵师韵：出自《顽潭诗话补遗·癸巳中秋文会》，原书无题，此用《从游集》收录毛衮同日诗题。

毛宸诗存

同和[1]

良辰春九十，少长集浮槎。岸绿侵裾草，溪红别树花。雕弓惊雨乱（是日有兵渡河），席帽醉风斜。止宿山桥下，灯明燕子家。

九月望夜集此静坐灯下看菊[2]

夜色秋来好，南楼一望赊。风吹水面月，灯照粉墙花。黯淡云归树，参差雁落沙。伊人渺何处，白露接蒹葭。

奉和次韵[3]

彩笔淋漓白苎词，一回开卷百回思。湖南舣棹论文处，山北登楼问字时（楼名来云，定远读书处）。香阁有人歌钿子，文坛无主忆针师。印泥锥画仪型在，乞取三毫画两颐（乞在之临写）。

---

① 同和：出自《隐湖》卷下。原唱为钱椵《春尽日冒雨寻山》。

② 九月望夜集此静坐灯下看菊：出自《隐湖》卷下。

③ 奉和次韵：出自陈玉齐《情味集》卷三。按，原唱为陈玉齐《江东白苎词见冯定远遗笔感而有作》。

题跋两则

王振声清稿本跋

汲古阁家塾藏板目载《隐湖遗稿》四种，曰《和古》《和今》《和友》《野外》，注云“已刻”，而印本顾未之见。恬裕斋旧藏钞本，盖犹出于毛氏。今秋镜之、濬之昆仲检阅乡先生著述，慨念毛氏刊布遗书，厥功甚伟，而所自著乃将湮没。因属校而锓诸梓，改题曰“汲古阁集”者，以其名之著焉耳。咸丰己未中秋望后，文村王振声校毕，识于铁琴铜剑楼。

丁祖荫《虞山丛刻》本跋

此毛氏写刊底本也。字体绝类《中州》诸籍，写误处涂铅乙改，行式井然，似写成而未登版者。现传《汲古阁藏版目》载《隐湖遗稿》四种，曰《和古》《和今》《和友》《野外》（钱圆沙邑志著录毛传中），注云“已刻”，而印本顾未之见。是帙向藏吾乡罟里瞿氏，文村居士更定为《汲古阁集》，厘成四卷，怂恿镜之、濬之兄弟梓行之，适以庚申之乱未果。去今又五十年矣，世事如云，沧桑万变。汲古楮墨，尚在人间；先生著作，乃反湮没不著。闻斯亦后进者之责，亟谋社友，并《隐湖题跋》汇刊之。篇目悉仍其旧，盖不欲夺毛写之真也。丙辰首夏丁祖荫初我记。

提要三则

赵万里

和古人诗一卷(明末毛氏汲古阁钞本)

明毛晋撰。晋初名凤苞,字子九,晚更名晋,字子晋,常熟人。居东湖,不乐仕进,以藏书刻书为事。顺治十六年卒,得年六十有一。事迹详见钱谦益撰《隐湖毛君墓志铭》。此编首有梧塍社弟徐遵汤及江阴社弟周荣起序文。周序作于壬午二月,壬午为崇祯十五年,是此集之作子晋行年尚未五十也(是年子晋年四十四)。原本蜡纸精缮,款式仿元刊《中州集》,与子晋所刊钱牧斋《列朝诗集》相同。版心下方有"汲古阁"三字,前后无毛氏图记,盖写样付梓人而未果者也。诗凡一百三十余章,自无名氏《月节折杨柳歌》,下迄颜特进、杜少陵、白香山、曹舍人、僧禅月、韩致光、苏子瞻、陆放翁、仇山村之作,拈题选韵,时有隽语,虽规抚前人,而模拟未免有迹也。子晋别有《和友人诗》《和今人诗》《野外诗》各一卷,今俱有汲古阁钞底本传世,与此集款式无异,藏罟里瞿氏恬裕斋,近岁丁初我据以刊入《虞山丛刊》中,已改易原来行款,至可惜也。

和今人诗一卷(《虞山丛刊》本)

明毛晋撰。此编为《隐湖遗稿》四帙之一,晋生前欲校刊而未果者也。首有通家社弟陈瑚序文。通卷古今体诗杂厕,计次高季迪诗九首,次郭定襄、王纪善诗各一首,次顾山甫诗二首,次袁海叟诗八首,次杨眉庵诗二首,次樊古崖诗四首,次史明古、屠文升、王仲山、陆少卿、彭龙池、张文邦、李梦庐、蔡廷彝、王敬夫、骆两溪、康涵武、何仲默诗各一首,次黄陶庵诗二首,次李西涯、张沧洲、薛君采诗各一首,次丘文庄诗三首,次邵文庄、王阳明及晏铎诗各一首,共得五十首。所和皆当代名家,自明初迄于隆万之际,而同时诸友生不与焉。晋诗雄豪跌宕,沉郁顿挫,尝执贽于钱东涧之门,故格调亦略近东涧,然犹不脱前后七子窠臼,则其天才限之使然也。陈序谓晋不幸丁晚季,仅从鸡鸣风雨之时,登山涉水之际,神交而酬唱之,犹以为未足尽其志。十年以内,时异世殊,风流歇绝,子晋不忍古之,而仍目曰和今人诗云云。弦外之音可以推见,此序之作当在顺治初矣。

野外诗一卷(《虞山丛刊》本)

明毛晋撰。此编亦《隐湖遗稿》四帙之一。《隐湖遗稿》者,一曰《和古人诗》,二曰《和今人诗》,三曰《和友人诗》,其四即此帙也。世传汲古阁藏版目载《隐湖遗稿》四种,注云已刻,顾印本迄未之见,盖意欲付刊而未果者。今写样本尚存罟里瞿氏,岁在丙辰,虞山丁祖荫假瞿藏本重付剞劂。首为同社金俊明序文,盛称晋"啸傲琴酒,跌宕文翰,景光物状,辉映千古"。既服其才,又叹其幸为不可及,则未免阿其所好矣。晋诗以《田园杂兴》四十三首最擅胜场,颇得石湖居士三昧。此外《登钱夫子绛云楼和韵》八首,一则曰:"仙吏祇依香案籍,姮娥深护蕊渊书。"再则曰:"锦帐春深藏窈窕,冰壶日永贮清虚。"振采腾华,不可方物,玩其语意,此诗之作似在牧翁花烛诗之后矣。